台灣新文學史論叢刊 3

反對言偽而辯

陳芳明台灣文學論、後現
代論、後殖民論的批判

許南村　編

人間出版社

目 錄

序

許南村

　　從事學術研究，很難於不受到研究者主觀的政治傾向、意識形態立場的影響。但研究論文畢竟不能等同於政治宣傳品，應該有尊重邏輯和知識的科學精神，和真誠嚴肅的治學態度。

　　陳芳明在台獨派台灣文學的「研究」方面，產量較多，寫書較快。但總體看他的文章，借用年輕一代基進學者杜繼平對他的評價：「…思想庸妄錯亂…學殖淺陋事小…還缺乏起碼的知識真誠。為文論事，言偽而辯，權盡曲解事實與所引材料之能事」，「憑藉台獨教條，肆意強暴台灣史料，以曲為直…」。杜繼平的評議，語義猛峻，但相信大多數讀陳芳明論文的態度嚴僅的學者，應不會以為酷評。

　　收在本書中呂正惠教授的〈陳芳明「再殖民論」質疑〉，以數理邏輯上的「歸謬法」，以嚴謹的推理和詳實的客觀忠實與史料，論破陳芳明以台灣戰後政治為「再殖民的虛構與嚴重的謬誤。其次呂正惠也從陳芳明為了替台獨政治和史觀服務，而玩弄二元對立的「書寫策略」，揭發其「言偽而辯」。陳芳明把（陳儀）復台的（惡質）民族政權和日帝總督統治等同起來，從而「建構」台灣人／中國人；官方／民間；台灣特性論／中國共性論；台灣方言／國語政策…等二元對立的論述，而為達到此目的，並斗膽、恣意強暴史料、篡改史實，到了肆無忌憚的地步。對此，呂正惠特別以陳芳明處理《橋》副刊上建設台灣文學論爭

時對昭昭甚明的史料之歪曲、斷章取義,和對前賢楊逵光復初期
文藝思想的蠻橫、無忌憚的曲解、斷章取義,加以痛切撻伐⋯

　　杜繼平的〈跳蚤左派的滿紙荒唐言〉是針對陳芳明與陳映真
就有關歷史唯物主義關於「社會性質」(社會生產方式之性質)
的爭論文章中,以全面、嚴謹的馬克思主義訓練和學養,痛切批
判陳芳明對馬克思主義歷史唯物論的徹底無知,而猶厚顏不知以
為知,大膽詭辯到荒腔走板的地步。在批評陳芳明長期偽裝為懂
得「馬克思主義」的「左」派之後,杜繼平接著批判陳芳明在有
關謝雪紅、台共黨史和台灣史諸問題上的恣意歪曲、曲解台灣
史、台灣無產階級運動史,把他主觀唯心的台獨反民族意志強加
於客觀史料,放膽顛倒是非、混淆黑白,顛倒曲直,揭破了陳芳
明一貫的學風。

　　曾健民的〈戰後再殖民論之顛倒〉和〈台灣光復初期歷史辯
誣——可悲的分離主義文學論〉是從他近五、六年來蒐集、研究
光復初期(一九四五——一九四九)的具體、客觀史料,來論破陳
芳明的一些關於光復初期史的台獨派刻板化、謊言化的教條。
〈戰后再殖民論之顛倒〉首先以社會科學對殖民主義的通論,批
判陳芳明主觀唯心主義、毫無科學性的「再殖民」論。他並且引
用光復來台推行國語的官僚的文章、報紙社論率皆主張以禁日語
——而不是禁台灣通用閩南方言來推行國語,甚至以閩南語為基
礎推行國語之論,批駁陳芳明光復初國府強制禁日語、並強制推
行國語,而使一代台灣人「失語」之論。曾健民並以日據五十年
前仆後繼的在台灣之祖國復歸運動史,批駁所謂光復來台接收的
政權——姑不論其如何惡質——都在理論上說成「外來政權」之
誤謬。〈台灣光復初期史辯誣〉也是以大量光復初期報章雜誌和
文學作品原資料,指出陳芳明恣意以竄改、斷章、惡用材料、扭

曲光復初期諸前賢的文章、作品和思想，據以偽證光復＝再殖民
之論。曾健民也瀝還台獨派和美國人在冷戰背景下蠻橫歪曲開羅
宣言，炮製「台灣地位未定論」。曾健民論證殖民政權和民族政
權──儘管這個民族政權如何惡質──在本質上的區別，以指責
陳芳明將陳儀政權等同於日帝總督府權力的爛言。他並引用大量
的文獻資料，揭發陳芳明恣情竄改、捏造、歪曲史料，為其台獨
政治服務。曾健民也以具體史料，論證光復初期台灣進步的省內
外文化工作者在輿論、文學、美術、戲劇和文化各領域中蓬勃的
合作、交流與論議關於如何使台灣文化和藝術復歸於中國，來論
駁陳芳明和一般台獨派大論總是把光復初期台灣文化界、言論界
在陳儀當局的「台灣人被日本人皇民化、奴化」的暴論的威壓下
一片荒蕪，噤默無聲…類此強辭歪曲史料，欺天下耳目的伎倆繁
多，不一而足。

　　本書所收陳映真針對陳芳明野心之作《台灣新文學史》（未
成書，論爭時正在《聯合文學》月刊連載）中關於他宣稱要以
「台灣社會性質」為準繩對台灣新文學史進行史的分期，並從而
「以後殖民史觀」「建構台灣新文學史」。從而陳芳明的那篇
〈台灣新文學史的建構與分期〉（《聯合文學》一九九九年八
月），寫了〈以意識形態代替科學知識的災難〉（《聯合文學》
二〇〇〇年七月）指出陳芳明對馬克思主義歷史唯物主義中所稱
「社會性質」＝「社會生產方式性質」理論的完全無知，從而批
評了他的台灣社會性質「三階段論」＝殖民地社會（一八九五─
一九四五）、「再殖民社會」（一九四五─一九八八）和「後殖
民社會」（一九八八─）立論之歷史唯心主義和對起碼的社會科
學之無知。在二〇〇〇年八月號《聯合文學》上，陳芳明寫了
〈馬克思主義有那麼嚴重嗎？〉加以回應，自此一來一返，陳映
真寫〈關於「台灣社會性質」的進一步討論──答陳芳明先生〉

（同前揭，二○○○年九月）、〈陳芳明歷史三階段論和台灣新文學史論可以休矣〉（同前揭，二○○○年十二月）和〈駁陳芳明再論殖民主義的雙重作用〉（《人間思想與創作叢刊》，二○○一年秋冬號〔二○○一年十二月〕）。

　　陳映真在論爭中揭發了一貫以「左」派自居的陳芳明實際上對馬克思主義哲學和政治經濟學驚人的、完全的無知，也生動地曝露了他那一貫不忌憚於強以不知為知，被詰問他所不知的知識時，他也不憚於裝聾作啞，就更不必說他斷章史料，蹂躪史實、作踐學術真誠的學風。對於陳芳明這種學術詐偽，本書不同作者幾乎都不約而同地從他們的論文中取得一致的評價。陳映真和陳芳明長及一年許的「爭論」，陳映真的論文四篇皆收在本書中，而陳芳明的回應三篇，也收在今年四月麥田出版社出版，王德威編、陳芳明著《後殖民台灣》一書中，讀者可以比照閱讀。陳芳明在這本新書中寫〈我的後殖民立場〉為序文，集中地表現了他關於後殖民文藝批評的錯誤認識，將在以後的機會加以批評。

　　這次批評陳芳明的論爭，基本上沒有引起學界的廣泛反響與參預，這是有其原因的。但我們以為爭論至少取得了這些成果：一、介紹了以馬克思主義歷史唯物主義的方法去分析和認識台灣自日據以來的社會經濟歷史，以及與之相應的、包括文學在內的意識形態本質。這在五○年代以降反共、自由主義學派為主流的台灣，是繼四七年至四九年及七七年鄉土文學論戰後的左翼文論的發展；二、以馬克思主義的社會科學和光復初期大量台灣文獻，論破台灣光復後社會為「再殖民」社會的非科學性和欺罔性；三、揭露了陳芳明治學為文的品格。

　　有關台灣史、台灣新文學史的反帝、民族統一派與扈從外來勢力的反民族分離派鬥爭，正方興未艾。我們將繼承楊逵以分離派、「拜美派」文學「奴才文學」的、鮮明的民族文學思想路

線、堅持和文化、文學的反民族論周旋到底！

　　　　　　　　　二○○二年七月一日　病中

以意識形態代替科學知識的災難
——批評陳芳明先生的〈台灣新文學史的建構與分期〉

◉陳映真

一、離奇的社會性質論

　　去秋，陳芳明先生（以下禮稱略）發表了〈台灣新文學史的建構與分期〉（《聯合文學》月刊，一九九九年八月號），宣告他要以「後殖民史觀」去「建構台灣新文學史」，並進行台灣新文學史的分期。他主張「要建構一部台灣新文學史，就不能只是停留在文學作品的美學分析，而應該注意到作家、作品在每個歷史階段與其所處時代社會之間的互動關係」。他並且説，他在「建構」這部新的台灣新文學史時，要以「對於台灣社會究竟是屬於何種的性質」的問題之究明為「一個重要的議題」。陳芳明於是把結論説在前面。他認為台灣社會的總的性質是「殖民地社會」，「則在這個社會中所產生的文字，自然就是殖民地文學」。

　　這就牽涉到關於既有的、馬克思主義·歷史唯物主義的社會性質理論和殖民地社會理論了。小論的目的，只限於審視和批評

陳芳明據以為台灣新文學「分期」之基礎的「台灣社會性質」
論，至於陳芳明依其台灣社會性質說所造成的關於台灣新文學史
論的全面錯謬，則等待以後的機會加以批評。

　　社會性質論，又作「社會形態論」或「社會構成體」（so
cial formation）論，指的是一定歷史發展階段中一個社會的生
產力和與其相應的生產關係的總和，即一定社會發展階段的生產
力發展之獨特的性質、形態，和與之相適應的生產關係之獨特的
形態與性質的總和。馬克思據此以說明人類社會依其生產力和生
產關係的演化，一般地、平均地把資本主義以前的諸階段社會，
分為原始社會、奴隸社會和封建社會，並推論資本主義後的新社
會形態、即社會主義社會的到來。雖然從資本主義社會向社會主
義過渡的理論，目前在現實上受到挑戰，但馬克思關於資本主義
社會本身及前此各階段社會的分析之科學性，仍有強大的威信。

　　馬克思的這一概括的五階段社會發展理論，當然主要地以西
方先進、獨立的資本主義社會的發展史為言。到了十九世紀中
後，西方資本主義向帝國主義階段發展，以資本輸出，掠取他民
族／國家的工業原料，並強占其市場以傾銷其工業產品，來擴大
其資本的積累與再生產，這就形成了帝國主義。而為了在帝國主
義各國競逐原料和市場的鬥爭，帝國主義往往又以暴力強占亞、
非、拉廣泛的前資本主義社會，施加直接的、強權的政治統治與
經濟榨取，使這些前資本主義的社會淪為殖民地或半殖民地。

　　於是，在十九世紀中後以迄於今日的帝國主義時代，淪為殖
民地的各前資本主義的、後進的社會，在社會發展階段中，便多
出了一個外鑠的社會性質，即「殖民地」或「半殖民地」性質，
說明這些社會在世界史的帝國主義時代所處的地位。這些社會的
殖民地化和半殖民地化，又對於這些帝國主義支配下前資本主義
各社會經濟的發展，起到複雜、深刻、負面的影響。

　　以中國社會史為例。秦漢以後，中國社會從貴族封建社會

（農奴附屬於土地，土地以貴冑家族世襲而不能自由買賣，以農奴的力役與實物地租為搾取形式等等）轉化為私人地主封建體制（私人主佃封建關係，土地可以買賣，佃農對地主、土地的半農奴依附，地主經由封建地租和力役對佃農進行剝削，等等），並經歷了兩千多年停滯反覆的、獨立的地主封建制。直到一八四○年，以鴉片戰爭戰敗為起點，包括台灣在內的中國封建社會在列強侵凌下，從獨立自主的傳統地主制封建社會淪為半殖民地和半封建社會。半殖民地，是因為清帝國畢竟勉強維持著殘破的主權政府在形式上的「獨立」，但全中國則早已分別被列強分割成各國的勢力範圍、租界地和殖民地（如香港和台灣），國防瓦解，海關為外國所把持，國已不國。半封建，是因為帝國主義強開中國的門戶，以強權通商，使資本主義生產、商品和金融資本破門而入，相對擴大了資本主義商品經濟在中國經濟中的領域，在一定程度上帶來資本主義生產方式和生產關係，也一定程度上刺激了中國資本主義的發展，傳統自給自足的封建的生產方式和生產關係遭到一定程度的破壞而促其瓦解。

　　然而，帝國主義的殖民地統治的目標，絕不在徹底揚棄殖民地的前資本主義社會（例如本地封建社會），從而催促其資本主義現代化。帝國主義的目的，是使殖民地的前資本主義社會成為其附庸，限制殖民地經濟自然、獨立發展，把殖民地改造成為帝國主義獨占資本掠奪原料、獨占市場的基地，並且以其強大的金融資本控制殖民地銀行、廠礦、交通工具和相關貿易及商業，打擊和壓抑當地民族資本的正常發展，一方面又與殖民地半封建勢力如地主、買辦、官僚和軍閥相勾結，通過鞏固和利用本地半封建、或封建的政治和經濟結構，對廣泛的殖民地人民進行敲骨吸髓的剝奪與壓迫。總之，帝國主義一方面相對性地帶來資本主義諸關係，促成殖民地傳統封建經濟在一定程度上瓦解，另一方面，帝國主義又藉鞏固和利用殖民地傳統封建勢力如地主資產階

級、買辦資產階級和官僚資產階級及其物質基盤，以遂行帝國主義獨占資本的積累與再生產。如此，一方面是傳統封建體制的動搖與瓦解，一方面是本地資本主義發展受到構造性的阻礙與壓迫，成為停滯在從封建社會向現代資本主義社會移行之半途的、「半封建」的畸形社會。

因此，在馬克思社會形態發展理論中，就絕沒有一個單獨稱之為「殖民地社會」的社會階段。原因無他：「殖民社會」不是一個單獨、固定的社會性質和社會發展必由的階段。殖民經濟是世界進入帝國主義時代的先進資本主義以金融資本的形式向前資本主義社會輸出，掠奪其原料、獨占其市場所形成的經濟，使殖民地各種前資本主義社會的生產方式與生產關係發生了重大變化，以故「殖民社會」的概念，離開了這些變化後的具體的社會性質或形態的描寫，就空洞而無意義了。此所以殖民地下各種前資本主義社會的性質（形態）都是以「殖民地‧封建社會」（例如商業資本主義的荷蘭東印度公司在荷據台灣招募中國東南沿海貧困農民進行東印度公司下的封建榨取的體制）、「半殖民地‧半封建社會」（如鴉片戰爭後的大陸社會和鴉片戰爭後直到日本統治前的台灣），以及「殖民地‧半封建社會」（如殖民地化以後的朝鮮和台灣）為表述。

則陳芳明的「殖民社會」論，在社會形態論上是毫無根據的。陳芳明說，甲午戰敗，「台灣社會發生了很大變化」，而「島上的原住民社會與漢人移民社會，在一夜之間，被迫迎接一個全新的殖民社會」。「原住民社會」與「漢人社會」，是種族概念，而「殖民社會」則是政治經濟學性質的、是社會科學的概念。於此，尤見陳芳明對「社會性質」理論的混亂了。

二、日本殖民地下的資本主義問題

　　基於他自己關著門炮製的「台灣社會是屬於殖民地社會」的「史觀」，陳芳明「建構」了一個把台灣社會史——從而是台灣新文學史——分割成「殖民時期」（一八九五〔新文學則始於一九二一〕～一九四五）；「再殖民時期」（一九四五～一九八七）和「後殖民時期」（一九八七年迄今）這麼一個三階段論。前提既錯，在這錯誤前提上「建構」起來的全「史觀」的謬之千里，是自然不過的了。

　　僅僅說日據台灣社會是「殖民社會」之不通，已見前述。在這新寫的新文學史中，陳芳明不憚於一再描述日本殖民地下台灣資本主義經濟的發展與擴大，謂「日本資本主義在台灣奠基與擴張」，使「日本資本主義」為台灣帶來「現代化」；又說「日本統治者所引介進來的「資本主義與現代化」，為「台灣社會造成最大的衝擊」。而據說「沒有殖民體制的建立，就沒有現代化生活的改造」。在別的地方，陳芳明也不憚於宣傳「日本資本主義在台灣社會的深化與擴張」。總之，陳芳明認定了日據台灣社會是一個資本主義相當「擴大」與「深化」的殖民社會。這就得考察殖民地台灣的資本主義的具體情況了。

　　日帝據台之後，立刻展開了為日本獨占資本在台灣順利發展所必要的「基礎工程」，如眾所周知的土地林野的調查、土地所有制度的改革、貨幣度量衡的統一化、排除鴉片戰爭以後來台的西方資本勢力，等等。這些基礎工程，不是資本主義經濟的本身，卻為日本帝國主義資本在台灣擴張和超額榨取，創造了條件，但同時也形成了母國日本與殖民地台灣之間的不平等分工，使台灣在經濟上固定為對日本供應原料與農產品食糧的基地，台

灣經濟喪失其主體性，而庸從為日本帝國主義經濟積累的工具，並被迫形成日本的米—糖單一性種植（monoculture）的基地。台灣本地傳統的、資本主義萌芽的糖廍作坊和台灣人現代資本主義製糖資本被迫解體。一九三○年以後的軍事工業化，在軍政統制下，台灣人工商業資本與土地資本進一步萎縮。在日帝統治下，以製糖工業為中心的日本籍資本主義有所發展，但本地台灣人資本則遭受強權的、制度性抑壓，豪族資本也只能依附在日本獨占資本中，無權獨立組織公司以發展。

此外，一直到日本治台四十四年的一九三九年，台灣的農業產值皆高於工業產值，說明尚未資本主義工業化。一九三九年到四五年，工業產值超過了農業產值，但考慮到工業產值中製糖工業（及其他農業加工業）占其中之大半以上，復加上戰爭工業化的誇大性，實不能加以過大評價。

而在另一方面，日本帝國主義保護和鞏固了台灣的半封建地主‧佃農體制，並在這半封建的土地關係上，建立了以糖與蓬萊米為中心的殖民地剝削經濟體制。日本將台灣殖民地化，並沒有使台灣土地關係轉變為資本主義的大農場經濟，而是以強權保留和強化了小面積佃耕和現物地租等半封建剝削體制。

因此，陳芳明的日據台灣社會為「殖民社會」之論，顯然不曾理解到帝國主義下台灣前資本主義社會的深刻、複雜的變化，即殖民地半封建化的變化，從而過高地評價了殖民地台灣的資本主義化即「現代化」程度，而對於殖民地台灣社會半封建性的側面，則完全沒有估計到。對於殖民地或半殖民地社會中資本主義成份的估計，向來富於爭論，但從現在看，高估半殖民地中國和台灣的資本主義因素(如托派和矢內原忠雄)，早已受到中國革命的實踐和台共對台灣社會分析所揚棄。今天，大部分台獨派和自由派學界一般地把日本對台殖民統治視為資本主義化、「現代化」而加以美化與合理化已成通論。但這又與托派中國社會論和

矢內原台灣社會論有本質的不同。

　　看不見殖民地台灣的半封建性，就無法解釋許多殖民地台灣歷史中的重要問題。從文學上說，除非認識到殖民地台灣的雙重矛盾，即帝國主義異族支配下的民族壓迫的矛盾，和與帝國主義相苟合、以半封建地主佃農體制為核心的半封建剝削與壓迫的矛盾，就不能說明何以日據下台灣新文學的思想和題材，鮮明地集中於「反帝・反封建」的思想和題材。描寫日本警察橫行鄉里，魚肉台灣人民的〈一桿稱子〉、〈不如意的過年〉、〈惹事〉；描寫日本獨占資本在台灣的掠奪，農民工人被驅落貧困深淵的〈豐作〉、〈一個勞動者之死〉、〈一群失業的人〉、〈送報伕〉和〈牛車〉；描寫與日本當局勾結、刻毒同胞的封建地主豪紳的〈善訟人的故事〉，寫殖民主義和封建主義多重壓迫下呻吟之女性的〈薄命〉、〈誰害了她？〉、〈青春〉和〈老婊頭〉等。離開了日據下台灣社會「殖民地・半封建」社會的性質(形態)，就不能有科學性的說明。日據下台灣新文學作品，從來不曾把殖民地台灣社會寫成幸福、進步、「現代化」、高度「擴大」的「資本主義」社會！

三、「殖民地革命」論的杜撰

　　另外，由於陳芳明完全不懂科學的政治經濟學理論，不懂得以歷史唯物主義為核心的社會性質（形態）理論，所以在他另外的文章中論及台共一九二八年和一九三一年綱領時，簡直荒腔走板，不知所云了。這當然也從另一個側面暴露了他對台灣社會形態史的錯誤認識。

　　茲舉一例。基於同一個錯誤，即陳芳明以日據台灣社會為沒有經濟內容的「殖民社會」的錯誤，陳芳明說，因日據台灣是一

個「殖民社會」，所以台共在其政治綱領中關於台灣革命的主
張，是「殖民地革命」的性質。而陳芳明又說當時中國大陸的社
會性質是半殖民地・半封建社會，因此其革命的性質是「社會革
命」！繼之，陳芳明以他今日台獨派的思想和意識形態，編造出
了台共黨史中台灣的／謝雪紅的／日共領導的「正確」路線，與
中國的／翁澤生「上大派」的／中共領導的「錯誤」路線的鬥爭
這樣一個荒唐的劇本。而這兩條路線之矛盾，據陳芳明說，在社
會性質論與革命性質論上，就表現在翁澤生等「親中共」的「上
大派」要將他們的「社會革命」路線強加於謝雪紅的、日共的、
台灣派的「殖民地革命」路線上！在他的〈台灣共產黨的一九二
八年綱領和一九三一年綱領〉(陳芳明，《殖民地台灣》，麥田出
版社，一九九八)和其他文章中，陳芳明以此忿忿不平，不憚於三
復斯言，使他在社會科學上的嚴重無知與錯誤認識更加突出了。

　　早從一九二八年開始，我國社會科學理論界就展開了一場沸
沸揚揚的關於中國社會性質和社會史的爭論。這爭論的源始，是
基於對一九二七年北伐革命挫敗的反省，而自重新摸索中國社會
性質著手，檢討中國社會形態與中國革命的性質、敵我關係、階
級構造和革命的方針政策。第三國際指導下各國共產黨的綱領，
都依據馬克思主義的社會形態(性質)理論，對自己當面社會進行
了分析，並根據這分析來決定革命的性質、目標與方針。中共如
此，日共如此，當時隸屬於日共的「台共」(「日共台灣民族支
部」)和鮮共(日共朝鮮民族支部)等莫不如此。中國社會史論爭，
其實先是集中在當時中國社會性質的爭論，繼而又發展為中國歷
史上各階段社會性質、即社會史的爭論，再發展為有關中國農村
社會性質、兼及「亞細亞生產方式」理論的爭議。

　　即便在左派內部，不論在國內或共產國際內部，對於中國社
會性質、從而對中國革命性質的主張，也有針鋒相對的不同。有
一派認為，中國是半殖民地半封建的社會。半殖民地的矛盾，要

求進行反帝的、民族（主義的）革命；半封建的矛盾，要求進行（由工農階級領導的）資產階級性質的民主（主義的）革命；另有一派則力主中國早已在帝國主義下資本主義化，中國社會基本上是一個資本主義社會，因此中國無產階級應該靜待自己力量之壯大，準備進行一場無產階級性質的、推翻資本主義、建設社會主義的「社會（主義的）革命」。而具體的歷史實踐證明了前一個路線（斯大林和毛澤東）的正確與勝利，和後一個路線（托洛茨基和陳獨秀）的錯誤與否定。在馬克思主義有關社會理論中，只有先進資本主義國家的、由現代工資勞動階級主導的、推翻資本主義、最終建設社會主義的「社會（主義性質的）革命」，和帝國主義下廣泛第三世界前資本主義社會形形色色的殖民地（或半殖民地）・封建（或半封建）社會之由工農階級的同盟所領導、團結同被壓迫的小資產階級、民族資產階級和其他反帝愛國力量，共同反對帝國主義及其鷹從──大地主階級、官僚資產階級和買辦階級──以發展資本主義並最終向社會主義過渡的「資產階級性的民主（主義的）革命」，即毛澤東的「新民主主義革命」，而根本沒有什麼「殖民社會」的「殖民地革命」這種怪說。猶記在六○年代，台灣的報紙報導第三世界反美獨立運動時，常常把外電中的「民族・民主革命」（national-democratic revolution）誤譯成「國民民主革命」，就是不懂得針對（半）殖民地・（半）封建社會的民族主義（反帝）的、民主主義（反封建）的變革理論所鬧出來的笑話。陳芳明的錯誤類此。

　　因此，陳芳明一點也讀不懂台共綱領，是理所當然的。再舉一例。台共一九二八年的綱領中，有一段批評當時台共同志汲汲於要在台灣一味進行推翻資本主義的「社會（主義）革命」這樣一個錯誤認識。綱領認為，這個錯誤的根源，在於當時的同志們不曾注意到「1.台灣是日本帝國主義的殖民地；2.台灣本身還存在很多封建制遺物」，即不理解台灣社會的「殖民地・半封建」

性，而陳芳明竟而據此大發奇論。他說道：

「…由於資本主義在台灣未充分發展，封建制度的殘餘仍然深深根植於社會內部，台灣革命自然也具備了克服封建殘餘的任務，其性質也是屬於社會革命。」！

陳芳明接著說，日共綱領上認為日帝的性質是封建地主與資本家混合的政權，則「台灣的獨立運動就不僅僅是單純的民族解放運動而已，並且在社會內容裡也是民主主義的革命」。

對於陳芳明而言，台共到底是主張台灣革命是「社會革命」還是「民主主義的革命」，從上引文字，足見其認識、知識之錯亂。社會革命，是一個資本主義充份發達的社會，為了克服資本主義社會深刻無可緩解之矛盾，由新興現代工資勞動階級領導，進行推翻資本主義體制，實現後資本主義階段的新社會即社會主義社會的革命，即「社會革命」，也就是社會主義革命。

在封建或半封建社會，封建制度或「封建制度的殘餘仍然深深根植於社會內部時」，當新生的資本主義經濟在封建或半封建社會中既萌芽成長、又備受壓抑；當封建或半封建的生產力和生產關係產生了無從調和的矛盾，則新生資產階級或工農階級的同盟聯合其他支持革命的各階級起來領導推翻（克服）封建或半封建體制，建立後封建（或後半封建）階段的資本主義性質的社會，即資產階級性質的「民主革命」，亦即「民主主義的革命」。

因此，在帝國主義時代，一個前資本主義社會、即（半）殖民地・（半）封建社會的革命的性質，根本不是什麼「社會革命」，更不是什麼「殖民地革命」，而是反對殖民地統治的民族解放的革命，亦即「民族革命」和反對封建（半封建）統治的、為發展而不是壓抑資本主義的、資產階級性質的「民主主義革命」之統一，合稱「民族・民主革命」。

但第三國際關於殖民地解放運動中的「民族・民主革命」理

論，主張由各殖民地的工人與農民階級而不是其資產階級擔負起
這「資產階級性的民主革命」的領導任務，理由是在殖民地下，
獨立的、民族資產階級的力量小，人數少，變革的決心弱、立場
不穩，而買辦資產階級和官僚資產階級又因為本身兼為地主，與
帝國主義關係密切，往往同時帶有封建地主階級的性格，屈從於
帝國主義而積累，有買辦性。所以這個在社會發展階段上應是資
產階級性的民主主義的革命，必須依靠在殖民地社會受壓迫最深
重、變革決心最堅定的殖民地工農無產階級而不是別的階級的領
導。這也就是毛澤東所說的「新民主主義革命」，大有別於西方
資本主義發展史中由強有力的資產階級市民所推動的、為摧毀封
建主義，建立資產階級專政的資本主義社會的、傳統的、「舊的
民主主義革命」。二八年台共綱領所說日帝下「台灣猶殘存著頗
多封建遺物」，意謂殖民地台灣的資本主義有相對性發展，但同
時一仍殘留著封建體制的殘餘，所以台灣社會是一個（殖民地下
的）半封建社會，以故台灣革命一面要進行打倒帝國主義的民族
解放的革命，卻不能以此為已足，「不能獨斷為單純的民族解放
運動，其社會性內容應為民主主義的革命，此即所謂的台灣資產
階級性（民主）革命…」

　　陳芳明讀不懂這個道理，所以一面說台灣革命為了「克服封
建殘餘」，「其性質」竟然「也是社會革命」，一面又引他不懂
的綱領文字，說是民主主義的革命，並且一有機會就說中共將其
從未主張過的「社會革命」論強加於台共也從來不曾主張過的
「殖民地革命」論，讓中共與台共在陳芳明的腦袋裡鬥得不亦樂
乎。因為中共對當時中國大陸社會的分析是中國乃半殖民地・半
封建社會，「資本主義不是太多而是太少」，所以中國革命的性
質是由工農的同盟所領導的、資產階級性的民主革命，從來就沒
有說過、幹過什麼「社會革命」。台共也因同樣的分析（殖民地
和半殖民地的矛盾是量的差異而不是質的不同）而主張「台灣資

產階級性」的「民主主義革命」。在這樣一種革命中，「……認定根本上台灣資產階級不唯無法領導台灣民族革命，亦不是革命的主要軍隊」。「台灣工人階級」要「與資產階級爭奪」革命的「領導權」，「工人階級」要「爭取」革命的「指導地位」，以完成「台灣資產階級性」的「民主主義的革命」。這其實幾乎就是台灣版的「新民主主義革命論」，也透露著都是當時第三國際殖民地民族解放鬥爭綱領在各國、各地區的版本。總之，日據下台灣革命的性質根本不是什麼「殖民地革命」，更不是什麼「社會革命」。從而，台灣新文學的性質也不是什麼「殖民地文學」，而是反帝反封建的，民族主義和民主主義的文學。大陸的革命當然也絕不是什麼「社會革命」，這是中國社會性質理論的基礎常識。兩岸社會性質的近似性，規定了兩岸革命的性質都是反帝（民族主義）‧反封建（民主主義）的，同時也規定兩岸救亡運動之一環的文學鬥爭的口號和內容，勢必也是反帝‧反封建的。陳芳明不明白這個理論，把一八九五——九四五年的台灣社會規定為沒有社會經濟內容的「殖民地社會」，從而規定日據下台灣新文學為「殖民地文學」(colonial literature，日本作「外地文學」，原指類似西川滿、濱田隼雄、庄司總一之流，以殖民者立場對「新附之地」台灣的異國情懷的描寫的文學，足見其使用「殖民地文學」一辭之大不妥)而沒有具體的社會政治內容，不能捕捉到殖民地「反帝‧反封建」文學的特質之根源所自。

　　只有從日據台灣社會殖民地‧半封建性質，才能說明日據下台灣反帝民族‧民主鬥爭的「反帝‧反封建」性質，也才能說明作為殖民地台灣的民族‧民主鬥爭之一環節的台灣文學的「反帝‧反封建」思想與題材；才能理解分別為半殖民地和殖民地的中國與台灣的新文學，都以反帝‧反封建為戰鬥的旗幟，而前者並施重大影響於後者；才能理解在第三國際、世界無產階級文化／

文學運動影響下台灣左翼文論和組織的發展；才能理解台灣新文學主要地以（批判的）現實主義為創作方法，最後也才能理解在嚴酷的「皇民化」時期台灣新文學的挫折、抵抗和屈從。

四、萌芽期台灣新文學的政治經濟學

陳芳明在日據台灣社會性質的問題上所犯嚴重錯誤，自然影響了他對日據台灣二十年間新文學「分期」的「理論」。

陳芳明把日據下台灣新文學的發展分成三個時期，即一九二一～一九三〇的「啟蒙實驗期」；一九三一～一九三七年間的「聯合陣線期」，和一九三七～一九四五年間的「皇民文學期」。

「啟蒙實驗期」的特點，據陳芳明說，是國際思潮的衝擊；反帝抗日的思想文化運動要求「使用文學形式來喚起民眾」不把「文學視為自主的存在」，而把文學「當做政治的輔助工具」，因此在這「初期階段，較為敬業的作家還未出現」，所以「在技巧與結構方面，都顯得極其粗糙」，「大多數的作品只是停留在實驗階段」。「從現在回顧起來，顯然史料價值遠勝藝術價值」，「無法勝任美學的考驗」。

世界文學史告訴我們，小說的興起，和資本主義的發展→資產階級的登場→現代都市的形成→印刷工業、報刊雜誌產業的發展→政治的、思想的、文學的公共領域的形成這麼一個總過程有密切的關係。十八世紀英國「擬古典主義」（pseudo-classicism）時期，正是在新興資產階級蝸居的新興城市、城市中興旺的咖啡館、報刊雜誌形成的文學的公共領域中，誕生了散文文體和西歐第一代現實主義小說家狄福（D.Defoe，一六六〇～一七三一）、史威夫特（J.Swift，一六六七～一七四五）、艾迪生（J.

Addison，一六七二～一七一九）和費爾丁（H.Fielding，一七〇
七～一七五四），取擬古典時代主流的仿古典悲劇而代興，發展
出資產階級自己的新文類。

　　與西方小說發展史相較，我國的現代小說的形成與發展，有
本質不同、但過程雷同的歷史。不同於西方小說誕生於西歐封建
社會向現代資本主義過渡，並以商業資本主義向外擴張的時代，
我國現代小說則起於鴉片戰爭之後，列強百般侵凌、民族資本主
義在艱困中有所發展的時代。鴉片戰爭之後，帝國主義強迫開
港，強迫貿易，使中國北方沿岸（以天津為中心）和南方沿岸
（以上海為中心）發展了買辦資本主義和一定的民族資本主義。
中國的現代資產階級有相對發展，他們集中在類如天津、上海的
工商城市。中國資產階級掌握了西方傳教士帶來的新印刷設備和
「報紙」、「雜誌」的媒介形式，在國難深重的中國半殖民地條
件下，新興報章雜誌成了當時中國資產階級改良救亡派（如康、
梁）甚至革命派形成政治、文化公共領域的基盤。而康、梁資產
階級改良主義一派，又從一開始就把改良運動與小說的推廣緊密
連繫起來，把小說當成推動改革，宣傳革命和國民性改造的工
具。當時也，光是專刊小說的刊物，從一八九七年的《演義白話
報》到一九一〇年著名的《小說月報》，總數在二、三十種以
上，培育了介於舊說部與新白話小說間、批判半殖民地半封建社
會的「譴責小說」，產生了李伯元（《官場現形記》）、劉鶚
（《老殘遊記》）和吳趼人（《二十年目睹之怪現象》），收穫
了由林琴南、嚴復迻譯的大量外國小說，為一九一八年魯迅寫
〈狂人日記〉而宣告我國現代小說的誕生，準備了足夠的條件。

　　但日據下台灣地方的情況就很不一樣。鴉片戰爭後台灣也被
迫開港，強迫貿易，洋行取代了傳統行郊，外國銀行資本全面控
制了台灣的經濟商品作物的生產與貿易過程，買辦資產階級興
起，但一般地人數少，力量弱，沒有集居新興工商城市的厚實的

資產階級。及淪為日本直接統治的殖民地，台灣地方資產階級受到半殖民地中國所不能比擬、來自日帝的壓迫。一九〇〇年日本三井財閥的「台灣製糖廠」設立。一九〇二年，日本以法律強權掖助日本現代化糖業的獨占經營，給種蔗地主和蔗農帶來強大壓迫。一九〇五～一九一八年間，主要是日資的現代製糖廠陡增，台灣本地資本主義萌芽的糖廍作坊迅速解體。一九一一年，日帝明令剝奪台灣資產階級獨自開設現代資本主義企業的權利，從而使台灣本地資本對日本獨占資本從屬化。台灣地方的現代資產階級無法健全發育，再加上日本帝國主義的警察強權統治，台灣人要遲至一九二七年才能在島內發行《台灣民報》一種。其後雖陸續刊行幾種雜誌，但大多屢刊屢禁。弱小而備受壓迫的台灣資產階級在一九三〇年以前，要形成政治、文化、文學的公共領域，從而發展小說藝術，自然是艱苦備嚐的。

　　在這樣的社會經濟背景下，十九世紀末的中國內地和二十世紀二〇年代殖民地台灣的現代小說，出於半殖民地以至殖民地的強大壓迫，反帝、救亡自然成為兩岸小說最強烈的主題，正如十八世紀的西方小說表現其重商主義資本向外拓展、新興城市蝟集來自農村的各色人等的歷史時代中，對外擴張，異國新天地傳奇、女工、流浪漢成為當時小說主題一樣，表現了（半）殖民地與帝國主義不同社會、不同政治經濟構造下不同的思想感情、意識形態和主題意識。這都和是否把「文學視為自主的存在」，是否特別要把文學「當做政治的輔助工具」，我們台灣作家是不是「敬業」，是毫不相干的。

　　而從台灣在殖民地困難條件下，沒有時間和餘裕像十九世紀末的大陸那樣，從文言小說、翻譯小說、譴責小說……逐漸演化成熟，然則竟而能在賴和一代人，能突然直接用白話漢語，以比較成熟的技巧表現，取得現代小說的可喜成就者，沒有別的原因，而是出於殖民地台灣作家知識份子因對於祖國中國的嚮慕，

直接繼承內地的文白語文鬥爭的成果，以中國白話文為表述工具，以中國白話文現代小說作品為寫作與表現的範式（paradigm），當然有密切關係。因此，對這一時期作品在美學上的評價，應該考慮到台灣白話文學省去了中國現代小說幾十年在語言、表現形式上的摸索，一步到位所取得的成績，不能過低評價。何況，一九一八年魯迅從〈狂人日記〉展開的一系列傑出的新小說的偉大成就，也必須看到那是奇蹟般的獨一的高音。和魯迅同時代的新小說，相形之下，「在技巧與結構方面」，也不免於「顯得極其粗糙」。陳芳明對萌芽期台灣新文學的酷評，表現了他對台灣新文學的社會經濟脈絡之無知。

五、台灣普羅文學運動與共產國際文運

　　在談到「統一戰線」時期的特點，陳芳明指出幾點：「出現了文學組織」，「發行」了「文學雜誌」，作家們「開始」「以團體的力量專注文學作品的經營」，結成「聯合陣線」。這時「文學運動不僅脫離政治運動陰影，而且有取代政治鬥爭運動之勢」；另外就是台灣「左翼文學」的「崛起」。這是一段混亂的分析。

　　一九三〇年前後，世界資本主義體制遭逢最強烈的經濟蕭條之襲擊，從根本震動了世界資本主義經濟。為了挽救日本的資本主義，日本國家強力介入，實施對通貨的國家干預，日本資本主義從獨占資本主義階段，進入了國家獨占資本主義階段，同時發動侵華戰爭，以戰爭統制經濟體制，進一步擴大和強化了日本國家獨占資本對殖民地台灣的掠奪，使台灣本地人資本進一步萎縮，廣泛台灣工農階級進一步貧困化。

　　世界經濟全面蕭條，突出地暴露了世界資本主義體系深刻的

矛盾。以共產國際為首的世界無產階級運動，樂觀地估計了形勢，一時之際，世界資本主義已晉入面臨最後崩解的「第三期」之論，甚囂塵世。而文化與文學意識形態的革命，又一向是社會主義革命運動的重要關注，因此到了革命樂觀主義高漲的三○年代，無產階級文化運動和文學運動，成為各國各地區共產主義運動的重要形式。三○年代的台灣新文學運動，在台共建黨於一九二八年的歷史背景下，自亦受到世界無產階級文化／文學運動的深刻影響。

此外，從二○年代末到三○年代初，在日本和台灣的無產階級運動遭到重挫。一九三一年，台共連同革命化的文協、農組、甚至民眾黨遭到全面破壞。這時，從各個戰線上流落出來的黨人和同情者，湧向了左翼文化／文學戰線，利用薄弱的合法性，延續革命的實踐。一九三二年，詩人王白淵在東京成立了一個無產階級文化運動組織，旨在「藉文藝的形式，啟蒙大眾之革命性」。同年，他在「日本無產階級文化聯盟」領導下結成「東京台灣文化同好會」而不久瓦解的兩個月後，又結成「台灣藝術研究會」，推展無產階級的文化藝術運動。

一九三六年，台灣共產黨人王萬得等創辦《伍人報》，與「納普」（NAP，「全日本無產者文化聯盟」）旗下的日本《戰旗》、《法律戰線》、《農民戰線》保持密切的工作聯繫，並推動關於「台灣話文」、「台灣鄉土文學」的重要論爭，為當時無產階級文化／文學運動中的語言和文藝策略，進行了深入的論議。

一九三○年，賴和、謝雪紅等人創辦《台灣戰線》，旨在「以普羅文藝謀求廣泛勞苦民眾的利益」，解放勞苦大眾，從「少數資產家、貴族階級」手中，把文藝奪回到無產者的手上，「宣傳馬克思主義和普羅文藝」。

《伍人報》和《台灣戰線》受到日帝當局百般壓迫而停刊。

一九三一年，在台灣進步日本人夥同台灣進步的（無政府主義傾向的）台灣文化人結成「台灣文藝作家協會」，除了宣傳無產階級文學，也成為台共瓦解後台灣的民族與階級運動的據點。一九三四年，「台灣文藝聯盟」成立，宣言「提倡大眾文學」。

　　因此，必須在三〇年代日本資本主義在戰爭政策下向國家獨占資本主義轉化，世界經濟危機深化，世界無產階級運動進一步挺進發展，台灣本地資本進一步萎縮，大眾貧困化加劇等的歷史背景下，才能正確理解與世界無產階級文化／文學運動相結合的台灣無產階級的文化／文藝刊物與結社的鬥爭、和無產階級性質（或隱或現）的文藝、文化結社的深層政治經濟學的意義。無來由地說這時期突然「出現了文學組織」、「發行文學雜誌」，無來由地「開始」「以團體的力量專注文學作品的經營」、「結成聯合戰線」，是絲毫沒有科學性的說明力的。至若竟謂此一時期的台灣新「文學運動不僅脫離政治運動的陰影」，尤其荒腔走板了。無產階級文學為無產階級政治、為無產階級革命服務，是公開的命題。而且既說是此時的文學「有取代政治鬥爭運動之勢」，則文學又如何「脫出政治運動的陰影」？

六、過高評價皇民文學

　　陳芳明把從一九三七年以迄一九四五年間長達八年的階段，界定為「皇民運動時期」。

　　對於在日帝強權威逼下，殖民地台灣作家被迫為日帝戰爭政策畫圖解的條件下寫的作品，應該怎樣評價的問題，尤其在台獨派文論家總是把皇民文學普遍化，從而直接、間接予以合理化甚至美化（謂台灣皇民文學有「現代化」和「愛台灣」的性質）的現時代，顯得十分突出。

　　應該對戰時日據台灣的文學作品，依個別的作家和作品；依其一時也要依其一生的創作歷程，做個別的分析。在法西斯高壓下不憚於利用任何可利用的機會、主題和活動，孜孜不倦地從事堅強不屈的鬥爭的楊逵，和在憂悒、後退、苦悶中苦苦掙扎的形式中透露深層的抵抗與徬徨的龍瑛宗，以及基本上以描寫台灣傳統家族風俗與葛藤，漠視皇民教條的壓力，寫作生產力旺盛的呂赫若，以及雖然也被迫參加大東亞文學會議，基本上沒有寫過嚴重危害民族利益的作品，而且事後表現了某種悔恨，而且從其一生的表現中尚不能貿然評價其附敵和出賣民族的張文環、楊雲萍，甚至在皇民主義下表現出民族認同的猶疑苦悶，事後表示了某種修正的王昶雄，都和至死不變其皇民反華思想的周金波，以慘絕的呼喊否定自己的民族，必欲把自己改造成高潔偉大的大和民族的陳火泉，有根本性的差別。把周金波、陳火泉和楊逵、呂赫若、龍瑛宗、張文環、楊雲萍和王昶雄一鍋煮，相提並論，是台獨派關於皇民文學普遍主義的故技，對各別作家和日據末期台灣文學，是難堪的侮辱。

　　在思想、精神上完全皇民化，寫過嚴重汙謗自己民族，為敵人的侵略戰爭塗脂抹粉的作品的作家，嚴格說，只有周金波和陳火泉兩個人。但從其作品數量之單薄稀少，作品思想之醜惡反動、作品在審美上的粗劣而論，台灣皇民文學到底能否成立，已大有疑問，依陳芳明的「史識」和「史觀」，竟將日據最後八年，在台灣新文學劃期中，堂堂割給了「皇民文學」，令人匪夷所思。

七、光復初期的台灣社會是半殖民地化，
不是「再殖民地」化

　　接下來，陳芳明把台灣光復的一九四五年，到蔣氏家族結束
了統治，台灣人李登輝接任視事的一九八七年的前後四十二年間
的台灣社會性質，竟而規定為「再殖民」階段。

　　陳芳明的台獨派邏輯是明白的：日據五十年是台灣「殖民地
社會」階段。一九四五年以後，「中國人外來政權」國民黨集團
對台灣的「殖民統治」，使台灣「再」次淪為「殖民地社會」。
這苦難的、「中國帝國主義」下的台灣，至台灣人李登輝繼蔣家
擔任台灣總統為分界線，在沒有任何台灣人的民族解放鬥爭的條
件下，使台灣從中國帝國主義下解放，結束了「再殖民」社會階
段！

　　陳芳明是怎樣說明戰後以迄一九八七年的台灣「再殖民社
會」呢？他首先說，戰後國民黨以其帶到台灣的「強勢中原文
化」，貶抑日據下台灣殖民地經驗為「奴化教育」；其二，一九
五〇年後國民黨在台灣「強化既有的以中原取向為中心的民族思
想教育」；其三，國民黨以武裝的警備總部為「思想檢查的後
盾」，為「配合反共國策」，國民黨政府周密地建立了戒嚴體
制。最後，陳芳明下了這結論：「這種近乎軍事控制的權力支
配，較諸日本殖民體制毫不遜色」，因此「從歷史發展的觀點來
看，將這個階段概稱為『再殖民時期』，可謂恰如其份。」

　　從一到二是文化、意識形態的概念，三至結論則是政治的概
念。這怎麼能是一九四五到一九八七年間台灣社會性質，即台灣
的社會生產力和生產關係之總和的描寫？前文說過，「殖民地社

會」不是一個社會形態，不能是一切社會發展必由的階段。那麼，所謂「『再』殖民社會」論亦然。而且，按台獨派把四百年台灣史一律看成迭次「外來政權」對台灣的殖民，則依陳芳明的高論，荷據台灣是「殖民社會」；明鄭台灣才是「再殖民社會」。清朝台灣是「再・再殖民社會」；日據台灣是「再・再・再殖民社會」，一九四五～一九八七的台灣，就是「再・再・再・再殖民社會」矣。世之謬說，曷甚乎此！

　　而且，人們無法理解，國府統治台灣時以「強勢中原文化」「貶抑」日據下台灣經驗為「奴化教育」，和台灣社會性質為「再殖民社會」有什麼關係？說國民黨把「以中原取向為中心的民族主義」強加於人是「再殖民主義」，當然是建立在「四百年」來台灣已發展出外乎中華民族的一個新民族——而這種宣傳，別說在當時，既至於今日，在社會科學上也大有爭論的餘地。至於說反共政策下軍事法西斯體制，在戰後美國影響圈內的「第三世界法西斯國家」、「國安壓迫性政權」(The third world fascist state; National security-repressive regimes)中極為常見，但總不能說朴正熙、全斗煥的韓國是「（再）殖民社會」，六○年代迄八○年代非洲和中南美親美反共軍事政權對自己的同胞進行了（再）殖民統治吧。

　　陳芳明的「殖民社會」論，在他的〈初期新文學觀念的形成〉中，對日據台灣「殖民體制的建立」，有一套錯誤與破綻百出的分析。陳芳明舉了「六三法」的壓迫；「內地延長」論的欺罔；為日本資本服務的現代基礎教育和山林田野的調查與收奪……來說明殖民地台灣社會的性質。事實上，台灣殖民地半封建社會的性質表現在：一、殖民地現代基礎工程之推動，達成了殖民地化必要的構造改革，為日本資本的滲透準備道路；二、殖民地米糖單一種植經濟的形成；三、日帝資本主義和台灣傳統半封建地主・佃農經濟的苟合，以及四、法西斯軍國主義下的「軍事

工業化」。然而，儘管錯誤和破綻百出，在〈初期新文學觀念的形成〉中，陳芳明還閉門獨自炮製了幾點他對「殖民社會」之性質的界定。然而當他論證戰後以至一九八七年台灣「再」次「殖民」化時，卻以另外的、與他的日據台灣殖民社會論完全無關的、更加莫名其妙的邏輯來充數。足見陳芳明的社會科學知識之荒廢！

　　一九四五年後國民黨統治集團對台灣的統治，到底是不是「外來政權」對台灣的「殖民統治」？這就得以「殖民主義」在社會科學上的界說來看。

　　殖民主義是資本主義持續不斷的擴大再生產、對市場和工業原料持續不斷的飢餓，發展到金融資本主義，急需向外擴張，輸出資本的結果。一個被殖民地化的社會，往往被迫依照殖民宗主國獨占資本的擴張、循環與積累的目的、利益與需要，遭到強行改造，在對宗主國經濟的庸屬性分工構造中，殖民地自身原來的傳統經濟瓦解，重編到宗主國帝國主義經濟圈，成為其再生產運動的一環。殖民地只能從事原料與糧食生產，按宗主國的需要，進行農業的單一性種植。宗主國資本在殖民地奴隸性農業莊園、礦山、高勞力密集輕工業中進行超額利潤的剝削……

　　而一九四五年到一九四九年撤退來台的國民黨國家，還停留在千瘡百孔、貧困落後的「半殖民地‧半封建」階段，主權並未完全獨立，資本主義薄弱，半封建經濟仍占主要地位，一九四六年後又在內戰中岌岌可危──這樣的社會當然離開對外帝國主義擴張期的國家獨占資本主義階段十分遙遠，又如何能向台灣進行「帝國主義」性質的「殖民統治」？國民政府將日產收歸國有，是當時國民黨在全國施行國家資本主義政策的一部份，台灣傳統的半封建主佃經濟沒有破壞，反而與國府半封建體制結合，沒有「單一種植」，台灣也沒有成為幼稚落後的資本主義內地原料供應地和傾銷市場……此外，國民政府從日帝手中收回台灣，是依

據抗戰期間對日宣戰，廢除馬關條約，和二戰結束前夕「開羅宣言」和「菠次坦宣言」收回，派遣了代表舊中國地主階級、買辦資產階級和官僚資產階級的國府的陳儀集團接收台灣，從而把台灣納入了半殖民地・半封建的中國。不應忘記的是，自日治以來，台灣的小農制地主佃農體制的半封建經濟，在一九四五～一九五二年的台灣，受到國民黨當局的支持與保護。台灣不是什麼被中國殖民的社會，而在政治、經濟上都是一個被編入舊中國半殖民地半封建社會的一個收復的行省，和中國內地其他各省一樣，受到舊中國統治集團即帝國主義、地主階級、買辦資產階級和官僚資產階級的統治。陳芳明和一些台獨派學者說台灣的光復，是中國「外來政權」對台灣的再次殖民地化之說，根本禁不住社會科學的質問。

陳芳明關於戰後台灣社會的主觀唯心主義的述論，不值一笑。然而一九四五年以後中國的台灣地方社會的形態，是一個極為重要的理論課題。從台灣戰後資本主義發展史來看，依不同階段的社會生產力和生產關係，應該進一步做科學的分期。以比較科學的社會性質的分期為主要依據，分析和說明各階段作為社會上層建築之一組成部份的文學，才能有較高的科學性。

我們以為，台灣光復的一九四五年到韓戰爆發，美國封斷海峽、民族分斷的一九五〇年間，是台灣地方社會的「半殖民地・半封建社會」階段。

日本戰敗撤出台灣，殖民體制一夕瓦解，台灣復歸於當時半殖民地・半封建的中國。台灣作為中國的地方社會，自然也帶上帝國主義下中國半殖民地的地位；在一九五二年農地改革完成之前，台灣一仍存在著強固的、半封建的小農地主・佃農體制，和當時代表舊中國統治階級的陳儀到陳誠集團互相溫存，對農民進行半封建的榨取。於是台灣社會性質自日據「殖民地・半封建社會」一變而為中國半殖民地・半封建社會的一個構成部份。

　　戰爭結束前夕，台灣的資產階級（包括地主資產階級）在戰時統制經濟下，進一步遭到國家獨占資本主義化的日本資本的擠壓而萎縮，台灣資產階級全面無力化。及至光復，一方面是戰爭帶來的殘破，一方面是陳儀當局接收了日據下專賣獨占企業廠礦，形成國家資本主義的獨占體，台灣資產階級想在光復後靠日產興業發達的希望落空。一九四六年，國共全面內戰爆發，四七年中後，形勢逐漸逆轉，台灣經濟不能不受到一個舊政權全面傾覆的總的社會、政治與經濟危機的衝擊而混亂化，通脹嚴重，財政瀕於崩潰。一九四九年，國府全面敗北的徵兆益明，撤退來台的國民黨武裝集團開始展開對台灣的高壓政治。

　　正是在全中國半殖民地半封建社會全面倒塌的過程中，台灣在一九四七年元月爆發了大規模反美學生運動，反對美軍凌辱北大女生沈崇，喊出了「美國滾出中國去」、「中華兒女不可侮」的口號。二二八事變，是當時全中國各地人民反內戰、反獨裁、要求和平建國，主張地方高度自治的民主鬥爭的一環。一九四六年以後，中共地下黨在台快速發展，經過二月事變的的洗鍊和全國民主革命形勢的鼓舞，大量台灣工人、農民、知識份子奔向了當時全國性（新）民主（主義）革命的火線。

　　因此，從台灣作為中國半殖民地半封建社會的一個部份所面對的矛盾，才能理解與說明台灣作家朱點人、呂赫若、簡國賢和藍明谷都參加了中共在台地下黨，為中國民主革命最終在五〇年代初的白色刑場上仆倒的歷史，成為當代台灣文學的重要而突出的傳統；也才能說明一九四七～一九四九年間新生報「橋」副刊上關於建設台灣新文學的熱烈爭論，力言台灣（文學）是中國（文學）的一部份，主張寫人民與生活的現實主義，介紹中國三十年代左翼文學理論和革命現實主義的創作方法；充滿熱情地暗示台灣新文學的建設應以新中國的誕生為遠景；也才能說明省外作家歐坦生（筆名丁樹南）寫出強烈抨擊來台個別省外接收人員

薄倖台灣少女，省外不良國府官僚欺壓台灣農民的傑出小說〈沉醉〉與〈鵝仔〉；也才能說明楊逵在《橋》副刊上的文藝爭論中，以及在四九年發表的〈和平宣言〉中，迭次疾言反對台灣獨立論和台灣託管論；更才能理解楊逵和《橋》論爭中的雷石榆、歌蕾、孫達人連同台大和師大進步學生在一九四九年「四‧六」大逮捕事件中被投入白色的黑獄的歷史意義。

八、「美援經濟」下的資本主義改造

　　如前所論，一九四五年以後的台灣社會性質，四五年到五○年是一個突出的階段，而五○年以後的社會，性質一變。

　　五○年韓戰爆發，東西冷戰對峙形勢達於高潮。美國以第七艦隊武裝封斷祖國的海峽，在世界冷戰與國共內戰雙重結構下，台灣與祖國大陸分斷，逐漸發展出和中國民族經濟體系相斷絕的、獨自的國民經濟，其社會發展道路和相應的社會經濟性質，遂與革命後的大陸社會殊途。

　　先說社會經濟的變化。

　　從韓戰爆發到台灣完成資本主義工業化的一九六六年，是一個階段。

　　韓戰爆發後，台灣立刻成為美國在東亞冷戰戰略上的重要據點。從一九五○年開始，以經濟援助和軍事援助的形式，美國向台灣挹注了鉅額資金，至一九六五年美援停止，平均每年的經援高達一億美元。這些援助穩定和改善了台灣紛亂的財政，擴大和改善了電力、教育、交通和農村建設等基礎工程，分擔鉅大的軍費，減輕、從而改善了財政，鞏固了國營企業。美援在這一階段中，在台灣資本形成中占有鮮明、重要的比重，形成一九五○年到一九六五年突出的、依附性的美援經濟體制。

　　美援經濟深入地參與台灣的財政管理和經濟發展計畫，使台灣經濟發展目標扈從於美國經濟、政治和軍事目標、邏輯與利益，喪失主體性，以致一九六五年美援的停止，不是標示台灣經濟的自主化，而是對美經濟依附結構的完成，迎接嗣後美國的直接投資和貸款形式的資本輸入。

　　美援經濟一面以巨資扶翼和鞏固作為國府權力基礎的公營企業，一面又對國府施加壓力，發展民間的私人資本主義企業。為了根絕共產主義在地主佃農體制下貧困化的農民中發展，配合一九五○—五二年國府對台灣地下化「在農村的共產主義運動」的殘酷鎮壓，美國推動在台灣的農地改革，一方面使幾百年來台灣封建的、半封建的地主佃農體制崩解，使地主和佃農作為一個歷史悠久的階級消亡，更創造了由廣泛小資產階級性質的零細自耕農所構成的新農村，台灣社會經濟中半封建的性質消失了。另一方面，台灣也在進口替代工業化策略下，成功地將土地資本導引向工業資本，造就了戰後第一代豪族系私人資本。這些資本，一面受美國援助的扶持而有買辦資本的性質，又受國府的庇掖而有官僚資本的性質。

　　一九六○年代，世界資本主義分工重編，美國為首的跨國資本和美國制定的外資投資條例，經美援經濟鋪好的大道，長驅直入，使台灣編入向美輸出廉價輕工產品，自日輸入設備、技術、半成品這樣一個「三角貿易」結構下發展加工出口工業化，在國民黨反共獨裁下壓抑工農利益，把資本積累最大化而取得由外資主導的高額快速的、依附性的經濟成長。加工出口工業的發展，創造了大量的中小資產階級、市民和工人階級。從五○年開始，台灣經濟實質上的資本主義化以空前的面貌快速展開。資本主義的生產方式和生產關係有顯著的發展。但這發展是假借外鑠的美援經濟而不是本地長期的積累；假借美國和國府權力所主導的政策，而不是本地資產階級的發動，帶有深刻的依附性和畸形性。

而工業產值正式超過農業產值，則一直要等到一九六六年。

　　因此，在社會經濟性質上，這一階段的特徵是：一個傳統封建體制消亡，資本主義生產方式顯著發展，一方面經濟上有依附性和畸形性，在一九六六年前農業產值高於工業產值而未臻全面工業化的「半資本主義」階段。

　　再從包括政治在內的生產關係來看。

　　國民政府在我國的大革命中，於四九年底亡命台灣。完全喪失了權力的社會基礎的國府流亡集團，風雨飄搖，岌岌可危。但韓戰爆發，美國對華政策一變，給予國府龐大的軍事、經濟和政治外交上強有力的支持。美國以強大的戰後國際影響力，外交上抹殺新中國，強以「中華民國」代表全中國，使國民黨流亡集團先取得國際外交的合法性，並根據這國際外交合法性，建立了對台統治的合法性。因此，來台以後的「中華民國」，一開始，就是美國在東亞冷戰戰略下一個人工的、虛構的國家。

九、國民黨「擬似波拿帕」政權和新殖民地‧半資本主義社會

　　而在美國強大支持下，國民黨在台灣建立了「擬似波拿帕國家」（pseudo-Bonapartist state），在台灣施行高度個人專政的壓迫性政權。馬克思以法國路易‧波拿帕個人獨裁王朝為例，說明「波拿帕國家」有這些特質：一、社會上資產階級和無產階級兩皆弱小，或勢均力敵，致缺少強而有力的資本階級出而主導國政。二、此時就會產生個人專政而不是階級專政的國家形式，以高度個人獨裁的國家機關、維持秩序、以利資本的積累和再生產機制。三、及至資本主義在獨裁秩序下進一步發展，資產階級

成熟，高度個人專政的波拿帕國家就會還政於階級專政，還政於
資產階級。四、因此，波拿帕國家是特殊歷史條件下、特殊的、
過渡性的國家。一九五○年以後，以蔣介石一人的一元化獨裁統
治，超越了一切階級、階層、集團和黨派，讓一切勢力在個人威
權下伏服戰慄。一九五○年至五二年台灣全面、徹底、殘暴的反
共白色肅清，以暴力確立了蔣介石的波拿帕統治，推行極端反共
的獨裁高壓政治。五○年以後，冷戰體制下美國支持的第三世界
反共法西斯獨裁政權，多數具有這種反共的、軍事性的、扈從於
美國的波拿帕國家性格。由於不同的歷史，比起法國波拿帕王
朝，多出了對霸權美國的扈從性，沒有完整的主權，故稱「擬似
波拿帕主義」（pseudo-Bonapartism）。美國新殖民主義下的反
共波拿帕政權，這才是五○年後國民黨反動統治的本質，而不是
什麼「再殖民」政權！

　　在經濟關係上，台灣在「美援經濟」體制下的對美附庸性
格，已見前述。在政治、外交上，台灣也是美國反共政治和外交
上的附庸和工具。在軍事上，台美協防條約使台灣成為美國國防
在東亞的前線，成為美國遠東反共戰略的前哨基地，受到和基地
相關的治外法權的制約。一九七九年美台斷交，台灣在美台關係
中喪失了做為一個「主權國家」的身分，又在美國國內法「與台
灣關係法」中成為美國的屬地。

　　這一對美國多方面從屬化的情況，在思想、文化、意識形態
上也不例外。美援體制推動了台美間人員培訓、交換，在高教領
域上，進行美國化改造，美國教科書至今充斥台灣高教領域。獎
學金、留學制度，訓練和培養了一代又一代美國化精英資產階級
知識份子，遍佈台灣政、商、軍、情、文、教領域的領導地位。
美國在台文化機關如「美國新聞處」（今日的「美國文化中
心」）對台灣文化、思想、甚至文學、藝術都起到深遠影響。至
於美國大眾文化的滲透，尤其不在話下。台灣在文化、思想、意

識形態上對美從屬化，已經無以復加。

　　二次戰前，世界上有七五％的人口生活在各式各樣的殖民制度下。戰後，殖民地紛紛要求獨立。帝國主義（如法、英）曾分別企圖在越南半島、馬來半島、香港等地繼續殖民統治，但法國在奠邊府一役敗走，馬來亞獲得獨立，香港仍在英帝統治下。為了繼續維續帝國主義的利益，帝國主義者改變了策略，給予前殖民地以形式上、政治上的獨立主權，同時利用過去宗主國和殖民地的關係，與殖民地精英資產階級合作，鞏固前殖民地在經濟、政治、軍事、文化意識形態上對舊宗主國的扈從結構，稱為「新殖民主義」。

　　日本帝國主義在二戰中潰敗，無力以新殖民關係重臨台灣。然而在冷戰體制下，美國取代日本在台灣取得了經濟、政治、外交、軍事和思想文化上的全面支配。於是因為冷戰和民族對峙而與中國分離的、中國地方社會台灣，在特殊的歷史條件下，成為美國的新殖民地。因此一九五〇年後的台灣社會，不是什麼被國府集團「再殖民」的社會，而是美帝國主義下的新殖民社會。國府不過是美國對台新殖民支配的工具而已。

　　而一九五〇年後，台灣的新殖民地性，至今未變。一九一二年到一九四九年，中華民國是一個半殖民地、即半獨立的（也是半封建的）國家。其中，自一八九五至一九四五年，中國地方社會的台灣，在全中國半殖民地化過程中淪為殖民地。一九四五到四九年，台灣編入半殖民地‧半封建的舊中國社會。一九五〇年到今日的「中華民國」，其實從來也不曾「主權獨立」過，美國的新殖民地支配是它最突出的社會性質之一。

　　因此，總括而言，一九五〇年到一九六六年，台灣的社會性質，在特殊的歷史條件下，是「新殖民地‧半資本主義社會」。

十、一九五〇到一九六六的台灣文學

作為這一新殖民‧半資本主義社會階段的上層建築的台灣文學，至少表現出四個突出的方面：

一、和蔣介石反共波拿帕政權的樹立相應，由政權的組織和推動，發展出為蔣介石「反共抗俄」冷戰與內戰國策服務的反共文學，受到國民黨及其工具「中國作家寫作協會」等的統轄而發展。

二、相應於蔣介石反共波拿帕統治的鞏固過程，一九四七至四九年萌發於台灣的，表現在同時期新生報《橋》副刊上的台灣新文學論爭中的、中國三〇年代左翼文論在台灣的發展，在白色恐怖中中途全面挫斷，致一九五〇年後左翼文論和左翼文學的實踐在台灣遭到致命打擊而中絕，一直要等到一九七〇年代現代詩論戰和鄉土文學論爭中才復甦。

三、在反共文學發展的同時，作為美國在世界冷戰中強力的意識形態武器的「現代主義」文論和創作，相應於台灣的對美新殖民地化過程，相應於美國在思想意識形態對台灣的支配，透過「美國新聞處」，在台灣取得了全面性發展。現代主義文藝，原是西方在獨占資本主義時代的創作方式。但由於美國新殖民主義性質的文化支配，在「半資本主義」的台灣和其他美帝國主義影響下的第三世界中漫延，對各當地的反帝的、批判的現實主義文學，起到對峙抗衡作用。於是，美式現代主義在台灣取得了自五〇年代迄一九七〇年代（現代詩論爭迄鄉土文學論爭）近二十年的統治。現代主義文藝刊物和結社蓬勃叢出，也在這一時期。

四、台灣的左翼的、批判的現實主義遭到反共鎮壓（楊逵、歌蕾、雷石渝投獄、簡國賢、朱點人、呂赫若、藍明谷刑死）

後，一種素樸的、沒有強烈政治傾向和階級意識的現實主義小說，在以鍾理和為代表的台灣本地作家中成長，後來匯合在六○年代中後吳濁流主宰的《台灣文藝》雜誌旗下。五○年代末七○年代初，戰後第二代作家如黃春明、白先勇和陳映真和其他一代作家登台，描寫了五○年代到六○年代下半台灣資本主義化過程中農村和城鎮的變貌，農民的分解，和國民黨沒落權貴的消萎。

陳芳明把一九四五年以後的台灣社會經濟性質規定為「再殖民」社會之不通、之貽笑大方，不必再論。但他把「反共文學」當成四九年到六○年近十年間台灣文學的主要文類，也是可笑的。被他劃入六○年到七○年的「現代主義」時期也絕不準確。在一個意義上，反共文學與現代主義文學是雙生兒。五○年代初，紀弦寫反共的「戰鬥文學」〈在飛揚的時代〉後不久，就以《現代詩》詩刊宣傳現代主義。七○年展開的現代詩論戰和七八年鄉土文學論戰中，現代主義和官方結盟，以扣政治帽子、寫密告信的方式惡毒打擊鄉土文學，就是證明。而被陳芳明劃為七○年代主要創作方式的「鄉土文學」，其中重要作家如黃春明等和他們的重要作品都在六○年代中即已臻於成熟，寫出其重要作品的大半，絕不待七○年代才出現。七○年到七四年的現代詩論爭和七八年的鄉土文學論爭，主要是文藝理論和思潮的左右鬥爭，是和四七年迄四九年左翼文論的、迢隔了三十年的對話，下文將有深入的分析。陳芳明歷史唯心主義的「社會性質」論，和他錯亂的文學分期論，絲毫沒有科學性。邏輯上不通，知識上錯誤，其實是必然的結果。

十一、新殖民地·依附性資本主義階段的形成

從完成資本主義工業化的一九六六年到初步形成戰後台灣經

濟的獨占資本主義化的一九八○年代中期，可以劃出另一個階
段。

在這一時期，從社會經濟上説，有四個特點：

一、在反共獨裁體制和國際冷戰與國共內戰的雙重構造下，
藉著把「國家安全」無限上綱，在政治上排除民衆的民主參與，
在經濟上收奪勞動三權，壓抑工會，形成對外資和內資可以恣恣
剥削的「投資環境」（investment climate），使資本對剩餘價
值的剥奪最大化，形成外資推動的、加工出口工業化的「獨裁下
的經濟發展」。跨國企業蜂湧而來，經濟快速成長，至一九七四
年石油危機而略挫。

二、台灣戰後資本主義在依附化、半邊陲化構造中發展的過
程，在社會結構上產生了許多現代的大資產階級和大量中小資產
階級。當然，資本主義生產的發展，也使更大量的工資無產階級
登上了社會舞台。另一方面，社會矛盾也在戒嚴體制下不斷積
蓄。外資的侵入、勞資的階級性矛盾，勞動三權的摧殘、生態環
境的崩壞，新興資產階級參政議政的要求和戒嚴政治的矛盾、和
農村的解體等社會矛盾，都以台灣社會史上空前的規模擴大。

三、到了八○年代，一方面是資本以其對利潤無窮的嗜慾，
追求個別企業的增大和數個企業的集團化合併，而形成財團，形
成資本的獨占化。另一方面，因工資自然上漲，國際競爭力受
限，環境成本高漲等原因，形成投資猶豫和工業升級壓力的增
大。閒置的資本流向投機市場而形成八○年代後期的泡沫經濟。

四、台灣戰後資本主義原初公營／私營資本的雙重結構，至
此而形成其矛盾統一的「政商資本」，發展為政商資產階級及其
肥大化。商人攀結官、政界而特權積累，官政將商人的賄贈投資
而資本化。國民黨波拿帕國家形式和相對發達的資本主義生產關
係的矛盾，因七○年代中後嚴重化的「外交危機」而加劇。

再從政治、思想和意識形態等上層建築考察：

　　一、蔣介石反共波拿帕政權的合法性，受到至少兩個方面來的嚴峻挑戰：1.進入七○年代，「第一次冷戰」緩和，聯合國因第三世界會員國陡增產生了一定的構造變化，美國隻手蔽天支持的「中華民國」的虛構，發生破綻。七○年後，包括美、日在內的重要國家紛紛與台斷交，與大陸建交，台灣「主權」的外交合法性受到沉重挑戰，連帶其對台灣統治合法性亦遭嚴重波及。2.隨著戰後資本主義的展開，台灣本地大資產階級在蔣政權蔭庇下成長，另廣泛中小資產階級和市民階級也蓬勃發展，自然形成接管政權、要求由個人專政還原於階級專政，還政於本地資產階級，終結台灣的波拿帕主義，把台灣的政權機關改造為資產階級的政權機關的壓力日增。

　　二、一九七九年美國與台斷交而與大陸建交，使這雙重壓力加厲，國府不能不加強其強權鎮壓，終至爆發一九七九年十二月的美麗島事件，國民黨與台灣資產階級市民運動決裂。美國一方面把台灣人權問題與「與台灣關係法」及對台軍售的實施結合起來，公開介入台灣資產階級對腐朽國府的挑戰。八○年初，「黨外運動」在選舉中取得了重大勝利。海外台獨運動在美國「人權」大傘下潛入島內。台灣戰後民主主義在反共、親美的傳統下，在反獨裁鬥爭中延長為反中國、反民族運動。到了八○年代中後，台獨思潮在島內蔓延，逐漸在政權翼贊下成為主流的，官方的意識形態。

　　三、一九六六年大陸發動文革的風火。一九六○年底到七○年代初，以美國為中心，西方學界、校園、文化界發動了新的、進步的思想文化運動，要求反對美國在越南的侵略戰爭，重新評價中國、越南、古巴的革命，反對種族歧視，要求高校教育在制度上、課程上、思想意識形態上的自由化。中美建交的過程，使新中國的形象在美國大眾傳播中成為新的焦點。在這個背景下，一九七○年在北美爆發的保衛釣魚台運動，迅速左右分裂。左翼

向國家認同與民族統一運動飛躍，並且在北美的港台留學生中掀
起了重新認識中國現當代史、認識中國革命、重新認識中國三〇
年代以降的文學，並且重新評價台灣現當代文學的熱潮。這個與
五〇年代以來冷戰與內戰重疊的主流意識形態針鋒相對的新思
潮，穿過嚴密的思想檢查，流入了島內，最終影響了七〇年代兩
次文學論戰。

十二、一九六六年到一九八五年間台灣文學的特質

　　依據一九六六年到八〇年代中期的上述政治經濟學的特質，
吾人可以規定此一社會發展階段的性質為「新殖民・依附性資本
主義」階段。而與之相應的台灣當代文學，在這些方面說明了這
一階段的文學思潮與創作實踐的特質：
　　一、一方面受到資本主義進一步發展在階級關係、社會、文
化和生態環境的矛盾擴大化的影響，一方面又受到保釣左派對中
國和台灣現代史再認識，以及對三〇年代中國左翼文學及台灣現
當代文學重新評價運動的影響，在一九七〇年初，開展了批判現
代主義詩的「現代詩論戰」，從而引發了一九七八年的「鄉土文
學論戰」。兩次論戰，概括地說，提出了文學是什麼，文學寫誰
和寫什麼，文學為誰，以及探索現實社會的經濟性質，從而以文
藝表現其矛盾，克服其矛盾，具體提出了台灣經濟是「殖民經
濟」之論，文學為人民大眾，文學應該有（中華）民族風格，也
就是提出了民眾文學和民族文學的口號，基本上以現實主義創作
方法去抵抗現代主義的創作方法。經五〇年代白色恐怖以鮮血鎮
壓下去的、在台灣的左翼文學理論，至此在三十多年後的鄉土文
學論爭中引發了噤抑卻堅定的回聲。現代詩論爭和鄉土文學論
爭，是中國三〇年代左翼文學理論與實踐同國民黨右派反動文論

的鬥爭史在七〇年代台灣的回應，而不是什麼陳芳明所說官方／中國的文論與民間／台灣文論的鬥爭。鄉土文學論爭也不是什麼「中國體制的動搖」而使作家「轉而關心社會現實」，而是中國左翼文藝思潮的復活，從而從左翼文藝觀點認識和批評「社會現實」。而且鄉土派在力言台灣及其文學是中國及其文學的一部份上，七〇年代的爭論，實質上是四七年到四九年爭論的延長與呼應。

二、進入八〇年代，主張把台灣文學從中國文學分離出來，以「台灣意識」為檢驗台灣文學的標準的台獨派文論，做為八〇年代在台灣逐漸發展起來的台灣分離運動的一個組成部份，有巨步的發展，逐漸成為台灣文藝論述的霸權。但在創作實踐上，台獨文學似乎一直沒有具體的成就。

三、隨著外國資本深入的滲透，隨著資本主義進一步發展而使社會矛盾顯在化，在文學上，深刻表現了外來勢力在企業中，在日常生活中，在賣淫觀光工業中、在勞動運動中深刻的民族矛盾。從六〇年代末一直到八〇年代初，黃春明、王禎和和陳映真等人，遠遠在今日學舌而來的「後殖民」論尚未為學界所意識之前，已經憑著文藝作家的高度敏銳，對於依附化、新殖民地化台灣生活中洋奴買辦、崇洋媚外等方面，以審美的手段，提出了嚴峻的批評，形象地回應了歷史與生活所提出的問題，表現了生活，也批判了生活。

總之，陳芳明把一九四五～一九八七這一段漫長、複雜的社會形態，簡單地收拾為「後殖民」社會，表現了資產階級歷史唯心主義的貧困與破產。

十三、「後殖民」社會階段論的荒謬

　　和絕大多數台獨理論家一樣，陳芳明把國民黨台灣人李登輝繼蔣經國出任總統，取得政權，看成台灣人從「中國人」對台「殖民統治」解放。中國對台灣「再殖民」因李登輝繼任而獲致解放，從而展開了「後殖民」這樣一個歷史和社會轉變！陳芳明這種離奇的歷史唯心論，突出了在三個問題上理論、社會科學知識上的嚴重無知與錯誤：

　　第一個問題是「後殖民」能不能是一個社會發展過程中必由的社會形態。

　　答案當然是否定的。「後殖民」有兩個概念，一個是社會、經濟概念，例如把二次戰後新獨立的、社會性質不盡相同的「獨立後社會」（post-independent society），概稱為「後殖民地社會」（post-colonial society）。另一個概念是文化概念，是今日現實上人們一知半解，經常掛在嘴上、筆上的後殖民論（post-colonialism），但兩者概念上是風馬牛毫不相涉。

　　先說社會經濟概念。二次大戰結束後獨立的社會，帶有形形色色的前資本主義性質，如中國和台灣的半封建性；馬來亞獨立後很長時間內保存著地方封建貴族制；在非洲，許多獨立後的社會仍然保有原始部族共同體的痕跡。這些國家，在冷戰對峙的世界秩序下，以介於資本主義和社會主義之間的方針路線發展自己的經濟，要之，都採取光譜不同的、依據各民族具體情況而建立的某種社會主義的發展路線。在政治外交上，這些國家結成了獨立於西方和社會主義兩陣營的「不結盟主義」，堅持走自己的路。

　　這些後殖民地社會中，也有一些社會因殖民主義統治結束，

殖民地時代的階級關係瓦解，一方面在社會、經濟、政治上與舊宗主國維繫著千絲萬縷的依附性關係，有利舊宗主國資本之長驅直入，和本地資本結盟，而使資本主義生產方式有相對性的發展。這種邊陲性資本主義發展道路，也受到第三世界激進發展社會學家所質疑。「依賴理論」的提出，就是這質疑與批判的典型。而二戰後獨立的若干社會，在東西冷戰中徹底扈從美國冷戰戰略利益，實行反共・依附美國的資本主義發展道路者，也是這個意義上的「後殖民社會」的另一種形式。

用這一意義上的「後殖民社會」看，陳芳明的一九八七年後台灣社會性質是以台灣從中國殖民體制的蔣氏統治下解放為言的「後殖民」社會之論，實在不值一駁。如果從對美扈從來看，台灣社會的「後殖民」化，也該從一九五○年而不是一九八七年始。問題的關鍵在於陳芳明根本缺少關於「後殖民地社會」的科學性的知識。

第二個問題是陳芳明所稱台灣「再殖民」社會及其解放而晉於「後殖民」社會的過程，在政治經濟上是斷裂、揚棄還是連續、統一的問題。非殖民化當然是殖民體制的揚棄與否定。但八○年代中期到今日的台灣經濟，現實上並不是與過去的斷裂、批判與否定，而是與過去的連續和發展。這是事實俱在的歷史。

一九八五年前後，台灣資本主義因資本積累與集聚的規律而財團化、獨占化。一九八八年李登輝繼任總統，標誌著蔣氏波拿帕國家政權的終結，把政權歸還給它歷經三十多年苦心呵護培育的台灣本地資產階級。台灣大資產階級在李氏政權下，向國民黨中央、立法院、地方議會等政權核心蜂擁而至，取得了空前的、過大的代表權（over-representation），把台灣政權赤裸裸地、由上而下地、改造成台灣資產階級的政權。八○年代下半到九○年代，台灣資本主義在新的世界分工下，扮演了電子、資訊產業的、較高附加值的、資本和技術較密集的、高級加出口工業化的

角色，在更高的技術、半成品和市場上，一仍依附工業上的強權。前李登輝社會與後李登輝社會，在經濟性質上、階級構造上不但看不到所謂「後殖民」對於「殖民」的否定與揚棄，反而是舊時代、舊經濟和舊階級關係的連續與發展，陳芳明的「後殖民」社會論站不住腳。

第三個問題，要問李登輝政權是蔣氏政權的否定、揚棄，還是肯定與連續。

十七、八世紀歐洲新興資產階級以資產階級市民革命、或流血、或不流血，瓦解封建貴族體制，清算了封建身份制度，使農奴得以「自由」地成為資本主義的契約性工資勞動。三○年代西班牙弗朗哥的反革命，在政治、社會、宗教各方面血腥顛覆了人民的民主體制。中國革命也在階級上、土地制度上、經濟社會體制上根本變革了舊中國的秩序。

但八○年代在韓國與台灣這兩個反共獨裁體制下取得了資本主義發展的社會，對過去朴正熙、全斗煥和盧泰愚以及蔣介石長期暴戾獨裁的歷史都沒有經過革命、政變、民衆蜂起的批判；在社會經濟體制和階級關係皆原封不動地、由舊政權主導地、由上而下地「民主化」了。歷史的曲折未加清算，社會經濟上，在獨裁體制下依附嗜血的反共獨裁、恣意榨取工農階級而肥大的大資產階級，依然位居要津，榮華富貴，在實際上統治著「民主化」、解嚴後的韓國和台灣社會。在政治上，反共、親美（日）、拒統、死抱著美國的「台灣關係法」，擁護美國在東亞駐軍、擁護 TMD 及美日安保新指針……的思想意識形態，自蔣而李而陳的三代政權，莫不代代相繼，一以貫之。總之，在階級結構上，在戰後資本主義的獨占化過程上，以及在政治、意識形態上，台灣在一九五○年以降的歷屆政權都充分表現了做為美國戰後新殖民主義支配下的「工具」政權，反對共產主義、反對新中國、拒絕民族統一的本質絲毫不變，甚且「變本加厲」。陳芳明

視一九八八年李氏政權為蔣氏國民黨政權的揚棄，現實上達到了掩飾後蔣時代台灣政權在階級上和政治上的反動本質的目的。

十四、一九八五年以後的台灣文學

在這樣一個新殖民地・依附性的獨占資本主義階段(一九八五～)台灣文學的三個方面引起我們的注意：

一、台灣在思想、文化意識形態上對美國的新殖民主義的扈從化，至八五年後達到了空前的高峰。美國學園轉販過來的「結構主義」、「解構主義」、「女性主義」、「同性戀論述」、「後現代主義」和「後殖民主義」，透過留學回台教師、媒體炒作，在一知半解下成為某種「霸權性論述」。知識份子、文藝評論家，一旦離開了洋人提出的問題，就不會提自己的問題；一旦不用洋人的辭語，就不會用自己的語言談問題，鸚鵡學舌，而猶沾沾自喜。原本反對文化殖民主義的後殖民論，到了台灣，竟恰恰成為美國對台學界文化殖民的工具。而只有在這個意義上，台灣文學才表現出深刻的「後殖民」性質——但與陳芳明所稱，已南轅北轍了。這樣的嘲諷，在陳芳明以「多元蓬勃」歌頌台灣的鸚鵡後現代主義，又與後殖民論混淆不清的說辭中，表現得淋漓盡致。然而在創作上，儘管鸚鵡後現代主義沸沸揚揚，但鸚鵡後現代作品卻一直沒有令人注目的作品。

其次，在八〇年代末至今，有些年輕一代既不理會台獨文論，也與傳統的批判現實主義無緣，偶爾也看見後現代論的影響的跡痕，但才華洋溢，出品了重要作品的一代作家，十分值得期待與注目。

第三方面，台灣分離運動雖然在兩千年三月十八日達到了高潮，但台獨派在文化、文學上的論述早有趨於疲滯沉寂之勢。這

固然是當年的台獨理論家們先後紛紛轉入政界，穿起筆挺的西
裝，出入廟堂之上，但其本身在知識、文化上的局限性，怕也是
一個主要原因。陳芳明重構台灣文學史的雄圖，雄則雄矣，但他
的知識和人文社會科學的局限性使他無法匹其鴻圖，就是一個例
子。

　　八五年以後的台灣文學應該還有可以提起的不少問題點，無
如距離太近，難做全面、客觀的觀察，就略而不論。但今年黃春
明以明快的現實主義創作的新小說集《放生》，竟創造了數萬册
的銷行紀錄。這應該是標誌著鸚鵡文學的破產，當然也標誌著黃
春明的現實主義文學的勝利吧。

十五、結　論

　　台灣社會性質的推演，不是一個自來獨立的社會之社會形態
的推移，而是中國社會之一地方社會在特殊歷史條件下的社會形
態的變化。這是台灣社會史的一個顛撲不破的事實。

　　日據以降台灣社會形態的推移，由於一九五〇年白色屠殺之
後歷史唯物主義的社會科學的不在，至今尚未有全面的、科學性
的討論。拙論初步主張台灣日據社會(一八九五～一九四五)是
「殖民地·半封建」社會；一九四五年到五〇年是中國「半殖民
地·半封建」社會的組成部分；一九五〇年至一九六六年，是
「新殖民地·半資本主義」社會；一九六六年到一九八五年左
右，是「新殖民地·依附性資本主義」社會。而一九八五到目
前，是「新殖民地·依附性獨占資本主義」的社會。

　　這一初步的整理，必然有待於更深入的討論甚至爭論才能取
得結論——正如一切社會性質的討論莫不經歷長期、縱深的討
論。但無論如何，陳芳明的「殖民社會」→「再殖民社會」→「後

殖民社會」論之荒誕不經，已不必多論。

陳芳明投出了一個不忍卒睹的壞球。但如果因此而能展開一場關於台灣社會性質、台灣社會史、台灣資本主義發展史的、有科學性、有品質的球賽——有品質的爭論，則陳芳明的此一台灣新文學分期論——雖然以負面的形象——將被台灣社會形態的討論史所長久記憶。

事實上，陳芳明並不只投了這一次壞球。在台灣共產黨史、台共綱領、台灣左翼運動史和台灣左翼文學問題上，出於陳芳明在知識上的嚴重破綻與局限性，屢犯大錯。對於這些錯誤做科學性的批判、糾彈與討論，對於發展台灣進步的社會科學與歷史學，必有所助益。

台灣當面社會形態問題，以及與此相連繫的台灣社會史問題，是我們當前的、久懸未決的，十分重要的理論課題。在這一課題上的深入研究與展開，不但有益於對台灣社會實情的客觀理解，也有益於清理已經基本教義化的許多論說——例如台灣民族論、台灣社會獨特論、台灣意識論、台灣主權獨立論，更有益於科學地探索新時期的反帝・民眾的民主主義變革運動，包括文學的變革運動的綱領。

而對於在一片狂喜中接掌了統治權的新政權，我們要做出什麼樣的科學性的分析，對新的統治階級和政權機器要怎樣做出歷史唯物主義的、清醒的認識，無疑更是當前重大課題之一。

陳芳明把他的「史識」與「史觀」，不無得意地標榜為「後殖民」史觀。查文化思想概念上的後殖民論、一言以蔽之，是對於舊殖民地歷史，以及舊殖民歷史在「殖民後」社會中的文化的遺毒，以及戰後新的文化殖民主義對前殖民地社會和文化的為害，加以反省、糾彈、批判的思想。陳芳明的「後殖民」「史觀」、美化日本殖民統治，謂帶來高度資本主義；通篇無一字涉及美帝國主義的新殖民統治；以冷戰辭語說中國帝國主義對台灣

的統治;把美國學園對台灣思想文化的支配說成自由化和多元化
……把這樣的洋奴「史觀」說成「後殖民史觀」,其實是對真正
的後殖民主義的侮慢了,並且尖銳地表現出台獨論的後殖民意
義。

　　陳芳明在開宗明義中說:「任何一種歷史解釋,都不免帶有
史家的政治色彩。史家如何看待一個社會,從而如何評價一個社
會中所產生的文學,都與其意識形態有著密切的關係」。

　　旨哉斯言!馬克思主義經濟學和資產階級的新自由主義的經
濟學,確是各有各的「政治色彩」和「意識形態」。而我們關於
台灣各階段社會性質以及相應的文學的性質,也與陳芳明在「政
治色彩」與「意識形態」上南轅北轍、針鋒相對。然而,理論問
題畢竟主要地要通過知識的對錯、邏輯的真偽、以及具體實踐的
嚴格檢驗。「政治色彩」和「意識形態」畢竟不能取代科學知
識,否則就是一場知識上的災難了。

　　試問:陳芳明賴以「建構」、「台灣新文學史」的地基——
台灣社會性質論,既是一片鬆軟的沙渚,則他所要「建構」的
「台灣新文學史」大廈,又如何能免於根本傾覆、土崩瓦解的災
難呢?

原載於《聯合文學》二○○○年七月號

關於「台灣社會性質」的進一步討論
——答陳芳明先生

◉陳映真

　　陳芳明先生（以下禮稱略）在他的回應文章〈馬克思主義有那麼嚴重嗎？〉（《聯合文學》，一九〇期）的最後，不無怯怯地希望今後的討論「能夠就文學論文學」。事實上，首先主張決不能「就文學論文學」的人，恰恰是陳芳明自己。他不是這樣說過的嗎？「要建構一部台灣新文學史，就不能只是停留在文學作品的美學分析」上，而「應該注意到作家、作品在每個歷史階段與其所處的時代社會之間的互動關係」。在他的另外一篇文章（陳芳明，〈後殖民或後現代：戰後台灣文學的一個解釋〉，《書寫台灣：文學史・後殖民與後現代》，劉紀蕙、周英雄編，麥田出版社，台北，二〇〇〇年四月）也說，「文學的歷史解釋，並不能脫離作家與作品所賴以孕育的社會而進行建構。戰後台灣文學史的評價與解釋，也應放在台灣歷史發展的脈絡中來看待」。他又說，要「精確」、「眉清目秀」地「解釋」台灣新文學，「恐怕需要把文學與政治、經濟、社會等各層面的發展結合起來」。而如今陳芳明卻忽而要求「就文學論文學」，還指責我「把台灣文學史的討論，刻意引導到台灣社會性質史論的檢討

上」，而據說社會性質史論竟「與馬克思主義拉不上關係」。此外，他並且還能理直氣壯地說，他寫「台灣新文學史」「並不是在探討台灣社會性質的演變史，也不是在追問台灣政治經濟的發展史」！他竟也可以忘了，提出「建構」台灣新文學史，應先「究明」「台灣社會」「的性質」，從而提出「殖民地社會」、「再殖民社會」、「後殖民社會」三個不同「社會性質」「演變史」的，不是別人，正是陳芳明自己。

陳芳明為什麼這樣不惜以這個月之我打倒上個月之我？這是因為經過批判，他自己比誰都明白，他完全不曾懂得的、以不同「歷史階段與其所處的時代社會」與「作家、作品」「之間的互動關係」去解釋文學，即「建構」文學史；以「社會」「性質」、以「台灣歷史發展的脈絡」「解釋」文學之論，在真正的文藝社會學、以及以不同階段的社會性質和相應的上層建築分析和解釋文學藝術的、馬克思主義文藝理論的面前，他是怎麼也無法繼續蒙混欺世下去，從而企圖轉換方向，冀以脫身。而「這是可以理解的」。

為了使陳芳明認真面對知識問題，不要逃遁，不能不把社會性質理論再說得淺白一些。

社會性質論，只有馬克思主義的一家，自始就沒有別的分號。人類改造自然的能力在物質上的標示，就是「生產工具」。生產工具從石器、銅鐵器、鐵耕到現代大機械的推移，造成各階段不同的「生產力」。而勞動者則是在生產力中起主要作用的要素（因為生產工具的製造和改進，是透過勞動者的勞動實現的）。勞動者和以生產工具為主的勞動資料的總和，便是不同時代的生產力的內容。

在人類的生產過程中，從事生產的人與人之間形成了社會關係，即所謂「生產關係」。生產關係回答這些問題：「生產資料」（土地、森林、礦產、生產工具、廠房、資本等）歸誰所

有？由誰支配──全社會成員所有，或者歸某些個人、某個集團、階級所支配，從而藉以支配其他群體、集團和階級？而不同階段的人的生產力（與石器、鐵器、鐵耕與手工工具、現代機械相應的生產力）和不同階段的生產關係（原始社會的公有公分、奴隸主對奴隸勞動的暴力支配、資本家所有制和資本對生產資料的支配關係）的總和與統一，稱為「生產方式」。不同的生產力和生產關係，形成「原始公社」的、「奴隸制」的、「封建制」和「資本主義」的生產方式，同時表現為原始公社的、奴隸制的、封建的和現代資本主義等不同的「社會性質」（或社會形態、社會構成體）。

　　生產關係的總體，是一個社會的「經濟基礎」。在這經濟基礎之上，樹立著與之相適應的「上層建築」，即法律的、政治的、宗教的、藝術的或哲學的──即意識形態的系統。「不是人們的意識形態決定人們的存在，相反，是人們的社會存在決定人們的意識」。不同的社會生產方式，因其相應的、不同的社會生產關係，形成不同的經濟基礎，從而有相應的、不同的上層建築，也就是包括文學藝術在內的意識形態體系。文學藝術是一個社會的社會意識形態的重要組成部份。於是從不同的生產方式的不同經濟基礎，去分析和解釋與經濟基礎相應的上層建築中的文學與藝術，就成了馬克思主義的、歷史唯物主義的文藝社會學的主要內容。

　　因此，不曾徹底地懂得社會生產方式論，即社會性質（形態、構成體）理論，而只是一知半解地說研究文學「不能只是停留在文學作品的美學分析」；一知半解地說研究文學要「注意到作家、作品在每個歷史階段與其所處的時代社會之間的互動關係」就一定會不旋踵而要別人「就文學論文學」、要別人不把「文學史的討論引導到社會性質史論的檢討上」了。

　　正是把「文學史的討論」「引導到」「社會性質史論的檢討

上」，馬克思主義的文藝理論家、「發生學的結構主義」一派的文藝社會學家魯‧哥德曼，就著重作品和社會結構、以及特定社會集團、階級的思想體系之間對應關係的研究。他從西歐資本主義發展史來分析西方現代小說的發展，並區分出與資本主義發展三階段相應的、西方小說發展的三階段，即建立在自由競爭資本主義時期的「個人主義」小說（寫積極奮進的個人，細密的個人的心理分析與描寫）；獨占資本主義時代的、表現了人的危機和失落的小說（如卡夫卡、喬哀斯、普魯斯等人的作品），和國家獨占資本主義時代，小說創作力趨向於消萎的小說（人物從小說中消失，即今人所說「後現代」小說）。這與今人菲‧詹明遜著名的、與資本主義三階段相適應的文學現象論遙相呼應，即以一八四八～一八九〇年相應於自由競爭資本主義時代的浪漫主義文學；一八九〇～一九四〇年代相應於獨占資本主義階段的現實主義和自然主義文學，以及獨占資本主義奔向帝國主義時代的現代主義各派的文學；一九四〇年以迄今日，相應於獨占資本主義奔向國家獨占主義階段，五〇年代後發展為跨國資本、乃至今日資本全球化，即「晚期資本主義」（別的理論家也稱為「後工業時代」或「國家獨占資本主義」時代），則有喪失歷史、甚至喪失對意義、創造性之追求的、高度商品化文藝的「後現代主義文化（文學）現象」。哥德曼和詹明遜都在社會結構中去尋求與文藝結構之間的連繫；都在「社會史」、「社會性質史論」的框架中尋求對文藝作品和作家更深刻的理解與分析，堅持不「就文學論文學」，卻為文學的研究和理解開拓了廣大的縱深。

陳芳明發表在六月號和八月號《聯合文學》的文章，充分說明陳芳明近來多處提出的台灣社會性質分期——從而是台灣文學史分期論，是完全不懂得社會性質理論的瞎說。在社會性質理論（即社會生產方式論、社會形態理論，等等）的專門領域中，他已完全喪失了討論的資格，至為明顯。在台灣極端反共的思想學

術環境下，不懂馬克思主義、不懂馬克思主義的社會發展理論，
非但不為可恥，反而是一種令人同情的哀痛。但陳芳明硬不承認
自己的無知，猶強自曲辭飾辯，學風頹墮，莫此為甚。陳芳明説
他「歡迎」我「繼續提出批評」，而本於真理越辯越明之義，就
陳芳明提出的若干根本性問題，再展開討論。

一、關於日據「殖民地社會論」及相關問題的批判

　　前文説過，在人類漫長的社會生產方式——亦即社會生產力
與生產諸關係的統一體——的發展史中，有原始社會、奴隸社
會、封建社會和資本主義社會各階段，卻沒有做為社會發展過程
中必由的一個稱之為「殖民地社會」的社會生產方式（社會形態
或社會性質）。只有在西方先進資本主義向獨占資本主義發展，
進入帝國主義階段，向亞、非、拉諸前資本主義社會擴張，割佔
為殖民地之後，使這些前資本主義社會原有的各種生產方式（從
民族共同體到封建社會）發生了變化，使原來的社會生產方式遭
到帝國主義引來的資本制生產的破壞，又受其制約，無法自然、
自主地演化和發展。這些社會在政治上、主權上不獨立或半獨
立，在社會經濟上一面扈從於殖民母國的再生產構造，一面其傳
統社會崩解而又受到強權壓抑，停滯半途，無法自然發展，形成
殖民地（或半殖民地）半封建社會。離開殖民地化後土著社會的
具體的社會經濟內容，單獨的「殖民地」概念不能以一個社會生
產方式（社會形態、性質）而存在。這我在以前批評陳芳明的文
章中也詳細説過了。陳芳明問：「殖民地社會的存在，是一個客
觀的事實，為什麼必須根據馬克思主義來定義？」陳芳明此問，
猶如問：「太陽明明每天自東方升起、西方下沉，太陽繞著地球
轉『是一個客觀的事實』，為什麼『必須根據』天文學的知識，

説地球繞著太陽轉？」陳芳明在社會形態理論上是個全然的外行人。

■關於馬克思主義和殖民地概念

馬克思一直要到他的晚年才看見資本主義的現代帝國主義擴張。但他從英國在印度的殖民統治收集的資料，發展了他的「亞細亞生產方式」論。人們可以説馬克思討論殖民主義不多，但不能説「馬克思主義理論……並沒有在帝國主義與殖民地之間的關係演繹出更為充實的解釋」，因為列寧主義關於帝國主義、關於殖民地的理論恰恰是馬克思主義在帝國主義時代的重要發展。「殖民地」的概念，絕不待馬克思列寧提出，早在十八世紀或更早，西方重商主義擴張時代，西方就有「殖民地」的概念。但是恰恰是列寧，最早提出了中國是「『半殖民地』和『半封建的農業國家』」之論，分別以外鑠的（半）殖民地性質和本身因淪為殖民地而「半封建」化的性質，來說明一〇年代到二〇年代的中國社會（列寧：《社會主義革命與民族自決權》，一九一六；《中國的民主主義和民粹主義》，一九一二）。據李曙新的研究，受到列寧和其所指導下的共產國際的影響，我國的馬克思主義者們，才經過了一定的歷程，進一步完善了中國社會是「半殖民地‧半封建」性質的理論（呂振羽，《中國社會形勢發展的諸階段》，一九三三；毛澤東，《中國革命和中國共產黨》，一九三九）。

■關於殖民地性和封建性

陳芳明有這滑稽的邏輯，説什麼陳映真主張日據台灣社會性質是「殖民地‧半封建社會」，那是因為一旦「台灣被定義為殖民地社會」，則其經濟基礎、社會結構、生活方式就與中國社會出現巨大的區隔」，不能和「半殖民地‧半封建」的當時中國社會

「相呼應」。

　　查陳芳明自己從來不曾從「經濟基礎、社會結構、生活方式」對他所稱的日據台灣「殖民地社會」做過什麼分析與說明，又如何據以評比其與「中國社會」的「巨大區隔」？其次，韓國社會科學界從八○年代初就展開一場持續了六、七年的韓國社會構成體（即社會形態或社會性質）論爭，其中兼及日據朝鮮社會的性質，一致認為是「殖民地・半封建社會」；菲律賓的馬克思主義理論家，也規定當前菲律賓社會性質為「半殖民地・半封建社會」，並據以分析其階級構造，革命對象和性質，革命的方針政策（包括文學鬥爭的方針）（Amado Guerrero, Phillipine Society and Revolution, International Association of Filipino, 1970, CA., USA）。各殖民地經濟雖都規定為殖民地性與封建性，但落實到各不同的社會，既有其特殊性，也有各殖民地的同一性。對於在過去日本帝國主義和當前美國新帝國主義支配下的朝鮮、台灣和菲律賓的社會性質研究，以科學的方法論進行具體分析，是滿腦子只剩獨派教義的陳芳明所無從理解的，因此才會替人下這樣的結論：「日本人在台統治的結果，便是把台灣社會性質改造成近似中國社會的性質」這樣一種「自己打影子拳」的強辭飾偽。

■關於唐宋、明清社會的封建性問題

　　陳芳明又對他所顯然一無所知的中國社會長期封建停滯理論，寥寥數語，虛晃一招，企圖脫殼遁走。

　　先說有「中國特色」的地主制封建主義。

　　自春秋戰國時代的貴族封建制崩潰，秦漢以後以迄清末，在地方掌握農村權力者為紳豪，在朝掌握政權者為官僚。他依仗權力，兼併土地，成為大地主或中地主，一般稱「士大夫」階級。這個階級與歐洲的封建貴族階級的嚴格門閥世襲不同，而有不斷

的新陳代謝和社會流動。他們具備了門户和知識的優勢，從而在庶民中取得身分信仰。他們的經濟完全寄託於以地租形式剝奪自農民的剩餘的地主佃農制。他們以全階級形成（封建士大夫）階級獨占的政權，並以強權威臨、並榨取貧困的佃農。為了永續其階級利益，他們實行一種「身分的封建」，以階級內婚和譜牒文學，作為鞏固身分封建的武器；又以科舉之制，統一士大夫階級的思想，並吸收庶民中的秀異者，鞏固與發展地主士大夫階級的社會勢力。士大夫作為統治階級成員，出入官衙，裁判訟獄，左右行政。因此在農村，地主、豪紳、士大夫、胥吏是同一階級。這樣的地主和佃農的關係，就如封建領主與被統治農奴民人的關係，不僅對農民徵收地租、掠奪農民的役力，還保有人身主從關係，農民被視若奴僕。農民在地租率上沒有發言權。緩納地租成訟，要受政權的嚴懲，莫不敗訴，甚至受地主私刑。

這種地主佃農制的封建制，自秦漢以迄清末，雖有一定時期商業資本的相對發達，新興市民的產生、中央集權的強化，資本主義在商業城市中萌芽，甚至在鴉片戰爭後外來政治、軍事、經濟的巨大衝擊，但總的、基本的地主制封建／半封建經濟不變，中國的手工業、商業資本和資本主義萌芽，基本上都沒有造成強大、普遍的商業資產階級和城市民的勃興，更沒有見到以商人、銀行家、買辦、市民所推動的資產階級革命，建立中央集權的資產階級政權，是不爭的事實。

陳芳明說唐宋。那唐宋又怎地？

唐代中葉以後，自六朝、隋以來一路發展的封建莊園制達於高峰，從而形成政治的、軍事的、經濟的封建藩鎮。唐德宗時，全國有四十多個藩鎮都各領土地甲兵，可以世襲，無異於列國，和王室中央形成離心的封建主義。莊園的土地耕作由奴婢僕役（奴隸或半奴隸）擔任，後來由莊園內的佃農（當時稱為「莊客」、「莊戶」、「佃客」或「佃戶」的半農奴）擔任。藩鎮莊

園封建制的生產體制，是唐代社會居主要地位的生產方式。借問陳芳明，唐代經濟又怎的？

　　說宋代。趙宋雖然建立了高度中央集權的政權，一統天下，唯獨廢藩鎮封建的努力卻因傳統封建經濟勢力頑強，無法貫徹。新的土地制度始終無法確立，終竟對封建藩鎮的發展無力阻止，莊園封建制至宋代中後而益熾。

　　說明代。明代封建豪紳大族勢力猖獗，專橫鄉里，大肆兼併土地，因此很多零細中小地主的民田，常遭豪紳大地主巧取豪奪。於是這些細中小地主不得不帶著土地投靠更大的封建官僚豪族的朱門，以求倖全，這就開始了小地主獻田依附於貴族，託求庇蔭，卻使貴族豪門的封建土地急速集中而肥大，強化了豪族地主封建經濟，與歐洲封建時代的獻田託庇，頗為相似。對此，深受威脅的帝室雖一再申令禁止，卻不能根除。

　　再說清代。清代經濟以一八四○年鴉片戰爭為界，分為前期與後期。清王朝開基的前百五十年左右，武功文治達於高峰，領土擴張，人口驟增，帝室中央集權進一步強化。在中國傳統地主封建體制的基礎上，清王朝對於入關東來的滿族諸王、勳將功臣和軍隊，分田給土，樹立了類如歐洲社會史所常見蠻族征服的國家的初期封建制。但所分地土，主要是無主荒地和前朝貴族的莊園和莊田。另一方面，封建莊園經濟自隋唐至清，異常發達，使中央集權的政治與封建莊園經濟同時並存，逐步發展為成熟的封建社會。

　　鴉片戰爭以及緊接著幾次帝國主義的侵凌，使清朝老大封建體系因強迫開港貿易，外國金融、商業資本長驅直入，發生重大變化：一、官紳士大夫身分階級制崩解；二、若干通商貿易口岸逐漸成為新興城市、集居著甫告登場的中國商人、買辦和市民資產階級。農村的凋敝，使部分土地資本流向工商業，中國傳統地主佃農制封建經濟大為動搖；三、帝國主義掌握中國海關，向中

國大肆傾銷其工業商品,中國手工業沒落破產;四、帝國主義以
雄厚資金控制中國工商業,使之附庸於外國資本。另一方面,中
國買辦資本有畸形發展。中國淪為半殖民地半封建社會。

　　當然,尤其在我國三○年代社會史論爭過程中,出現過對於
中國社會各階段的不同理解。有人不同意中國有過奴隸社會;有
人說中國封建社會止於春秋戰國,有人主張秦漢以後是「半封建
社會」(強調商業資本主義的相對發展),甚至也有人主張秦漢
以後至清代是一個「資本主義化」的過程⋯⋯到了根據中國半殖
民地半封建社會論而展開的新民主主義革命的開展和勝利,三代
為奴隸社會,秦漢至清前期為封建社會,清後期以降為半殖民地
半封建社會之論,大抵有了結論。但無論如何,各家各派(包括
國民黨「新生命」派的陶希聖在內),莫不「根據馬克思主義來
定義」;莫不以歷史唯物主義、馬克思主義的社會性質理論的方
法和語言進行爭鳴。陳芳明自我流的「社會性質」論和真正意義
上的社會性質理論之間,完全沒有共同語言,是門外又門外的門
外漢。於是再問一句,唐宋明清又怎地了?

■關於台灣文學的諸問題

　　陳芳明說,「台灣文學運動者自始就是以日文、中國白話
文、台灣話三種語言從事文學創作」。這種說法,若非無知,就
是蓄意的謊言。

　　殖民地的語文鬥爭是民族鬥爭的重要一環。自覺地保衛自己
的民族語(保存、教育傳承、應用發展〔包括文學創作〕)殖民
者語文鬥爭的主要方針。台灣陷日後,台民拒絕接受公學校日語
教育,以漢語文「書塾」形式繼續漢文教育,截至一八九八年,
台灣有書塾一千七百餘所,收學生近三萬人。一九二○年代初,
直接受到中國五四運動中白話文和傳統古文爭論的影響,台灣也
爆發了主張以中國白話來取代傳自中國、由書塾傳授的古文的鬥

爭。實際上，黃呈聰就指出，白話文的推行，原在台灣廣有基礎。台灣人中「已經學過多少漢文的人很多，常常看中國的白話小說。將這個精神引到看現在中國新刊各種科學和思想書，就可以長我們的見識」。一九二一年展開的台灣文化協會啟蒙運動，在各地分會設立的讀報室，就收有大陸出版的報紙雜誌，廣大民眾可以讀到大陸報章雜誌。一九二〇年創刊於東京的《台灣青年》、始刊於一九二二年的《台灣》和始刊於一九二三年《台灣民報》，全是漢語白話的思想啟蒙刊物，這是日人據台近三十年之事了。《台灣民報》的宗旨之一，是要「用平易漢字，或是通俗的白話，介紹世界的事情……」。整個《台灣民報》就是用白話文編刊的，說明台灣知識分子能用白話文寫的時論。一九二四年，在台南設立「白話文研究會」推動白話文的普及，使《台灣民報》銷行陡增。對此，葉榮鍾先生留下了這樣的評價：《台灣民報》所以能發揮啟蒙作用，「白話文的輸入與應用是最大的功績」。其次，由於「台灣民報的努力，使台灣知識分子和祖國五四以後的民族精神文化才能連接，發生影響與鼓勵作用」。台灣反帝新文化啟蒙運動，是台灣新文學運動發展的重要的內部條件。台灣新文學經過一定期間的思想文化準備期，在一九二五年展開創作實踐前，中國白話的語言環境早已整備。一九二二年到二四年，在雜誌《台灣》和《台灣新民報》就已出現了至少五、六篇台灣新小說，在語言上，都是以漢語白話，或文白參半的漢語「書寫」的。陳芳明說「台灣作家在二〇年代混合使用日、台、中三種語言」，說台灣新文學運動者「自始」就是「以日文、中國白話文，台灣話三種語言從事文學創作」是沒有事實根據的。殖民地作家被殖民者剝奪了自己民族語文，被迫改用殖民者語文從事創作，自然是悲痛之事。但這悲痛難道不是被剝奪了白話漢語，不能使用具有民族認同意義的白話漢語的悲痛嗎？直到一九三七年，日本統治者強權全面禁止使用漢語白話之前，日

據時代文學作家和台灣社會啟蒙運動基本上堅持了漢語白話的書寫，是不爭的事實。而和楊逵同時代的朱點人，也始終如一地堅持了漢語。而即使是被迫使用日語的作家如楊逵，也以日語形象地表達了他那浩氣長存的抵抗。他說，一九三七年後日文變成創作語言，但日文作家從來沒有忘卻「反帝反封建」。「民主與科學」的口號仍為台灣新文學主流，從來沒有離脫中華民族觀點。（楊逵，《台灣文學運動回顧》，一九四八）

除了採集台灣民謠、童謠的作品，日據時代基本不存在完全以「台灣話文書寫」的文學創作。這是因為作為中國中古漢語和中國方言的閩南語，一直沒有獨自的表記符號，至少沒有可以流暢、優美地成為文學作品的閩南語表記符號。近十年間，陳芳明一派的人大談「台灣話」，以「台灣話」寫論文，寫詩，大談「台灣話」之「優秀」，結果都知難而止，無疾而終。「台灣話」不是不可嘗試，但要等台灣話能產生偉大文藝作品，再試兩三百年都不見得有成績，因文學語言的鍛鑄需要漫長的發展時間。不曾產生重要的、偉大的、普受評價的「台灣話文」（實為閩南語）寫成的文學作品這個事實本身，說明了日據下以「台灣話文」「書寫」文學作品之不存在。賴和是在作品中比較多，比較成功有效地吸收了閩南語的偉大作家，但作品的語言主要以白話為敘述框架，並在這個基礎上有選擇地（例如在對話中）使用閩南語。事實上，中國共同語的發展與豐富化，正是從日常生活中包括各地方言在內的民眾語言中吸收養料，經過文藝創作加以精練，再回到民眾中去，又豐富和提高了民眾的語言的過程。在台灣新文學的語文問題上，漢語白話和「台灣話文」相互間有特殊性與一般性的辯證關係。在台灣白話文文學作品中，表現出台灣獨特的生活、思想、感情和語言的特殊性；但也有主要以漢語白話為主要敘述框架，表現反帝・反封建思想精神的一般性。至若三○年代有關「台灣話文」的爭論，是台灣左翼就三○年代環

境下文學和文化抗日鬥爭中發展民衆文學時，同一陣營內部關於
語文策略上的爭論，絕不是陳芳明和他一夥人腦子裡中國的／白
話文和台灣的台灣話語的對立鬥爭。這是凡能誠實對待三〇年代
台灣「鄉土文學論爭」的人所知道的。

　　中國新文學對台灣新文學的影響，陳芳明及其一派的人，總
是再三強調「無論是創作技巧或是文學理念都與中國新文學毫不
相涉」。但事實是怎樣的呢？

　　從一九二四年迄二六年間，在《台灣民報》上就大量介紹了
中國五四新文學運動的「文學理念」，也大量介紹了中國新文學
作家及其作品。現在可徵的資料，有秀湖寫〈中國新文學運動的
過去現在未來〉，著重介紹胡適的〈文學改良芻議〉和陳獨秀的
〈文學革命論〉中的思想和「文學理念」，也報導了當時大陸最
活躍的新文學作家與作品；有蘇維霖寫〈廿年來中國古文學及文
學革命略述〉，介紹胡適的一篇文章：〈中國五十年來之文
學〉；有蔡孝乾寫〈中國新文學概觀〉，介紹中國文學革命的情
況與展望；有劉夢華寫〈中國詩的昨日與今日〉，介紹中國大陸
新詩的發展；有張我軍寫〈請合力拆下這座敗草叢中的破舊殿
堂〉，介紹胡適的「八不主義」和陳獨秀「三大主張」等「文學
理念」。

　　據研究，《台灣民報》還在同時期也廣泛介紹了當時中國新
文學作家及其包括小說、詩歌、戲劇在內的作品，包括魯迅的
〈阿Q正傳〉、〈狂人日記〉和〈故鄉〉；胡適的〈終身大事〉
和〈李超傳〉；郭沫若的〈牧羊哀歌〉、〈仰望〉、〈江南即
景〉和〈贈友〉；徐蔚南〈微笑〉；徐志摩的〈自剖〉；梁宗岱
的〈感受〉、〈森嚴的夜〉；西諦的〈墙角的創痕〉。中國由十
九世紀末開始為「文學理念」和「創作技巧」摸索了三十多年，
才從「譴責小說」、翻譯的「域外小說」和白話文運動的逐步發
展，至魯迅〈狂人日記〉發表，奠定了中國新小說的基業。台灣

從一九二○年代初開始了白話文運動，一九二四年就有人寫出小
說作品，至二六年有賴和的〈鬥鬧熱〉和〈一桿稱仔〉，若不是
前此上述的來自祖國大陸「文學理念」和「創作技巧」的影響以
為範式，就絕不可能。

　　但陳芳明們會說，台灣文學肯定受了大陸影響的，但同時也
透過日語，接受了歐亞、日本文學的影響。力倡白話文的張我
軍，在不遺餘力地介紹當時祖國大陸新文學的「文學理念」之
餘，也寫過〈文藝上的諸主義〉，向台灣介紹歐亞兩百年來的文
藝思潮。吸收歐亞思潮，通過翻譯小說（《台灣民報》刊過都德
的〈最後的一課〉、莫泊桑的〈二漁夫〉、愛羅先珂的〈狹的
籠〉）和建設以中國為傾向的台灣文學，並不矛盾，正如十九世
紀末二十世紀初林琴南、嚴復的翻譯小說只有豐富了中國新文
學、而不是使中國新文學剝離了中國。

　　陳芳明和他的一夥人，常常把中國文學的一般性與台灣文學
的特殊性絕對地矛盾對立起來。但一九四七年底到一九四九年春
台灣新生報《橋》副刊上進行一場為時年餘的「建設台灣新文
學」論爭中，親身經歷日據時代文化／文學運動的台灣前輩們，
有與陳芳明不同的、清醒的看法。賴明弘說，「台灣文學始終是
中國文學的戰鬥的分支」。主張「建設台灣新文學的問題，就是
建設中國新文學的問題」。陳大禹主張，台灣文學有其特殊性，
應該在適應特殊性基礎上建立台灣文學，「使與國內（大陸）文
化殊途同歸」，使「特殊性向無特殊性移行」。林曙光主張台灣
新文學要「打破一切的特殊性質，做為中國文學的一翼而發
展」。葉石濤說在日帝下台灣文學走了「畸形」、「不成熟」的
路，今後應「自祖國導入進步的、人民的文學」，「使中國文學
最弱的一環（指台灣文學）充實起來。」楊逵在力陳台灣文學的
特殊性格之餘，同時也力說「台灣文學不是一個獨立民族、獨立
國家的文學的稱謂」。他說台灣是中國的一省，台灣文學是中國

文學的一環，「台灣文學與中國文學不能分立並論」。總之，對於這些前輩台灣文學家和評論家在主張台灣文學的特殊性時，不忘台灣文學與中國文學的共同性；看中國文學整體性時，注意到其中的台灣文學的獨特性。台灣文學與中國文學是特殊與同一的辯證關係。這比時下陳芳明一派的兩極對立看法，既全面而且準確。

■關於殖民地下的現代性

在帝國主義時代，帝國主義以其現代資本主義面貌君臨前現代的殖民地。在殖民地有限的、歧視性現代教育下，養成了殖民地向現代知識開眼的殖民地現代知識分子。這些殖民地精英知識分子後來都分裂成兩端，一派向殖民者的文明開化屈膝，自慚形穢，厭惡和拒絕自己的（以為落後、野蠻的）民族，力求依殖民者的形象改造自己，乞求向殖民者同化。文學上，周金波就是一個例子。另一派向現代性開眼的殖民地知識分子，在啟蒙的同時，洞見了殖民者現代性的殘暴和自己民族的危亡，乃起而批判殖民者的政治、經濟和文化，對自己民族的歷史和文化抱著有驕傲感，拒絕使用殖民者語言，堅持用民族語寫文章、創作文學，拒絕「創氏改名」，拒絕穿殖民者的服飾。這第二派人，並不企圖走回本地的封建主義和國粹主義，反而批判之。他們求民族解放，走自己的路，尋求另類的（alternative）現代性。這兩種殖民地知識分子，一為合作的精英知識分子，一為抵抗的精英知識分子，思想、政治、民族立場上涇渭分明。賴和先生一生與日帝統治不共戴天，終生不寫日語，畢生堅持穿著唐裝，卻有最具現代性的知識。陳芳明說殖民地台灣知識分子受日本教育啟蒙時，「啟蒙越深，反而越向殖民者的價值觀靠攏」，使台灣人「學習了日文，反而失去了抗拒的能力」。陳芳明的瞎說，竟欲置賴和、楊逵、吳濁流以及更多「接受日文教育」而又堅持了反抗的

殖民地台灣評論家、社會運動家和文學家於何地？何況，殖民地
台灣知識分子是充分懂得「拿來主義」的。林曙光說，三〇年代
的年輕一代台灣知識分子已不懂白話漢語。此時以日文寫作，
「是反日宣傳的必要手段」。上述楊逵的文章也說，雖然失去了
以祖國的民族語寫作的能力，但日文創作卻堅持了反帝反封建，
高舉了「民主」與「科學」的旗幟，不脫「民族觀點」！把賴和
先生寫成對殖民文化「迎拒」徬徨，說賴和先生在「鼓吹啟蒙之
際，他也透露了反啟蒙的傾向」，是對於畢生堅決站在群眾隊
列，向日帝以行動和創作進行不懈的鬥爭的賴和先生的侮辱了，
我們始終以為，評價日據下台灣文學家，看一時，也要看一生，
看各別作品，也要看一生的全作品，在古人文墨中找自己墮落的
理由，實不可取。

二、關於「再殖民」社會及相關問題的批判

　　殖民地的概念，與帝國主義的概念相連繫，必須從經濟、社
會的層次加以分析，才能有根本性的理解。至於殖民地的政治經
濟學的說明，我在前一篇批評文章中已有概括的說明。陳芳明不
懂得殖民地的社會經濟的概念，必然就會走向歷史唯心主義，提
出不相干的問題夾纏不清。據陳芳明說，一九四五年到一九八七
年的台灣社會之所以是「再殖民」社會，是因為：1.國府來台後
的社會是「日本殖民社會的延續」。當時大陸上批評國府的雜誌
就說國府對台接收當局是「殖民政府」；2.強權性的「國語政
策」；3.「壟斷式的金融資本」、嚴密的戶籍制度和 4.強制的
「民族教育」。
　　日據下台灣經濟和戰後台灣經濟的本質性不同，已在上一篇
文章說過了。不從社會經濟著手分析，就會把將陳儀統治集團的

支配比喻為殖民統治的比喻本身當作現實，就會說國民黨統治比諸日帝總督府統治「毫不遜色」。比喻是語言修辭的手段，不能當科學知識，是誰都知道的。

後殖民理論的宗師法・范農提出了一個深刻的問題，即殖民地獨立後自己民族的、可能賽過殖民統治當時還要苛酷、黑暗的統治問題。從戰後世界史的眼界來看，這「獨立後的黑暗」，與戰後美國為其政治、經濟和軍事利益在全球的擴張有密切關連。戰後不久，美國在廣泛的新獨立國家中保護、支持和製造了扈從於美國利益的國家所形成的新殖民主義體系。從一九六○年到八○年代，美國以顛覆、武裝侵略、經濟、軍事和政治滲透，在中南美篡奪既有的民主政權，先後培養、炮製了二十多個軍事獨裁政權。這些親美軍事獨裁政權，在第三世界傳佈新法西斯恐怖，發動國家性、組織性暴力，使秘密逮捕、拷訊、審判、投獄、槍決、政治暗殺和集體屠殺成為日常茶飯。美國對第三世界新法西斯政權的保護、發展，與美國在各地經濟、軍事和政治利益密切相關。「國際特赦協會」的調查，甚至顯示美國為獨裁國家培訓特工偵警，提供拷問用的電刑具（electric needle），甚至直接進入他國的拷問室，直接參加拷訊，提供「先進」拷問技術與工具，使受刑的異議人士受到嚴重心理與肉體的殘害。據「國際特赦協會」統計，一九七○～一九七五年間，瓜地馬拉獨裁政府槍決了一萬五千人政治犯。阿根廷在一九七○年一年中處決了一千個政治犯；一九七三年，推翻智利阿燕得民主政權的政變，造成大量組織性拷打致死事件，受害人迄無統計數字。一九七四到七七年間，當時親美的伊朗獨裁者處決了兩百名政治犯，投獄者二萬五千人至十萬人。這種「獨立後的黑暗」，遍布在阿根廷、巴西、智利、烏拉圭、巴拉圭、瓜地馬拉、尼加拉瓜、印尼、伊朗（N. Chomsky, E. Herman, American Connection, 1978），還沒有把韓國、台灣、菲律賓、希臘和若干非洲國家算

在內。南非長期殘酷的「種族隔離」統治，一直受到英美強力支持，直到九〇年代。

這些獨裁政權的統治，必然伴隨著對「歷史記憶」的管理與控制；對文學、思想、信仰的壓制，對民主、人權的踐踏，對金融的獨斷，經濟利益由反共軍事精英和腐敗政商集團獨占。暫時撇開台灣的強權「國語」政策，上述這些國家在美國新殖民主義下，其社會與過去殖民社會有一定的比喻意義上的「延續」性。而其統治的殘虐性，思想文化的控制、監控，確實與殖民時代「毫不遜色」，但如果說這些新法西斯政權下的社會是殖民地獨立後的各國親美獨裁政權對同胞的「再殖民」社會，就是只有陳芳明才能說得出的笑話了。

■關於語言的中央集權

現在說國民黨在台的「國語歧視」。

法國大革命以後的一七九三年，共和國下令凡法國兒童必須學習法語的說、讀、和寫的能力，以國家強權，正式排除存在已久，並在生活中活用著的法國方言如布魯東語、巴斯克語和奧克語。法律規定了這些方言為「非法蘭西語」。使用法語以外的法國地方話，就意味著「反革命」，是對共和國的「反叛」，並且還進一步把法語的統一視同「思想、風俗革命」的一部份，革命政府稱此為「語言的革命」，即要求一切法國公民使用被統一起來的單一的法蘭西語。法國「國民公會」宣稱，為了保證一切共和國的公民在法律之前的平等，享有法律前的平等，就必須萬民只用一種國家「語言」。革命政府使這樣直接繼承了法國絕對王政所建立的法語的專制、和「法蘭西學院的語言檢查體制」，統一了法蘭西國語（田中克彥，《語言與國家》岩波新書，一九六三）。

據田中克彥的研究，日本明治年間的國語官僚，對於法國的

語言中央集權體制十分心儀，於是直接向法國經驗學習，把「國語」和天皇國體連繫起來，宣揚對國語之愛與國語崇拜。另一方面，以掛「罰牌」的懲罰制度，在學校語文教育中消除方言，獨尊「國語」。在琉球和其他日本地方，教育當局用「寬一寸、長二寸的木牌」掛上說了方言的學生的脖子上。這被掛上罰牌的學生，就必須等著發現另一個說方言的小朋友，才能把這恥辱的罰牌，轉掛到另外一個說了方言的小朋友的脖子上。

　　語言學家弗·毛多納曾說，「學校是用教鞭打走方言的所在」。在日本，應該說「學校是把一切說方言的學生當做罪犯，培養彼此密告的地方」。現代日本，是以教育體制內的學生之間的互相監視、互相密告和恥辱性懲罰，完成了帝國的國語統一的大政方針。而這種掛恥辱的「罰牌」的方言消滅方針，竟是日本從法國以同樣方法在教室中消滅布魯東語、奧克語的伎倆中學來的（田中克彥，前揭書）。

　　任何理智清醒的人，都不能像陳芳明那樣，據此而謂法國政府對法國人施行了「殖民統治」；日本對包括琉球人民在內的日本人施加了「殖民統治」吧。文言文是中國貴族士大夫紳豪階級的語文；鴉片戰後，現代城市工商階級和知識分子的語文採用了市井日常語，並在現代國民國家形成過程中上升為國家語文，即作為中國共同語的「國語」。和任何國家一樣，中國國語的中央集權的統一，必然經過各種形式的，對於包括台灣閩南、客語在內的諸方言的壓迫。國民黨來台後，個別的學校、各別的教師實行了給說方言的孩子掛「罰牌」的不當措施（而且有理由猜想，有可能是忙著推行國語的「善良」動機，由某個本省老師仿照日據下的掛罰牌手段，把這不當的方法延續到戰後台灣以國家語制抑方言的措施，也未可知）。但國語的強制，也不只是特別突出的「掛牌羞辱」。舉凡語文標準教科書，「國語字（辭）典」，注音符號、語文考試制度等，都是國家語對方言的專政手段，此

於世界各現代民族國家形成過程中莫不皆然，卻當然不能看成是
象徵各國對其人民「殖民統治」的「語言文化的歧視」。韓國語
是單一民族基礎上的單一語言。而富裕、權勢的慶尚道和貧困、
受歧視的全羅道的地域對立之嚴重，遠遠勝過今日台灣的「省籍
矛盾」。戰後韓國的獨裁，在一個意義上，表現為慶尚道的朴正
熙、全斗煥和盧泰愚，對於貧困的全羅道的金大中的對立，並且
利用這對立施行威權統治。兩道的歷史矛盾，可以使金大中在故
鄉光州囊括百分之九十五左右的選票，遠遠超過阿扁在台南的得
票率。但我們仍然絕不能據此而謂朴、全、盧政權對南韓進行了
繼日本殖民後的「再殖民統治」吧。再說，馬英九市長用生硬的
閩南話說「窪系喫台灣米，飲台灣水大漢的新台灣人」，劉一德
委員抹黑自己的出身拿選票，群眾動輒喊「×你娘，講台灣話
啦，北京話聽無！」這是不是也是一種「國語」的威暴呢？

　　陳芳明問，朴正熙、全斗煥「他們如何能對自己的同胞再殖
民呢？」善哉問。陳芳明的認識障礙恰恰就在這兒。陳芳明不把
國民黨統治集團看成「自己的同胞」，不把自己看成中國人，而
將台灣政治看成異民族的「殖民統治」。但是只有看成同胞，才
能理解朴正熙、全斗煥和蔣氏政權獨裁統治是階級的、集團的專
政和統治，不是什麼異民族的「殖民統治」。除非陳芳明證明統
治台灣的官僚、資本家等統治階級同時也無例外地是「中國
人」；「中國人」的一般又無例外地在政治、經濟、社會和人格
上享有比一切「台灣人」更崇高優勢的地位；工人階級、貧困工
資農業勞動者，城市貧民和下層市民這些被統治階級，無例外
地，全是「台灣人」──像日據下的社會，否則說台灣社會是被
「中國人」「殖民統治」的社會，現實上只能起到飾諱當前台灣
社會嚴重兩極分化和階級矛盾的作用。

■關於對殖民地歷史的反省

　　陳芳明說，二次大戰後，殖民地紛紛獨立，「開始對曾經有過的殖民地歷史進行反省與檢討。唯獨台灣並不容許重建日據時代的歷史記憶，遑論對日本殖民文化的批判」。陳芳明講得不全面。

　　在國民黨統治下，台灣的殖民地歷史始則被凍結而不加清算，繼則為分離主義的目的被加以美化和正當化。但這都是一九五○年以後的事。一九四五年到四九年間，在民間層次上，台灣的省內和省外文化界知識分子可是進行過熱情洋溢的脫殖民論說。和今天某些知識分子把日據時代的文化加以刻意美化不同，光復初期的台灣知識分子卻深刻地感受到殖民主義對台灣文化的戕害。我只舉一例。宋斐如在一九四六年元旦（光復後四個多月）的《人民導報》上說，殖民統治使台灣的「精神文明」「荒廢」，「因為……實施殖民地政策奴化教育的結果」，導致日據台灣「文化的畸形發展。」（《人民導報》〈發刊辭〉）。元月六日，宋斐如在《人民導報》上一篇題為《如何改進台灣文化教育》的講稿中，提出三個方面。一、殖民地瓦解後，解放的台灣，要以教育來建設台灣人的主體，用他的話說，就是「完成主人翁」。這一方面要靠人民的「自覺自發」，一方面要靠「文化教育界的啟蒙指導」，「教育台胞成為中國人」；二、日據五十年，在日帝抑壓下，在台灣的中華「漢明」舊文化，只能停留在日據初的狀態，不能與時俱進。光復之後，應該對這保存下來的中國舊文化「灌注國內（指大陸—引註）各方面的學識及常識，使『歸宗』二字名符其實」。接著，宋斐如說，在中國文化問題上，台灣人民要能辨別是非真偽，擇其善而固執之，不善者棄之」。他說，「祖國仍在發展過程中」，應當教育台胞「隨祖國的進步而進步」；三、日帝的「畸形統治」，使台灣人的眼界

「不能出台灣島外」，台灣人「很少考慮全國（即全中國—引按）、全世界、全人類」，不考慮「後世百年大計」，要清理日本人的「盆栽文化」，要教台灣人民以「長江大河、五岳長城的雄壯」，「學習做人、做主人、做中國人、做世界人」。

這位仆倒在二二八事變血泊中的、傑出的台灣人思想家的上述意見，是會使陳芳明們皺眉頭的。但我們要理解，台灣是中國半殖民地化總過程中，被「割讓」出去的殖民地。對她而言，殖民地的克服，是祖國復歸而不是若殖民地朝鮮之恢復原來的獨立。因此，對於宋斐如、蘇新、賴明弘、王白淵而言，光復後的脫殖民的工作，就是復歸中國的工作。台灣人主體的建設，是連繫著「教育台胞成為中國人」，是從日本人的「盆栽文化」開擴到中國的「長江大河、五岳長城的雄壯」，是殖民地人的解放——主體的建立，做一個主體的人、做自己的主人、做主體的中國人……

宋斐如「擇善固執」的話，說得含蓄，卻意韻深遠。宋斐如和蘇新、賴明弘等一代人，即使在甫告光復的台灣，已經看到了祖國的黑暗。但他們也看到內地中國另外一股新生、進步的勢力在發展。因此宋斐如要台灣同胞在中國內戰前夕看出「是」與「非」，「善」與「惡」的兩股對立勢力，從而要同胞「擇其善而固執」，告誡讀者，祖國不是憑空的烏托邦，「祖國仍在發展過程中」，讀者，在這發展過程中，人民要善於跟上祖國「是」的，「善」的和「進步」的力量，持續前進。限於篇幅，有關四六年到四九年間台灣思想文化界的面貌，曾健民先生將有深入的討論。

殖民地台灣的去殖民的省思，在此顯出了其獨特性。如前所述，台灣的殖民地化並不是一個自來獨立的民族或國家的殖民地化，而是從中國割讓出去的殖民地。因此殖民地台灣的解放，不是恢復她原所不曾有的獨立，而是復歸於當時半殖民地‧半封建

的中國。光復不久,敏銳而前進的台灣人思想家,在陳儀集團貪汙腐敗的惡政浮現時,很快掌握住了台灣的脫殖民化的歷程與本質,是從「帝國主義下的殖民地台灣,變成（半殖民地‧半）封建中國的一省」。當一般人在陳儀惡政中驚醒,開始討論光復前與光復後台灣社會的比較時,估計出現了就台灣現狀論台灣,對惡政表現失望疾憤的言論。蘇新們卻從中國社會性質、即其封建性（這是當時蘇新們的認識）來理解復歸「封建」中國之台灣的病根。蘇新甚至銳利地看到了陳儀當局和日據下台灣（半）封建地主紳豪在政治、經濟上的勾結,甚為憂悒。台灣的脫殖民地既然同時是台灣之編入「封建官僚」的中國社會,則台灣的改革,必須從改革封建官僚主義的中國著手。這是當時省內前進的思想家宋斐如、蘇新、王白淵等人和省外知識分子王思翔、周憲文關於台灣脫殖民歷程的深刻的探索。

　　台灣戰後的脫殖民論說中,「奴化教育問題」也是一個重要部份。陳芳明們對於日據下台灣經受「奴化教育」的說法特別激動。這自然與企圖把二二八事件之起因於官僚劣政,推諉給「日人奴化教育」的刻板說法的糾彈有關。但如前所引,宋斐如也提出日據下「奴化教育」的危害。看到今天滿腦子「日本精神」,滿腦子以日本時代文明,「支那時代」落後的人們,能說沒有日本「奴化教育」的具體事實嗎?但是大作家楊逵,就對這個問題提出過很深刻的看法。他說,「奴化教育」自古就有,凡有階級統治的社會,就必有為統治階級服務的奴化教育,他說「一切帝國主義、封建主義莫不實行奴化教育」。但有奴化教育,並不意味一切人都會被奴化。日據時代有自私自利的人奴化自己以獲利,但也有三萬農民組織起來反抗日本,就是證明。他以嚴厲的口吻說,當時（一九四八）少數一些主張台灣獨立或台灣託管的「託管派」和「拜美派」,「當然也是這一類的人」（楊逵,《台灣文學問答》,「橋」副刊,一九四八）,對楊逵而言,台

灣的脫殖民絕不僅僅是擺脫、清算日本的「奴化教育」，同時也是擺脫、清算其他外國對我們的「奴才化」圖謀的鬥爭。

一九四七年到七九年，《台灣新生報》「橋」副刊上的一場關於「如何建設台灣新文學」的爭鳴，在一個意義上，也是一場重要的脫殖民論說。這場討論提出台灣新文學在日據時代備受抑壓，如今光復，台灣成了中國的一部份，當務之急，是如何把台灣文學「脫殖民」化，即建設成為中國文學的一部份。篇幅所限，這次內容豐實的爭論中的脫殖民意義，等待以後的機會展開（爭論全記錄文集《一九四七～四九台灣新文學論議集》，人間出版社，一九九九）。陳芳明說光復後沒有「對日本殖民文化的批判」與「反省」，顯然說得不全面，並且四六年到四九年的台灣脫殖民論說的內容，怕也不是陳芳明所喜見了。

一九五〇年韓戰爆發，情勢一變。日本成了美國遠東冷戰戰略的重點盟國。美國和日台韓的國家分裂對峙和反共同盟，在反共的大義名分下，人民才被「制度化地拒絕」「對殖民經驗的反省」。在韓國，日占下韓國親日派政客豪紳圍繞在美國──李承晚核心而復活（陳芳明不知道一九四五年解放不久朝鮮半島各角落「人民協會」的叢出，一九四八年濟州島紅色農民的起義以五萬人集體大屠殺終場的「歷史」，在韓國被長期「禁止閱讀」），日據朝鮮的抗日派被套上「赤匪」的罪名肅清。台灣的抗日派也遭到同樣的命運。日據下本省大親日派豪族不但不受歷史的審問，出賣日據時代來自左翼的政敵，投靠國民黨，搖身一變，扈從於國民黨反共政權而保全、延命、榮華富貴。而台灣殖民地「歷史記憶」的「重建」與清理遂寢。但是到了一九八七年以後，被右派日本人稱為在海外兩位偉大的日本人之一的李登輝總統（另一位是秘魯的藤森總統），展開了陳芳明意義上的日據「歷史記憶」的「重建」，以政權的權力公然改寫、美化台灣日據歷史，受到日本右翼史學界的讚賞。日本殖民地台灣史的清理

與反省，又遭到權力的阻斷。

■關於在台灣的現代主義文學

　　陳芳明一向是為台獨派篡奪鄉土文學論戰之果實最不遺餘力的人。但這一回他卻給現代主義說盡了好話。這與一向認為台灣文學必須表現「台灣意識」，必須反映台灣土地人民的現實、「愛台灣」的陳芳明一派的文論大有矛盾。

　　陳芳明沒有經人同意，為台灣現代主義文學拉了一大班徒子徒孫，包括白先勇、王文興、陳若曦、歐陽子、七等生、施叔青、劉大任、李昂、黃春明與陳映真。依陳芳明看來，「再殖民」期的台灣文學成就都掛在現代派頭上了。他做這結論：「以鄉土文學的立場來論斷稍早的現代主義文學」會有「各自的政治偏見」，頗不足取了。陳芳明的論斷，問題出在他對文藝上「現代主義」的理解太過於膚淺。他的現代主義標準偏重在寫作技巧——例如「意識流表現技巧」；「人物蒼白與流亡」。其次他側重作品的情感主題，例如說現代主義表現死亡、孤絕、焦慮、疏離…

　　（批判）現實主義與現代主義之間的爭論，自三〇年代以降以迄七〇年代，是全球性的爭論。稍為熟悉這論戰的人，都知道甄別現代主義，不全在作品形式與技巧，而主要地在於作品的內容和作品所體現的世界觀。如果單從形式、技巧看，深受俄國象徵主義影響，在一些作品的技巧上又藝術地發揮了象徵主義藝術的意韻，在〈狂人日記〉中又成熟而且藝術地使用了精神心理醫學知識和「意識流的表現技巧」的我國偉大現實主義作家魯迅，豈不成了一個現代派了？以古代貴族閨幃獨特的象徵主義聞名的李商隱，也不能不成了現代派了。從另一方面說，表現對於法西斯、軍事強權在西班牙內戰、在韓戰中的良民虐殺的嚴厲指控的、畢加索的「格爾尼卡」和「戰爭與和平」則絕不能以一般意

義的現代主義來看待。聶魯達在革命的火線上為民眾而寫，又博得人民熱烈反響的、以現代主義「表現手法」寫的許多詩，也自不能以一般意義上的「現代主義」去概括。至於說表現孤絕、死亡、流放、蒼白，在浪漫主義詩人中也表現得淋漓盡致。至於陳映真是否接受了現代主義的洗禮，我是不屑一辯的。

形式、技巧的寫實、裂變和誇張，不是現代主義文藝的本質。它的本質在於藝術家在西方極度資本主義化的生活中對於人、對於生活和社會的感受與看法。現代派把人與社會絕對地對立起來，主張人的本然的非社會性而加以誇大。人除了他自己，再無現實存在。現代派脫離社會生活，鑽進極端個人的內在世界，在那裡誇大官能和肉慾的重要性。以反對一切道德、邏輯為「前衛」與「革命」，卻無意重建新的人與人的關係。現代派不相信生活上、創作中的任何意義。生活不可理解。現代派固執地以病態的恐懼、焦慮、憂鬱、絕望、性的倒錯、孤獨和頹廢縱慾的世界取代現實的生活，對意義、人性、人道加以恣情嘲笑。他們厭惡自己，憎恨生活，深為空虛和憂悒。敗德、肉慾、毒品成為他們的鎮定劑。

一九七八年鄉土文學對現代主義的批判，主要來自七〇年代保釣運動左派的文藝思潮的影響。保釣左派在海外接觸了中國三〇年代以降文學作品與文藝理論的影響，對民族文學論、民眾文學論張開了眼睛，在某種「革命」熱情下，七〇年代初開始對現代主義詩開展了批判，對現代主義詩在內容、形式、技巧上的反民族性和反民眾性，精神上的虛無和自瀆，提出了糾彈。在一九七八年的鄉土文學論爭中，文學理論上的左右鬥爭，在政權權力介入下更為突出，形成鄉土主義和包括現代主義在內的反鄉土主義的鬥爭。鄉土主義力主文藝反映現實和現實中的矛盾，為生活與社會的向上與改造做出貢獻。鄉土文學反對文學的個人主義、虛無和墮落。但反鄉土主義則主張文學應「清新可喜」「溫

柔敦厚」，不能成為「政治工具」，不能被「共匪」所利用；鄉土派反對帝國主義和「寡頭資本主義」，主張民族主義，為弱小者代言，「擁抱土地和人民」。反鄉土派力言「反共高於反資」，控訴鄉土文學是「工農兵文學」應該「抓頭」、打擊⋯⋯

陳芳明刻意避開現代主義批判運動的社會的、歷史的、思潮史的背景，把七〇年代台灣文學界對於現代主義的批判縮小到陳映真因個人的「中國民族主義」和私人恩怨對現代主義的糾彈，完全抹殺了七〇年代掀起的現實主義文學潮流，對吳晟、蔣勳、施善繼、詹澈詩作的現實主義道路、和現實主義小說上的收穫，卻一味給反共、反動的現代主義唱讚歌。

陳芳明和他一派人，近來逐漸唱起這新調子：現代主義對台灣文學有傳授新技巧、擴張文學語言的貢獻。除了少數幾家各別作品，五〇年代到七〇年代汗牛充棟的現代詩，能沉澱下來的究竟有多少？如果二十年現代詩運動的成績不很驚人，則它又如何能對台灣文學的技巧和語言做多大貢獻？陳芳明另一個說法，是在白色政治下「為台灣作家開啟了」「思想窗口」，「在強勢殖民權力陰影下，維繫了許多活潑的文學想像」。現代主義的「思想」和「世界觀」已如前述，現代主義和權力的結合恰恰是因為現代主義宣傳從充滿矛盾的生活中逃遁，安居在「強勢殖民統治」的秩序，恰恰因為它是美國新殖民主義對抗當時世界各地反帝運動的、現實主義文學的武器。

在討論國民黨權力和現代主義的關係之前，我應該聲明我對現代主義的批評，集中在極少數鮮明昭著地站在權力一方，不惜借刀殺人，毀滅來自現實主義方面的強敵的人。台灣現代主義文學、作家和作品，應該就個別作家和作品進行具體研究，應該同意幾個個別作家的個別作品在一定程度上表現了對戒嚴現實的不滿與抵抗。但就總的、平均的評價，我是主張要對台灣現代文學發展史採取實事求是的批評、清理態度的。

　　據研究，一九五○年，在白色恐怖逐漸展開之際，國民黨中央設立了「中華文藝基金會」，並成立「中華文藝家協會」（「文協」）。五一年，「文協」中「美術委員會」擴大為「中國美術協會」，由其下的「中華美術協進會」出版《新藝術》，由當時「前衛」畫家和評論家何鐵華主編，並在同年主辦一系列「反共書畫展」和「反共漫畫展」中，同時推出了「現代畫聯展」。記錄上看出來，「中國美術協會」下的「美術研究會」，培養了後來成名的現代派畫家：夏陽、吳昊和秦松。當然，這只能說明台灣現代主義繪畫在發生上與國民黨反共體制的聯繫，不能說明這些個別的畫家就一定與國民黨在政治和思想上一致。但在同時國民黨對具有共產黨員身分的畢加索是疾惡的，對畫家們說，「凡是談論畢加索的，就是共產黨的同情者！」把一些熱中於現代主義的畫家（如劉獅）嚇跑了。

　　現代主義繪畫和詩，如何與國民黨的政工體系結合——至少是誤會冰釋而轉為團結合作，我沒有研究。但只就結果來說，在鄉土文學論爭中，現代派的大部份，不論是奉命或主動，都曾站到鄉土文學和現實主義對立面去，打擊鄉土文學，也是事實。其中少數幾個人手段惡毒，余光中就是突出的例子。

■關於余光中

　　陳芳明在他的《鞭傷之島》一書中，收有一篇〈死滅的以及從未誕生的〉，其中有這一段：

　　「隔於苦悶與納悶的深處之際，我收到余光中寄自香港的一封長信，並附寄了幾份影印文件。其中有一份陳映真的文章，也有一份馬克思文字的英譯。余光中特別以紅筆加上眉批，並用中英對照的考據方法，指出陳映真引述馬克思之處……」

　　事隔多年，而且因為陳芳明先披露了，我才在這裡說一說。余光中這一份精心羅織的材料，當時是直接寄給了其時權傾一

時、人人聞之變色的王昇將軍手上，寄給陳芳明的，應是這告密信的副本。余光中控訴我有「新馬克思主義」的危險思想，以文學評論傳佈新馬思想，在當時是必死之罪。據說王將軍不很明白「新馬」為何物，就把余光中寄達的密告材料送到王將軍對之執師禮甚恭的鄭學稼先生，請鄭先生鑒別。鄭先生看過資料，以為大謬，力勸王將軍千萬不能以鄉土文學興獄，甚至鼓勵王昇公開褒獎鄉土文學上有成就的作家。不久，對鄉土文學霍霍磨刀之聲，戛然而止，一場一觸即發的政治逮捕與我擦肩而過。這是鄭學稼先生親口告訴了我的。

　　在那森嚴的時代，余光中此舉，確實是處心積慮，專心致志地不惜要將我置於死地的。而他竟把這應該秘而不宣的在他的心靈最深最深的暗夜寫下來的罪惡材料特意從香港寄去美國給陳芳明，人們就難免對余陳兩人之間的關係感到強烈的好奇。現在，陳芳明和當年與之「決裂」的余光中恢復舊好，也有文章相與溫存。這自然是陳芳明的自由。只是想到詩人埃·龐德在一戰中支持、參加了納粹，戰後終其一生久久不能擺脫歐西文壇批判的壓力和良心的咎責。而余光中在最近的一個場合中，因他當年假借權力壓迫鄉土文學而當場受到一個青年公開的抗議後，作了這回應：他當年反對的不是鄉土文學，而是「工農兵文學」！顯見他至今絲毫不以當年借國民黨的利刃取人性命之行徑為羞惡。而陳芳明的長文〈死滅的以及從未誕生的〉輕描淡寫揭露過余光中的這段往事之後，用了十分之九的全篇幅，站在台獨原教義的審判台上，對陳映真的思想和文章進行細密的調查、入罪和指控，讀來固然不免失笑，卻對這兩個思想政治偵警，留下難忘的印象。

■關於兩岸分裂合理論

　　陳芳明說，「到了戰後，美帝國主義的介入，使得台灣社會與中國社會分離了。這樣的分離，自願或被強迫，都成為無可動

搖的歷史事實。」這是十足的外國勢力干涉有理論。但是分裂的
兩德並不以為祖國的分斷是「無可動搖的歷史事實」，西德人民
不惜為長期民族分裂造成的困難付出代價，完成了統一。越南人
民也不以為祖國的南北斷裂是「無可動搖的歷史事實」。他們以
堅苦卓絕的鬥爭，戰敗了世界上最強大、凶惡的外國勢力及其扈
從，統一了自己的祖國。韓民族不分南北，也不以自己民族在外
來勢力下的分裂為「無可動搖的歷史事實」。他們以民族的分裂
為恥，為痛，南韓人民不以北韓一時的窘困嫌惡和卑視北方的同
胞，呼喚統一，聲嘶力竭，在不久前南北朝鮮人民終於向全世界
宣布了爭取南北韓「自主化統一」的願景。即使林肯，也不以工
業的北方與農業的南方的對立為「無可動搖的歷史事實」，統一
了合眾國。陳芳明和一些反民族派，卻千方百計宣傳兩岸分離現
狀為合理，即便是「台灣社會」與「中國社會」的「分離」是
「由於美帝國主義的介入」也是合理的！但一九四八年，大作家
楊逵不同意外國勢力來台灣搞獨立和託管，說宣傳獨立和託管的
文學，不是台灣文學，是「奴才文學」！陳芳明說「台灣文學與
中國文學的分離，於一九五○年以後就已經產生」。我看不可
靠。光說一九七○年代裡，葉石濤先生就迭次宣說「台灣文學是
中國文學的一環」；王拓先生說「作為反映台灣各個不同時代的
歷史與社會的（台灣）文學，也自屬於中國文學的一部分」，並
說台灣文學是「在台灣的中國文學」，而作家則是「台灣的中國
作家」；巫永福先生說「如果清文學是中國文學，光復前的台灣
文學也應當是中國文學」。李魁賢先生也說，「當然台灣文學是
屬於中國文學的一部分」。這些都是「於一九五○年以後」二十
年的事了。即使陳芳明自己，也要等到鄉土文學論戰前後才與中
國「訣別」，這以前還為余光中寫過一本充滿了孺慕與崇拜的詩
評。陳芳明也許會說那不算數，那是在戒嚴殖民體制下不得已的
言不由衷。若然，陳芳明就把自己一夥人都說成個個是孬種了。

怎麼就有那麼多人，那麼久的時間，一再地「不得已而言不由衷」？

三、關於解嚴後「後殖民社會」論及相關問題的批判

　　對於陳芳明把一九四五年國民黨統治台灣以至一九八七年李登輝繼任這一段時期為中國人對台灣人施加「戒嚴殖民」統治的「再殖民社會」之不通，我已經在上一篇文章中從社會性質理論、戰後台灣資本主義發展史、以及國民黨「擬似波拿帕國家」的形成與消萎等各方面，做了深入的批評。陳芳明無力對此以相同的語言和方法論駁論，卻反覆提出嚴重混淆了作為文化思想概念（而不是社會經濟概念）的「後殖民論」以及「後現代論」的說辭。這裡先說一九八七年以後的台灣社會政治矛盾。陳芳明說，「戒嚴體制」表現為「語言的壓制」，對作家「思想」、「情感」、「情慾」、「情緒」的「控制」，威脅了女性、同性戀、原住民想像。在陳芳明看，一九四五年到八七年間「再殖民」的「戒嚴殖民」統治下，台灣的社會政治矛盾集中地表現為由「漢人／中原心態／男性優勢／儒家思想所凝鑄而成」的權力所統治的、對於原住民／台灣意識／女性／非儒思想的壓迫！這是什麼樣的政治與階級分析？這又是什麼樣的「殖民地」社會的批判？

　　從一九四五年到八七年中，四五年到五〇年，是大陸地主階級、買辦資產階級、官僚資產階級和台灣的地主豪紳階級對台灣農民、工人、市民知識分子的壓迫。五〇年到六六年，是國民黨統治集團的「擬似波拿帕政權」，和其所哺育的台灣新興產業資產階級對台灣農民、低工資工人等各階級的統治，一九六六年到八七年，是獨占化的台灣政商資產階級在國民黨庇蔭下茁長，終

於從消萎的「擬似波拿帕國家」接收政權，而展開以李氏政權為起點的台灣人獨占性大政商資產階級統治的時代。在陳芳明的「戒嚴殖民社會」裡，是沒有階級的「漢人」、沒有社會經濟意義、沒有階級內容的「中原心態」、沒有社會屬性的男性和「儒家思想」，對於同樣地沒有（民族）階級分析和社會經濟內容的原住民各族、台灣意識、女性和不知有多麼廣泛的非儒思想的統治。因此，四五年到五〇年台灣學生、作家、市民所決行的民主自治鬥爭、地下黨的新民主主義鬥爭、文學界圍繞在「建設台灣新文學」爭論中堅持民族團結、堅持深入民眾、和民眾站在一個立場的「台灣文學論」的提起；五〇年到六六年間苛酷的白色恐怖的壓抑，戰後第一代由省內外資產階級民主人士所發動的反獨裁民主化鬥爭；一九六六年以後，第二波新生代資產階級反獨裁‧民主化鬥爭、七〇年代從現代詩論戰到鄉土文學論戰的文學上的左右論爭、八〇年代以後台獨文論和「在台灣的中國文學」論的鬥爭……這一切都不在陳芳明的焦點上。因此，八七年後戒嚴解除，長年的「戒嚴殖民」體制奇蹟似的解放，台灣文學於是「次第展開。台灣意識文學崛起，批判傲慢的中原沙文主義。女性意識文學大量產生則挑戰既有的男性沙文主義，眷村文學的出現，則是出自對台灣意識過於激化的畏懼與戒心，原住民文學的營造，則是在抗拒漢人沙文主義」。

把台灣文學按照「語言」、「族群」、「性別」、「性取向」、「去中心」、「分殊」、「多元」加以分別而不是從創作方法、文藝思潮、時代社會基礎去分類，是台灣九〇年代從西方經過校園、留學體制灌輸進來的概念。後現代主義的思想內容之一，是對於進入「後期資本主義」階段的西方社會的苦悶、失望與幻滅，產生了對於現代性——啟蒙、科學技術、理性，甚至資產階級民主體制——的根本性的懷疑。後現代派的思想家看見了高度發達的、進入資本主義「後期」的西方，在極端商業化、商

品化，高度消費主義和商品拜物主義下，知識分子早已失去社會指導性地位；民主政治的行銷主義和商品化，使精英政治崩解。此外，八〇年代末蘇東社會的瓦解，又使知識分子對「解放」、「革命」甚至西方「民主主義」等「宏大論述」產生了幻滅與懷疑，新的虛無主義統治著後現代主義思想家。於是「去中心」論、「分殊論」、「多元」並重並列之說起。文學批評中也出現所謂性別、性偏好、種族、語言等「多元」、零細的角度。這些思想藉著台灣自五〇年代以來美國新殖民主義文化霸權的、暢通多時的管道——留學體制、學位生產、人員交換——經由快速化的通訊、媒介炒作，半生不熟地灌輸到台灣來。於是「去中心」、「分殊」、「多元」諸論，嗡嗡然流傳於以外語獨占西方知識之窗口的一群精英之中。

　　然而，陳芳明不知道，後殖民論自始就是對於西方發達國家對第三世界國家的文化意識形態統治與霸權支配的挑戰，反對西方在第三世界無所不在的文化和思想滲透。後殖民論質問：為什麼思想和文化總是單向地從西方發達國家向其他地方灌注；為什麼總是以西方的概念而不是自己的話語去描寫和敘述第三世界，使第三世界失去了描寫自己、認識自己的語言和論述。陳芳明以西方後現代的性別、性取向、族群、去中心、分殊、多元……這些舶來的概念，生吞活剝，強辭奪理地描寫、說明、比附台灣文學，以西方新殖民主義的文化概念描寫台灣，正是後殖民批判理論的批判對象的核心。陳芳明以批判的對象（後現代論）形容批判的本身（後殖民論），把批判的本身與批判的對象混同起來，令人匪夷所思。

　　陳芳明也曾想把後現代論與後殖民論加以區別（《後現代或後殖民》，收前揭《書寫台灣》）。但由於知識不足，錯誤百出。簡單說，陳芳明說，台灣的後現代論不是台灣社會之所產，是西方舶來之物，不適合用來說明台灣的文學現象。台灣的「後

殖民論」則有台灣社會根源——說「後殖民」論是台灣「殖民戒嚴體制」瓦解後之所產。但人們也可以問：依陳芳明的邏輯，後現代論的去中心論，難道不是對「戒嚴殖民體制」獨裁下「中心思想」的對抗？後現代論的多元論，難道不是對「戒嚴殖民體制」政治、文化一元化專制的挑戰？怎麼獨獨「後殖民論」才是台灣「社會內部」之所產？

事實上，人們記憶猶新，洋人的性別論、性取向論、族群論、去中心論、多元分殊論，全是八〇年代末、主要是九〇年代上半從洋人那兒經由留學體制、洋學位體制、回國教師、洋文書刊那兒蜂擁而至，是後殖民批判所要批判的、活生生的西方文化霸權對台灣之支配。有些學者主張八〇年代後的台灣文學是「後現代文學」。我看，如果加上一個「附庸性的」這麼一個限定辭，即「附庸性的後現代文學」，肯定比陳芳明矛盾錯誤的「後現代文學」相對上還來得準確一些。

後殖民論的主要思想家薩依德就認為，所謂後現代，是一個「延續帝國主義結構」於全世界的「時代」。他說今日對抗新的西方中心主義，就是反「後現代」的鬥爭。後現代與後殖民的概念、立場、思想之相剋，如此旗幟鮮明，豈容混淆！陳芳明不但知識上混亂，終其全部寫過的文章，從來看不見對美國新帝國主義自五〇年代以降在軍事、經濟、政治、外交、思想、文化和意識形態上對台灣的統治。這樣的腦袋裡出來的「殖民地」論→「再殖民」論可以如何荒唐，不難想像。

最後再說幾句陳芳明對台灣戰後民主主義的評價。台灣戰後民主運動要如何分析和評價，是一個重要的理論課題。但限於篇幅，俟來日有機會時再予展開。但陳芳明說，台灣的「民主運動兼容並蓄地容納了農民、工人、女性、外省族群、原住民形成滾滾洪流」，終於使「殖民式威權體制」瓦解。光復至一九五〇年以前，台灣和大陸相應和的反獨裁、反內戰、和平民主建國的民

主自治運動，以及新民主主義運動，確實有台灣工人、農民和原住民（「蓬萊民族解放同盟」）參加。一九五〇年代白色恐怖以後的台灣反獨裁民主化運動，和七〇年代以降台灣資產階級民主運動，都沒有工人和農民作為階級力量參加。所謂「女性」也不曾作為一個社會勢力參加，原住民更不曾以民族解放運動的形式參加。工、農、環保、原住民、婦女等市民性社會運動，都是一九八七年解嚴後的產物。至於六〇年代至七〇年代中，在沒有警備總部的海外搞英雄的「革命」運動（陳芳明時常以他的海外活動驕人），該怎樣定位和評價，也是個問題。而「外省族群」之無法受容於這偉大的民主運動，只要看費希平和林正杰被逐出黨，傅正在黨內委曲求全，至今日省外知識分子在台灣絕對主義下屈折低眉的處境，說什麼台灣民主運動「兼容並蓄」，「形成滾滾洪流」，不免太膨風了。至於說，「台灣本土文學者與民主運動桴鼓相應、攜手併進」，也不盡然。這只要今天赫赫不可一世的「本土文學者」和評論家，捫心自問，他們在「民主運動」各階段寫過什麼不民主的文章，為不民主的政策畫圖解，和不民主的人打混，找不民主的出版社出書……就知道陳芳明在自欺欺人了。時至今日，民進黨取得政權不過數月，就在勞工問題上後退保守，毫不飾諱地站到政商獨占資本的一方。昔日為「民主」、「公義」而奮鬥的工會、市民運動團體，幾乎隨著新政權的上台全面而黃色化，而被收編為領津貼的ＮＧＯ，學生幹部穿上西裝，進入國會助理和政府部門官僚體系。台灣戰後民主運動的階級本質終於呈現，卻留給弱小者一團迷霧。而陳芳明卻把一九八七年後「戒嚴殖民」體制的「終結」描寫成自由王國的降臨，台灣烏托邦的勝利，台灣文學百花齊放……

四、結 論

　　「社會性質」指的是一個社會的生產方式的性質。社會生產方式者，是一個社會的生產力和生產關係的總和。生產力的發展，造成與之相應的生產關係的變化，從而帶來作為生產力與生產關係之總和的社會生產方式的變化，當然也是社會生產方式之性質，即社會性質的變化。馬克思指出，正是隨著生產力的淡化與發展，前此的人類社會概括地、一般地依「原始社會」、「奴隸社會」、「封建社會」和「資本主義社會」的先後秩序而推移。依此，人類社會發展過程中絕沒有一個單獨稱為「殖民地社會」這樣一種生產方式、這樣一種人類社會必由的階段。當然也沒有什麼「再殖民」、「後殖民」的社會生產方式。「殖民地」的社會科學概念，是帝國主義時代在帝國主義支配下第三世界前資本主義社會外鑠而來的，必須與其原有社會生產方式（例如封建或半封建社會、氏族共同體社會等）併稱才能存在的概念。陳芳明不懂社會性質理論，他的台灣社會性質「三階段論」，即「殖民地社會」（日據）→「再殖民社會」（一九四五～八七）和「後殖民社會（一九八七～）完全是無根據的杜撰，是社會性質論這個專門領域之外的胡說，至為明白。陳芳明在別的地方多次、多處（例如《謝雪紅評傳》、和關於台共兩個綱領的文章）大談特談日據台灣「社會性質」理論，到現在就突出地表現其欺罔性，明確地失去了在社會性質理論的專門領域中再發言的條件。

　　回應陳芳明的文章時，預見到陳芳明在社會性質理論上的小兒程度，卻不料只有嬰兒的程度。想到這是長期反共保守的台灣的社會科學環境有以致之，不覺淒然。估計短期間內我和陳芳明

的討論,很難引起能夠以馬克思歷史唯物主義的、社會性質理論的辭語和方法論的進一步縱深討論。而社會性質的討論,最終是要從對當面社會性質之科學性的分析,得出當面社會改革實踐的理論,這就非得要經過廣泛、深入的爭鳴、批判和發展不為功。雖然,我仍然期待再過一段時日,年輕一代優有馬克思主義素養,又有運動實踐的朋友們起來,對拙論加以批判和討論。我願意相信這一日的到來不會太久。到那時,人們再也不需要忍受陳芳明式的、外行的夾纏了。台灣社會性質理論的探索,有長久歷史和傳統。早在一九二六年,甚至早在大陸展開中國社會史討論的一九二八年之前,前進的台灣知識分子陳逢源和許乃昌就「指桑說槐」地就「中國改造(革命)論」,進行了中國社會性質與中國變革(改造)理論的相當有社會科學深度的爭論。一九二八年和三一年,台灣共產黨兩個中央的兩個綱領,也深入規定了當時台灣社會的性質與革命的方針。一九三二年,矢內原忠雄也以歷史唯物主義,分析了殖民地台灣的生產方式之本質。三〇年代,台灣人革命家與思想家李友邦,也對日據下台灣社會進行了歷史唯物主義的分析。至六〇年代中後,傑出的台灣社會科學家涂昭彥和劉進慶分別對日據社會和截至一九六五年的戰後台灣經濟,做出了科學、富有實證的研究成果。

這一關於台灣社會性質理論的歷史、傳統和文獻極為重要,卻為陳芳明一夥歌頌八七年台灣「民主化」的人們所不知。絕大多數的知識分子,和陳芳明們一般,對於台灣本身的經濟社會史完全無知,卻只顧在洋人的餘唾中抽象地、歷史唯心主義地、不著邊際地、道德主義地、感情論地,沒有台灣歷史具體條件地大發議論,在以洋文為高墻而與民眾隔絕的亭子間中,互相應和吹捧,得意之極。這是和一九五〇年以降,台灣學術、文化、意識形態遭受美國新殖民主義構造性統治的悲慘的結果。

此外,陳芳明的存在,也彰顯了部分台灣學術界中的嚴重的

陳芳明歷史三階段論和
台灣新文學史論可以休矣！
——結束爭論的話

◉陳映真

一、陳芳明的台灣社會性質論之欺罔

　　如果陳芳明先生（以下禮稱略）自始就只以一般論的歷史編年去劃分他所要「建構」的「台灣新文學史」，則任他隨性自流地去「書寫」，我們也不會加以理睬。問題在於他偏偏顧盼自雄，強以不知為知，宣稱要依「台灣社會性質」嬗變的「三大歷史階段、亦即日據的殖民時期，戰後的再殖民期，以及解嚴迄今的後殖民期」去「書寫」他的「台灣新文學史」，這就關係到馬克思歷史唯物主義關於以生產方式（mode of production)的推移說明歷史——人類物質生活和相連繫的精神生活的歷史——演化的學說了。而陳芳明的所謂「三大歷史階段」論也就是三個不同「歷史階段」的「社會性質」說，是和台灣社會經濟史中相應於各階段生產力發展的生產方式論毫不相符、毫不相干的瞎說，因此引發了我們的批判和質問。

　　現在陳芳明改以直接或間接的方式，力說他的台灣社會「三
大階段」、即三個「社會性質」論與馬克思的社會性質理論無
關。但是，陳芳明多年以來在他的《謝雪紅評傳》和《台灣共產
黨的一九二八年綱領與一九三一年綱領》中，一貫裝出一派充分
理解了馬克思歷史唯物主義關於社會生產方式理論的架式，對台
共政治綱領妄發謬論，錯誤叢叢，不堪卒讀，我在〈以意識形態
代替科學知識的災難〉，（以下略稱〈災難〉《聯合文學》一八九
期）中已經加以痛烈的批判，是陳芳明至今所一個字也不能回答
的。馬克思主義關於社會歷史演化的理論，是說隨著不斷發展的
社會生產力，產生與之相應的、一定階段的生產關係（即財產、
分配、階級等諸關係）。這一定歷史階段的生產力和生產關係的
統一體、的總和，便是這一歷史階段的「生產方式」。「社會性
質」，說的就是生產方式的性質，又作「社會形態」（social
formation）、另說「社會構造體」。於是不同的生產方式有其不
同的社會性質──即不同的社會形態或社會構造體。然而，生產
關係一旦形成，表現出相對穩定性，例如在農業、手工業生產力
條件下，產生了封建的生產關係，即地主、佃農體制、宗法關
係、封建社會的階級關係等等。這些封建的生產關係一旦形成，
就有其抗拒改變的、相對地求穩定鞏固的特性。然而生產力卻在
不斷地進步。蒸汽機、自動紡織機的發明，使新的生產力和固有
的封建的生產關係發生了矛盾。矛盾不斷深化，使原來的生產關
係成為新生產力進一步發展的桎梏，終就爆發社會革命，建立新
的生產關係，以與新的生產力相適應。
　　馬克思以這歷史的和辯證的唯物主義解釋向來人類的歷史，
發現可以概括地依生產力發展的不同階段和與之相應的不同的生
產關係分為原始氏族公社、奴隸社會、封建社會和當前的資本主
義社會等四個「生產方式」即四個社會性質的推移，來說明人類
社會發展的原理。也正因為這樣，世界各國各民族的無產階級政

黨的政治綱領，莫不對其當面社會的社會性質（即生產方式）進行歷史唯物主義的分析，即分析生產力發展水平，分析其財產所有關係，分配關係及相應的階級支配構造，而後決定革命改造的方針。以最概括的方式言之，列如下表：

社會性質 （生產方式）	封建社會	資本主義社會
階級矛盾	新生資產階級與封建的地主僧侶官僚階級間的矛盾。	新生工人無產階級與資產階級的矛盾。
革命的目標	打倒封建社會，建立新生資產階級政權。	打倒資本主義社會建設社會主義社會。
革命的領導階級	資產階級。	現代工人無產階級。
革命的性質	資產階級的民主主義革命。即舊的民主主義革命。	無產階級的社會（主義）革命。

　　十九世紀中後，帝國主義向東方前資本主義社會（封建社會甚至前封建社會）擴張，進行帝國主義的殖民統治，使這些還停留在封建的社會生產方式（社會性質）的社會外鑠地發生了變化，成為殖民地（或半殖民地）半封建社會。這些社會的工人政黨，也依照歷史唯物主義，對變化後的東方社會進行了社會生產方式（社會性質）的分析，從而規定了獨自的革命和改造的方針：

社會性質	（半）殖民地‧半封建社會
階級矛盾	帝國主義外族獨占資產階級‧本地半封建大地主階級‧中小地主‧地主性資產階級‧城市民‧地主以下各農民層‧現代產業工人。
革命的目標	打倒殖民統治‧打倒封建地主‧發展為過渡到社會主義的資本主義。
領導階級	以無產階級工人和農民的同盟為中心，聯合其他革命的階級。
革命的性質	工農階級領導的資產階級民主主義革命，即新的民主主義革命。

這是我國三〇年代一個用功的中學生都能講清楚的基本的社會科學常識，對此，陳芳明竟一竅不通，卻膽大之極地胡說瞎扯，在他的《謝雪紅評傳》和《台灣共產黨一九二八年綱領和一九三一年綱領》及其他相關的宏論中，說什麼台灣黨認定當時的台灣社會是一個「殖民地社會」，從而主張了台灣革命的性質是什麼「殖民地革命」！又說中國共產黨根據中國社會是「半殖民地‧半封建」性質，所以主張中國革命是「社會主義革命」！於是陳芳明發明了這樣一種離奇的理論：台灣人／謝雪紅／非上大派／日共領導的台灣共產黨堅持「殖民地」社會的「殖民地革命」，但中國人／翁澤生／上大派的／中共領導的中共黨，必欲將其「社會革命」路線強加於台灣的黨。陳芳明說於是這樣地讓台灣的黨與中國的黨在他自己腦袋裡鬥得不亦樂乎。事實上，縱觀台灣黨的兩個綱領，從來沒有主張過什麼日據台灣社會是「殖民地社會」，從而也從來沒有因而規定過台灣革命是什麼「殖民地革命」。遍查文獻，也絕不可能找到中共黨曾經主張因為中國社會是「半殖民地‧半封建」的社會，從而規定過中國革命的方針是什麼「社會革命」。陳芳明的相關談論，毫無根據，一派胡

言，關於這些，我們在小論《災難》中已經評判得很詳細，是陳芳明至今所不能答覆的。因此，絕不能說陳芳明自始就以與馬克思的社會（生產方式）性質理論不同的、獨自的方法展開他的台灣歷史「三大階段」說，只能說他從來不曾懂得馬克思的社會（生產方式）性質論，卻大膽地利用台灣學界不熟悉馬克思主義的條件，把自己打扮成能夠以社會性質論對台共綱領和台灣社會史恣意大發議論的「左翼」，發表成籮成筐的錯誤論說，很有招搖撞騙之嫌。

　　因此，陳芳明以台灣社會性質為言的台灣新文學史「三大歷史階段」論的第一個嚴重破綻，是他根本不懂得社會生產方式之性質，即所稱社會性質理論！

二、陳芳明有關「殖民地」概念的錯誤與混亂

　　陳芳明以「殖民地社會」的概念概括一八九五年以迄於今日的台灣社會歷史，並且頗自以為創見。然而他卻在「殖民地」這個基礎概念上犯了致命的錯誤，自然使他的日據「殖民地」社會→戰後「再殖民」社會→八七年解嚴後「後殖民」社會的「理論」不能不全盤皆墨，土崩瓦解。

　　帝國主義、殖民地等概念，是政治經濟學概念；是社會經濟性質的概念。

　　資本對利潤永不休止的飢餓，即其永不休止的生產與再生產、積累與集聚的運動，終至突破民族國家的限界，尋找新的原料基地、新的市場、新的投資地，於是在十九世紀中後，西歐先進資本主義國家爭向對外擴張，對遼闊的東方各個前資本主義社會施加殖民地統治。因此，一個資本主義高度發展（發展到壟斷資本主義階段），對外擴張，掠取原料、市場、投資地的帝國主

義宗主國的存在，是一個社會被殖民地化的先決條件。其次，被
殖民地化的各種前資本主義社會，在帝國主義統治下，失去自己
的經濟社會主體性。殖民地經濟在強權下被迫成為宗主國帝國主
義壟斷資本的循環與積累的工具。本地自發的資本主義自然的萌
芽與發展被破壞，傳統、反動的本地封建關係與帝國主義經濟苟
合而延長其落後的存在。異民族帝國主義的壟斷資本（又稱「獨
占資本」）的殘酷、強權剝削，和與帝國主義相互勾結的本地半
封建資本苛烈的搾取，使殖民地廣泛農民和工人以及其他被壓迫
階級淪落貧困化的深淵。而警察、軍隊的暴力統治，法權的歧視
與壓迫，強制性同化、土著語言和文化的剝奪，歷史解釋和歷史
記憶的專政管理、種族和階級的構造性歧視，思想意識形態的殖
民地化改造……都是為了強化相應於殖民地社會經濟壓迫和剝削
機制的上層建築。離開殖民統治的物質的、經濟的壓迫和宰制結
構，光以政治、文化、思想、意識形態的強權統治，就無法科學
地分辨殖民地社會和其他非殖民地社會。因為自從人類進入階級
社會，一切國家政權就成了社會經濟的統治階級，亦即政治上的
統治階級進行階級壓迫、階級專政的工具；統治階級的思想、意
識形態也必然成為那個社會的統治思想和意識形態，形成文化、
思想和意識形態的「霸權」，透過教育、宣傳體制進行精神與思
想的支配。

　　但陳芳明不明白這個道理。他界定日據「殖民地社會」的內
容是：「漢文思考」的「式微和沒落」；「現代化知識的崛
起」；大和民族主義的強權統治，等等。在經濟方面，他片面誇
大殖民地台灣從「以農業為基礎的傳統封建社會」「急劇轉化成
為以工業經濟為基礎的現代資本主義社會」，台灣的資本主義於
是發生「擴張與再擴張」。今天，對美國懷抱著無限憧憬移民北
美的第二代、第三代，也必然和已經經歷母語「思考」的「沒
落」和「式微」，但我們總不能據此而云美國把美籍原台灣人的

整代殖民化吧。明治維新，以西學（自荷蘭傳入的西學，日人稱「蘭學」）為中心的「現代知識」和思想觀念也在日本大為「崛起」；宣傳新生民族國家尊皇愛國主義的「大和民族主義」也統治明治日本，但人們卻不好據此而謂日本明治國家政權對日本自己進行「殖民地」統治。至於思想、創作、歷史解釋的強權管理，一切亞洲、中南美洲親美反共獨裁國家莫不以類如國家安全法、反共法、治安維持法進行對於思想、言詮、創作等的冷酷壓迫，但人們也不能據此而謂九〇年代前的南韓、八〇年代的菲律賓，六〇到八〇年代的廣泛中南美和中近東的一些親美反共獨裁政府對自己的人民施加殖民地統治。

對此，陳芳明的辯解，竟而是說非殖民社會的政治思想和文化語言的壓迫，不是殖民地壓迫，只有殖民地社會的思想文化壓迫，才是殖民地壓迫。陳芳明始則以文化、創作、歷史、思想的壓迫來證明一個社會的殖民地性。然後又以一個社會是不是殖民地社會為先決前提，來說明某社會的思想意識形態壓迫是不是殖民地性的壓迫。到底是一個社會之思想意識形態壓迫的有無是判斷一個社會是不是殖民地社會的標準，還是先(用什麼標準？)判定(如何判定？)一個社會是不是一個殖民地社會之後，才分辨那個社會存在的思想意識形態壓迫是不是「殖民地性」？而客觀上，任何階級社會，當然包括任何獨立自主的階級社會，又必然存在著那個社會的統治階級對於被統治階級在思想和意識形態的壓迫。陳芳明的殖民地論於是不能不陷於這滑稽的循環證明中，不能自拔。

陳芳明的戰後「再殖民」論也一樣。陳芳明列舉了「(中華)民族思想教育」、「戒嚴」體制、「對(台灣)本土意識的歧視與排斥」、「(台灣)歷史記憶的扭曲與擦拭」作為國民黨自一九四五年到一九八七年在台進行「再殖民」統治的證據。在小論〈關於台灣「社會性質」的進一步討論〉（以下簡稱〈討論〉《聯合

文學》一九○期）中已有多方面的批判。我舉過韓國慶尚道系的
長期執政下對全羅道系的「本土」意識也存在長時期「歧視」與
壓迫。至於戒嚴，韓國、菲律賓、中南美反共軍事獨裁政權雖沒
有施行若台灣之長達四十年的戒嚴，但時而戒嚴，又時而解嚴，
而後又再戒嚴，直如家常便飯。但總不能説戒嚴了就是「（再）殖
民化」，解嚴了就「後殖民化」（！），結果不能不把人家的社會
説成是「（再）殖民」與「後殖民」兒戲似的循環反覆了。

　　因此，如果不從政治經濟學去界定帝國主義、殖民地的概
念，就一定會陷入陳芳明這種知識上錯誤、邏輯上混亂的泥淖而
不可自拔了。不懂得帝國主義、殖民地的馬克思政治經濟學概
念，是陳芳明台灣「後殖民史觀」、台灣殖民地社會論、台灣新
文學即殖民地文學論、連帶地他的「歷史三大階段」説的第三個
嚴重破綻。

三、陳芳明「後殖民」論的虛妄

　　陳芳明把一九八七年國民黨解除戒嚴以後以迄於今日的歷
史，稱為「後殖民」時代。他説，在日本和國民黨統治下，台灣
新文學分別是「相對於日本殖民體制」和「相對於戒嚴體制」
「而存在」，沒有文學自己的主體性，只有到了解嚴之後形成族
群、性別、階級等「多元主體」，而又都神秘地「屬於」一個稱
為台灣的「主體」。於是「凡是在台灣社會所產生的文學」，
「不論族群歸屬為何、階級認同為何、性別取向為何」，一概是
「台灣文學主體的不可分割的一部份」。

　　陳芳明把戒嚴與解嚴當作台灣被「中華民國」「再殖民」和
殖民地解放的分界，為什麼殖民者自己宣布解嚴？解嚴後「再殖
民」如何重編改造為「後殖民」社會？經濟下層建築和社會階級

關係發生了什麼變化？二○○○年陳水扁政權登台，國民黨「再殖民」集團下台要怎麼理解？可以叫「後‧後殖民」嗎？凡此，莫不是陳芳明要答覆的。

我們在《災難》中早已指出，「後殖民」是一個文化思想批判的概念，是對於殖民地歷史殘留於今日思想、文化、意識形態傾向的清算，也是對於今日西方新殖民主義對前殖民地的文化帝國主義的批判。「後殖民」根本不是一個關於社會性質的、社會經濟概念。我們對陳芳明這一知識的混亂的批判，陳芳明至今仍沉默以對。

「後殖民」另有社會經濟概念，指的是二戰後殖民地獨立後的社會(Post-independent Society 即「獨立後社會」，或Post-Colonial Society，即「殖民地後社會」)，這種沒有一個特定生產方式，而包含駁雜的不同生產方式，從擬似社會主義、國家資本主義到從屬性資本主義，光譜較大；政治上涵蓋左翼、中間到極右派，外交上從中立不結盟到親美親蘇(中)各殊。一九八七年解嚴以後，台灣社會經濟、階級構造是過去的延續而不是斷裂，不存在從「再殖民」到所謂「後殖民」的革命性變化。從台灣在經濟、政治、外交上對美附庸化而言，台灣的新殖民地化應始於一九五○年而不是一九八七年，但這自然不是陳芳明所能分析的。對於這樣的批評，陳芳明至今裝聾作啞，無從回應。

陳芳明接著把他的「後殖民」時期，同九○年代以後台灣學舌的西方後現代文學現象結合起來，作為台灣新文學在八七年後「後殖民」時代的特徵。

台灣的「後現代」文論和文學作品，不是台灣資本主義高度發展到「晚期資本主義」階段之所產，而是與一九五○年代一樣，是台灣新殖民地文化現象的表現：學舌、模仿、媚俗，是西方文化、意識形態帝國主義對台灣之支配的表現。「後現代」文學在台灣一般地文論(其中又生吞活剝、亂套硬搬為多)多於文學

作品。文論主要是留學教師、媒體、留學體制和以洋文獨占學術材料等所形成的巨大的新殖民主義構造的產物。這些西方文化、文學、文論在台灣的新殖民主義浸透之所產的理論,和時間短、數量少、評價有待估價的所謂「少數民族文學」、「同志文學」、「性取向文學」……的總和,在陳芳明看來,竟「浮現」出「日據時代」和「戰後」「戒嚴時代」所沒有的「台灣文學的主體性」,寧非奇譚!

九○年代以後,西方來台的「後」學勃發,「後現代」、「後殖民」之說「崛起」,有一些玲瓏媚俗的學者爭相唱和,其中就不乏一知半解、媚俗取巧的人。陳芳明說「後殖民文學的一個重要特色,便是作家已自覺到要避開權力中心的操控」是毫無根據的。後殖民論主要地是一種文化批判的理論,一種文學批評理論。這文化批判和文學批評又集中焦點於對於過去的殖民主義和當前的新殖民主義對被殖民者造成的心靈、文化、思想、意識形態、自我認同所造成的被害、壓抑、和損毀的揭破、反省與糾彈。事實上。這樣的批判,絕不待薩依德的《東方論》以後才有。二十世紀初共產國際展開的反帝民族解放鬥爭,二戰以後亞非拉廣泛的反對新老殖民主義戰線上的理論家和文學家,都有過深刻的理論和文學作品。以台灣文學而論,早在二、三十年代,就有刻劃日本帝國主義統治為台灣人民帶來的精神、心靈損害的作品。六○年代末到七○年代初,台灣文學中也出現省視在美國侵越戰爭中的台灣人民的定位、討論美國侵越戰爭的士兵來台休假與台灣生活的葛藤、凝視在台跨國資本下人的處境與回應的小說作品。如果以今日舶來的後殖民文化批判或文學評論,對這些早在「後殖民論」尚未為台灣所知時就存在的作品冠名,為了討論的方便,或許可以用「後殖民文學」名之。陳芳明所說台灣在九○年代以降少數一些「同志文學」、「性取向文學」、「眷村文學」或「少數民族文學」,基本上和後殖民論毫無干係。後殖

民論以脫殖民批判和分析為核心，離不開世界史上的帝國主義·
殖民化·新的文化帝國主義這些特定的範疇。陳芳明移花接木，
把後現代主義的虛無主義、反宏大論述、分殊多元這些「主體解
構」的概念，僅僅為了他那先驗的台灣「後殖民」歷史階段的烏
托邦對「台灣主體」理論的需要，硬生生派給這些(學舌的)後現
代產物一個「主體重構」的任務，莫名其妙地裝扮成本質上完全
矛盾的「後殖民文學」。正如我們在《討論》中說過，陳芳明對
後現代論和後殖民論的認識混亂，不知道後殖民論自始就是對西
方對第三世界的文化、意識形態施行霸權支配的反撥；自始就反
對被迫以西方霸權文化殘餘來描寫自己。後殖民論的重要思想家
就把林林總總的後現代論看成是「帝國主義構造」的「延續」。
對薩依德而言，今天對抗西方中心主義的鬥爭，就是「反後現代
論的鬥爭」！但天才的陳芳明卻夸夸然想把這兩個對立鬥爭的概
念硬生生地嫁接到一起。

　　以這荒唐的「殖民地社會」、「再殖民社會」而「後殖民社
會」論，陳芳明不無得色地宣告他的「後殖民史觀的成立」！然
而，陳芳明對於「後殖民」理論的無知與混亂，使他的「後殖民
史觀」在知識與邏輯上連根瓦解，成為陳芳明台灣新文學史論的
第三個嚴重的破綻。

四、陳芳明不能回答的問題

　　在小論〈災難〉中，開宗明義，我就說和陳芳明討論的「目
的，只限於審視和批評陳芳明據以為台灣新文學『分期』之基礎
的『台灣社會性質論』。至於陳芳明依其台灣社會性質說所造成
關於台灣新文學史論的全面誤謬，則等待以後的機會加以批
評」。至今陳芳明和我兩個來回的論爭，都白紙黑字訴於公議，

無遮掩地呈現了陳芳明的認識和理論水平和論說風格。我們整理出陳芳明所表現的三大理論上的破綻，等待陳芳明的嚴肅對待，做出答覆。

　　在討論過程中，陳芳明對許多他所無力答覆的問題採取胡說一通、裝聾作啞的逃遁態度：

　　一、我們說社會性質論只能是馬克思主義的社會生產方式論，並據以指出陳芳明社會性質說的隨意性和唯心性質。陳芳明說社會性質（例如殖民地社會）是「客觀事實」，「為什麼必須根據馬克思來定義（！）。但他明明說過他要把究明「台灣社會究竟是屬於何種的社會性質」的工作當成他寫台灣新文學史的「一個重要議題」，但面對質問，他竟說他寫文學史「並不是在探討台灣社會性質的演變史」。我們說「殖民地社會」不是一個人類社會演化過程中必由的生產方式，他說我們之所以說日據台灣是「殖民地半封建社會」而不是「殖民地社會」，是出於我們的「統派立場」，必欲使台灣「殖民地半封建社會」論「近似中國社會」的半殖民地半封建社會！似此妙論胡纏，真是不勝枚舉，卻至今提不出他自己的、非馬克思主義的，據有理論系統性，至少可以以一個方法論統一解釋他的日據「殖民地」論、戰後「再殖民」論和解嚴後「後殖民」論的社會性質論來。

　　二、我們詳細地透過分析陳芳明在《謝雪紅評傳》和〈台灣共產黨的一九二八年綱領和一九三一年綱領〉，指出他以他完全不懂的社會性質論評說台共「殖民地革命」論的瞎說，陳芳明至今對此悶不吭聲，沒有任何辯解。陳芳明說我關於殖民地的理論只限於馬克思，不知道列寧，彷彿他對列寧關於殖民地理論非常熟悉。我們回應了列寧關於中國社會是「半殖民地半封建」社會的理論形成過程，陳芳明又裝聾作啞。關於我們提出中國長期停滯的封建社會論，陳芳明說我們不知道「唐宋之間的歷史變化」、不知道「明清之間的社會演變」，彷彿他精通有關中國封

建社會史論。但當我們提出最概括的關於我國唐宋明清的社會史材料，說明中國特有的地主、士大夫、官僚封建制時，他又一聲不吭了。陳芳明說戰後台灣不被容許「重建日據時代的歷史記憶」，不被容許「對日本殖民文化的批判」。我們依據具體史料舉出了一九四五年至五〇年間，台灣前進的知識分子宋斐如、王白淵、賴明弘和楊逵等人的脫殖民反思的結論是「中國（人）的復歸」，陳芳明又不吱聲了。我們也多次提到一九四七年到四九年新生報《橋》副刊上關於重建台灣新文學的大論議中以中國復歸為核心、聯繫著去殖民清算的台灣新文學重建論，陳芳明都默不則聲。似此種種，不勝例舉。

　　陳芳明的討論風格與策略，自始缺乏知識的真誠。如果他以為飾偽、機會主義、媚俗可以保證他在台灣學界繼續廝混，恐怕是錯誤的估計。在我們已經舉出的他的論說的四大嚴重的破綻問題上，他恐怕必須作出合於知識與邏輯的回答，向天下士林交代。否則，就只能宣告他據以「建構」其台灣新文學史的台灣社會性質歷史「三大階段」論的破滅，從而預告了他的台灣新文學史的破產。

五、餘論

■關於馬克思主義的歷史和社會根源

　　事實證明完全不懂得既使是馬克思主義最淺顯的知識的陳芳明，在〈當代台灣文學戴上馬克思面具〉（以下簡稱〈面具〉，《聯合文學》一九二期）照例把自己粧點得像一個轉了向的前馬克思主義者。他說他「少年時期」「在海外的左傾歲月」裡，「涉獵過馬克思主義書籍」，還「傍及列寧、毛澤東的思想」。

但這個自稱在文革結束前，四人幫跨台之前相信過唯物史觀的陳芳明，居然在他的社會性質論中大大暴露他對馬克思主義的極端無知之餘，發出這驚天動地的質問：「陳映真的意識形態是由怎樣的『社會存在』來決定，又是由怎樣的『生產方式』來決定」？他又問，陳映真的馬克思主義思考是由「現階段中國生產方式決定」，還是「由台灣的生產方式來決定」……？陳芳明這問題的本身曝露了他對於馬克思主義的歷史社會根源的無知。

在十九世紀中葉，西歐資本主義有相當高度的發展，生產社會化的情況愈益突出，資本主義生產的社會化與財產的私人佔有之間的矛盾不斷擴大和顯著，而經濟關係決定社會關係的現象，即使在生活感性領域也愈見明顯。另一方面，龐大的現代工人無產階級登上了世界史的舞台，在殘酷血腥的資本之原始積累下，陷入絕境，在十九世紀三十年代的西歐各地爆發了大規模的（武裝）烽起。工人從生活中認識到資本和私有制的暴力，逐漸認識了做為一個社會階級的工人的力量。十九世紀三〇年代和四〇年代，分別在美國和全歐的嚴重經濟危機，曝露了資本主義體制中潛藏的危機。加上當時歐洲各派空想社會主義在指導反資本主義鬥爭中的失敗，都客觀地提出科學性社會主義理論的需要。而馬克思主義正是這客觀歷史和社會條件的所產。

進入二十世紀，世界資本主義從自由競爭階段發展為壟斷資本主義階段，又發展為所謂晚期資本主義階段。但這些變化基本上沒有改變資本主義與生俱來的上述的根本性矛盾。一九一七年社會主義蘇聯的登台，戰後，社會主義東歐各國、中國和其他亞洲、中美洲的國家的勝利，都使馬克思主義在理論開拓、實踐鬥爭上有實質的發展。九〇年以後，蘇東社會瓦解，在無原則的資本主義化狂潮中陷於衰破。中國從極「左」路線的撤出，以多種所有制進行成功的民族積累。世界資產階級春風滿面地宣告「資本主義的歷史性勝利」，「歷史停止，意識形態時代終結，資產

階級民主、自由、人權已成普世的價值」。

　　九○年代以後的變化，當然是世界無產階級運動的一次挫折。反共反動一派為此發出歡呼，矢言和平顛覆中國社會主義，是理所當然的。陳芳明對中國的轉變眉飛色舞和他對中國社會主義的憎恨是互相連繫的。但福山和他在台灣皮相的追隨者陳芳明怕是高興得太早了。世界壟斷資本的全球化，固然使各別發達國家的資本主義取得又一步新的發展，但資本主義無可解決的內在矛盾也向全球擴大。強大國和弱小國的兩極分化擴大。國際壟斷資本因超出國科

　　　臂商品經濟和市場在文革後大陸的恢復和強有力的發展，在現實上和思想上對社會主義公有制和集體所有制造成強大的衝擊、挑戰和改變：十分接近資本主義的生產體制，造成資本和人對於利潤、利益的強烈飢餓。農產品和工業產品價格的『剪刀差』擴大，農業收入下降，農民的階級分化進展快速，勞動力的資本主義商品化迅速發展。

　　這些變化不可諱言地終至帶來大陸社會階級構造的巨大轉化。也帶來中共黨社會性質的變化，也強大地影響『工農聯盟』在政治、經濟上的領導地位。對外經濟開放，可能一定程度內銷蝕了『自立更生』、『以我為主』的發展原則，也一定程度上對中國民族工業、巨型國有資本造成衝擊。」

　　這些變化，當然是開放改革後一系列公有制向半私有制轉化、私有制經濟相對蓬勃成長等經濟基礎的轉變帶來的結果。伴隨這些變化，新生資產階級湧現，而與新的階級和經濟社會變化相應，在經濟學和其他學術領域，在社會思潮和文學藝術領域出現自由主義、自利主義、消費主義是自然不過的事。然而，新生資產階級作為一個社會階級，在大陸上力量還十分薄弱。政治與經濟發展的領導權在中共領導集團手中而不是資產階級手中。公有制在相對削弱、私有制在相對增長，但截至當前，在總體經濟

中公有制仍然佔著上風。在意識形態領域，馬列著作仍定期修訂
隆重出版。馬列毛和世界著名馬克思主義著作仍然公開出售。一
股和以西方新自由主義為言的保守派、自由主義派相抗衡的新的
進步知識分子在成長。大陸到海外留學的一部份學生在外國環境
下重新認識了馬列主義和帝國主義，他們的思想也在影響大陸內
部一部份好學深思的青年。

　　我的手上就有一本書：《清算改革開放二十年》，大陸學者
梅岩，從馬克思主義出發，從農業、工業、商業、金融、上層建
築等領域實證地清理改革二十年來所湧現的問題。四百六十頁的
書的結尾，作者猶說：「社會主義制度必定要替代資本主義制
度，這是任何巨大的歷史逆流都不能改變的歷史發展」。和一切
反動派一樣，陳芳明帶著對中國社會主義的輕蔑與憎惡，對於開
放改革以後大陸「擁抱資本主義」、「當權者享受革命果實之餘
開始腐化、墮落化」表現出令人印象深刻的勝利的得色，興高采
烈，口沫橫飛。然而，經歷過大革命的中國對社會主義選擇的傳
統及其力量，是陳芳明之流所不能理解的。當敵人對中國社會主
義運動的挫折歡天喜地，當敵人對中國對社會主義的選擇發出詛
咒，我們就深刻地認識到了社會主義強大的、令一切資產階級反
動派喪膽的力量。

■存在與意識的關係問題

　　裝模作樣地把自己粧扮成「前左派」的陳芳明，提出了存在
與意識的關係問題。陳芳明說「人的意識可以決定社會存在」，
說「人的心理解構、人本身是自己的歷史的創造者」。這些完全
沒有陳芳明自己的申論的話，只不過是歷史唯心主義者的「老掉
牙」的一般論。

　　我們提出作為一定歷史發展階段的社會上層建築之一環的文
學，是同一歷史發展階段經濟下層建築的反映，是因為我們認識

到一時代的文學藝術，是一時代生產方式（即社會經濟基礎亦即
「社會性質」）的反映，能夠在一時代的生產方式＝經濟基礎中
找到關於文學藝術的形式、內容、思想、感情、階級、意識等等
內容的根源。我們提出這淺顯的道理，主要是因為在陳芳明的
「三大社會性質」分期論中，絲毫看不到他以他那「三大社會性
質階段」去連繫各該階段台灣新文學形式、內容的科學性分析；
從而對陳芳明的社會性質論提出駁論，因此也就沒有必要、也不
曾進一步提到有關意識與存在、上層建築與經濟基礎間的關係的
進一步討論。

　　經過幾億萬年的演化，生活和勞動鬥爭使人猿變成了人。於
是在萬古洪荒中出現了人的社會。在勞動過程中，歷漫長的時
間，人猿的腦演化成人腦；動物性的心理發展為人的意識。於是
世界上除去物質的存在，開始出現了意識。意識依附於勞動、語
言和文字而發展。意識在它的起源就被賦予社會性，意識在社會
實踐中發展和形成。在意識與存在關係上，物質、社會存在是第
一性的，而精神、社會意識是第二性的，是派生的。物質和社會
存在決定精神和社會意識。封建的生產關係決定了在封建時代的
建築、文學、思想和文化滲透著帝王將相、忠孝貞烈、福祿子壽
等封建宗法主義內容。

　　但社會意識＝上層建築一經形成，便帶有相對自主性（rela
tive autonomy），而且在物質決定精神、社會存在決定社會意識
的基礎上，在一定條件下，能施反作用（而不是「決定」）於社
會下層建築。封建的政治、法律、思想對封建的經濟關係〔（如
地主佃農的階級支配）〕能起到鞏固、促進、發展的作用，忠孝
節義思想有助封建地主佃農關係的固定化，有助鎮壓農奴階級的
反抗。當手工業、商品經濟在封建社會內部發展，固有的封建的
法律、政治、思想就起到遏制商業資本經濟發展，進而向資本主
義經濟移行的反作用。上層建築的反作用是有條件的，是以物質

最終、歸根結底決定意識為前提的。馬克思主義反對機械唯物論
之把意識看成存在的機械而一比一的反映。馬克思主義自始就承
認，在存在最終決定意識的條件下，意識和文學藝術一經形成，
就有其幽微的「相對自主性」，並在一定條件下能對存在發生
「反作用」（而不是「決定」作用）。馬克思主義既是歷史唯物
主義的，也是辯證法的，充份認識在存在最終決定意識條件下，
存在與意識的辯證關係：「存在決定意識，意識又反作用於存
在，但歸根結柢又是存在決定意識。」

　　一九九八年七月五日到七日，我在《聯合副刊》上發表了題
為〈近親憎惡與皇民主義：答覆彭歌先生〉的小論中就說過：

　　「……普列哈諾夫……認為，文藝作為一種意識形態，是人
類社會生活的產物。然而……社會經濟生活同文藝的關係絕不是
直接的，其間經常有一些『媒介物』——即政治、哲學、心理、
道德等在其中起到微妙的作用。而這『媒介作用論』適當地批判
了當時氾濫一時的『左』的、教條主義的反映論。……德國的新
馬克思主義者著重研究社會的階級構成在文學作品中的反映。但
他們認為藝術作品中表現的社會真實並不直接反映社會。他們強
調要研究文學藝術本身的『內在規律』，重視『文藝自身的、相
對的自主性』。」

　　這些思想，都是馬克思主義關於存在與意識關係三原則——
即存在決定意識；在這個基礎上，存在以其相對自主性反作用於
意識；而物質最終決定意識——基礎上的展開。陳芳明完全不明
白這個理論，大談沒有物質最終決定意識論的基礎上的「人們的
意識也能決定社會存在」；大談沒有意識形態相對自主性認識上
的「文學與社會不是一對一的相應」；大談不懂得經濟基礎的最
終決定性的「經濟基礎與上層建築相互滲透」，看來就很像是
「匪黨理論批判」一類的垃圾裡抄來的片段。

■關於人和歷史的關係

陳芳明說人們的意識可以決定社會存在，說「人的心理解構。人本身是歷史的創造者」，看似豪壯，卻沒有任何申論。歷史唯心主義的歷史中，不乏主張人的「精神」、「意志」、客觀存在的「絕對精神」改變物質世界、創造歷史發展之說，但都有一套繁瑣精緻的申論。但陳芳明的宏論卻要僅僅以兩三句話去解決人與歷史關係的問題。

馬克思主義認為，「人只能在一定的條件下創造歷史」。其中，社會經濟的條件是決定性的。恩格斯就說，人創造歷史，「是在十分確定的前提和條件下進行創造的。其中經濟的前提和條件，歸根結柢是決定性的。」恩格斯接著說，在同時，政治等等的前提和條件，「甚至那些存在於人們腦中的傳統」，也起到一定的作用——「雖然並不是決定性的作用」（恩格斯，《致布洛赫》，一八九〇）。

一部人類的歷史，是社會生產方式新陳代謝運動的歷史。從這史的唯物論出發，人類歷史，當然是物質生產者——即生產關係中能動的環節＝生產力（勞動者＋生產工具＋生產對象）——人民群眾創造的歷史。在勞動生產者的勞動過程中，取得了生產工具的發展。生產工具的進步，帶動生產力的進步，又從而帶動新的生產關係的形成，又從而造成政治、法律、科技、宗教……這些上層建築的進展。即使歷史上有個別傑出的政治家、思想家或科學家對歷史發展做出重要影響，也首先是他們個別人對特定歷史社會等決定條件的回應。沒有高度發達資本主義的呈露的矛盾、沒有工人階級和他們的鬥爭、沒有工人階級的覺醒，沒有改變世界的客觀要求，沒有社會主義先行者即諸烏托邦社會主義的產生及其在革命實踐中的挫折，就沒有馬克思天才的、科學性體系的產生。

　　陳芳明依照歷史唯心論，認為作家能主動地「回應」時代，能自主地選擇自己的創作方法。這是沒有文藝社會學起碼知識的說法。

　　前面說過，文藝作為一種社會意識形態，是社會生活的產物。因此，文學的創作方法（浪漫主義、寫實主義），也深深地打上一時代社會生活、社會存在的烙印。另一方面，在認識到文藝受制約於社會存在的同時，絕不忽視在藝術文學的創作領域中存在著極為細緻、幽微的、相對自主的領域。馬克思就在他著名的《政治經濟學批判》的〈導言〉中說過，「藝術……絕不是同社會的一般發展成正比例」，因而也「絕不是同……物質基礎之一般發展成正比例」。

　　然而，曰「不成正比例」，從另一面意味著一定比例關係的具體存在。馬克思在那一段討論希臘神話之歷史社會條件的著名論叙中，深刻地說明了只有在人類社會經濟的幼兒時代，才能產生現代機械化生產所永遠不能產生的瑰麗、天真爛漫和完美的希臘史詩。現代科技和生產方式必然扼殺古典時代的人以鮮活形象去認識、征服自然的偉大想像。但這樣的分析，畢竟還是生動地說明了生產方式最終對於文藝的曲折的制約性。

　　因此，研究社會生產方式的推移和文藝創作方法的演變，就成了各家馬克思主義文藝社會學的重要課題。我在九八年七月前引批評彭歌先生的小論中就提過，梅林在一八九三年發表的《萊辛辯偽》指出代表普魯士資產階級的詩人萊辛是德國封建主義的批判者。拉法格一八九六年發表的《浪漫主義的源起》把浪漫主義這個創作方法，依馬克思主義，與當時西歐資本主義之社會的、經濟的、階級的諸條件連繫起來分析。今天，一般的馬克思主義文藝社會學對於西方文藝思潮（創作方法）與西方社會的關係，以最概括的方式，有這樣的理解：

　　從十六世紀到十八世紀，手工業基礎上的紡織作坊有所發

展。航海技術和航海事業的發展，手工業商品基礎上的商貿，促成重商主義的商業資本主義擴張，對外進行掠奪奴隸勞動和珍奇資源的殖民地。早在十七世紀到十八世紀，英國爆發了商業市民資產階級的革命，自由主義思想和資產階級議會制甚囂塵世。新興富裕商人、銀行家登上了歷史舞台。但這些市儈無文的新爆發的商人資產階級沒有自己的文化，遂依附沒落中貴族的風雅，以古典希臘羅馬的文藝為尚，發展出講究理性、均衡、優雅、嚴守格律的藝術文學，是為「擬古典主義」的思潮和創作方法。從十八世紀初到同世紀七〇年代，法國有古典悲劇家高乃依、拉辛、莫里哀，似乎都不曾像陳芳明所説「自主」地脫離一時代的社會條件去「回應」時代，各持各的創作方法。至於同時代英國在這擬古典時代發展出來的西歐第一代現實主義小説家群（狄弗、史威夫特、阿迪遜、費爾丁），我在小論《災難》中表過，問題是這些作家似乎不能看成「自主」地一致以現實主義、散文、小説的創作方法和叙述題材「回應」了時代，而是受到一定階段的社會、階級條件所制約。

從十八世紀中葉到十九世紀初，生產工具（機器）、能源動力，交通工具都發生了革命性變化。機械化、大規模、工廠制生產登上了舞台。西歐各國相繼發生工業革命。新生資本主義帶著自由競爭的性質在西歐展開。從十七世紀中葉開始，西歐各國先後爆發了資產階級市民革命，西歐傳統封建社會瓦解，現代工業資產階級和工人無產階級登上歷史舞台。

於是在西歐，一個全新、獨立的市民階級從封建宗法關係和宗教戒律中解放，帶來資產階級的個人和自我的覺醒。他們以詫奇的眼光、以作為個人的思想與感情看見瑰麗的大自然，任個人解放後的感情恣情流洩，想像、感傷、憂悒、孤獨、激動的感情澎湃。在文學上，摒棄一切古典格律、矜持、禁抑，而縱情謳歌湖光山色，馳騁個人想像、、熱情與激情的浪漫主義成為十八世

紀七○年代迄十九世紀三○年代六十年間，英國和西歐的詩人率皆以浪漫主義的創作方式留下了璀璨的詩篇的根源。但看來其中也沒有人獨立地以另外的創作方式去「回應」。

十九世紀中後，法國巴黎公社革命和經濟危機，標誌著西方資本主義進入了壟斷（或作獨占）階段。社會矛盾和階級鬥爭日著，科學的發展、理性主義哲學的出台，在十八世紀英國寫實主義小說成就的基礎上，十九世紀末到二十世紀初成熟為自由競爭資本主義向壟斷資本主義移行時期的新的文學創作方式——現實主義小說，求客觀如實地描寫資本主義下人的生活的實體和生活中的矛盾，時而寓意抗議和改造。而後極端的科學與理性崇拜，使激進的現實主義發展為細緻、宿命而冷酷的自然主義。現實主義的托爾斯泰、巴爾扎克、福樓拜，自然主義的左拉、哈代等大師輩出。另十九世紀末到二十世紀三○年代的現代主義，更是壟斷資本主義階段末期的創作方式，至二○年代達於高峰，影響及於全歐。這都不是陳芳明的主體「回應」論所可解釋的。至於國家壟斷階段的資本主義（另作「晚期資本主義」）和後現代主義的文藝、文化現象間的連繫，論評者已多，茲不贅及。總之，一種創作方式受一時代的社會經濟所制約，社會經濟透過同時代的哲學思潮，而形成一種文藝思潮，發展為相應的創作方法，影響一整代的文藝風格與思想，此豈是個人主觀「回應」論所能解釋！

■關於現代主義

陳芳明說台灣的現代主義是國民黨和美國「相互勾結」引進台灣發展起來的。我在小論〈討論〉中說過，國民黨在五○年代以權力發動「反共抗俄文學」的同時，有人同時提倡現代派繪畫，但不旋踵因為畢加索的共產黨背景把現代派壓得噤如寒蟬。六○年代初，有第一次現代詩批判，是國民黨文藝協會——陳芳

明所説「官方文學」派對現代詩加以撻伐。現代畫也受到新國粹
派的批評。應該説，在一個時期中，台灣現代派很受到國民黨的
疑忌。六〇年代中後，由於我們尚不知道的原因，現代派不但與
國民黨團結了，而且和軍中政戰方面有友好關係。我在獄中時，
《青年戰士報》每周有一個全版的現代詩周刊。説國民黨自始和
美國連手支持現代主義，不合事實。

　　陳芳明説「現代主義是帝國主義文化的延伸」，是一知半解
的妄話。西方資本主義發展到壟斷階段，對於人和社會產生更大
的腐蝕和傷害，使人與社會的關係、人與人的關係、人與客觀自
然的關係和人與他的自我的關係發生嚴重、深刻的異化。從這巨
大社會經濟變化對人心所造成的創傷出發，加上同時代唯心主義
的、反理性主義哲學與思想的影響，產生了描繪上述四個方面嚴
重異化的文學思潮與創作方法，即現代主義的創作方法。而因為
壟斷資本主義時代正值資本主義發展為帝國主義的時代，所以一
般以現代主義為帝國主義時代──即壟斷資本主義時代──的文
化和文學現象。但從內容上説，現代主義極端的反社會、虛無主
義、極端自我主義和反資產階級的性質，和吉卜林一類直接謳歌
宗主帝國的權力、為帝國主大唱讚歌、睥睨殖民地土著的帝國主
義文學是兩碼子事。説現代主義是「帝國主義文化」很不準確。

　　陳芳明説，台灣接受了現代主義之後，就由作家進行了「改
造、擴充和本土化」，用現代主義來對國民黨統治表示曲折的反
抗，為台灣文學建設了「新技巧」、「新感覺」……，總之，台
灣現代主義好，做了貢獻！然而陳芳明才説過現代主義是
「（美）帝國主義文化」。帝國主義文化為了更有效的支配殖民
地土著文化，往往就要進行「改造、擴充和本土化」。日帝炮製
「滿州國」，就宣稱要建設一個「王道」的樂土。當年出席日帝
大東亞文學會議的各日本佔領區的代表，很多穿著民族衣服出
席，示「八紘一宇」之盛。

陳芳明迭次說台灣現代主義對台灣文學有貢獻。對於現代主義的估價，最好要講一點實事求是，講「一分為二」。從西方現代主義文學藝術看，從其較好、較重要的作家和作品看，的確深刻、生動地反映了西方現代人在高度發達而非人化的資本主義下所遭受的心靈的創傷與愴痛，也確實表現出西方人在壟斷階段的資本主義下非人化、物化和異化，表現了現代生活中深在的矛盾。在一定意義下，現代主義對於發展創作技巧、形式，開拓和表現新的感覺和感性，有一定貢獻。但是，我們也要看到現代主義遮掩生活中的矛盾、誤導現代生活帶來痛苦的社會本質，而將矛盾與痛苦抽象化、絕對化為人宿命的、本質的傷痛、絕望、沉澱其中；現代主義放縱極端的個人主義、自我中心、悲觀和虛無，耽溺在瘋狂、倒錯的肉慾，而現代主義的極端化，往往達到了反文化、反創造，內含著虛無主義的破壞與毀滅性。除了畢加索、聶魯達、阿拉貢、托勒等以現代主義形式表現了對資本主義、法西斯的批判，表現了對於解放和改造的憧憬，現代主義文藝一般地以逃避、自瀆、虛無去回答壟斷資本主義對人類社會的壓迫與傷害。

台灣現代主義的物質基礎，不是壟斷階級的資本主義，而是外鑠的、新殖民性的美國援助經濟帶來的，做為世界冷戰意識形態、與蘇聯「社會主義現實主義」相鬥爭的創作形式，帶有鮮明的文化帝國主義性質。這是我們對台灣現代主義的一般抱持批評態度的第一個原因。

其次，陳芳明說台灣現代派藉現代主義與政治疏離、「挖掘」「心理空間」，「從事內心世界的經營」，「避開敏感的政治議題」，說來也像是面從腹背的曲折的抵抗。在日本進行瘋狂的天皇崇拜和侵略戰爭時，幾乎全部大作家、知識分子宣布「轉向」，為戰爭唱頌歌時，唯獨大唯美主義者谷崎潤一郎始終不理會、不寫作，以獨特的風格貫徹了抵抗，保全了人格。但台灣現

代派和國民黨權力的貼合，在殘酷打擊本土文學時的蜂湧而上的人，絕不是陳芳明說的「少數」。則與谷崎相比，「曲折抵抗」的真偽高低，雲泥立辨了。更何況，在法西斯統治最烈、現代主義最昌榮的五〇—七〇年代，仍儼然地存在著以鍾理和為代表的素樸現實主義、存在著黃春明、王禎和、施叔青、白先勇、蔣勳、吳晟、詹澈和後來的施善繼以現實主義刻劃台灣生活的作品。和現代派作品比較，這些現實主義作家和作品才真正迎向了人民和生活，表現了生活，而這其實就是表現了政治，絲毫沒有被嚴酷的法西斯體制嚇著，以致需要千方百計去「避開敏感的政治」。懦弱逃遁，和敵人苟好。

對於台灣現代主義採取消極評價的第三個原因，是自日帝統治以來，刻畫生活、表現生活本質而呼喚改造的現實主義，是台灣新文學重要而偉大的傳統。這個傳統在五〇年代初反共肅清中遭到慘絕的鎮壓，台灣喪失了簡國賢、朱點人、呂赫若、徐淵琛、藍明谷這些勇敢而優秀的現實主義文學戰士，楊逵遭長期囚禁。現代主義正是在這血染的土地上由外人栽培出來的鬼魅蒼白的花朵。討論現實主義和現代主義在台灣，應該對這段兩種創作方法交替的歷史進行反思。反思之餘，對台灣現代主義的評價才能功過分明，實事求是。

■關於孟代爾‧詹明信‧馬庫色

陳芳明常常玩不懂裝懂、虛幌一招的把戲。他不懂列寧關於中國社會半殖民地性和半封建性的主張，卻說別人不懂列寧，裝作他很懂的樣子。關於「唐宋明清」的中國封建社會問題也一樣。現在他又在他所完全不懂的孟代爾、詹明信和馬庫色上玩虛幌一招的障眼把戲。

陳芳明說「詹明信的寫實主義、現代主義、後現代主義的歷史三階段論法，乃是受到孟代爾有關資本主義制度下機器三階段

論的啟發」。這是沒有讀孟代爾的一派胡言。

作為一種歷史理論的馬克思主義，不僅僅應用唯物辯證法去說明一個社會生產方式向另一個生產方式轉變，也說明在同一個生產方式內部的辯證的演化。隨著生產力不斷的進步與發展，即使在同一個生產方式內部，也產生相應的生產諸關係的變化，從而對廣泛的社會經濟關係影響，在同一個資本主義生產方式的發展史中，就形成不同形態、不同階段、不同特質的資本主義。不是什麼「歷史的三階段」，而是指世界資本主義內部發展的三個時期。

其次，三個階段的探索，不是一個思想家一次提出的理論系統。馬克思據以對資本主義做出天才的、經典分析的社會，正是自由競爭期的資本主義，表現為相對地中小規模的生產條件和規模，表現為市場上比較「自由」，比較少受限制的競爭。列寧把馬克思主義同十九世紀世界資本主義具體條件結合起來，分析了資本主義從自由競爭階段，隨資本主義生產力進一步發展，向壟斷資本主義發展的過程，表現為資本積累與集聚的進一步發展，企業規模擴大，使其在某些部門或整個國家工業總產值、雇用工人數和動力設備等方面占有很高比重。大企業以卡特爾、辛迪加、康采恩、托拉斯等巨大獨占形式，壟斷市場、產品、原料和價格，達到獲取最大利潤的目的。列寧並指出，資本不間斷的積累與集聚，使大壟斷體對社會造成統治。壟斷體的統治，就是帝國主義經濟的實質，生產的壟斷化，促成資本對外擴張，成為帝國主義的基礎。列寧的壟斷資本論的重要思想家，還有美國馬克思主義者還有巴蘭（P. Baran）、斯威濟(P. M. Sweezy)等。

列寧也看到了壟斷資本向國家壟斷資本演化的勢頭。區別於壟斷資本論的國家壟斷資本論，是五〇年代蘇聯與東歐馬克思主義者比較明確提出的概念。迨七〇年代，鮑・傑索普（B. Jesop）和恩・孟代爾（雖然他寧以「晚期資本主義」而不是國家

壟斷資本一詞來概括）都對這一階段資本主義作了深刻的分析。
國家壟斷資本主義表現為壟斷資本體與國家政權的結合，實現資
本投入、生產組織、規模和資本集中的擴大，以鎮壓社會的抵
抗，力求利潤的最大化。

　　由此可見，資本主義三個階段論（不是什麼「歷史發展」的
三階段論），是歷經馬克思、列寧、斯威濟、巴蘭、勃加哈（P.
Boccara）、孟代爾和其他思想家，依照馬克思主義基本原理，歷
經百餘年發展出來的。從細部看，三階段的分期在各家論述中有
微細的差別。不少學者不同意從壟斷資本主義階段再分出一個
「國家壟斷資本主義」階段（孟代爾、斯威濟、巴蘭、波蘭查斯
（N. Polantsas）就不十分同意「國家獨占資本」的概念）。但
一般而論，資本主義生產方式的「三階段」說，很多時候是為了
討論的方便所作的分期。

　　再說孟代爾著名的《晚期資本主義論》。

　　孟代爾在這本書中要對二次大戰後世界資本主義比較快速、
長期的成長，做出馬克思主義的分析和解釋。研究的結果，他預
言戰後資本主義的持久、快速發展和相對充份就業的神話勢將破
滅，繼之而預見世界資本主義要進入長期低成長時代，孕育著社
會經濟的危機。《晚期資產主義》的要旨，在分析二十世紀資本
主義生產方式展開的過程，思考「一般資本」在戰後期中運動的
法則。在本書的第五章以前，孟代爾審視了戰前勞資間階級鬥
爭、世界貿易結構的功能，「剩餘利潤」主要形式之演變、無產
階級運動在法西斯主義興起和二戰中遭逢的失敗等等。接著，這
本書開始分析戰後資本主義的新發展，論及新技術的登場，剩餘
利潤之形式的改變，冷戰結構下持久的軍火工業，以及以跨國企
業形式所體現國際壟斷資本的積累與集中。第十一章以後，則討
論國際貿易中的不平等交換、持久性通脹和相應的信用擴張與收
縮等等。

因此，說什麼孟代爾有一套「有關資本主義制度下機器三階段發展理論」，純粹是陳芳明又一個瞞騙打混的瞎說。大學教授的名器不是小事，做學問還是以老實嚴肅為好。

陳芳明為了遮掩他對馬克思主義的無知，幾次拉著也是他所不懂的「新馬」、「西馬」壯膽。從幾次往返討論，陳芳明的馬克思主義水平之低下，一覽無餘。對傳統馬克思主義幾乎一無所知的人，奢談「新馬」、「西馬」，是不老實嚴肅的另一個證據。

所謂「新馬」，是要將馬克思主義與現代西方既有各派哲學與思想——例如弗洛依德、黑格爾、結構主義、存在主義等等結合起來的論述。顯而易見，有不少的努力是要把馬克思主義同與它相矛盾的唯心主義哲學結合起來的。雖然，這些形形色色的「新馬」思想中，自有一定成份的、有益的思想材料，協助人們探索西方現代社會的本質和變革改造之路。但，人所共知，「新馬」絕不是一個完整統一的體系，彼此間相互矛盾，不少還互相指責對方「背離了馬克思主義」。

馬克思主義，像一切科學性的理論，應該隨著時代與實踐發展。但既是馬克思主義的發展，就只能在馬克思主義基本原理、方法和原則，審度新情況、新問題，在實踐的總結中發展。列寧主義是馬克思主義在帝國主義時代的發展。孟代爾就強調，「晚期資本主義」概念的提出，絕不意味著對於馬克思《資本論》和列寧的帝國主義論之任何「革命性的修正與擴充」。孟代爾自許晚期資本主義論是列寧有關帝國主義理論的發展。其他斯威濟和巴蘭、勃加哈都可作如是觀，而被看成馬克思主義關於當前資本主義本質問題的、馬克思主義的發展者。

但馬庫色就不一樣了。在不同的階段，馬庫色放棄了歷史唯物主義（馬克思主義的核心），嘗試讓弗洛依德、海德格和黑格爾同馬克思主義相結合。和弗洛依德相結合的馬庫色的「馬克思

主義」，就會倡言解放不僅僅是政治和經濟的解放，也包括將性與本能從階級社會的禁錮中解放。這類説法固聊備一格，但也就沒有人會認真將他歸為嚴格意義的馬克思主義者了。但馬庫色的思想中強調一條：尊重思想和文化領域的相對自主性，從而反對因黨或運動的需要犧牲「馬克思思想的完整性」，倒是對馬克思主義強調社會意識、上層建築的相對獨自性的有意義的發展。

　　而詹明信和馬庫色並不在一個範疇或領域。他的思想營為集中在以馬克思主義的方法論和原理原則去做文化批評和文學批評的，卓有影響力的思想家。他以獨占資本主義的社會經濟説明西方現代主義文藝和文化；以晚期資本主義的經濟探索相對應的「後現代主義」文化和文學現象而著聲於世。他以馬克思主義分析資本主義商品生產過程的方法，去分析當前文化的資本主義生產與再生產過程，從而更深地剖析和批判文化、意識形態工業的本質。他認為馬克思的歷史唯物主義賦予歷史以具體內容，讓人們從而得以掌握歷史運動的法則。他論證，從馬克思和列寧出發，我們得以從文藝作品的「微觀世界」（或作「世界的縮影」）去「認識經濟基礎和上層建築之間的各個方面」。

　　因而從學術專門領域、從方法論、從對待馬克思主義的態度和立場，把馬庫色與詹明信相提並論，就是又一個一知半解，虛晃一招的不老實認真的證據。

■殖民地和現代化問題

　　前文説過，陳芳明以他獨自的殖民地社會論終始其沒人理解的「後殖民史觀」，卻對於「殖民地」這個概念完全沒有政治經濟學的、科學的理解，以至於無法區別殖民地社會與一個非殖民地社會的文化、語言、人格、心靈諸方面的殘害。他竟不知道，人類自有階級和作為階級壓迫工具的國家以來，壓迫階級不但對被壓迫階級進行經濟掠奪和政治壓迫，也對被壓迫階級施加心

靈、人格、語言、文化的損害。被壓迫階層在勞動現場、在消費和社會生活受到日常性的歧視，自卑自怨。下層階級的語言和文化不能登大雅之堂，古今中外，莫非如此。只有陳芳明才說「只有在殖民地」，語言等「文化問題才會變成政治問題……」，糾纏不清。

　　最近，他在他的《面具》一文中忽然說台灣是「島嶼上的殖民」和「西方殖民」的「雙重殖民」來說明他的「再殖民」說，這是他在《台灣新文學史的建構與分期》這個展開他的宏論之序章中有關「再殖民」部份所沒有的說法。國民黨和美國自一九四五年以後如何雙雙對可憐的台灣進行了「雙重」殖民統治，其政治經濟和文化語言的雙重性殖民壓迫怎樣分析，陳芳明一語帶過，也沒有交代。前文說過，美國和國民黨政府的關係，是美國為了它在東亞冷戰戰略利益，對台灣進行新殖民主義支配。新殖民主義支配總是要透過當地的、與其合作的扈從政權（Client regime）達到目的。國民黨政府——從兩蔣到李登輝一至於陳水扁政權——和美國勢力範圍下一切親美反共政權，即與朴正熙、蘇慕薩、皮諾契特政權一個樣，是美國新殖民統治的代理人。國民黨集團對台統治，不存在政治經濟學上的殖民統治，正如當年智利不是什麼美國和皮諾契特法西斯軍政集團的「雙重殖民統治」那樣，台灣的情況也不是。從理論普遍性說，陳芳明不否定「雙重殖民論」，就不能解釋何以一九四五年「再殖民」化後二十多年間只看到以中國認同為主題的類如《江山萬里》、《流雲》這一類的作品。在陳芳明的文學史裡，難道要將鍾肇政先生和許多和他同輩同調的台灣作家，全劃歸「認同中華民族、宣傳中華民族主義」的「官方文學家」，從而讓這位台灣老作家戴上「中華沙文主義」的「台奸」文學家的帽子不成？

　　陳芳明關於殖民地概念的混亂，也表現在殖民地化和現代化的關係問題上。在《面具》一文中，陳芳明說「理性」驅動了西

方「重商主義的崛起」、「現代國家的塑造」、「民主法治的建立」和「工業革命的誕生」。而且台灣人知道「理性」，還是日本人統治台灣時帶來的！這自然是陳芳明一貫的歷史唯心論。但是西方資本主義發展史告訴了我們，十六世紀到十八世紀上半，英國的手工業基礎上的紡織業有所發展，另航海科技發展，發現了新航路，展開了對殖民地奴隸勞動和珍奇資源如金銀礦的掠奪，使重主義的搶掠加貿易興盛起來。在商貿中累致巨大財富的商人和銀行家等新興商業資產階級登場，對傳統的封建貴族和君王形成挑戰。從英國開始的市民資產階級革命，宣揚新興資產階級的自由主義和議會制度思想成為一時代的新思潮。十七世紀中葉以後，西歐各國相繼發生新興資產階級革命，形成現代資產階級的國民國家。客觀的歷史事實是：生產工具的進一步發展、航海技術、航海事業的進步、新航路的發現，以及對殖民地奴隸勞動的殘酷而血腥的掠奪，對殖民地黃金和白銀最貪慾的搶掠，對殖民地奴工最非人化的役使──而不是什麼「理性」，驅動著現代資本主義歐洲的展開，而後生產力又因新能源、新動力、新的機械化大規模工廠生產，促動了科學與技術的進步，斯而後發展為崇尚啟蒙、進步、科學和「理性」的哲學與思想。

　　主張日本在台殖民使台灣現代化，主張「殖民地台灣住民對於理性的認識與理解，是通過日本殖民體制的建立而接觸到」之類的歷史認識，是陳芳明和他那一夥人以至於台灣教育當局今日的霸權論述。但這是一種意識形態先行的刻板的、「政治正確」的爛言，不符合事實。

　　出於防衛受到日本和法國覬覦的台灣之痛切需要，早在一八七四年沈葆楨渡台後就開始台灣的現代化建設工程。據研究資料：台灣的現代化始於建省的前後，在清廷著名洋務派中堅沈葆楨、丁日昌、劉銘傳主持下，二十年的經營，台灣出現了全中國最早的自辦電報和新式郵政事業，出現了全國最早投產的新式大

規模煤礦。鐵路的舖設、電話電燈的建設,新式學堂的開設,新
式貿易船隊的組成,民族資本和民族資產階級的登場,也都在這
十九世紀九〇年代之前發生。和稍早大陸洋務建設之注重封建的
官督和官辦,台灣相對地鼓勵台灣民間資本和僑商的投資經營,
有進步性。此外,不同於大陸封建地主豪紳階級之阻撓改革建
設,當時台灣的紳商對現代化工程則表現為積極的捐資和投資,
使現代化事業在台灣開展得比較順利。儘管格於歷史的各種極
限,台灣在清末的現代化建設過程中不免也有個別弊病。但總體
看,日據前在台灣的現代化的績效仍然相當可觀,使台灣成為全
中國少數最先進的省份之一。說台灣人認識「理性」是拜日本殖
民之賜,是妄自菲薄,是民族劣等主義,美化了日本帝國主義。

陳芳明基本上是強調殖民主義在最終之正面的、文明化作
用。所謂「晚到的」現代化,「早熟的現代化」,歸根到底,還
是「現代化」了。陳芳明一再強調日本對台灣的殖民使「現代化
知識崛起」、使「資本主義」「擴張與再擴張」,說明了他的殖
民主義有益論。

看待殖民統治和殖民地「現代化」之間的聯繫,應該依據世
界史中長達五百年的殖民史,根據台灣殖民地歷史經驗,實事求
是,講殖民主義的雙重作用,一分為二。

馬克思關於殖民主義一開始就看見其相互辯證的兩面性。他
首先以憤怒之情,看見殖民主義的野蠻和破壞。他指出帝國主義
以「自由貿易」,對殖民地進行不等價交換的「殘酷的、敲骨吸
髓的過程」。總結西方漫長的殖民史,殖民統治為了在殖民地掠
奪財富、繼續暴力統治,在經濟、政治和文化上用盡了殘暴的犯
罪手段。其歷史遺留的為害,今日前殖民地廣闊的第三世界之積
弱、經濟依附化和不發達,社會發展畸型化、文化衰敗、教派與
種族紛爭和內戰不息,相當程度上都是幾百年殖民統治的結果。
做為曾經被殖民民族的知識分子,尤其要充份地、清醒地、批判

地評價殖民地的野蠻性和破壞性。

　　在充份認識殖民主義的殘酷和破壞性基礎上，馬克思主義者也認識到殖民主義的、一定程度和意義上的「文明」與「建設」作用。為了遂行殖民地剝削，殖民主義必須先把被剝削者納入資本主義運作的體系，使之進入資本主義商品經濟領域，甚至有時還使殖民地取得一定程度上的資本主義改造，以利帝國主義的工業、商業和金融資本得以在殖民地順利運行，進行掠奪。另一方面，殖民統治在掠奪殖民地財富的機制中，伴隨著對殖民地人民人格的百般蹂躪，文化的破壞，血腥甚至滅族的屠殺，一方面又為了培養被其同化的、充當殖民統治下層職員幹部而推廣限於殖民地需要的現代教化。殖民者在殖民地社會中一切的變革，如鐵道的敷設，資本主義生產方式與商品的引入，現代教育和衛生施設，改革若干傳統習俗，甚至極有限的參議權，都是為了殖民統治和剝奪的效益，無不是為了鞏固殖民體制，為了殖民地剝削的最大化。殖民主義客觀上摧毀了殖民地傳統落後的生產方式，但這種對舊體制的破壞有一定的限界，例如保留殖民地半封建構造，和半封建勢力相溫存，使殖民主義帶來先進的生產力遭到扭曲，不能充份發展。馬克思在論及英國在印度的殖民時說，「（英國）殖民主義統治所能做的，只是為建立新社會（指資本主義社會）奠定物質基礎。但「印度人民若要真正收穫殖民統治播種的新社會因素的果實，就要靠自己起來革命，推翻殖民統治」（馬克思：《不列顛在印度統治的未來結果》）。殖民主義一切野蠻、破壞的作用都出於殖民者的自覺。而殖民主義造成的「文明化」、「建設性」作用，無不出於殖民者不自覺的結果，「充當了歷史的不自覺的工具」。

　　在上述殖民主義「雙重作用」的認識前提上去看陳芳明在《面具》中關於一八九五年到一九一五年間殖民地台灣的現代化論，就顯出其偏面性的破綻。一八九五年到一九○四年日帝推動

的土地山林調查、幣制和度量衡統一化，外資驅逐和海關職權的
獨占，只能算是為日本壟斷資本入侵台灣的「基礎工程」。一
九○○年日本三井系設立「台灣製糖」以後，新式製糖工業迅猛
發展，在糖廠數、產量、生產能力上都有巨大發展。台灣「在來
米」的蓬萊米改造，帶來米作生產的進步。但我們也應該看到
「土地山林調查」的過程也是對台灣抗日游擊勢力的血腥鎮壓的
過程。土地山林調查的「現代化基礎工程」，實際上是依照日本
壟斷資本的需要對台灣殖民地社會經濟進行構造改革，以與日本
帝國主義經濟的邏輯相磨合。新的資本主義糖業之發展，是日本
製糖資本的排他性壟斷，台灣本地資本主義製糖資本被強權壓抑
和排除、和消滅台灣本地傳統製糖資本（糖廍資本）的過程。而
原料蔗與蓬萊米的農業栽培過程，是以半封建小農制地主佃農關
係為其基礎，這就遇到了台灣農業的資本主義現代化，從而把半
封建地主佃農制對廣泛農民的壓迫體制固定下來，與日帝對台統
治相終始，使廣泛農民淪於貧困的深淵。這是經濟社會方面。

　　據統計，一九二二年台灣人小學以上程度的受教育者只占全
人口的百分之二十九。一九一五年，上職業學校的台灣學生只有
一六八人，一九○○年，接受師範教育的台灣人一九五人，一
九○五年，上中學的台灣學生一三六人。這是日本人把「理性」
帶給台灣人的實際情況。當然，儘管殖民地台灣人接受新式教育
者不多，但相對說，開始有人受現代教育，也是一個進步。但
是，我們也不能不知道日帝殖民教育中存在著嚴重的民族歧視。
一九二○年，台灣學齡兒童就學率是百分之二十五點一（相對於
日童的百分之九十八），一九二八年，就讀經濟專門學校的台生
七十人（相對於日籍生的三百三十八人）。甚至到了一九四一
年，台中農林學校的台籍生只有一人（相對於日籍生的一百六十
人）。此外，小學校與「公學校」間師資、課程、教材的雙軌歧
視，日台籍教員在待遇、人格上的不平等十分普遍。這是在日帝

據台的二十年中藉現代教育把「理性知識與進步文明傳播」到台灣的具體情形。日本藉現代糖業壟斷資本與半封建的地主佃農體制並存的殖民地台灣，是台共兩個綱領所科學地分析了的「先進資本主義和封建殘留結合起來的社會」，也就是通稱「半殖民地半封建社會」，根本不是陳芳明所說接受了什麼「晚到的現代性」的「早熟現代化」社會。正如著名台灣經濟史學者劉進慶所說，日據時代的台灣，是日本早熟的資本主義與充份成熟的台灣封建經濟」互相結合碰撞的結果。

於是順便說到偉大的台灣作家賴和的啟蒙論。

陳芳明說「賴和主張台灣人應該接觸現代知識以達到啟蒙的目的」。但賴和又「知道民眾接受現代知識之餘會被滲透殖民化思想」。因此賴和「在某種程度上」「不願見到台灣民眾接受日本人的現代教育」！對於畢生以文學創作、以時論和社會實踐從事反日啟蒙運動不遺餘力的賴和的關於啟蒙的思想，做出這樣離譜的概括，真不知其何所據而云然。

論及賴和關於殖民地下的啟蒙和現代教育的思想，不由得想起他的一篇具有十分重要的思想意義的隨筆〈無聊的回憶〉。

在指出新式教育中存在的相對合理性（學童較不受拘束，有遊戲時間），賴和敏銳地指出了殖民地教育的目的在養成中介於殖民者和本地人之間的下層幹部，即廣泛的「保甲長」和「位極巡查」，「世稱大人」的，以及「青年壯丁團」團員和「通譯」一類的人，而不是真正受「理性」與「現代知識」培育的現代人。賴和看到，所謂殖民地新教育的內容，無非是日本語和「修身」，皆日帝對學童的語言與思想強制同化教育。

賴和回到自己幼小時代的視角，表達了貧困庶民對殖民地下新式教育的階級歧視的忿怒。賴和借稚子之口詰問，既人皆應以讀書為要，但現實上窮人又上不了學，難道窮人就不是人了嗎？為什麼讀書要錢？難道錢比做人、比讀書還重要嗎？稍後，賴和

又說，漠然的上學讀書，實不若在思想認識上真正的啟蒙。賴和談到日據下現代教育中台灣教師和學生遭受民族歧視。因此賴和不只對殖民地教育存在的民族矛盾有認識，也深刻認識到相伴隨的階級矛盾。

賴和指出了殖民地的貧困庶民對日本新式教育的民族反感。人民群眾痛感到殖民地新式教育製造出離脫自己民族，充當假日本人（「讀日本書做什麼，我們不要作日本仔，也沒有福氣做大人，我們用不著讀書。」）的反感。這種反感，具體地來自他們平時受到「保甲長」、「位極巡查」的「大人」、「青年壯丁團」團員和「通譯」等假日本人的威暴是分不開的。

賴和也清醒地看到殖民地的雙重作用。在談到廣大台籍學生因民族歧視被排除在現代教育門外之不幸時，賴和說，「時代進步了……但時代進步怎地轉（反）會使人陷到不幸的境地裡去？啊！時代的進步和人們的幸福原來是兩件事……」賴和看到殖民地現代化和人民的不幸是相互連繫在一起的。

最後，賴和對日據下新教育提出了一個具有十分深刻的後殖民論的批評。在殖民機制下，大多數殖民地知識分子是為了充當介於殖民者和土著人之間的，「賺錢」比商人還多的保甲長、通譯、巡查和壯丁團員，所以和殖民地人民群眾間自然有對立性。因此受殖民地新式教育「出身」的和「畢業生」，現實上和他的同民族人剝離了。同族人民視「出身」者和「畢業生」為必欲脫離本民族去「做日本仔」，做幫助日本人鎮壓同族人的「大人」的人。這些人於是在現實生活中受到人民嘲笑，高不成低不就，終日遊手在家。賴和以自己的體認道盡了殖民地知識分子一方面被從同族分離出去，一方面又絕難被殖民者平等接納的苦悶。法・范農所說「白面具・黑皮膚」的愴痛與尷尬類之。

但賴和不以分析殖民地知識分子的矛盾為已足。他終於拋棄了殖民地新式教育給他戴上的「白面具」，即「出身」者、「畢

業生」、候補「大人」的白面具，「還我本來」，回到同族的人民中去，甘於回到「農人子弟」、「戴上笠子挑著糞」的本來身分。

這如何能解讀為賴和「在某種程度上不願見到台灣民衆接受日本人的現代教育」，使他在「啟蒙與反啟蒙之間顯示了」「兩難心境」！

〈無聊的回憶〉是賴和揭發殖民地新式教育的帝國主義本質，分析新式教育的民族與階級歧視，分析新式教育造成殖民地精英與本族民衆分離，分析了殖民地民衆對殖民地教育的民族與階級忿懣，最後呼喚殖民地現代知識分子回到自己的民衆中去。在啟蒙問題上，賴和反對殖民地的制式的、漠然的讀書，而強調「人的認識」的啟蒙（「……重要的是在用〔的〕這一邊，不是在讀的方面。所謂重要乃在人的認識，不是書的本身」）賴和為反日反帝的啟蒙運動奉獻了畢生的精力，世所共知。揭破殖民地教育的帝國主義本質，強調形式知識之上的「人的認識」，號召回到人民中去！在殖民地下，世上有比這更為啟人心志，發人深省、強而有力的啟蒙嗎？陳芳明對賴和啟蒙論的詮解，不能不令人對他的台灣新文學史的「建構」與「書寫」捏一把冷汗。

■ 關於語言問題

陳芳明和他那一派人總是喜歡強調殖民地台灣的文學，自始就白話文、日文和閩南語並用，藉以強調台灣殖民地化以後在語言與文化上與中國殊途，台灣自主性形成。但歷史事實不支持他們的説法。

一九二○年，台人反日啟蒙雜誌《台灣青年》在東京的台灣留日學生中發行，語言是漢語白話和日語幾乎各半。在日本統治二十五年之後，一整代(雖然人數在人口中占很小比率)能讀寫日文的新知識分子出台的條件下，在宗主國的東京發刊的雜誌，一

開始漢語白話就佔一半篇幅，是有堅持民族種性的重大意義的。
一九二二年改刊《台灣》，語言篇幅也日中各半。但到了一九二
三年改刊《台灣民報》，自其一期至七期全部使用漢語白話，原
因在「專用平易漢文，滿戴民眾的知識，宗旨不外啟發我島文化，
振起同胞民氣」。台灣陷日二十八年的當時，志士仁人為了「啟
發我島文化」、「振起同胞民氣」，竟全面使用漢語白話，「漢
文」使用是隨殖民支配時間而擴大，不是縮小。第八期以後，為
了照顧在東京較年輕的讀者，把被迫休刊的《台灣》中日語部分
併入民報，至一九二七年《台灣民報》遷台，仍維持中日語各半、
漢語稍多的比率。一九三二年，日刊《台灣新民報》在台發刊，
改以中文為主體(三分之二篇幅)日文為副(占三分一篇幅)的語言
比率，迨一九三七年日本發動侵華戰爭，才被強迫全版改為日語，
中文全面在出版物上被禁絕。自一九二○年到一九三七年長達十
七年間，即日本據台四十二年間，中文在殖民地台灣表現為印刷
品上的文章(包括文學創作與評論)書寫語。今日翻閱舊帙，中文
語言之流暢通達，令人印象極深。民族語文／國家語文的成立，
一個重要條件，是能普遍使用於印刷傳播物而受到廣泛接受，其
次是能產生文學(和論說)作品。台獨學者好以日據下日語使用來
「稀釋」殖民地台灣文化的中國抵抗性，是行不通的。

　　至於賴和在作品中使用台灣土白和少數一些有漢字表現的日
語，考慮到賴和完全有能力寫完整優美的白話文，他的採用台灣
土白和漢字日語，應該理解為他實踐「大眾文學」路線的語言方
針而不是另立「台灣主體」。賴和在〈一個同志的批信〉後停止
了用台灣土白寫作，也很能說明事情。把台灣土白，中文白話、
日本語分立並論，甚至還把台灣土白再分漳泉和四九年後來台的
「外省」語紛立並陳，罔顧語言學知識〔閩南語的漳、泉、廈語
以及客語中的海豐陸豐，「外省人」語中廣泛的北方官話系、吳
語系、閩語系、西南官話系等廣泛的語言，全是中國的方言，文

字、文法相同，辭語也大率相同，只有語音因歷史變遷，有些部分甚至不能相通）。

　　對於國民黨的強權性語言政策，陳芳明抓不到問題的核心，卻呶呶不休。我們指出語言的強制本身不能據以區分異族殖民主義的語言，統治和民族國家建設國家語的強制的區別。十八世紀的法國對使用「不純正法語者」科以反革命極刑之罪。另一方面，也不是所有殖民者都一定強要被殖民者拋棄母語、強學殖民者的語言。在殖民主義早期階段(十八世紀)，英國東印度公司統治者在殖民地印度的文明教化上幾乎沒有採取任何措施。英國統治印度的前半個世紀，沒有在印度設立任何一所英語學校。最早的印度買辦階級，是從傳教士那兒學到了破碎的英語。荷蘭人也對在東南亞各殖民地教荷語毫無興趣。在一個時期，殖民者不把自己的語文教給被殖民者，避免殖民地人通過英語、葡語、荷語接觸現代知識，引發殖民地人的反叛。殖民地與非殖民地的判準，基本上在強大民族對弱小民族的帝國主義經濟社會支配構造。至於殖民地文化、語言、政治的迫害，是這個支配構造派生的結果。

　　關於國民黨推行國語時為眼前一般論所詬病的強橫，曾健民先生在他的〈戰後「再殖民」論的顛倒〉中有重要的發現，足以推翻不憑材料憑空的論說。當年「國語推行委員會」指導者何容先生和當時省府機關報《新生報》主張國語的推行與(台灣)方言的保存應並行不悖，並主張台灣話是中國方言之一種，保存了更多古漢語的要素，不可加以訕笑和歧視。學會國語是應該的，但不特別光榮，而沒學會國語，也並不可恥。要把台語從日語支配中解放出來，「恢復其作為中國方言的地位」。光復後國民黨的國府官僚認為，推行國語不應禁台語而應禁日語。因為鼓勵台語即所以推行國語。這樣的眼界和襟懷，自然為陳芳明們所不能理解了。

■ 關於一些雞毛和蒜皮

陳芳明在面對他的所謂台灣「社會性質」和台灣新文學史的「建構」、「書寫」的本論上受到難以招架的批判之餘，喜歡轉移目標，節外生枝，扯上一些雞毛蒜皮，糾纏一番。

先說出版周明（古瑞雲）先生的《台中的風雷》（原名《在追隨謝雪紅的日子裡》）的經過。周明先生將書稿首先在我的朋友葉芸芸女士在美國出版的《台灣與世界》月刊上連載。連載後周先生表示希望能夠在台成書出版，葉女士來信問我的人間出版社有無出版機會，並將周先生已連載書稿寄給我看。當時我與周先生尚未認識，在葉女士受周先生之託代理洽商出版事宜情況下，葉女士全權代表了周先生商定由我在台出版。不料周先生又在上海與陳芳明洽商同書的版權，事先事後皆未與葉女士連繫，葉女士對於這突然的變化也感到驚訝。本來出版協約既未簽定，作者自然可以改變出版社的選擇。無如當時我對於五〇年代奔赴大陸的台籍前輩中部份人士間複雜的歷史糾葛毫無所知，更不知現實上存在著擁謝（雪紅）與反謝的矛盾，連帶地對極「左」時代的中共也有一些切身的怨恚。周先生固然可以給任何別人出版，但我當時真是擔心周先生在大陸不知道陳芳明人盡皆知的政治色彩，一旦出書，會使不知情的周先生在大陸為難，因此才請在上海的朋友轉告情況，不料引起周先生的誤會，以為我挾人事強迫他答應出版，此其間周先生寫了幾封信給陳芳明把由此事引起他對中共的不滿也和盤託出。及至陳芳明在〈冷戰體制下的告密文化──答出版商陳映真〉發表，我才對這幾件事實感到震驚：一是周明對陳芳明的深深的信賴，到可以將身在大陸的自己內心政治上的傾向幾無遮掩地透露的地步。二是這樣深受信賴的陳芳明居然為了打擊陳映真而不惜將周先生寫給他的私密信件在台灣公開披露，完全不必考慮到周先生的處境。手段狠毒，令人

瞠目。至於周先生寫給陳芳明的書信內容，陳芳明在上揭文章中有不少引述，可以覆按。對這件事，後來周先生在來信中表示了遺憾，並和我簽定了出版協約，我兩次到上海的醫院去看望過療養中的周先生，親致微薄的版稅，相談甚歡。現在周明先生應該在台灣，其中種種，周先生最為清楚。但陳芳明決然不顧周先生的處境和周先生對陳芳明最深的信託和友誼，公開周先生不方便公開的私人信函，這是不是才是一種公開的告密呢？

關於余光中問題，本來就與陳芳明沒有直接關係。我長期隱而不發，主要是要恪遵今已物故的鄭學稼先生和一些長輩的好意勸戒。事隔多年，陳芳明把我對台灣現代主義的批評說成我與現代派一些個人私下的恩怨，說成當年現代派給鄉土文學派扣帽子，是因為我先愛說人家是「買辦知識分子」（事實上我從沒有這樣做過），刻意把鄉土文學論戰中，現代派裡一部份人依恃法西斯權力，對鄉土派施加反共法西斯的、必欲致人死命的打擊之在道德上和政治上的卑劣行徑，加以稀釋淡化。我長久以來知道當時深得余光中信賴的陳芳明握有余光中向他透露的最邪惡的毒計的私信，而陳芳明至今猶一幅事不干己、若無其事的表情，而且一度為了在台獨派中洗清他和余光中的關係，陳芳明重施固技，把余光中的私信悍然公諸於世。余光中給陳芳明的那一封「長信」和「附寄」給他的「幾份」深文周內的「影印文件」聯繫起來的政治和道德意義，決定了收件人陳芳明與這件黑暗的陰謀的關係和責任。收到過余光中這駭人聽聞的密告信的陳芳明，至今還在說審美與政治應該分開。余光中的文學評價和「文學造詣」可以見人見智。但歷史終將告發的是余光中的人格與人品，和為罪行刻意緩頰掩飾的共犯。

陳芳明說我在台灣「享盡了台灣自由主義傳統的好處」，「享有島嶼內部的言論自由」卻利用這自由去「肯定中國毛氏的新民主主義」云云。這讓人想起戒嚴時代王昇將軍一類人對當時

台灣自由主義者、黨外運動家之對時政批評所做忿怒的斥責與威嚇，不值一駁。但有兩點要說一說：其一、台灣的民主運動史不能只寫五〇年代以後從「自由中國」運動以迄黨外運動的過程。一九四六年到一九四九年台灣學生、作家、知識分子、工農和大陸上反對國民黨統治下的帝國主義和封建主義的、民族民主鬥爭互相連繫的民主運動，也應包括進去。在四〇年代台灣的民主主義鬥爭，表現為一九三七年元月台灣學生響應沈崇事件的反美運動，表現為二二八爭取和平建國、民主自治的鬥爭，表現為事變後蓬勃發展的地下鬥爭，表現為一九四九年鎮壓台大和師院進步學生與進步作家（楊逵）和編輯人（歌雷）的「四六事件」。台灣的民主主義鬥爭，絕不是陳芳明台獨一派可以一手遮天，獨家包辦的。

一九六八年我的投獄、一九七九年十月我遭情治機關留置三十六小時，雖然在台灣新民主主義運動史上算是芝麻小事，但許我謙卑地說，對於反對台灣反法西斯的民主主義鬥爭，我是有棉薄貢獻的，至少比起機會主義地「流亡」在沒有警備總部的海外的「在地左派」和「革命家」們，貢獻應該大一些吧。有一點貢獻，我就有權利發言。雖然我們追求的民主自由並不止於資產階級票選制的自由，而是廣泛生產者討論和決定共同命運的那種民主與自由。

我一貫主張民族的分裂使民族殘缺化和畸形化。反對外國干涉，促進民族的統一和富強，是台灣左派為之鬥爭的歷史旗幟；增進民族團結，共同建設新的中國，是四〇年代楊逵先生以來台灣前進的知識分子的重責大任。對這主張，我沒有動搖過，沒有掩飾過。

至於我的「中華民族主義」立場，我自少及今，立場一貫，不曾動搖。有些人，到了三十多歲的一九七八年還在說：「第一，《龍族》同人能肯定地把握住此時此地的中國風格；第二，

誠誠懇懇地運用中國文字表達自己的思想……」，還熱情洋溢地吶喊過：「龍，意味著一個深遠的傳說，一個永恆的生命，一個崇敬的形象。想起龍，總想起這個民族，想起中國的光榮和屈辱。如果以它做為我們的名字，不也象徵著我們任重道遠的使命嗎？」今日，當陳芳明回看在他而立之年的「中華沙文主義」的「病態民族主義」之「虛偽」、「落空」的話語，不知如何自處？在台灣新文學史上，有一條任何意識形態所不能抹殺的傳統，即偉大的中華民族主義傳統，表現為日據台灣新文學大部份堅持漢語白話，一部份以日語寫成的文學作品中光輝磅礡的反帝中華民族主義，表現為賴和、楊逵孜孜不倦，堅毅不拔的反日愛國主義鬥爭，表現為簡國賢、朱點人、呂赫若、藍明谷、徐淵琛的地下鬥爭和英雄的犧牲，表現為楊逵在戰後奮不顧身的合法鬥爭和長期投獄，表現為以中華民族認同批判外來現代主義文學要求建立民族和大眾文學的鄉土文學論爭。我自覺地以忝為台灣文學這愛國主義、民族民主鬥爭的偉大傳統中微小的一員，感到自豪。以戒嚴時代的、腐朽反動的辭語扣我通北京、通共產黨的帽子，隨著大陸崛起的不可遏止的形勢，隨著大陸發展的實相漸為反動派所不能遮天，陳芳明的反共煽動終竟是徒勞的。

　　一九八九年六月四日，北京發生了令親者深痛、仇者大快的「天安門事件」。全世界資產階級反動派自然要牢牢地抓住這絕好的機會，進駐北京，把事件細節二十四小時向全世界播送，製造全球性反共反華輿論，把事件定名為「天安門屠殺」，事後並對中共施加包括經濟制裁在內的國際性敵對措施。陳芳明和一些反共反華派從而對於我在九○年春率「中國統一聯盟」訪問北京之事和天安門不幸事件聯繫在一起，說我「如此仇視(台灣)民主運動，如此憎惡台灣人民，為了中國民族主義，他完全站在北京統治者的立場」。

　　但陳芳明們的反共攀誣是禁不起檢驗的。從天安門事件開始

階段的一九八九年五月四日，一直到令人沉痛的六月四日，我所主編的《人間》雜誌就派了三、四個記者在北京現場進行深入的採訪。可以驕傲地說，我們是唯一的媒體，不受任何反共國際大媒體的壟斷，自己深入北京現場和民眾中，透過自己的視景窗拍攝大量的現場照片，訪問過無數現場中的大陸人民，以自己的視角寫深度的報導，在事件的第二個月即八九年七月號上以特集方式發表。組織起來的文章有劉灝的〈黨中央為什麼怕群眾？〉，報導了八九年五月二十日人民向大陸官倒系統宣戰的「北京人民公社」的鬥爭與失敗：有洪湖寫的〈矛盾與矛盾的對話〉深入報導了在北京天安門事件和台北中正紀念堂的學生運動背後存在的矛盾的本質；還有我寫的評論〈等待總結的血漬——寫給天安門事件中已死和倖活的學生們〉嚴肅要求中共當局對「六四天安門事件」做出實事求是、公正客觀的調查，擺出具體事實，說出公平的道理，並正確處理之」。另外，同年人間九月號，也刊載了歷史學者戴國煇的關於六四極具深度的評論〈嚴殺盡會棄原野〉，引起有識者廣泛的好評。總字數三萬多字，現場拍攝選用照片近三十幀的獨立採訪，是當時一切中文媒體所不多見的歷史文獻，讀者自可覆按。陳芳明們的反共反華的法西斯帽子，我戴不上。我認為，天安門事件，不論如何，中國共產黨要負最後責任。但責任要實事求是地從事件調查評估，從而做具體處理。

陳芳明用台獨民粹主義編派我不愛台灣，光是《人間》四卷四十七期全卷所表現我對台灣生活人民最真切的顧念，豈陳芳明們空口的「台灣人」所能望我項背。正是八九年九月號這一期，《人間》以〈各自唱各自的悲歌〉為特集的題目，一共組織了七篇圖文並盛的特寫，報導了大陸天安門事件、台灣五月學運和遠東化纖工人大罷工事件。我們與陳芳明不同，關懷人民的民主主義運動，是不分大陸和台灣的。

一九九六年，我和台灣另一位著有學望的胡佛教授獲頒中國

社會科學院榮譽高級研究員的稱號。對此，我深感名實不配，但也因中國社科院所團結的海內外上千位傑出的社會科學家，分享了光榮。陳芳明既然那樣憎惡和鄙視中國和中國人民，似乎就大可不必為我倖得的光榮嫉恨交加，頗失體統了。

關於當年一個美國記者在《亞洲周刊》上的歪曲報導，我不屑一辯。我一生不渝的政治選擇和實踐，皆足以充份說明訪問記錄的謊言。陳芳明說「刑餘之人」的「刑」指的是宮刑。《宋書》〈顏延之傳〉，載顏延之斥責權僧慧琳曰，「……此三台之坐，豈可使刑餘居之！」。原來古時犯法受刑之人，常有髡髮鯨面的懲處。僧人無髮，所以顏延之以「刑餘」刺慧琳。「刑餘」可泛指受過法律制裁而受刑之人，這自然是陳芳明這種把中國歷史和學問當作外國史，當做東洋史和「漢學」，自外於中國的半調子「漢學家」所不懂得的。

六、結　論

經過幾次有關台灣社會性質和台灣新文學問題的辯難，可以有幾點結論：

第一、陳芳明有關日據以降「殖民地」社會→「再殖民」社會→「後殖民」社會「三大社會性質」推移的「理論」，既完全不合乎陳芳明不懂而又硬裝懂得的，馬克思主義歷史唯物主義有關社會生產方式性質（＝社會性質）理論和原則，也禁不起一般理論對知識、方法論、邏輯等要素的即便是最鬆懈的考驗。因此，不能不說，陳芳明「歷史三大階段」論，所謂「後殖民史觀」不論從馬克思主義的生產方式論、或其他一般理論的基本要求看，都是破產的理論和史觀。

二、因此以破產的、知識上站不住腳的「三階段」去「建構」

和「書寫」的、他的「台灣新文學史」之破滅，也是必然之事。

　　三、格於戰後台灣的思想歷史的極限，這次的論爭，從台灣馬克思主義思想發展歷程上看，大都只圍繞在馬克思主義最基本的政治經濟學概念上打轉，許多問題都是三、四十年代一個用功的中學生可以解決的問題，層次不高。這當然是與爭議的一方陳芳明在馬克思主義和一般歷史社會科學知識理論水平之低下密切相連繫的。

　　四、因此爭論中由我們提出的比較重要的理論課題，尤其是台灣資本主義性質問題、日據以來台灣各階段生產方式的推移問題，以及與之相應的台灣新文學思潮、創作方法和文學作品的關係等亟須深入、反覆討論的問題，沒能產生更縱深的展開。這自然也和陳芳明的水平之低下有密切關係，只能期待後之俊秀起來接續這些台灣左派當面核心問題的討論。

　　五、遺憾的是，這次爭議中還是時代錯誤地出現了企圖以反共反華的恫嚇、例如類似說我親共通共的手段，與戒嚴時代的幾次爭論中國民黨文特的伎倆如出一轍，使爭論留下汙點。台獨式反華反共的民粹主義咒語，和戒嚴時代反共防諜的羅織，無論如何，是無法以之替代真理的。

　　六、因此，以陳芳明對於我們的批判所做的全部回應，已經明白宣告了他的「歷史三階段論」的破產。為了不必使陳芳明硬撐的「歹戲」連連「拖棚」，浪費《聯合文學》珍貴的篇幅和我們的筆墨，今天陳芳明如果沒有提出相關的重要理論課題，如果還是喋喋不休地以無知夾纏不已，我們就把論爭的是非留給今世和後之歷史去公斷，不再回應了。當然，如果今後將陸續公刊的陳芳明的「台灣新文學史」中出現重大謬誤，不得已之下，還要討教商榷一番。

原載於《聯合文學》二〇〇〇年十二月號

駁陳芳明再論殖民主義的雙重作用

◉陳映真

　　陳芳明先生（以下禮稱略去）在我對他第三次批駁的文章
〈陳芳明歷史三階段論和台灣新文學史論可以休矣！〉（《聯合
文學》一九四期，二〇〇〇年十二月，下文簡稱「休矣」）發表
之後，沈默無言了七個月之後，近中又發表了〈有這種統派，誰
還需要馬克思！〉（《聯合文學》第二〇二期，二〇〇一年八
月，以下簡稱「需要」）做了極其艱苦的飾辯。

一、陳芳明台灣社會性質三階段論的破產

　　我和陳芳明論爭的緣起，是我針對陳芳明寫的〈台灣新文學
史的建構與分期〉（《聯合文學》，一七八期，一九九九年八
月），就其「社會性質」論和台灣社會性質的「分期」，以馬克
思主義的社會性質理論，即各階段社會生產力和生產關係的總
合，亦即社會生產方式（模式）的性質理論，提出徹底、系統的
批評，是直到今日陳芳明所無力於提出系統性的回答的。而這是
因為陳芳明完全沒有歷史唯物主義的社會（生產方式）性質理論
的知識之必然的結果。

　　我們一再説，陳芳明説的日據台灣社會性質是「殖民地社
會」是不通之論，因為「殖民地」不是一種人類社會演化必由的
一種生產方式。一個被殖民的社會，必須和其在殖民統治下的前
資本主義經濟性質，例如封建或半封建經濟合稱為（半）殖民地
（半）封建社，才能正確表述一個被殖民社會的生產方式的性
質，即「社會性質」。陳芳明的回答是指責我「居然」不承認有
「殖民地社會」，説我對日據台灣社會的性質規定「殖民地半封
建社會」，是由於我的「統派立場」，強以台灣為「殖民地・半
封建社會」，以便使台灣社會和當時為「半殖民地半封建」性質
的中國大陸拉到一起！夾纏胡説，充份曝露了陳芳明對社會性質
理論驚人的無知。

　　陳芳明説一九四五年到一九八八年「外省人」國民黨統治下
的台灣社會為遭到外省（中國）人「再殖民」的社會。我們説，
「殖民統治」一辭自有客觀的社會科學的定義，在社會科學上説
國民黨流亡集團對台灣的排他性專制統治是「殖民」統治是不通
的。我們説應該區別認識政治經濟學上的殖民統治和戰後第三世
界親美、反共・法西斯國家統治，而陳芳明終竟無辭以對。

　　陳芳明説一九八八年以後迄今，大約因為李登輝政權的出
台，「中國人」國民黨「殖民政權」下台，於是晉入「後殖民社
會」。我們説兩蔣時代，李登輝時代和今日陳氏政權的推移，在
社會經濟上完全沒有構造性變革，在階級關係上也沒有顛覆性變
化，在對美帝國主義的新殖民地性扈從性格上，是連續而非斷
裂。我們更強調，「後殖民」是文化思想批判的概念，根本不是
社會經濟學的概念。如作「殖民地獨立後社會」（post-indepen-
dent society）理解，也不是一個內容統一的生產方式，而應該
涵蓋了半部族共同體社會、各種封建或半封建社會和國家資本主
義社會，應該就具體的各獨立後社會分別分析，斷不能一概而
論。對此，陳芳明是啞口無言的。

　　至於我們依社會性質理論，初步提出了日據以降台灣社會各階段為「殖民地半封建社會」（一八九五～一九四五）、「半殖民地‧半封建社會」（一九四五～一九五〇）、「新殖民地‧半資本主義社會」（一九四五～一九六六）、「新殖民地依附型資本主義社會」（一九六六～一九八五前後）和「新殖民地獨佔資本主義社會」（一九八五前後迄今）的見解，而陳芳明啞然無從參與議論，是理所當然的。

　　我和陳芳明論爭的焦點和關鍵，是陳芳明的「歷史三階段論」。但陳芳明至於今日還不能提出系統的、「理性」的回答，卻一逕找出枝枝節節的問題轉移話題搪塞。而既使對於一些枝節問題，我們也做出了回應，陳芳明則一直裝聾作啞，無辭相對。

　　陳芳明提出「唐宋明清」的中國封建社會問題，虛晃一招，我們扼要地分析了唐宋明清中國封建社會的特質，陳芳明就不吭聲了。陳芳明問我馬克思主義在今日還有什麼社會物質基礎，我們回答了，卻再也不見陳芳明有什麼高論。陳芳明以歷史唯心主義說「人的意識可以決定社會存在」、「人的心理結構、人本身是自己的歷史創造者」。我們說物質存在是第一義的，而精神思想是其所派生。但社會意識形態一旦形成，自有其「相對自主性」，在一定條件下，又可「反作用」（而不能「決定」）於物質存在。陳芳明不說話了。陳芳明說人可以「主體回應」於歷史，我們從西方社會生產方式（社會性質）的推移，說明相應的各種文學藝術創作方法的推移，批評陳芳明的「主體回應」論，陳芳明也再不說話了。陳芳明還大膽地大談「新馬」和「西馬」，提出孟岱爾和他的《晚期資本主義論》，提出了詹明遜和馬庫色，我們作了回應，揭破陳芳明根本不懂也沒讀過《晚期資本主義》，而陳芳明竟可一逕默不則聲，彷彿他從來就沒有提起過那些問題。

　　從他至今無力有系統地為他遭到我批判之「歷史三階段」論

辯解反駁，説明他的「三階段論」的徹底的破產。從他對自己提出的枝節問題的駁論之無從回答，説明陳芳明社會科學知識的極度貧乏。以這樣荒廢的知性，侈言台灣社會性質史、侈言「重新建構」台灣新文學史，其招致荒唐失敗的結局，就很自然了。

二、無知就不免斷章取義：兼及「亞細亞生產方式」

　　被小論〈休矣〉批駁後，陳芳明沈默了七個月後拋出的〈需要〉，仍然不見什麼進步，仍然避開關於台灣社會性質論的焦點，仍然找枝枝節節的問題搪塞，虛晃一招。這一回，他語出驚人地、亢奮地吶喊「馬克思是殖民主義的變相延申」（在文法上，此話不通，應為「馬克思主義是殖民主義的變相延申」之類）！陳芳明引用了馬克思〈不列顛在印度統治的未來結果〉（一八五三年七月，以下簡稱「結果」）和〈不列在印度的統治〉（一八五三年六月，以下簡稱「統治」）有關。英國殖民主義的資本主義生產。對古老的印度斯坦長期停滯不前的「亞細亞生產方式」所起到的破舊以立新的「建設」（一作「重建」，即regenerating 的作用），大放厥辭，並援引薩依德的《東方論》，居然控訴馬克思有「種族主義立場」和「傲慢的殖民主義態度」，破口大罵，面有得色。

　　陳芳明對馬克思評論英國（當時的）殖民地印度斯坦的文章，以他對馬克思主義驚人的無知，自是無法理解的。在答覆陳芳明之先，不妨先看一看馬克思對資產階級（資本主義）的歷史作用一段著名的分析。

　　在著名的《共產黨宣言》中，馬克思強調，在資產階級發展的每一個階段，都有相應的「成就」伴隨著它。馬克思寫道：「資產階級在工場手工業時期，它是與封建貴族相抗衡的勢力。

隨著工業革命的到來，它推翻了封建制度，奪取政權，建立了資產階級統治的國家。」資產階級的勝利打破了封建的、宗法的關係。「資產階級第一次給人們以活動（流動）的自由」，「使人創造出無數的經濟奇跡」。馬克思還熱情洋溢地接著說，「資產階級開拓了世界市場，打破了地方和民族自給自足的閉關自守，把整個世界聯成一體」。馬克思強調，資產階級創立了大城市，使很大一部份人脫離了鄉村生活的愚昧狀態。「資產階級使未開化或半開化的國家和民族從屬於資產階級的民族；使農民的民族從屬於資產階級的民族」。馬克思說資產階級打破了生產資料、財產和人口的分散狀態，使生產資料集中起來；使人口密集起來；使財產集中在少數人的手裡，因而打破了地方封鎖、各自孤立的民族，使它們結合成擁有統一的政府、統一的法律、統一的民族利益和統一關稅的國家。馬克思說道：「資產階級在不到一百年的階級統治中所創造的生產力，比過去一切世代所創造的全部生產力還要多、還要大！」

寡聞孤陋的陳芳明要是讀到馬克思這關於資產階級、資本主義生產的歷史作用的論述，恐怕要亢奮地一躍而起，發出這讜語：「馬克思主義是資本主義的變相延伸！」，指控馬克思歧視鄉村的生活，指責馬克思把殖民主義美化和正當化吧。

然而在另一個主要方面，馬克思從商品和商品生產研究著手，展開了對資本主義本質的科學分析，指出人的勞動力在資本主義生產中的物化和商品化，分析了剩餘價值的生產，從而揭開了資本主義殘酷、貪婪的剝削的秘密機序，說明隨科技發展而強化的大規模機器生產對工人階級剝削的增強，剖析了在資本主義積累規律下工人階級狀況的相對性與絕對性惡化，最後歸結出資本主義再生產的絕對性矛盾，即生產過剩和經濟危機。

而這就彰顯了馬克思主義的科學性。馬克思既分析和發現了資本主義內在構造的機序和其所內包的嚴重矛盾；既看到了資本

主義必然的衰亡；既看到了資本主義對人、社會、文化造成的嚴
重傷害和犯罪，馬克思也清醒地看到了資本主義生產相對於傳統
前資本主義社會生產的歷史進步作用。這使馬克思和十九世紀徒
然從道德論和感情論去咒詛資本主義，設想空想的解決方案的烏
托邦社會主義者鮮明地區別開來。對於資本主義的分析，馬克思
既是唯物論的：從社會經濟的分析著手；也是辯證法的：既看到
資本主義的破壞作用，也看到它的相對的歷史進步性。讀一百五
十三年前馬克思在《共產黨宣言》中對資產階級（資本主義）和
有關高度資本化、商品化社會對於人、文化和精神的傷害的描
述，任何人都會深感到馬克思主義的高度科學性，也會深感到今
日就「全球化」和「後現代」文化問題喋喋不休的學舌學者是何
其淺陋。

　　而馬克思在一八五三年就印度斯坦所做的分析，也是源於同
一個科學精神。對於馬克思，人類社會的歷史依乎社會生產力和
生產關係的辯證運動，不斷地向前發展和進化。然而由於各別社
會具體的條件，有些社會（例如西方國家的社會）從重商主義資
本向工業資本的發展比較自然、順利，克服了封建的、宗法主義
的、自給自足的封建社會，向著大規模工廠生產的現代資本主義
社會發展。但也有些歷史遠遠比西方社會悠久、創造過自己獨特
的傳統和文化的社會，例如馬克思所說的「亞細亞生產方式」的
社會，就因個別具體原因長期停滯在介於氏族社會後期，封建社
會之前的、以長期停滯為特徵的「農村公社」共同體的特殊階
段，難於擺脫同一平面的長期循環，而不能躍進向上運動的螺旋
性循環。

　　對於「東方社會」的停滯和落後，真正的東方論者，皆以東
方在人種、血液、文化、歷史上尋找東方「劣等」的論據。但馬
克思對亞細亞生產方式的分析從來不是從東方人的種族較諸西方
民族的優劣、東方文化較諸西方文化的高低，東方歷史較之西方

歷史的先進和落後上去立論，而是從東方社會的生產方式＝「亞細亞生產方式」的科學分析展開的。

馬克思認為，「亞細亞生產方式」的國家政權分成三大部門。第一個部門是「財政部門，或對內進行掠奪的部門；軍事部門，或對外進行掠奪部門；最後是公共工程部門（＝由中央專制權力所推動的廣泛的水利灌溉工程）」，並且在這個基礎上，以「農業和手工業的家庭結合體社會」，散居「在各個很小的地點」。而不列顛統治前的印度斯坦正是這樣的社會。它的「農村公社」，正是這古老的「農業與手工業的家庭結合體」。

據馬克思引用的資料，印度斯坦的農村公社占地幾百到幾千英畝，「像一個地方自治體」。它設有負責總管村社事務、調解糾紛、收稅、行使警察權的首腦「帕特爾」、負責農事耕牧的「卡爾那姆」、職司警察、檢察權的「塔利厄爾」和管理財務的「托蒂」。另有人專職負責分配農業用水。有專門的婆羅門掌管祭祀和曆法，也有教師負責教育。而這樣的村社共同體從遠古起雖然停滯不前，卻頑強地存在下來（馬克思：〈統治〉）。

馬克思於是描寫了相應於「農業與手工業的家庭結合體」生產方式基盤上的零細農村公社悲憫的生活：「東方專制主義」的統治、社會停滯不前、人心冷漠枯槁、失去人的尊嚴、苟安的生活、種姓歧視制度、敬拜動物禽獸的自然崇拜——所有這些陰暗、無助的生活，都以那「手工業和農業的家庭結合體」＝印度農村公社為顛撲不破的物質基礎。

但是這「政變、外侮、被征服、飢饉——所有這一切接連不斷的災難，不管……多麼……猛烈和帶有毀滅性」也絲毫「不能觸動」其表面的印度農村公社，英國人卻憑著「自由貿易和科學技術」——而不僅僅是船跑——「摧毀了印度社會的整個結構」，「破壞了印度農村公社的經濟基礎」。英國人於是「在亞細亞造成了一場最大的、歷來僅有的一次社會革命」（馬克思：

〈統治〉）。

　　正是在這個文脈之下，馬克思寫下被薩依得引用的一段話。這一段話在立緒版《東方主義》中被嚴重誤譯。茲引正譯如下：

　　「從純粹的人的感情上來說，親眼看到這無數勤勞的宗法制的和平的社會組織崩潰、瓦解、被投入苦海；親眼看到它們的成員既喪失自己古老形式的文明、又喪失祖傳的謀生手段，是會感到悲傷的。但是我們不應該忘記：這些田園風味的農村公社不管看起來怎樣無害於人，卻始終是東方專制制度的牢固基礎。它們使人的頭腦局限在極小的範圍內，成為迷信馴服的工具，成為傳統規條的奴隸，無法表現任何偉大和任何歷史首創精神。我們不應該忘記：那種不開化的人的利己性，他們把自己全部注意力集中在一塊小得可憐的土地上，靜靜地看著整個帝國的崩潰、各種難以形容的殘暴行為…就像觀看自然現象那樣無動於衷。至於他們自己，只要某個侵略者肯來照顧他們一下，他們就成為這個侵略者無可奈何的俘虜。我們不該忘記：這種失掉尊嚴的、停滯的、苟安的生活，這種消極的生活方式，在另一方面產生了野性的、盲目的、放縱的破壞力量，甚至使殘殺在印度斯坦成了宗教儀式。我們不應該忘記：這些小小的公社身上帶著種姓劃分和奴隸制度的標記，它使人屈服於環境，而不是把人提升為環境的主宰。它們把自動發展的社會狀況變成了一成不變的、由自然預定的命運，因而造成了野蠻的、崇拜自然的迷信……可以看出這種迷信是多麼蹧踐人了。（馬克思：〈統治〉，人民出版社，《馬克思恩格斯全集》，卷九，一九六五。）

　　這絕不是如薩依得所說，馬克思「將印度塑造為一個根本無生命力的亞細亞國家」，是「浪漫的東方主義」。馬克思沒有從人種、文化、歷史去論斷印度斯坦生活的停滯和落後，而是深入把握住以「農業和手工業的家庭結合體」為軸心的農村公社這樣一個長期停滯不前的亞細亞生產方式為基礎的社會，對人所造成

的可怕的壓抑與束縛。馬克思毋寧是對喫人的亞細亞生產方式對印度人民的殘害提出了憤怒的控訴的。在這文脈下，歷史唯物主義的社會進化論者馬克思，接著講了下面一段話：

「的確，英國在印度斯坦造成社會革命完全是被極卑鄙的利益驅使的，在謀取這些利益的方式也很愚鈍。但是問題不在這裡。問題在於亞洲的社會狀況沒有一個根本的革命，人類能不能完成自己的使命。如果不能，那麼英國不管是幹出了多大的罪行，它在造成這個革命的時候，畢竟是充當了歷史的不自覺的工具。」（馬克思：〈統治〉，同前揭）

陳芳明和立緒版《東方主義》相關的論文都有嚴重誤譯。做為歷史唯物主義的社會進化論，馬克思主義，從社會發展的科學規律，相信人類在社會生產方式的辯證發展運動中逐次向更高的、更進步的社會階段進化。英國殖民主義對長期停滯的印度社會起到了破壞其根深柢固的農村公社結構的作用。而在一定的程度上，馬克思認為英國的殘暴統治，在摧毀印度的亞細亞生產方式基礎上，使分散的印度統一起來…使印度初步有了「自由的報刊」，而大輪船使孤立的印度和世界連系起來。但是馬克思也同時極為明白地指出，這一切「建設」（regenerating）工程，絕不出於英國統治者蓄意、自覺、有意識地為了印度的進步的營為。殖民者僅僅為了將殖民地印度吸納到自己的殖民性資本主義的秩序和邏輯，以遂行其剝削的過程中無意識的、「不自覺」的營為，卻客觀上成為歷史發展的無意識的、「不自覺的工具」。

東方主義者總是把白人對東方殖民地的「現代化」措施看成優越的西方對劣等的東方的有意識的、「自覺的」教化和貢獻。馬克思不然，已如上述。所以馬克思不憚其煩地指出英國人在印度的「建設使命」的極限性。英國人破壞了傳統的印度，卻無意建設印度為真正自由、發展的印度。此所以馬克思說，英國的統治使「印度失掉了他的舊日世界，而沒有獲得一個新世界」（馬

克思：〈統治〉）。他也説：「…英國資產階級被（其自利動機所）迫在印度實行的這一切（建設性措施），既不會給人民群眾帶來自由，也不會根本改善他們的社會狀況，因為這兩者都不僅僅決定於生產力的發展，而且還「決定於生產力是否歸人民所有」（馬克思：〈結果〉）。馬克思説，只要生產力還排他性地抓在英國統治者手上，而不是抓在印度人民的手上，就不可能有印度人真實的自由與解放。那麼，殖民地人民真實的解放之路又在那)裏呢？馬克思截然地説：

「在大不列顛本國現在的統治階級還沒有被工業無產階級推翻以前，或者印度人自己還沒有強大到能夠完全擺脱英國的枷鎖之前，印度人是不會收到不列顛資產階級在他們中間播下的新社會因素所結的果實的。」（馬克思：〈結果〉）

馬克思認為，在英國資本帝國主義沒有被英國工人階級推翻之前，在印度人民還沒有強大到足以推翻英帝國主義的殘暴統治之前，印度人民就不可能真正享有殖民地教育、報紙、市場、鐵路系統、農村公社之解體所帶來的利益。陳芳明説馬克思「宣揚英國人的殖民主義」，主張「西方人對於人類苦難負起拯救的責任」，是如何驚人的無知，如何惡毒的歪曲，十分明白。

陳芳明斷章取義地引用了馬克思的一段話，指責馬克思對「印度的鄙夷與輕佻」。由於陳芳明的譯文不準確，我們另引人民出版社的譯文：

「…印度社會根本沒有歷史，至少是為人所知的歷史。我們通常所説的它的歷史，不過是一個接著一個的征服者的歷史。這些征服者就在這個一無抵抗、二無變化的社會的消極基礎上建立了他們的帝國。因此，問題並不在於英國是否有權利來征服印度，而在於印度被不列顛人征服是否要比土耳其人、波斯人或俄國人征服好些」。（馬克思：〈結果〉）

既使孤立地、斷絕前後文脈來讀這一段話，一個充份理解馬

克思歷史唯物主義的社會進化觀的人，也絕不會據而以為馬克思
有「殖民者心態」、「種族主義立場」和「傲慢的殖民主義態
度」，主張英國殖民印度有理。何況馬克思緊接著就說明統治過
印度的阿拉伯人、土耳其人、韃靼人和莫卧兒人，因其社會生產
方式和文明遠不及印度，所以它們的統治不但改變不了沈滯的印
度社會，反而被印度文明所同化，則印度的亞細亞生產方式依
舊，不能有革命性的構造變革。但英國的統治卻以其「自由貿
易」和科學——以資本主義生產，徹底摧毀了使印度長期停滯的
社會結構。英國人對印度的統治，在這個意義上，就有了相對積
極性。這種科學性的論斷，是陳芳明之流所不知，也就無法為其
歪曲污蔑的。此所以馬克思說：「英國在印度要完成雙重的使
命：一個是破壞的使命，即消滅舊的亞細亞社會；另一個是建設
性的使命，即在亞細亞為西方式社會奠定基礎」。就舊社會的
「破壞作用」和新社會的「建設作用」言，土耳其人、波斯人等
的印度統治自然與英國人的統治結果不同。但不要忘記，馬克思
也一再強調英國殖民統治的侷限性和殖民地人民真實解放的道路
——即英國工人的革命和殖民地人民推翻殖民統治事業成功。

　　此外，一個「東方主義者」、一個有「種族主義立場」和一
個懷有「傲慢的殖民主義態度」的人，就絕不會像馬克思那樣把
印度的悲劇和一個西方國家的命運類比。馬克思說：

　　「印度斯坦——這是亞洲規模的意大利。…（兩者）在土地
出產方面是同樣地富庶繁多，在政治結構方面是同樣地四分五
裂。意大利常在由征服者用寶劍強迫把不同的民族集團合攏在一
起，印度斯坦的情況也完全一樣：在它不屬於穆斯林、莫卧兒或
不列顛人壓迫之下的那些時期，它就分解成像它的城市甚至村莊
那樣多的、各自獨立和互相敵對的國家…」（馬克思：〈統
治〉）

　　一個「東方主義者」、一個「有種族主義立場」、有「傲慢

的殖民主義態度」的人，不會對一個為西方所統治的東方懷抱未
來復興的願景，也不會看到東方人的不亞於西方人的高貴品質。
但馬克思說：

「無論如何，我們都可以滿懷信心地期待，在多少遙遠的未
來，這個巨大而誘人的國家（印度）將復興起來。這個國家的人
民文雅⋯甚至最低階層的人都比意大利人更細緻。這個國家裡的
人民的沈靜、高貴的品格甚至抵消了他們所表現的馴服性。他們
看來好像天生疲沓，但他們的勇敢卻使英國的軍官們大為吃驚。
他們的國家是我們的語言、我們宗教的發源地。從他們的扎提身
上，我們可以看到古代日爾曼人的原型。從他們的婆羅門身上，
我們可以看到古代希臘人的原型。」（馬克思：〈結果〉）

這是一段使向來的「東方主義」者纈眉的話。陳芳明對馬克
思的指控，只能更徹底地曝露他對馬克思主義的無知、一知半解
的強不知以為知而厚顏欺世面貌。把馬克思討論印度農村公社亞
細亞生產方式自作聰明地誤為印度的「封建社會」，不懂得馬克
思所說殖民主義的「雙重使命」論，不理解馬克思說殖民主義充
當了社會進化的歷史的「不自覺（無意識的）工具」等等，都徹
底曝露了陳芳明知識的荒廢、粗疏。

那麼怎樣看待薩依得對馬克思的苦悶的疑惑與批評？世所公
認，包括薩依得在內的後殖民文化批評家，一般都有一個與馬克
思主義者鮮明的不同，即後殖民論者不從西方殖民主義、殖民地
的社會經濟分析視角看問題，而更多片面地從殖民地史的文化、
意識形態和思想的角度看問題。這便是薩依得的侷限與苦悶的由
來。

薩依得尚且如此，而況不學不思的陳芳明乎？很明顯，陳芳
明對馬克思的斷章取義，源於他的馬克思主義的嚴重無知。至於
也源於這無知而來的相關的夾纏和斷章取義，就不必作答了。

二、「自我東方主義者」和民族劣等主義

　　陳芳明在談到殖民地印度時的立場和談到殖民地台灣的立場時是嚴重錯亂和矛盾的。當馬克思指出印度斯坦的亞細亞生產方式的沈滯、落後時，陳芳明忿然說馬克思是「東方主義者」，是「種族主義」；當馬克思說到英國殖民主義在印度的「建設作用」，陳芳明說是「殖民主義心態」。但當陳芳明說到殖民地台灣時，卻力言「台灣人開始認識現代的理性，誠然是來自日本的殖民體制」。這不是在說日本殖民台灣之前，台灣人不認識「理性」，台灣人蒙昧未開嗎？這不是在說日本殖民統治帶來了理性的「建設性」後果？則陳芳明又如何能不把自己劃歸「東方主義者」、「種族主義者」、抱有「傲慢的殖民主義態度」者的一邊？陳芳明更清楚明白地透露了他歌頌「殖民主義即『理性』」的思想。當陳芳明說，「（西方人）的科技特別發達的原因，就在理性的基礎上建立起來的。憑藉著這種由理性發展起來的科技，西方白人開始對外進行擴張侵略。也是透過理性思維方式，西方白人也在人種學上進行分類：進步的白色人種，落後的有色人類，就在西方哲學思維中劃清了界線。哲學家康德表現出來的白人優越論，正是西方殖民主義的重要理論依據」時，口口聲聲崇尚「理性」的陳芳明難道不是在說西方殖民主義合乎「理性」本質的嗎？

　　而我們以為，正如馬克思所說的那樣，資產階級、資本主義和殖民主義所帶來的「人類的進步」和所謂理性，是「人頭做的酒杯」中的「甜美的酒漿」，帶著剝削、壓迫和屠殺的血腥和恐怖，有其嚴重的侷限性。而「只有在偉大的社會革命」透過摧毀資產階級國家和推翻殖民體制，由解放了的人們去支配「資產階

級時代的成果」，並「支配世界市場和現代生產力」之時⋯「人
類的進步才不會再像可怕的異教神像那樣，只有用人頭做酒杯，
才能喝到甜美的酒漿」（馬克思：〈結果〉）。陳芳明的日本對
台殖民「理性論」，恰恰才是「東方主義者」、「殖民主義
者」、「種族主義者」的「理性論」。

　　陳芳明因此極為鄙夷清末在台灣的現代化改革自強運動。在
這個問題上，陳芳明的腦袋也是充滿了混亂和矛盾的。他先一面
說清末在台灣的改革不能稱為「現代化」，因為整個台灣社會仍
然停留在「封建（應為「半封建」）——作者）生產關係階段
⋯」。但是當他說到日帝統治下的台灣而「台灣的封建文化還未
全然清除」時，「日本殖民者」「逕行推動現代化的工程」竟是
「早熟的現代化」！這完全無法自圓其說的說辭，豈陳芳明之
「理性」云乎哉？

　　陳芳明硬說台灣現代化是日本人統治之賜，清末改革不是現
代化，理由是日本統治前的清末台灣社會「還未出現絲毫工業化
與都市化的跡象」，甚至也「還未出現任何工人階級的徵兆」
⋯。那麼，就讓我們和平素大談「台灣人主體性」的陳芳明談一
點「台灣這塊土地」的社會史。

　　伴隨著十八世紀台灣移民社會的發展，兩岸間自然形成了由
台灣向大陸移出米糖，由大陸向台灣移入手工業製品——布帛、
陶瓷器、日用品等生活必需品的民族經濟體系。台灣的商人階級
於是有所成長。至一七二五年，有商業公會「行」、「郊」的成
立（所謂「台南三郊」）向大陸移出青糖、黃薑、樟腦、硫磺，
而從大陸移入陶瓷、藥材、棉布、雜貨。商品經濟日益發達。在
封建經濟基礎上的商人階級（以大陸來台郊商較多）日增。

　　一方面是新耕地的墾拓，一方面是兩岸貿易日盛，這就在台
灣形成了「以地主制為主軸的商業性農業社會」。這一階段中台
灣商業資本的擴大與開展，基本上還不是島內自己生產力發展的

結果，而是兩岸日盛的貿易所形成，所以不論商業資本或地主資本，在本質上都沒有超出資本主義前期性資本的範疇。但這些發展，卻為開港後的台灣經濟重編造成一定的影響。

鴉片戰爭失敗，中國在恥辱的條約下淪為半殖民地·半封建社會。作為中國東南行省的台灣，也在全中國半殖民地半封建化的總過程中半殖民地半封建化，和中國許多被迫開港的「條約港口」一樣，府城、淡水（一八五八）、打狗（一八六四）、基隆（一八六三）也被迫向世界資本體系開港，使台灣經濟產生了巨大的、根本性的轉變。

以英國為首的外國雄厚的商業金融資本，仗著不平等條約賦予的特權；仗著現代資本主義經營知識和強大現代化商船船隊，很快地獨占了台灣商品農作物的生產和貿易過程。洋商行如怡和、鄧特、德記…在條約港口及其周近林立。面向資本主義世界市場的貿易取代了兩岸間的交換。砂糖、茶葉、樟腦和煤成了外國資本支配下的外貿商品。行郊沒落，洋行代興。洋貨打敗了從大陸移入台灣的手工業製品。國際貿易港市淡水和打狗分別在台灣的北、南崛起，取代了兩岸商貿的對口港市：「一府、二鹿、三艋舺」。到了一八八一年，北部淡水港市貿易值就超過了打狗的貿易總值。

在開港之前，台灣的人口因追逐新耕地而向農村山區流動，人口呈現由高密度地區向人口低密度區流動而分散。但開港之後，由於通商口岸及附近城鎮的商業和農產品加工業迅速繁榮，吸引了越來越多的人口。人口開始改而湧向通商口岸及周近城鎮，人口迅速增加，現代都市化情況迅速發展，尤以台北地區為最。迨一八九○年前後，台北已經是個擁有十萬人口的城市了。

台灣最早的現代化大規模機械化資本主義生產是採礦工業。一八七五年，沈葆楨奏准機械開採基隆煤礦，雇用現代意義的工資勞動者近兩千人，規模之大，居當時全中國第二。一八七七年

九月出煤，日產三○──四○噸。及一八八一年，年產量五萬多
噸。

除了採礦的工資勞動階級，隨著開港後商業和農產品加工業
的發展，雇佣關係也起到根本性變化。煤礦、商行、茶行和糖廓
所雇用的、按日計件算工資的、現代意義的工人，只大稻埕一
地，就有一萬兩千人以上。樟腦寮的工人有一萬三千人以上。其
他碼頭挑伕、船伕、裝卸工人也大有增加。

現代資產階級也登上了台灣社會的舞台。開港後，外商紛紛
入台設立洋行，隨著國際貿易日增的需要，台灣的買辦商人應運
而生。他們四處奔走，為外商推銷洋貨，收購土貨，逐漸成為外
商在台貿易活動中不可或缺的幫手。而不少買辦也利用職務之
便，自己兼營生意發家，成為買辦富商。李春生、陳福謙就是當
時著名的買辦豪商。買辦資本逐漸形成一股不能忽視的勢力，作
為階級的買辦資產階級出台。有一部份買辦資產階級脫離洋行自
立門戶從事商貿，與洋行對峙競爭，轉化為民族資產階級。此
外，商業性民族資產階級如鼎盛的茶行、各種商行老闆等商業資
本家迅速增長。地主士紳和官僚也參予商業活動成為新興官商資
產階級。霧峰林朝棟和苗栗黃南球就是例子。（以上參照陳孔立
論：《台灣歷史綱要》，人間出版社，一九九八）

陳芳明對開港前與後直到日本統治前的台灣社會經濟之無
知，是十分驚人的。他把日本人統治前的台灣社會看成一片停滯
落後的荒原。但現實上，一方面是台灣農民、農業加工業和礦業
勞動者受到帝國主義金融資本、地主資本、買辦資本、官商資本
及高利貸資本層層苛酷的剝削，另一方面是商品農業的發展、採
礦工業及農產品加工業的勃興，新興大城市的崛起，人口大量集
中和大面積流動，新興資產階級和現代工資勞動階級的登台，社
會階層分化複雜化，勞動力商品化加強。凡此，都是初階段從傳
統社會脫穎，而向初階段現代化社會推移的確據。但陳芳明不知

道這一階段中台灣經濟騷然潑辣的變化，過低評價，從而誇耀日本人治台現代化。這難道不就是陳芳明的民族劣等主義、「殖民主義心態」的表現？想到誇大、歌頌日本治台現代化，一貫是金美齡、李登輝、許文龍和黃坤燦之流民族分裂主義者的「自我東方主義」（self-orientalism）意識的表現，則陳芳明對開港後日治前台灣社會表現「東方主義」的偏見，就不是奇怪的事了。

三、也說現代化和現代性

現代化和現代性是互為表裡的，既沒有不存在現代化的現代性，也沒有不存在現化性的現代化。安・紀登斯就說，「現代性」指的是「後封建的歐洲所建立，而在二十世紀日益成為具有世界史性的影響的行為、制度與模式」。他接著說，現代性「大致等同於」「工業化的世界」。他在進一步說明時說，「工業主義並不僅僅是在它的制度的面向上。工業主義是指蘊含於生產過程中物質力和機械的廣泛運用所體現出來的社會關係」。「這是現代性的一個制度軸」。

紀登斯說，現代性的第二個面向就是資本主義，「意指競爭性的商品市場、勞動力的商品化和商品生產體系」。

大規模的、工廠的、機械化生產，就是「工業化」，就是資本主義化。「蘊含於生產過程中物質力和機械的廣泛運用所體現出來的社會關係」，無非是資本主義生產的社會關係。而「競爭性的商品市場、勞動力的商品化和商品生產體系」恰恰是馬克思對資本主義的精辟分析的簡單概括。所以，一言以蔽之，現代化就是資本主義化，而現代性就是資本主義所建立，且日益發揮其「世界史影響」的「行為、制度與模式」，是資本主義生產的社會諸關係，就是資本主義商品生產的體系。陳芳明為了蹧踐日據

前的台灣社會和台灣人，毫無根據地把現代化和現代性對立起
來，而他的現代性論也是極其膚淺的。

紀登斯談現代性談得很細，但他的現代性論的主軸，就是資
本主義化。在這個主軸上，紀登斯談到時空概念的變化，提到作
為交換媒介的「符號標誌」（例如貨幣）的出現；談到專業專家
的出現，談到社會活動的世界化，談到印刷和電報電話造成的新
的信息傳播。

資本主義因不同的歷史和社會，有不同程度、不同形態的發
展，從而有相應的、不同程度的資本主義社會諸關係，也就有不
同程度的、相對於傳統社會的現代性。開港後被半殖民地化的台
灣社會經濟，發生了半殖民地條件下的、外鑠的、初階段的邊陲
性資本主義化，相對來說，是個劃時代的變化。商品作物栽培和
貿易的眼光從對岸市場移到遙遠廣闊的世界市場。農民、買辦、
商人的時空觀念相應地起了不同於傳統社會者的巨大變化。商業
資本的發達，國際貿易的興旺，貨幣經濟繁榮、本地貨幣和外國
貨幣的信用交換增進了，代表現代性的「符號標誌」形成。新的
外語文、商貿、現代簿記、包裝運輸、礦業等專門人才出現。貿
易船隊和外商大輪船把島嶼台灣和世界市場聯係起來。新式郵
政、電報、電話改變了時空對信息的傳統限制⋯相對於傳統的台
灣社會，這是多麼大的、本質性變化。而這變化的核心，就是相
對的現代性的產生。

當然，在半殖民地半封建的一定的歷史和社會條件下，此一
時期台灣的現代化和現代性有其相對應的侷限性，這是十分自然
的。半封建的土地關係不但繼續存在，甚至和外國金融資本聯合
以高利貸形式盤剝農民，使低層的商品農業下的農民成為永無盡
期的債務奴隸；有些執行現代化的官僚群顢頇腐敗，致財政結
据，無以為繼，許多新的產業建設半途而廢，官紳企業效益低
下，最終導致虧損甚至倒閉。但儘管如此，台灣乃至於中國的資

本主義發展史＝現代化歷史，它的第一個章節就不能不寫上開港後的台灣這一段。

　日本資本主義的發展至戰前還始終伴隨著日本半封建的地主佃農體制。日帝治台五十年，不但沒有打破台灣半封建的土地關係，而且進一步與之相溫存，鞏固這落後的土地關係。對日帝治台五十年的「理性」和「現代性」津津樂道，稱為「早熟的現代化」、「晚到的現代性」的陳芳明，對日本現代化應更加五體投地了。但他卻唯獨對於半殖民半封建下台灣在開港後初步的現代化和相應的初步的現代性，卻極盡污蔑醜詆的能事，足見陳芳明睜咒的「典型的被殖民知識份子」不是別人，而恰恰是他自己！

四、台灣共產黨的革命論

　陳芳明總是按照他腦袋裡的統獨、中國＼台灣二元對立的思想，為了他「獨立建國」幻想，任意去「書寫」歷史。關於台共黨史的一些議論尤其如此。

　陳芳明一旦有機會就到處說謝雪紅服從、支持第三國際和日共的「殖民革命」論，但黨內有人要利用中共勢力，以中共「左」傾的「社會革命論」奪謝雪紅的權。兩者對台灣革命路線方針不同，引起內訌。

　有關台共關於殖民地台灣革命的性質理論中，有沒有「殖民地革命」之說，要看台共一九二八年和三一年的綱領。馬克思主義認為，一個社會的性質決定改變這個社會的革命之任務。封建社會的變革任務是打倒封建地主階級，建立資產階級民主政權。革命的任務又決定革命的性質。打倒封建主義建設資產階級民主政權的革命的性質，是「資產階級民主革命」。同理，（半）殖民半封建社會之革命的任務是既要打倒帝國主義、也要打倒封建

主義，則革命的性質是民族（反帝）、民主（反封建）革命。而所說民主革命，在性質上是資產階級的。可惜陳芳明不懂，屢次夾纏不休。

再看兩個綱領。二八年綱領分析當時台灣社會，認為台灣「受日本帝國主義壟斷資本的統治」，顯示「高度的資本集中」。另一個側面是台灣本地「殘存著」「落後、幼稚的資本（指封建經濟基礎上的商業資本，糖廓)作坊資本）和「非資本主義（即封的、前資本主義）的要素」，例如地主佃農關係。也就是台灣社會受到日本帝國主義壟斷資本和「落後、幼稚的、非資本主義要素所統治。」這樣的社會，性質上就是殖民地·半封建（除了封建主佃關係外還有「落後、幼稚的資本」）社會。那麼革命的任務，自然是反對帝國主義和反對（半）封建主義了。因此綱領上說，台灣革命不能以反帝（即反殖民）為已足，也要「有反封建的、（資產階級性的）民主主義革命」。非常明白，二八年綱領從台灣社會性質分析，到社會變革運動的任務規定，再到革命性質的結論，清楚說明台灣社會是「殖民地半封建」社會，從而主張是台灣革命的性質是「反帝反封建的民族主義革命」和（資產階級性）「民主主義革命」的統一，即「民族民主革命」。陳芳明的「殖民地革命」說，只能說是胡扯。

陳芳明搬來他從沒讀過的列寧來擋箭，自然是徒然的。

列寧比較具體談到共產國際的民族和殖民地政策者是〈民族和殖民地提綱〉（一九二〇）。文章中說到在落後國家和民族的反帝「民族解放」運動中，落後民族和國家的革命性，是「工人和農民的」「資產階級（性）的民主主義的解放運動」，也就是由工人和農民所領導的、民族（殖民地解放）。民主革命。列寧從來沒有說過殖民地的革命性質是什麼「殖民革命」（！）

陳芳明搬出他根本沒讀過的列寧的〈帝國主義是資本主義的最後階段〉（以下簡稱〈階段〉）。這篇論文其實並不如陳芳明

想像的那樣，在討論民族和殖民地問題。論文的焦點在分析先進國資本主義向壟斷階段發展過程中，金融資本和金融寡頭的形成。金融資本的輸出，造成諸壟斷體和諸列強國家爭相分割世界。列寧從而分析了帝國主義不是生產方式的躍進，只能是資本主義的一個「特殊的階段」，論證了帝國主義的「寄生性」和「腐朽性」，行將就木，是社會主義革命的前夜。論文分析的對象是西方高度發達的資本主義，和陳芳明閉門妄想的殖民地社會分析無關，更沒有說到「要瓦解帝國主義的命根子，便是在殖民地進行暴動與革命」。陳芳明沒讀過孟岱爾的《晚期資本主義》，也敢瞎說什麼孟岱爾主張「機械生產三階段」，現在他也敢瞎說列寧的〈階段〉鼓吹在「殖民地進行暴動與革命」！陳芳明搞學術的郎中術士，真好大的膽子！

　　把列寧談「民族自決權」說成列寧說「要被殖民的弱小民族爭取革命與獨立的合法性」絕不準確。列寧的〈論民族自決權〉（一九一四）主要抨擊舊俄羅斯民族沙文主義對俄羅斯境內弱小民族的壓迫，力言舊俄境內不同民族的無產階級的團結奮鬥，支持境內弱小民族從壓迫性的大俄羅斯分離和自決之權，反對俄羅斯沙文主義的民族主義。這主要地是講舊俄時代的民族關係，和「被殖民的弱小民族」問題完全無關。一九一六年的〈社會主義革命和民族自決權〉，主要強調社會主義革命成功後才可能實行的「完全的民主」（相對於資產階級民主）；才能使各民族一律平等，從而實現被壓迫民族的自決權，也就是政治上的自由分離權，即在政治上與壓迫者民族自由分離之權。但列寧接著說，這種說法是「反對一切民族壓迫的徹底表現」，不在主張「分離、分散、成立小國」。陳芳明說「如何在殖民地製造革命，以便切斷帝國主義的經濟命脈，正是列寧民族自決權理論的核心」，完全是陳芳明自己的發明，和列寧一點也沒有關係。

　　陳芳明說馬克思「根本不可能提出『殖民地革命』的見

解」。這只要看上文我引用馬克思在〈結果〉中所說，只有在英國工人起來革命，或者印度人起來推翻英國殖民統治，印度人民才能真正收穫英國在其殖民印度過程中播下新事物的果實，就知道陳芳明的瞎說。主張印度人民起來「推翻英國殖民統治」，不是殖民地人民的革命是什麼？此外，馬克思在很多地方——例如〈共產黨宣言〉就說明了民族殖民地問題和資本主義制度間的有機關係。在論斷資本主義最終被推翻的基礎上，預言了殖民主義也必然隨資本主義的滅亡而崩潰。而正是馬克思的這個思想，長期鼓舞著殖民地人民和國際無產階級一道併肩進行殖民地的革命鬥爭。說馬克思主義是「殖民主義的變相延伸」，「不提出『殖民地革命』的見解」，只是痴妄之人的譫語罷了。

再說台共三一年綱領。三一年綱領把結論先說了，說台灣革命的性質是「資產階級性的工農革命」，那就不是陳芳明杜撰的「殖民地革命」了。分析架構主張台灣社會受帝國主義和（半）封建主義統治，革命的目標（任務）是「打倒帝國主義」、台灣自日帝「獨立」解放；「實行土地革命消滅封建殘餘」。三一年綱領確實比二八年者「激進」，但無論如何，兩個綱領都要反帝反封建，都強調台灣革命除了有反帝民族主義性質，還要有「資產階級民主主義」的性質，都有十分具體的內容，根本不是陳芳明所說一無內容的「殖民地革命」。

再又說中共「左」傾路線「強加」於台共「第三國際」的合理路線的問題。

二八年綱領是日共起草、共產國際和中共支持的。如果謝雪紅以為二八年綱領比較合理，也不存在中共反對作梗的問題，就不要提台共組建時包括被陳芳明與謝雪紅同劃為「日共」「反中共」系的林木順對中共協助台共組建的熱情洋溢、無限孺慕的講話（王乃信等譯，《台灣社會運動史》卷三，創造出版社，一九八九）。

關於「左」傾路線的問題。中共陳獨秀的右傾機會主義路線招至一九二七年「四‧一六」政變清黨的毀滅性打擊。為了提振崩潰中的士氣，中共當局決定在同年八月一日在南昌暴動。暴動雖然失敗了，卻一定程度重振了士氣。八月七日開「八七會議」，批評了右傾路線，改組中央，卻又滋長「左」傾盲動路線，主張在城市發動武裝暴動。但這「左」傾路線在很大一方面也是受到當時駐華第三國際指導者羅米納茲的影響。直到一九二八年二月，第三國際才批評了羅米納茲路線，四月，台共成立那個月份，中共才正式接受國際的糾「左」決議。二八綱領是一九二八年一月由日共草擬，所以從歷史背景看，也自然地殘留著「左」的影響。例如主張搞土地革命，要沒收地主土地分給農民，土地歸「農村蘇維埃」…都反映了一九二八年六月中共「六大」會議後，土地革命、分田、工農兵政府路線的影響。這就不能說二八綱領就沒有「左」的色彩所以為謝雪紅所堅持。

再說三一年綱領。陳芳明說謝雪紅信服第三國際。可是陳芳明竟不知道批評謝雪紅中央搞「機會主義」、「關門主義」，並建議改組的始作蛹者正是第三國際而不是中共或「上大派」。三一年綱領也是國際和中共斟酌同意過的。至於「改革同盟」為了糾正謝雪紅的政治錯誤（機會主義、關門主義）而在組織原則上所犯的錯誤，一方面受到了國際和中共的嚴厲批評，「改革同盟」自己也做了認真的自我批評。陳芳明說中共／上大派鬥爭日共謝雪紅，中共路線鬥爭謝雪紅的第三國際路線之說，只能說是他服務於台獨目標的、毫無根據的政治歪曲、幻想和宣傳罷了。

關於一九二九年到三〇年間中共「左」傾路線，應該知道一九二九年世界資本主義大危機使國際共運瀰漫著「資本主義已進入（破滅的）『第三期』」的樂觀論，助長了各國共產黨「左」傾化。其次，這時期第三國際本身也「左」傾了，它看到當時中國諸軍閥惡性內戰，斷定已使「中國陷入深刻危機」，「可以而

且應當糾集群衆」,「革命地推翻地主資產階級聯盟的政權」,
建立以蘇維埃為其形式的「工農專政」…李立三路線就在這時
(一九三○年六月)出台,發動城市暴動,造成巨大損失。七
月,第三國際糾正錯誤,接著又是王明路線的統治。問題是不論
李立三或王明的「左」傾路線,源頭都在蘇共(國際),中共自
己也吃夠了「左」傾路線的苦頭。台共內訌以至潰滅,不能不説
是一個悲劇。後來的人們既看到第三國際對世界和中國革命形勢
的錯誤估計,也看到中國及台灣的黨受到這錯誤估計所播弄,也
看到台共在其幼兒期難於避免的不成熟,更看到謝雪紅這突出的
台灣女革命家在能力和性格上的一定的侷限性。陳芳明把台共的
內在矛盾和最後的終結,主觀任意地「書寫」成「左」傾的中共
派改革同盟的「社會革命派」與「正確」的、服從第三國際路線
的謝雪紅「殖民地革命」派之間的奪權鬥爭,是站不住腳的。年
輕學者杜繼平對陳芳明所謂「左」翼台灣史觀有深入的批判與分
析(〈跳蚤左派的滿紙荒唐言〉,刊《左翼》第十五、十六、十
八期,二○○一年一、二、四月號)完全不知國際共歷史,中國
革命史和台共黨史的陳芳明,長期郎中欺世,至今招搖士林,令
人瞠目。

五、一九四七年到一九四九年的台灣新文學思潮

陳芳明為了捍衛他腦袋裡的、認為光復後台灣知識份子不認
同中國的成見,説在二二八恐怖情況下,台灣人的脱殖民反思會
是「中國(人)復歸」「寧非怪事」?這是一個不根據史料、只
依照自己的原教義去思想的人所提的問題。
● 台灣知識份子的民族風骨
從一九四七年到一九四九年那一場有關建設台灣新文學的論

議（以下簡稱「文學論議」）中，對於「台灣是中國的一部份，台灣文學是中國文學的一環」這一條原則思想，參與討論的人，不分省內、省外人士，真是「三復斯言，眾口一辭」，已有具體史料證明。陳芳明卻說，這種主張「都是出自外省作家」，「本地作家沒有一位是附和或支持這種理論的」，這是陳芳明的彌天大謊。

楊逵在〈台灣文學問答〉中說，「大家無不同意，台灣是中國的一省，台灣不能切離中國」。又說，「台灣是中國的一省，台灣文學是中國一環。台灣文學不能與中國文學分立並論」。

林曙光在〈台灣文學的過去、現在與將來〉中就說：「（台灣新文學）最好還是打破（其）一切的特殊性質，做中國文學的一翼而發展。今日『如何建立台灣新文學』（問題）需要放在『如何建立台灣的文學使其成為中國文學』才對」。

瀨南人（林曙光）在〈評錢歌川、陳大禹對台灣新文學運動的意見〉中，對台灣文學特殊性有精到的分析。但他在結論中說，「…建立台灣新文學的目標不應該在於邊疆文學。我們的目標應該放在（使台灣新文學）構成中國文學的一部份，而能夠使中國文學富有精彩的內容…」

籟亮（原名賴義傳，高雄人，因中共台省工委學生委員會案在五〇年代白色恐怖中犧牲。陳芳明根本不知道他是本省青年）在他的〈關於台灣新文學的兩個問題〉中說：「…那麼『台灣新文學』是和『大陸文學』對立的嗎？不是的。『澎湖溝』（楊逵語，指省內省外因歷史、政治原因造成的隔閡）是站在和祖國同一新歷史階段的，才可以看出它的特殊性。因此這個特殊性是以同一個歷史階段為前提的。所以台灣新文學是附屬於『同一階段』，『個』者的存在以『全』者為前提。『個』、『全』相互成為一個基礎。所以台灣新文學是中國文學的一環。」籟亮以熟達的辯證邏輯，說明台灣文學的特殊性（「個」）和中國文學的

一般性（「全」）的矛盾統一。他認為這兩者辯證統一的基礎，在於台灣因光復重編到祖國社會而形成的、兩岸「同一新的歷史階段」──同為面對新民主主義革命的中國半殖民地半封建社會這樣一個相同的「新的歷史階段」。

吳阿文（即周青。台灣人。這是陳芳明所不知道的）在他的〈略論台灣新文學建設諸問題〉中說，「毫無疑義，台灣是中國的。台灣新文學就是中國整個新文學的一部份，台灣新文學運動也就是整個中國新文學運動的一環。」

何無感（張光直，羅鐵鷹在建國中學的學生。他的省籍身份也是陳芳明所不知的。）在他寫的〈致陳百感〉的文章中，也運用當時進步知識份子所熟用的辯證邏輯展開。也說，「台灣文學是中國文學的一環…」。當前的形勢是「台灣的特殊性向大陸進步的一般性（新民主主義運動中的中國）的（辯證）轉化；大陸的進步的一般性在台灣特殊性（台灣進步力量的形成），最後是台灣特殊與大陸進步的一般性的統一」。而「當前台灣文學正在作為中國文藝運動之一環而鬥爭、克服與發展」。

最後來看今日台獨文論大老葉石濤在當年相關問題上的議論。他在〈一九四一年以後的台灣文學〉中說，「台灣（日據下）殖民經濟所決定的台灣文學，產生於抗日反帝的現實鬥爭過程中，故其作品樹立了中國文學發展的傳統性。」而日據期台灣新文學在日本帝國主義的彈壓下，「…走上了畸型的、不成熟的一條路」。所以「我們必須打開窗口，自祖國文學導入進步的、人民的文學，使中國文學最弱的一環（指台灣文學）能夠充實起來」。

彭明敏當時寫的一手白話文的好文章，可惜和另一個台灣青年朱實一樣，論題與建設台灣新文學沒有直接相關。陳芳明說「真正參與（「論議」）的本地作家只有葉石濤、朱實、彭明敏、瀨南人（林曙光）等五位而已，其餘都是清一色的外省作

家」，講得斬釘截鐵，其無知、說謊、「捏造」而猶氣定神閑若此，叫人齒冷。其實參與《橋》副刊在全島各地的茶話座談會的台灣知識份子還有不少。吳瀛濤、黃得時、吳濁流、吳坤煌都在《橋》副刊的茶會上發了言。當時還是一個文學、思想青年的長期刑政治犯林書揚還記得，每次茶會，台南本地青年趨之若鶩的盛況。在二二八大屠之後，前進的台灣知識份子不但寫文章，尚且敢於在公開場合發言。陳芳明太把當時的本地知識份子的膽識看小了。陳芳明還說當時台灣知識份子在「朋輩死於刀叢，血跡未乾之時」，「並不可能說出真正的思考」。在文獻可徵的事實前，陳芳明的眼中的當時本地知識份子竟全像他自己一樣怯懦，一樣機會主義。陳芳明們總是以在嚴苛時局下不能不違逆本心說違心之語，來掩飾他們在八〇年代以前一大堆的「大中華沙文主義」之言說，現在又以同樣的手法，為了「捏造」台獨文論去「強暴前人的思想」。陳芳明「變造」史料、「招搖撞騙」、「混淆視聽」的「蠻橫程度」才真是令人「匪夷所思」。

● 「文學論議」的時代背景

　　陳芳明們被他們的原教義所蒙蔽，堅持光復後台灣與中國殊途，台灣被中國「再殖民」，台灣人和中國人反目，堅持外省人＝壓迫者＝官方，台灣人＝被壓迫者＝民間的二元對立思維模式，拒絕公正看待歷史事實，而前面指出的只是其中的一端而已。

　　光復後一九四六──一九四七年時期的眾多文獻，生動說明了同一時期，在國共全面內戰的時局下，台灣和全大陸一樣，都組織在同一個歷史、政治、思潮、文化的場域。按籟亮的說法，就是台灣和大陸都屬於「同一個階段」，都處在「同一新的歷史階段」。現在簡單地說一點歷史和形勢：

■一九四五──一九四七「二月事變」前：

　　一九四五年八月十五日，日本戰敗，台灣光復。

八月二十八日毛、周赴重慶與蔣會談。

十月十日，頒「雙十協定」同意和平建國、民主
　　　　化、地方高度自治、軍隊國家化、各民
　　　　主黨派平等、合法。

十二月一日國府鎮壓為反內戰而示威的學生。

一九四六年一月一日，范泉在上海《新文學》刊〈論台灣文
　　　　學〉。

一月三日，賴明弘發表〈重建祖國之日〉於上海，
　　　　回應范泉。

六月，國共簽停戰協定。

六月二十日，國軍向中共根據地進攻，內戰全面爆
　　　　發。上海的大學生舉行反內戰遊行。

七月，詩人聞一多、記者李公樸先後遭暗殺，全國
　　　　震動。

七月，東京澀谷事件。

十二月，台灣學生五千名在台北示威抗議澀谷事
　　　　件。

十二月二十五日，發生在北京美軍強暴女學生沈崇
　　　　事件。北京、天津、上海、南
　　　　京、廣州各地學生抗議示威。

一九四七年元月九日，一萬餘台灣學生在今台北市中山堂集
　　　　會，為沈崇事件向美方抗議。

二月二十八日，二二八事變。

■二‧二八事變後：

一九四七年五月二十日，國府在大陸南京、蘇州、上海等十六
　　　　所大學院校逮捕要求停止內戰和民主
　　　　改革而遊行的學生一五〇名，發生死
　　　　傷，稱「五‧二〇」事件。天津、北

京也有相同事件，造成輕重傷。

六月二日，軍警先發制人，逮捕武漢大學師生五十餘人。

十一月七日，歐陽明發表〈台灣新文學的建設〉於《橋》副刊，延續到一九四九年四月的「台灣新文學論議」開始。

一九四八年四月九日，軍警逮捕、毆打北平師範學校學生，引發八千名學生示威。

六月二十五日，楊逵發表〈台灣文學問答〉。

九月國共遼沈戰役，國軍戰敗。

十一月國軍在淮海戰役中失利。

十二月國軍在平津之役敗北。共軍直逼長江北岸。

一九四九年一月蔣氏下野。

一月二十一日，楊逵發表〈和平宣言〉。

二月，共軍入北京。李宗仁和談代表柢西柏坡。

四月六日，台北「四・六」事件，逮捕台大、師院學生數百人。

同日，楊逵、歌雷、孫達人、何無感（張光直）被捕。「建設台灣新文學」論議中斷。

　　從這極簡略的編年，就可以看出急轉直下、牽動包括台灣在內的全中國的內戰形勢，是如何地撼動著當時台灣省內外作家知識份子的思想和感情。二月事變之後，先進的台灣文學家呂赫若、簡國賢、藍明谷等甚至毅然潛入地下，無暇參與論議，終至犧牲了寶貴的生命。這時期祖國的海峽尚未完全封斷。新聞、雜誌還有往來。大陸民主雜誌如《觀察》、《時與文》和《文粹》和《文藝春秋》、《新文學》等流傳在關心時局的台灣作家和知識份子中間。在五〇年代白色恐怖中仆倒的台灣青年張棟材留下

的日記中，在一九四八年六月十七日的一頁，這樣寫著：

「今天報紙有報導，香港有組織聯合政府的籌備會，亦稱
『新政協』，我很高興」。（《烈火的青春》王歡著，人間出版
社，一九九九年）

一九四七年二二八事變的同一年，國府也瘋狂鎮壓大陸民主
人士和黨派，許多知名人士被捕。在野民主組織「民主同盟」被
迫解散。一九四八年，大陸民主黨派和人士到香港集結，通電主
張召開新的政協、組織民主的聯合政府，停止內戰，和平建國，
並宣告恢復「民主同盟」。張棟材的日記説明，當時台灣知識份
子和當時全中國的民主知識份子一樣，寄厚望於新政協的召開，
達成中國和平、改革、復興的期望。這也説明了當時劇變中的內
戰的總形勢，是怎樣地牽動著當時台灣進步知識份子的全部思
想。在大陸風風火火的民主運動之前，台灣先進的知識份子早就
認識到，二二八事變其實就是四六年下半以來全中國人民和學生
風起雲湧的反蔣、反內戰、反獨裁、反飢餓的無數民主蜂起中的
一環；認識到國民黨對人民的恐怖與屠殺是全國性的，從而克服
了中國─台灣─外省人─本省人二元對立思想的泥沼。陳芳明不
明白這個政治歷史背景，就無怪乎要覺得「匪夷所思」了。

光復後兩岸文學界的交流之熟絡，也是出乎陳芳明們的想像
的。歐陽明在一九四七年十一月二十七日在《新生報》《橋》副
刊刊出〈建設台灣新文學〉，拉開了「文學論議」的序幕。文章
中著重引用了當時在上海的著名編輯、散文家范泉發表在四六年
元月上海的《新文學》的〈論台灣文學〉，最早提出「台灣文學
始終是中國文學的一個支流，而且台灣與中國文學不可分，前者
是承於後者的一環…」的洞見。不久，台灣的文學評論家賴明弘
也在《新文學》上寫了〈重建祖國之日〉，對台灣（文學）是中
國（文學）的一部的理論，做出了熱情洋溢的回應，也引起台灣
文學界和讀書界的廣泛而熱情的注目。此外，楊逵也讀到了范泉

主編、在上海發行的著名雜誌《文藝春秋》。在他亟力宣傳建立
一種能反映台灣歷史、生活、感情,「與台灣民眾站在一起」的
「台灣文學」時,他高度評價了發表在《文藝春秋》上旅台大陸
作家歐坦生(筆名丁樹南)的小說〈沈醉〉,以為「台灣文學」
的典範之作。林曙光在〈台灣文學的過去、現在與將來〉中說,
光復後「不少的國內文化工作者也來到此地,直接地或間接地給
予不少刺激與誠意的指導…」這都說明台灣文學界、讀書界在光
復初期藉著大陸民主報紙、雜誌、書刊,形成了兩岸間民主的、
人民的、原生狀態的「公共領域(public sphere)」。離開了這
初步形成的兩岸民眾的、民主主義的「公共領域」,就無法深
刻、正確地理解四六年至四九年間台灣的文學藝術和思想文化的
歷史。陳芳明們不明白這個道理,硬生生地把四六年到四九年的
台灣文學現象套到他腦袋裡台獨原教義的教條中,說台灣文學的
「主體」被「外省」「官方」作家「抽空」,然後再填上「反帝
反封建」的內容;「外省」「官方」作家先宣判「台灣歷史有
罪」、「加以污名化」、「空洞化」之後「以中國論述取而代
之」,而這是中國對台灣「文化殖民」!現在且讓史料戳破陳芳
明的謬論。

● 台灣知識份子的日治奴化論和日據遺毒論

　　一九四五年十月廿五日,當時尚未走上台獨反民族道路的廖
文毅所主宰的雜誌《前鋒》上,刊了林萍心的文章:〈我們的新
任務開始了——給台灣智識階級〉。文章說,「大多數的台灣同
胞受盡了日本的奴隸教育,他們中間大部份已成了『機械』的愚
民,而小部份已成為極危險性的『準日本人』…」。

　　穎亮在前揭文章中說,「…日本人以『皇國國民道德』來毒
化我們…一切日本(留下的)遺毒,也是由這一根蒂為出發的封
建思想」。

　　吳阿文在前揭文章也說,「日本帝國主義者留給我們的『殖

民地封建文化』，根深蒂固地存在台灣。」

　　楊逵説得更多。林茂生説光復之後他才第一次知道他自己「是（一）個人，一個自然人，才知道有自己的社會和國家」！

　　難道陳芳明要説，這些台灣知識份子是在「宣判台灣歷史有罪」，把台灣歷史「污名化、空洞化」嗎？當然不是。這些言論只是光復初無數真誠的台灣知識份子深刻的去殖民反思的一部份。

●台灣知識份子主張台灣新文學的精神是五四、反帝反封建…

　　林曙光的〈台灣文學的過去、現在與將來〉中説，二〇年代台灣「留日學生在東京接觸了祖國的留學生、直接間接底受了很大的影響，尤其是五四運動的思潮與傾向…」而「五四運動的思潮與傾向」難道不是「反帝反封建」和「民主與科學」嗎？

　　楊逵在《橋》副刊舉辦的第三次茶會上發言中説，台灣新文學「受到民族自決」和「五四」影響，「思想上標舉反帝反封建、科學與民主」。

　　説同樣的話的人還很多。難道這些台灣知識份子都如陳芳明所説，在「抽空台灣文學的主體」，先把台灣歷史「空洞化」、「污名化」之後「填補」「反帝反封建」，對台灣進行文學的「再殖民」乎？但怪就怪在「籠罩」在「二二八屠殺恐怖」時，葉石濤還没説「五四」、「反帝反封建」。但六〇年代後，他説得比誰都透、比誰都多而且熱情洋溢。他這又是在搞誰的「再殖民」？

●外省作家的台灣文學先進論和主體論

　　如果四七年到四九年這場「文學論議」是陳芳明所説外省作家對台灣文學的「再殖民」，就無法説明下面這些外省作家的言論：

　　當然，有少數一些外省作家，儘管思想前進，初來乍到，對台灣情況、尤其是台灣新文學的歷史並不熟悉，想當然爾地認為

受日帝五十年抑壓的台灣新文學發展必有不足，從而做了相對過低的評價；也不免有些人言行經不經意間表現出某種「優越感」和「特殊」化，使省內外人士間心生「芥蒂」。還有少數另一些人把戰後台灣生活中的消極面過多地歸於日帝統治的歷史影響。對此，今日健在的省外詩人、評論家蕭荻就在〈瞭解、生根、合作〉中力言：「不能說台灣根本就沒有文藝。大陸上除了魯迅，其他作家成就也不大」。他反省外省人士對台灣文學不熟悉，正如他們也不熟悉其他各省的文學。他說內地人應自覺地戒除「優越感」，這「對發展台灣新文學有害」。他說建設台灣文學，「主力」是台灣作家，因為「文學來自生於斯、長於斯的人民」。

　　另外有姚筠，他也對台灣文學情況不很熟悉，說日據下台灣新文學「無法擔負作為生活啟示和現實反映的任務」。但他卻力言「本地作家」才應該是「推動台灣新文學的主要力量」。

　　范泉在主張台灣文學為中國文學之一環的同時，也力言台灣文學「唯有」經由「本島作家」的努力，才能創造「真正有生命的、足以代表台灣本身的、且有台灣性格的」、「具有純粹的台灣氣派」、「純粹…台灣作風和台灣個性的文學」。

　　雷石榆在〈形式主義的文學觀：評楊風〉中說，「台灣文學界除了對一、二十年來祖國現實比較隔膜」，「對二十世紀初期為止的文學思潮不至於比我們（外省作家）更無知」。雷石榆為什麼知道？因為據作家藍博州的調查，早在一九三五年間，時在東京的中國左聯的雷石榆就和「台灣文藝聯盟」東京支部接觸，經由吳坤煌、賴明弘參加過「聯盟」的活動，並且投稿「聯盟」的機關誌《台灣文藝》，發表過日文詩作和中文文論，其中還引起過呂赫若的回應。而陳芳明這個「後殖民」論台灣新文學史家竟然不知道這一近於常識的故實，說來台外省作家「從未參與過台灣」新文學運動。這樣粗疏寡陋的人寫「後殖民史觀」的「台

灣新文學史」，叫人如何信賴呢？

另外，陳大禹的「『台灣文學』題解」説，「台灣文學有光榮的歷史傳統」，是「不甘心被奴化的戰士，堅強反侵略，努力喚起民族自覺意識」，給予很高評價。

孫達人對台灣文學的評價尤高。他説台灣文學「在反侵略反封建上比大陸先進。台灣文學進展較國內有過之而無不及」。「不能因語文的變革否定思想內容」。

雷石榆也説，「實際上，台灣新文學的路還是應由台灣的進步作家開拓。我們外省人既隔著語言，也不若他們（省內作家）熟悉生於斯、長於斯的鄉土歷史內容及現實生活態度」。

尊重台灣、台灣人和台灣文學的「主體性」，有過於此的嗎？能説省外作家的這些「台灣文學先進」論、「光榮」論、台灣文學以台籍作家為主體論，是對台灣文學的「再殖民」言論嗎？陳芳明遮天欺世，放膽之極！

●台灣作家對日據下台灣文學的反思

有少數一些省外作家固然出於認識不足，過低評價了日據台灣新文學的業績，但應該知道，面對日帝統治結束；面對光復與解放；面對未來的發展，台灣作家自己就有深刻的、為了再出發、為了重建事業的反思而深自以為不足。

楊逵説日帝五十一年的統治使台灣文學「荒蕪」，「有待努力耕耘」。林曙光説「台灣文學的過去當然比不上大陸中國文學」。但想到來路的崎嶇，他也認為當時台灣文學的成就仍有「偉大功績」。他也説，有人以為台灣文學「不足討論」，對此意見，他以為「沒有多大錯誤」，有條件承認。籟亮説，「…這五十年中我們祖國的進步是多麼顯明的事實，日新月步的人類行進是多麼的快，只有台灣孤獨留在他們的後面…我們應該改造我們自己，對付這一個要求台灣新文學的出生…」。當時台灣文學界這種自以為不足、從而力爭進步，力求發展的思想十分普遍，

能說這些台灣知識份子把自己的歷史「污名化」嗎？這自然也是陳芳明的台獨原教義所不能面對的。

另外足以戳破陳芳明的「文學再殖民」論謊言的，是當時省內外進步作家在二二八慘痛的經驗下，力求超越國府惡政對民族團結造成的嚴重傷害，極力呼喚省內外進步人士間的團結與合作。

● 省內外作家力爭團結合作

洪湖在〈在「論爭」以外〉中說，省內外作家要「推誠相愛、團結合作、祛除偏見、虛心學習」。楊逵更是三復斯言，呼籲省內外作家「消滅省內外的隔閡」、團結共事。王湜呼喚省內外人士間「打破狹隘觀念，建立水乳交融的文學形式」，指出有些省外作家過低評價台灣文學的成就，造成「不可補償的損失」。楊風說，台灣新文學的方向是建立「文藝的統一戰線」，即「省內外文藝工作者的合作與團結」。楊棄說，省內外作家要「團結合作、互相學習、互相鼓勵創作⋯」。

附帶說，陳芳明說歌雷是「官方」的人。一個「官方」的人卻在一九四九年與楊逵同時被捕下獄。雷石榆被驅逐出境，駱駝英在他的學生張光直相送下匆匆逃過了特務追捕。陳芳明說駱駝英是共產黨，我去雲南採訪，知道他是文革受到衝擊平反後才入黨的。王思翔一直到今天都不是黨員，但陳芳明早就派王詩翔入黨了。一九四九年四月六日，「官方」國民黨「發動」的「文學論議」竟而全面被白色恐怖打壓下去了。

陳芳明對這些事實加以湮蔽，隻字不提，還任意捏造事實，為他的台獨原教義服務。但這畢竟不能使他的台灣文學「再殖民」的暴論免於崩潰。在不斷出現的史料之前，陳芳明們的文學「再殖民」論的謊言，註定只有破產的一途了。（以上有關四六年迄四九年「文學論議」的新資料，引自曾健民即將發表的專題研究）陳芳明問，我們憑什麼說台獨派長期搞獨占史料、歪曲史

料以欺世。我們的回答很簡單：一、單是照以上的揭發，陳芳明
對史料的明顯大膽的歪曲和變造就能說明一切了，就不必再提其
他台獨派台灣文學史論中相關問題上類似的嚴重曲解和變造了。
第二，台獨派掌握「文學論議」的資料都十幾年了。然而怪就怪
在他們老不公開整理出版，讓研究界得以公用。理由無他，如上
所見，這些材料對台獨原教義具有顛覆性的危險。如今我們以
《一九四六──一九四九台灣新文學問題論議集》的書名公開出版
（陳映真、曾健民編，人間出版社，一九九九年十月），公佈於
天下。但有一些人偏偏郎中於江湖，膽于很大，在人人可查的史
料前居然可以睜眼瞎說，就如現在馬恩全（選）集、馬克思主義
文獻幾乎垂手可得，很多人的書架上都有的時代（不比過去戒嚴
時代只有「官方」的「匪黨理論批判」家才得以特權私有，以詐
偽於天下），陳芳明竟也敢夸夸然任意就他完全不懂、完全沒讀
過的馬克思主義信口胡扯，臉不紅、心不跳，真是「匪夷所思」
之甌了。

六、大哉楊逵！

　　陳芳明提到楊逵。這對陳芳明們台獨原教義的台灣文學論是
非常不利的。但既然陳芳明先提了，那我們就談，談得透，談得
全面。
　　楊逵的〈台灣文學問答〉發表在一九四八年六月廿五日《新
生報》《橋》副刊上。這篇以答客問方式發表的文章，應該說是
楊逵自一九四三年七月發表痛烈批判了皇民文學派濱田隼雄、西
川滿和葉石濤的著名論文〈擁護狗屎現實主義〉以來最重要的、
面對台灣光復後思想、文學諸問題的、最深刻的理論文章。
　　一九四七年末「文學論議」的展開，自始就是圍繞在光復後

台灣新文學要如何重建的問題意識展開的。「台灣文學」成了當時的關鍵辭。有一次，不熟悉這場議論的錢歌川應中央社記者訪問，說「語文統一、思想感情又復相通之國內而談建立某省文學如台灣文學，實難樹立其分離之目標」，故「台灣文學」的提法「有語病」。楊逵針對這個問題，廣泛深入地談了他的看法。

● 「需要『台灣文學』這個名稱的理由」

　　楊逵同意錢歌川說中國各省的文學，「譬如江蘇文學、安徽文學、浙江文學」「實難樹立起分離的目標」。然而楊逵以為在現實上，台灣文學「並未想樹立其分離的目標」，但因光復當時的台灣文學「有其不同的目標」，所以「更需要『台灣文學』這樣一個概念」。

　　楊逵於是談到了「台灣」的「特殊性」。他說除了錢歌川所說，日本據台半世紀，台灣文運停滯，所以今後應努力耕耘，在創作上著重台灣的地方色彩、運用方言…之外，台灣還有其重要的特殊性，那就是陳芳明大段引用楊逵的一段話，以為可以「教訓」「傲慢的統派」，對陳映真「有力地回敬以漂亮的一擊。」

　　這段話說，自明鄭而有清，「台灣與國內的分離」甚久。在日據下，「在自然、經濟、社會、教育」、生活和環境上改變亦大，從而使「台灣人民」在「思想感情」上有大改變。不從「官樣文章」和書本，而從台灣具體生活看，錢歌川所說台灣與大陸語文「統一」、思想感情「相通」的話，就需要修正。「這是既使省外朋友都有同感的」。楊逵以為當時一時甚囂塵世的「台灣人悉被日人奴化教育」、台灣與大陸文化孰高的爭論，都源於兩岸長期分離，有些省外人士不理解具體台灣生活與歷史，造成橫在台海中間的「隔閡的溝」之故。

　　這一段話說的是在帝國主義割占下，台灣與大陸母體長期分斷，以致為光復後民族理解與團結造成阻礙與隔閡，講得傷痛、深刻。但陳芳明們的理解是不一樣的。他們要把兩岸分隔所造成

的台灣的「特殊性」固定化、永久化、絕對化，並且無限上網，所以斷章取義，不再引用楊逵緊接著說下去的話。楊逵說，「『台灣是中國的一省，台灣不能切離中國』！這觀念是對的，稍有見識的人都這樣想」。而這些「有見識」的人們於是和楊逵一道，「為填這條隔閡的溝努力著」。

楊逵和當時圍繞在他周圍的許多省內外進步知識份子，和今天的陳芳明們不同。楊逵和他的同志們，奮力要克服國府惡吏「奸商」不斷擴大的兩岸人民間的「澎湖溝」，力爭填平與克服省內外人士間的誤解和隔膜。楊逵沈痛地指出，「為填這條溝最好的機會就是光復初期的台灣人民的熱情」，「但這很好的機會」因惡政（以及其後果的二‧二八事變）傷害了台灣人民的情感而失去了。楊逵說，為今之計，舉凡「對台灣文學運動以至廣泛的文化運動想貢獻一點的人，他必須深刻的瞭解台灣的歷史、台灣人的生活、習慣、感情，而與台灣民眾站在一起」。對楊逵而言，理解和反映台灣的歷史、生活、習慣、感情，和台灣人民有緊密聯繫的文學作品，才能擔負起填平省內外人民間的「隔閡的溝」的功能和責任。為達到此目的，楊逵力言在這個意義上的「台灣文學」之稱謂的需要。「台灣文學」絕不只是中國各省的文學之一這個意義上的稱謂，也不是與中國文學分庭抗禮意義上的稱謂，而是台灣在光復後特殊政治與思想條件下，肩負著增進民族團結、為民喉舌之所必要的文學的稱謂。

為了使他的「台灣文學論」更具體化，楊逵舉出當時發表在上海《文藝春秋》（范泉主編）上一篇旅台省外傑出作家歐坦生（筆名丁樹南）的小說〈沈醉〉，說它就是他心目中的「台灣文學」的「好樣本」。

〈沈醉〉寫的是二二八事變後一個台灣少女（健康溫馴、「天生的慈悲心腸」）阿錦，因為看護差一點被二二八動亂打死的大陸來台外省青年楊先生（「具有多數〔大陸〕都會青年所特

有的」「輕佻的氣質」）而墮入愛河。但這楊先生玩弄阿錦的感情，始亂終棄。阿錦卻一直被楊先生和他的外省籍朋友百般誆騙捉弄。小說表現了純樸的台灣少女，在光復後特殊的情境下，受盡外省市會青年「經濟的、人身的剝削」）（施淑：〈復現的星圖〉，收同名《人間思想與創作叢刊》，人間出版社二〇〇〇年十二月）〈沈醉〉藝術地、深刻地反映了甫告光復的在台灣進步的省外知識份子對當時生活的深刻揭發與批判。楊逵當時一再呼喚的，便是這樣的「台灣文學」。

●楊逵說台獨文學是「奴才文學」！

　　楊逵對台灣文學有他特定的期許。但認識「台灣文學」的特殊性，絕不妨礙楊逵認識到「台灣文學」特殊性與「中國文學」的一般性的辯證統一。因此，楊逵說「台灣文學」不能與「中國文學」、「日本文學」分立並論。楊逵說道：「台灣是中國的一省，沒有對立。台灣文學是中國文學的一環，當然不能對立」。台灣文學和中國文學間「存在的是」上文所說「一條未填完的溝」，而不是「對立」。

　　這時楊逵話鋒突轉，說有一種文學是「和中國文學對立」的。他堅定、明白地說，「如其台灣的託管派或是日本派、美國派得獨樹其幟、而生產他們的文學的話，這才是」與中國文學「對立的」。

　　一九四八年，隨著國民黨在內戰形勢中江河日下，美帝國主義預見了國府的破滅，於是積極防止中共解放台灣，推出把台灣改造為親美、反共、與中國隔離的政權的政策。美國一方面在台灣內部尋找取蔣而代之、為美國傀儡的人選，一方面在國際上製造台灣「託管」、「獨立」的輿論與行動。而不論「託管」或「獨立」，又無不需要美國與日本幕後的操縱。楊逵目光如炬，洞燭其奸，在當時以唯一的高音喝破國際對台灣的分裂陰謀。楊逵接著說，「託管派」、「日本派」和「美國派」如果要「產生

他們的文學」，這種文學是「奴才文學」！距今五十三年前，楊
逵就斷然地叱責：民族分離主義的文學是要和中國文學「對立」
的「奴才的文學」，楊逵的這一思想，對我們很有嚴肅深刻的現
實意義，但不知道今日陳芳明們有什麼感想？

　　接著，楊逵說，「奴才文學」雖然有外國主子撐腰和「支持
鼓勵」，「得天獨厚」，但「也不得生存」，總有一日會為人民
所棄絕。這話令人想起「政黨輪替」後，台灣頗有一些作家暴得
榮名，當官的當官，得獎的得獎，不禁令人莞爾。楊逵說人民支
持、同情的文學，既使為權力所逼迫，也自巍然不動。楊逵說，
日本帝國主義的文學與中國文學對立，但中國人民與日本人民不
對立。楊逵把帝國主義政策和人民辯證地區別開來。這在當時是
極了不起的思想。

●關於「奴化教育」

　　光復以後，在台省內外人士提出台灣人在日據時代受到日帝
奴化教育的影響問題，有些人還藉此對台灣人的一般，作消極論
斷。對於這種情況的認識，人們應該一分為二。反動、半封建的
國民黨官僚，以台人受「奴化」為口實，獨占政治經濟資源，甚
至以此推諉其惡政所引起台民的不滿。另外一種，是出於殖民地
解放後本省人自覺的自我清理、及省外人士善意的幫助。我們已
在上文中具體舉例說明了。但當時這樣討論，不可否認，容易造
成省內外人之間彼此的芥蒂。然而楊逵卻對這個問題有十分科學
的、根本性認識，今日讀之，猶令人折服。

　　楊逵首先承認日本人統治時期台灣的確「存在對台灣人的奴
化教育」。其原因是當時的「主子」（日本天皇）要搞「萬世一
系」的統治，日帝要「把台灣做其永久的殖民地」，則對台奴化
教育「自然成為其國策之一」。

　　但楊逵說，日帝搞奴化教育是一回事，人民有沒有因而被奴
化又是一回事，意思說不能說被強加奴化教育的人一定都成了奴

才。楊逵說，確實是有部份台灣人被奴化了（例如今日許文龍、黃坤燦和一些皇民老歐吉桑），那是因為「出於其自私自利，想要從日本人那兒得到好處」。

楊逵又話鋒一轉，說當時台灣的「託管派」、「拜美派」就是「被帝國主義奴化的人」。楊逵的言辭在這個問題上很嚴厲。楊逵當年的話批判著今日台灣文學界的那一個、那一些人是十分明白的。但每次讀到，我們的心情總是傷痛不已。

楊逵應該是依據他在農民組合鬥爭的經驗說，日據下，「絕大多數台灣人民不曾被奴化」。楊逵太清楚集結了三萬台灣貧困農民的「農民組合」的反日鬥爭史了。楊逵下了這結論，莫說誰有、誰沒有奴化教育。「奴化教育是有的！」因為一切壓迫人、剝削人的體制如「帝國主義、封建社會與國家，都在搞奴化教育」。一切剝削、壓迫階級都對被剝削、壓迫階級施加奴化教育！

●關於兩岸文化水平孰高孰低問題

光復後有一些淺薄的省外人士或官僚，說台灣的文化低於大陸。有台灣人士忿然駁論，說大陸文化落後於台灣，成為省內外芥蒂的一個根源。

楊逵說，現實上並不是在台所有外省人都說台灣人皆受日帝奴化教育的影響；現實上也不是所有的台灣人士都誇說台灣文化高於大陸，「夜郎自大」。真正的事實是，「並非所有的台灣人都被日本人奴化了」，而「台灣的文化也不是一些人說的那麼高」。

楊逵說，這一切的爭執的根源，是在於「認識不足」。其原因在兩岸長期因日佔而隔離，彼此不相理解。另一個原因是當時「憲政未得切實保障人民權利——言論、思想的自由權…使台灣人民無從接觸「國內很高的文化」。

最後，楊逵大聲呼吁，兩岸要「切實的文化交流」。促進省

內外文化交流「是當前…文化工作者的任務」。本省外省文化界人士，為了文化交流，增進團結，「要通力合作，到人民中去」。省外文化人要在生活中瞭解台灣人民的生活和思想感情，則「做哥哥的（指省外人士）可以得弟弟（指本省人）的理解與敬愛。」

　　而增進民族理解、信賴、團結與合作，正是楊逵心目中「台灣文學」的基礎和精神。

　　五十多年後重讀楊逵這篇重要講話，它的當前現實意義仍然逼人而來。楊逵論理、思維的明晰與科學性，識見的遠大，立意的真誠，為民族、國家的款款思慮，每次讀之，動人心肺。而陳芳明竟敢只取其一小段，斷章取義，意圖誤導絕大多數不熟悉資料的讀音，其侮慢、扭曲前賢，竟一至於斯！

　　然而蟻蜉豈可撼大樹於萬一？隨著光復初史料的不斷出現，不唯使長年台獨派有關台灣文學的原教主義刻版說法走向無法避免的破產，也使戰後的楊逵像更形高大。

　　大哉楊逵！

七、結　論

　　我們和陳芳明三次來回爭鋒，有這些感想：

　　一、如本文開章所說，我們嚴厲挑戰了陳芳明的台灣社會性質論。一年多來，陳芳明應該有理論、有系統地為他的所謂台灣社會性質「三階段」論提出有社會科學根據的辯說，更應該對於我據以論破他的關於社會生產方式性質論、台灣社會性質分期論、以及相關的台灣戰後國家政權論、各階段台灣社會性質與相應的台灣新文學性質的聯係等問題提出駁論。但是縱觀陳芳明的

三篇文章，他完全無力為自己杜撰欺世的論説辯解，也完全沒有能力以馬克思歷史唯物主義討論我們提出的台灣社會生產方式歷史的論述。在這個論爭過程中，陳芳明心焦力絀，狼狽被動，不知所云，慌張失措，只能作零星破碎的應付，旁生枝節，且戰且走。然而虛晃一招、招搖撞騙畢竟無法挽救陳芳明在知識信用上的嚴重破產。這次陳芳明提出薩依得來批評馬克思，卻只能自暴其對馬克思的亞細亞生產方式論和殖民主義雙重作用論的無知；提出日據台灣的現代化論而徒然自曝其「自我東方主義」和對於日據前台灣社會經濟史的無知；提出現代化與現代性的對立論而自曝其對現代性論認識的謬妄。陳芳明提舊台共革命理論，也只能自曝其對舊台共史和列寧關於殖民地、民族問題理論連起碼的常識都不具備。陳芳明提到一九四六年到四九年間一場重要的關於台灣新文學重建的論爭時，明明擺著客觀的歷史文獻，陳芳明猶無忌憚地説謊、欺騙、歪曲。人們看見陳芳明為了抵死護衛自己倖得的「學術地位」而一步步走上宿命的、自我否定的結局。

　　二、陳芳明和他那一派中的少數一些人，長期來似乎堅信歷史和學術理論可以不顧科學的檢證，隨意依自己的需要「建構」，堅信只要説的人多了，説得久了，衆口鑠金，就成定論。台獨派關於台灣新文學史論的若干刻板化、「主流」化的論説——比如説台灣新文學起源與中國新文學的關係不深；説三〇年代關於「台灣話文」、（第一次）「鄉土文學」的論爭是「台灣意識」和「中國意識」的鬥爭；説一九四六—四九年台灣新文學論議也是外省作家和本省作家矛盾對立的表現；説七〇年代末（第二次）「鄉土文學論爭」是「官方」＝外省作家和「民間」＝本省作家的矛盾，是台灣新文學「主體意識」的進一步發端……莫不如此。陳芳明的台灣「後殖民」社會「三階段論」如果沒有人加以嚴正批判，任其逍遙張狂，久而久之，也成為「定論」了。陳芳明們長期視客觀學術知識若無物，視天下如無人，

陳芳明「再殖民論」質疑

◉呂正惠

一、從歷史經驗所作的「歸謬」論證

前言：從不想開戰到不得不應戰

　　當陳芳明先生的《台灣新文學史》開始在《聯合文學》逐期發表的時候，陳映真先生認為：其中充斥了不少荒謬的論述與錯誤的見解，他打算為文批駁。如能引發論戰，並在「真理愈辯愈明」的發展下，澄清台獨派長期以來所製造的一些台灣文學的迷障，則更佳。他徵詢我的看法。

　　我對此頗有保留，理由有兩點。首先，自葉石濤先生的《台灣文學史綱》發表、確立台獨派「台灣文學論」的基本架構以來，經過許多台獨派文人、學者反覆宣講，早已深入人心。這其中的關鍵在於「勢」，而不在於「人」。譬如，每次總統或立法委員選舉的時候，「本土論述」總是一再被炒作。我認為這種「勢」總有盛極而衰的時候，到那個時候，一切就容易澄清了。學術不像政治，爭的是長遠而不是一時。我認為台獨派的台灣文

學研究做得並不好（恕我講直話），不必太擔心。

　　其次，陳芳明是個極有才智的人，很會寫文章。一些台獨派學者的推理可能過分簡單而教條，而陳芳明往往可以把這些令人「側目」的講法拉回來一點，加上某種似乎較「合理」的成分。要把他的「理論」像分析物品的化學成分那樣，弄得黑、白分明，從而指出其「黑」處與「白」處，並非不可能，然而極傷神而耗時間，值得嗎？

　　我另外還跟陳映真分析了我們學界這一行的狀況。我認為：人家不會不樂於看到陳映真「批」陳芳明，同樣的，人家也不會不願意看到陳芳明「回批」陳映真，而陳芳明只會「避重就輕」，以「文章」取勝，不會有真正的、學術上的「論辯」的。

　　然而，陳映真有他的「固執」之處，終於為文發表了；當然，以陳芳明的個性，也不可能保持緘默。在這過程中，也有少數學生或朋友看到文章，問我看法。我都坦白回答，「還沒看」。終於有一天，陳映真告訴我，他寫了第三篇，不想再寫了。老實講，我心裡有一點高興。

　　暑期間，我去大陸兩次，第二次於八月上、中旬之間回來。在整理信件時，我看到八月號的《聯合文學》。這並不奇怪，因為裡面預計會登他們約我寫的一篇短文。一翻目錄，果然登出來了。然而，除此之外還看到陳芳明《台灣新文學史》的第十三章，以及再回駁陳映真的文章。事隔八個月，他居然又忍不住再度回應了，真讓人意外。

　　那天我不想做事，就把陳芳明的文章當「閒書」看。可是，我萬萬想不到陳芳明竟然會那樣寫文章，令我十分「駭異」。陳芳明說陳映真是典型的「被殖民知識分子的心態」、「骨子裡卻是白人中心論」，這也就罷了；還罵陳映真得了「民族主義幼兒症」，「幼稚地以為」如何如何，並「請陳映真謙卑地好好重溫這段文字」（按指楊逵的文章）。論戰文章難免會意氣用事，但

如此「蔑視」對方，並如此「自大」的（我想不出其他形容詞），我應該是没有看過。

陳芳明既然「自大」到以這種態度來面對別人在「學術」上的看法，別人也只好提出自己的論據及推理來跟陳芳明「論」一「論」了，免得陳芳明繼續誣蔑我們，說我們所講述的「歷史都是憑空想像的」。為此，一切的傷神與費時只好在所不計了。

在陳映真問我是否與陳芳明論戰之初，我已拜讀過陳芳明《台灣新文學史》的第一章〈台灣新文學史的建構與分期〉（《聯合文學》一七八期，一九九九年八月）。我指著其中一段話唸給陳映真聽，問他，為了這一段話你需要擺多少事實、分析多少推理的跳躍與有意誤導，才能「以正視聽」，陳映真只好搖頭苦笑。但既然已下定決心參與論戰，我只好把他們兩人的相關文章，以及陳芳明《台灣新文學史》的相關部份仔細閱讀。我一面讀、一面想，問題都已夾纏到了這個地步，如何澄清呢？我相信，如果都像他們一樣，每一篇都是「大塊文章」，每一個重點都要論到，那勢必什麼也講不清楚，只有更增加混亂而已。而讀者也只能像看戲一樣，讓許多「精采」的文句（招術）迷昏了頭，忘記了應如何冷静判斷，即使想判斷也不知如何著手。

但是，我也不能只談一個較次要、或雖重要但不夠核心的問題。這樣，陳芳明會說我「避重就輕」，脱離「主戰場」。為此，我思考了幾天。後來，我想，陳芳明對台灣新文學史的分期是採三階段論，即：殖民時期、再殖民時期、及後殖民時期。其中，「再殖民時期」既承先、又啟後，顯然是「關鍵」。而且，陳芳明論述這一時期的第九、十兩章（《聯合文學》一九七、八期，二〇〇一年三、四月）寫得很用心，「言辯而偽」（「辯」是說「好像很有說服力」，「偽」是「其實似是而非」）很不好反駁。因此，如果我選擇「再殖民」理論，並盡力剖析九、十兩章的寫作「方法」，就可以顯現我「攻堅」的決心，陳芳明也不

好說我有逃避傾向了。當然，在寫完這一篇之後，我還打算就日
據時期台灣文學的兩個重大問題加以討論。我想針對台獨派的幾
個重大論點詳細分析辯駁。這樣就不只是針對陳芳明這個人，而
是「就事論事」。我準備「長期」論戰，並歡迎陳芳明先生及其
他台獨派的學者、朋友們「有意義」的回應，希望能夠讓「真
理」愈「辯」而「明」。

「再殖民論」的歸謬論證法之一

　　「再殖民論」從其實質來講，應該是史明「台灣歷史論」及
民進黨「外來政權說」的延長。史明說，一部台灣人的歷史就是
台灣不斷被別人統治、壓迫的歷史。民進黨政治人物說，國民黨
政權是來自「中國」的「外來政權」。這些講法大家已耳熟能
詳，不必再細論了。把這些講法進一步推論、濃縮，並創造出
「再殖民」一詞，用以說明國民黨政權在台統治的性質，似乎是
陳芳明的「貢獻」。我曾經問過兩個學生，他們的記憶也都如此
（但也有人說是黃英哲）。這一術語有其新穎、方便之處（還可
以聯上時髦的「後殖民」），所以自出現之後，我一些具台獨傾
向的學生都樂於沿用。我曾很不高興的質疑他們，當然他們也不
可能接受我這個「統派」老師的看法。所以，「再殖民論」已經
不是陳芳明個人的觀點了。

　　陳芳明在《台灣新文學》史第一、第九兩章，對「再殖民」
都有或簡、或繁的說明，對此，我會在本文中就其要點加以回
應。不過，「再殖民」有其「明確無疑」的意義，誰也無法否認
的。「殖民」的講法，是說有一「外國」來統治；所以，作為外
國的日本來統治台灣，就叫「殖民」。依此而言，如果戰後國民
黨統治台灣也叫「殖民」（因其緊接在日本之後，所以加個
「再」字）。顯然，國民黨政權及其所帶來的人，也是「外國
人」了。那麼，戰後，是「中國」的國民黨及其徒眾來統治「非

中國」的台灣人，所以台灣人在日本戰敗退出台灣之後，又再度被「殖民」了。我想，受民進黨觀念影響的人應該不會否認這層意思的，陳芳明在《台灣新文學史》的第一章說：

> 戰後初期……對他們（按，指台灣作家）構成最大的考驗，便是從大和民族主義的思考調整為中華民族主義的思考。

陳芳明雖然沒有明言，「中華民族主義」是「外來的」、「外國的」，但意思也夠明白的。

　　本文的第一部份就是想從「推理」上來證明，這種講法站不住腳。數學上有一種證明方法叫「歸謬法」，就是，先假設A是對的，再往下推論，最後證明A不可能成立。我想用這種方法來「證明」，戰後台灣被「再殖民」了，這種講法是說不通的。[1]

　　第一，假設這種講法成立，那麼，所有在戰後來到台灣的「外省人」，就其實質而言，都是「外國人」，這講得通嗎？很多具有深刻省籍情結的本省人常會把「外省人」當「外人」，這不難理解。可是，假設你問他說，「外省人」是不是「外國人」，就像日本人是外國人那樣？他恐怕難以作答罷！而且，當已經「結束」殖民時期時，「外國人」是應該離去的，如戰後的在台日人一樣。所以，當李登輝已經「結束」了國民黨的「殖民統治」，「外省人」為什麼不能「趕他們走」呢？這難道只是「他們走不了」或「趕不走」這個現實問題嗎？多少外省人跟本

1　游勝冠在〈後殖民？後現代？〉一文（《台灣日報》副刊，二○○一年八月二十日）質疑陳芳明的「再殖民」、「後殖民」理論不夠徹底。他說：「戰後隨國民黨政權來台的『外省人』作家，一樣是外來的統治者，怎能不定位為殖民者作家呢？」這真是夠「強悍」了吧！我這裡受其「啟發」，按其「邏輯」把它繼續推論下去，以見其「謬」。

省人已經通婚,而日本人統治台灣的時間長於外省人,為什麼日、台通婚遠少於「本、外」通婚呢?台獨派不是說,國民黨對台灣人的歧視遠勝過日本人,那為什麼還會產生這麼多的通婚現象呢?「本、外」之間的區別,本質上似乎完全不同於日、台之分,「也許」他們應該是「同一國家」的人罷?

第二,陳芳明在他的文學史的第一章又說:

> 就像日據時期官方主導的大和民族主義對整個社會的肆虐,戰後瀰漫於島上的中華民族主義,也是透過嚴密的教育體制與龐大的宣傳機器而達到囚禁作家心靈的目標。這樣的民族主義,並非建基於自主性、自發性的認同,而是出自官方強制性、脅迫性的片面灌輸。

在這裡,陳芳明講的是台灣作家,但其「邏輯」,可以應用於一般台灣人。依此而言,凡是台灣人而認為自己是中國人的,就是受了國民黨「強制性、脅迫性的片面灌輸」。這種人大概不少罷!在李登輝結束「再殖民時期」以後,近年來還有愈來愈多的趨勢,該如何對他們進行「去殖民教育」,以恢復他們的「本我台灣人」呢?還有,像陳映真(光復時八歲)、像我(光復後三年生)、以及跟我同一世代的本省籍統派(如現任中國統一聯盟主席王津平、前任及現任勞動黨主席羅美文、吳榮元),我們都如同台獨派的金美齡女士一樣,強烈的反國民黨、對「中華民國」不怎麼恭敬,但又絕對相信自己是「中國人」,難道也是受到「片面灌輸」嗎?這也罷了。像現在已年過七十、有的早已超過八十、光復時已成年的白色恐怖本省籍老政治犯(被關十年至三十多年不等),如林書楊、陳明忠、許月里、許金玉等人,他們又怎麼受到灌輸的呢?還有五十年代被槍斃的台籍「附共」人士,如張志忠、郭琇琮、許強(兩人台大醫生)、吳思漢、葉盛

吉（兩人台大醫科學生）、基隆中學校長鍾皓東（鍾理和兄弟）、教員藍明谷、作家朱點人、呂赫若、簡國賢等等，他們年齡更大了。他們這些台灣人大部份早就抗日，後來又參加中國共產黨領導的「新民主革命」而犧牲性命，他們的「中國意識」又是怎麼來的呢？自己不想當中國人也就罷了，卻還認為別人如果這樣，一定是受了怎樣的強制、脅迫、與灌輸，我們該怎樣為這種論事的態度「命名」呢？這是一種「怎麼樣」的「台灣民族主義」呢（如果陳映真是「民族主義幼兒症」的話）？

「再殖民論」的「歸謬」論證法之二

　　以上是說，假如「再殖民論」可以成立的話，我們必得接受兩個結論：凡是「外省人」，就是「外國人」；而且，凡是台灣人而認為自己是「中國人」的（包括國民黨「殖民」之前的這種台灣人），就是受了國民黨「殖民思想」的改造。這樣的結論是否可以「成立」，就請各位讀者自己考慮罷！

　　現在我們再把「歸謬」論證法掉轉方向，往台灣過去的歷史看去。遠的姑且不論，就說一八九五年中國滿清王朝被迫把台灣割讓給日本這個時候罷！（假如陳芳明及其他台獨派認為這樣還不夠，還要往前追溯，那也可以，我願意奉陪。）

　　請問，在那個時候，「漢人社會」（包括閩南人和客家人；在這裡為了讓論證更清晰，暫時不談原住民；如果陳芳明等人認為非談不可，他們談，我也就談）讀的是什麼書、用的是什麼文字？那時候不是讀《三字經》、《千字文》、《百家姓》、四書五經、諸史諸子、三國水滸紅樓、唐詩宋詞嗎？寫的古文、八股文、古詩詞不是用「漢文」嗎？不是也考科舉、考進士嗎？這些不是「中國文化」嗎？

　　我們可以說，他們這些「文化行為」是受清王朝或鄭氏政權「殖民統治」所「灌輸」的嗎？還是應該說，這是台灣的漢人先

民從福建、廣東「帶」過來的？

　　現在，「外國」的日本開始統治台灣，並逐漸實施普及教育。他們在學校大力教導日語，漢語聊當點綴，民間的私塾式微。當台灣新文學登台時，第一代的作家，如賴和、黃得時、楊雲萍、陳滿盈（虛谷）等人，基本上都以漢語書寫為主，到了第二代，如楊逵、龍瑛宗、呂赫若等，即使勉強識得漢語，也只能使用日語寫作了。這就是「殖民統治」「強制性、脅迫性的片面灌輸」的結果，而台灣的「中國文化」也就逐漸消失，「不絕如縷」了。

　　日據時代台灣知識份子對待「中國文化」的態度從兩個人的「故事」中就可以看得出來。賴和基本上是不穿和服的，當日本殖民當局在中、日戰爭爆發前夕全面禁止報紙的漢文欄時，他從此就不再公開發表作品。當時台灣人的領袖林獻堂，凡是有事要跟殖民官方談話時，必帶翻譯，不直接跟對方使用日語。對於林獻堂等人所領導的文化抗日運動及議會設置運動，當時作為總督府機密文件的《警察沿革志》是如此評述的：

　　　　又有一層不可以不加以警覺者，即渠等多以中國之觀念為中心而活動，同時依其見解之差異而異其思想與運動之傾向。綜觀幹部之思想言行大別可分為兩派，其一即立腳於對中國之將來寄與多大之希望，以為中國之國情不久可恢復正常而雄飛世界、自然必可光復台灣，是以此際須保持民族之特性，涵養實力，以待時機。由於民族意識嚮往中國，開口便強調中國四千年之文化以激發民族自信心，常有反日之過激言行。另一派則對中國不敢作過份之奢望，置重點於台灣人之獨立生存。假令能復歸祖國懷抱，而又會受今日同樣的苛政則究有何益。因此不排斥日人，而堅持台灣人之台灣，專心圖增台灣之利益與幸福。

　　雖然如此，彼輩係因失望於中國紛亂之現狀，而不得不抱
　　此思想，他日中國一旦隆盛，則仍然回復與前者同一見解
　　係必然之勢。前一派代表人物為蔣渭水、蔡惠如、王敏
　　川，後一派則為蔡培火、林呈祿。至於林獻堂、林幼春以
　　下之幹部雖然旗幟不甚鮮明，但可見為屬後者一派。[2]

《沿革志》對第二派的評論可謂極客觀、冷靜，但《沿革志》同
時承認兩派共同擁有的「以中國之觀念為中心而活動」。

　　一九三七年，日本全面發動侵華戰爭，中國政府軍一路潰敗
而退守西南。在此之前，總督府全面禁絕台灣報紙漢文欄，強制
禁壓一切社會運動，並監禁最強硬的左派反對者，就是在這種最
沮喪的時刻，賴和傷心絕望而病終。緊接著是全面屬行「皇民化
運動」，並要求台灣知識份子配合「國策」，響應「南進」（到
南洋參戰）的宣導。日本「殖民統治的」強制性與脅迫性以此為
高潮，而台灣知識份子雖隱忍苟活，但從未真正屈服過。

　　光復後的發展，誠如《沿革志》所預見的，「假令復歸祖
國，而又會受今日同樣的苛政則究有何益。」除了二二八事件之
後被殺的陳炘、王添燈、林茂生等人之外，台灣知識份子的選擇
可分兩派：或者隱忍偷生、痛苦苟活，如林獻堂、莊遂性（垂
勝，筆名負人）、王白淵、張文環、龍瑛宗等。張文環講得最為
痛心：

　　　　台灣人背負著陰影生存下來，而且活得像個笑話，然
　　後，默默死去，有人被槍殺，而活下來的人，有的亡命他
　　鄉。[3]

---

2 見葉榮鐘《台灣民族運動史》，轉引自林莊生《懷樹又懷人》三〇一頁，自
　立晚報，一九九二。

另一派，以昔日的左派以及年輕的一代為主體，則奮起反抗，毅
然加入中國新民主革命的洪流，期待打倒國民黨政權，建立「新
中國」。他們之中後來在白色恐怖中被槍斃、被關押的，前文已
提到過；他們之中因參與二二八，不得不提前逃到大陸的，則有
蘇新、謝雪紅、吳克泰、蔡子民、潘欽信、陳炳基等人，有的至
今還健在。（這個地方，我們沒有餘裕批駁陳芳明的謝雪紅「傳
奇」）。

即以隱忍活的莊遂性而言，他的兒子林莊生（從母姓）在
《懷樹又懷人》（自立晚報，一九九二）中對他的晚年留下極生
動的紀錄。透過他的人品與學問，外省知識份子徐復觀才深切體
會到台灣知識份子的偉大與悲哀。在六十年代中、西文化論戰
時，他同情當時極少人支持的胡秋原、徐復觀等人維護中國文化
的立場。對此，受過西方完整教育的林莊生極其客觀的論道：

> 尤其是老一輩的人抱著親傳統文化的人也不少，像父
> 親和他的朋友，他們在日治時代都是以民族派自居，以肯
> 定中國文化為他們的抵抗運動的思想根據。現在雖然時過
> 境遷，情況不同，但要他們放棄這個立場，轉一百八十
> 度，來否定中國文化的潛在價值，不但情有不忍，事實上
> 理有不能屈的地方。徐（復觀）先生當時在文化界相當孤
> 立，有人甚至罵他「義和團」，處在這樣的環境中，竟還
> 有一些台灣人擁護他在文化上的立場，自然使他感到非常
> 溫暖。（前書，一九八頁）

像林莊生、以及葉榮鐘的女兒葉芸芸、以及陳虛谷的兒子們，都

---

3 池田敏雄，〈張文環《台灣文學》誕生記〉，轉引自野間信幸〈張文環的文
學活動及其特色〉，見涂翠花譯《台灣文學研究在日本》二十七頁，前衛出
版社，一九九二。

講不出「光復」是「中國文化」「再殖民」台灣這種完全無視於台灣先輩這種心情的話來。要說「再殖民論者」了解台灣歷史的曲折歷程，尤其是了解抗日一兩代、以及五〇年代初反抗國民黨的台灣年輕一代知識份子的心境，那實在是很可懷疑的。

根據這一次的「推論」，如果戰後「再殖民」理論可以成立的話，那麼，割台之前台灣讀「漢」書、使用「漢」字，日據時代台灣知識份子根據中國傳統文化以抵抗日本人，像這些「歷史現象」怎麼辦呢？戰後台灣人終於可以「回來」重新學習差一點就被日本殖民統治斷絕掉的中國傳統文化，這叫「再殖民」，全世界哪裡可以找得到這種定義呢？

「中國語文」根本否定了「再殖民論」

關於戰後國民黨「強制」推行國語這一點，台獨派及陳芳明一再陳述，並列為台灣遭受「再殖民」的主要論據。下面我們就集中來討論。陳芳明在他的文學史第一章說：

> 不過，更大的考驗來自全新的語言政策。一九四六年，來台接收的台灣行政長官公署，頒布廢止使用日文的禁令。許多已經習慣日文書寫的作家，被迫封筆，日據時期的新文學傳統至此又遭逢另一次斷裂。本地作家之所以會在戰後二十年的時光中變成無聲的一代，完全是拜語言政策之賜。

陳芳明在第九章又引述張我軍與張冬芳的話，說「禁用日文政策」使老作家如「斷臂將軍，英雄無用武之地」；又說，台灣作家都變成了「文盲」，「想要表達而無從表達」。

綜結這裡的陳述，我們應該分三點來談：

一、禁用日語，老作家被迫封筆。

　　二、因此，台灣新文學傳統遭逢斷裂。

　　三、因此，戰後二十年中，台灣作家變成無聲的一代。

　　我們先談第二點。我們都知道，五十年代開始，國民黨禁絕四九年之前一切「附匪」、「陷匪」的現代作家的作品，所以，二、三十年代文學傳統在台灣「不絕如縷」。原因很簡單，「附匪」者，左傾作家，「陷匪」者，不願跟國民黨到台灣來，他們不是積極反對、就是消極不合作，所以國民黨一概禁絕。台灣作家呢？楊逵明顯左傾，又發表「和平宣言」反對內戰，在「四六事件」時被捕。呂赫若光復一年後已可用中文寫小說，日有進步，卻因參加共黨地下組織於逃亡中死於毒蛇之禍。朱點人、簡國賢因相同原因被槍決。賴和原來被當作抗日文人而進忠烈祠，後來有人密告他左傾而被遷出。台灣新文學傳統「斷絕」，主要原因不在於老作家「停筆」，而在於不敢講、不敢讀，「思想箝制」，就像國民黨對付二、三十年代文藝一般，把這一切主要歸罪於語言政策是蓄意誇大。

　　再談到第三點。五、六十年代之交，當現代詩運動初起時，林亨泰是紀弦現代詩社的要角，透過日文資料提供理論資源，並寫作引人注目的〈風景〉詩。年輕的一代，白萩因〈雁〉、〈流浪者〉等詩作而嶄露頭角。在小說方面，也是在六○年代，陳映真、王禎和、黃春明均已完全成熟。在他之前，鍾肇政、鍾理和、廖清秀早已用中文寫小說。「戰後二十年的時光中變成無聲的一代」，這一段話，即使衡之於陳芳明在第九、十兩章的敘述，也是站不住腳的。如果說，當時台灣作家還不能講「台灣主體性」一類的話，那倒是真的，因為那時台灣作家還不曾這樣想過（這是七十年代以後的事，有興趣的人可以仔細追溯葉石濤、鍾肇政這兩位大老數十年的言、行）。

　　關於第一點，即老作家「封筆」的事，陳芳明等人也是有意歪曲了事實。老作家中最「頑強」的莫如吳濁流，始終在寫，有

時用中文、有時用日文（日文居多）。一直封筆的張文環與龍瑛宗，進入七〇年代以後又重新「出山」，一個用日文、一個用中文。根本的問題不在於「語言」，而在於「心死」、「心懷恐懼」[4]。我們必須承認，國民黨的語言政策太過霸道，完全不替「習日語」的一代設想，然而，更惡劣的是它的恐怖統治與思想箝制。我相信，只要張文環與龍瑛宗的作品能夠全部整理出版、全面的研究能夠深入，這一點就可以看得更清楚。

　　關於葉石濤以下較年輕的一代，即所謂「跨越語言的一代」，我曾作過簡略的研究，摘述如下：據葉石濤回憶，他在四八年已能用中文創作。不過，五一年牽連到白色恐怖被捕，至六五年才又重新執筆，中間十四年的中斷，主要應屬政治原因。張彥勳跟葉石濤同年（一九二五年生），在日據時代就讀台中一中時和同學共創銀鈴會。光復初期仍用日文寫詩，五〇年因白色恐怖兩度被捕，但判決無罪，五八年始以中文寫作。他停筆時間也很長，應和葉石濤一樣，和白色恐怖的陰影有關（他的父親判刑十五年）。除這兩人較特殊外，其他戰後第一代小說家從學習到發表（或創作）中文作品的時間，按其久暫，列於下面：

　　林鍾隆，三年；廖清秀，四年；鍾肇政，五年，文心，六

---

4 據張良澤轉述張文環的話，張文環曾說：「自從「二、二八」之後，我已發誓折筆不寫東西，也絕口不談文學，因為我的所有文學朋友都在那事件時慘遭殺害。」（見張良澤《四十五自述——我的文學生涯》二四二頁，前衛，一九八九。按，這裡的「二、二八」疑應作「白色恐怖」，因張文環的「文學朋友」如呂赫若、王白淵等是在此之後才或死或關。）又，張文環的兒子孝宗曾說：「語言轉換的問題，大概不是根本的原因，因為家父也能用中文書寫，不過晚年重新提筆創作時還是堅持用日文，最根本的原因恐怕是政治因素。」（見《台中縣文學發展史田野調查報告書》二一六頁，台中縣文化中心，一九九三。）以上兩則可以證明，張文環的停筆主要是政治因素，而不是語言。龍瑛宗的情況應也類此。他一生極崇拜杜甫，晚年身體不好還由兒子陪著遊大陸，並由兒子背上大雁塔（或小雁塔？）。

年；鄭煥，十年。

　　這只是按其自學校畢業至發表（或寫作）第一篇中文作品的時間來計算，所以平均應不至於超過五年。當然，「會用中文創作」跟「能把中文寫得精妙」是兩回事[5]。我們必須承認，葉石濤、鍾肇政這一代在語言轉換的過程中受到某種程度的犧牲，但情況絕不如台獨派一再陳述的那麼嚴重。

　　關於學習中文的事情，前述林莊生的書有頗具體的回顧，謹摘述於下。據林莊生說，他學了三年英語一無所得，因此對於自己學中文極感悲觀。「不過，經過二、三個月之學習，發覺學中文比學英文容易得多了」，因為「國文中的文法可用台語來代替，不像英文作文，一定要了解文法才能寫文章」，所以，可以「把漢字按台語之順序排列，中間如有寫不出來的字，只好空一格，讓老師猜就是了。」接著他又引述台籍學者洪炎秋推行國語的經驗談如下：

　　　　日本統制台灣，自始至終，即以摧毀我國的語文，而代以日本的語文為一個主要的方針……推行非常徹底……光復當初的台灣的國語運動，在提倡語言的標準化以前，所以要先來一個中國語文的恢復運動，尤其是固有「母語」的恢復運動，也就是閩南話和客家話的恢運動，是針對現實的需要而來的。因為母語的恢復，比國語的學習，容易得多。母語恢復了後，再進而利用它為跳板，來學習同一語系的標準國語，可以收到事半功倍的效果。（前引書，五二—三頁）

---

5 以上是本人所撰〈葉石濤和戰後台灣文學的「斷層」與「跨越」〉一文的部份摘述。此文見鄭炯明編《點亮台灣文學的火炬》，春暉出版社，一九九九。

　　這一段話會讓台獨派和曾經實行「學國語、禁講方言」的國民黨官員同感「瞠目結舌」。原來，日本的強制統治已到了台灣知識份子不會講自己母語（閩、客方言，也是中國語文的一部份）的地步，原來恢復母語和學國語可以相輔相成（同屬一語系），這樣，學「中國語文」不但不是「再殖民」，反而是「回歸」自己的語文，這樣的議論台獨派哪能不「深感意外」。同樣的，按此邏輯而言，如果自己的閩、客母語學不好，作為漢語標準語的國語也就學不好（這當然包括「寫」）。國民黨禁方言的結果是，方言不行，國語也不行，真是「兩失之」了。

　　這種「議論」有沒有道理呢？當然有。譬如，我把大家耳熟能詳的一首閩南語歌謠的首段用漢字書寫如下：

　　　透早就出門，天色漸漸光。甘苦無人問，走到田中
　　央。走到田中央，為著顧三頓。顧三頓，不驚田水冷霜
　　霜。

所有會講閩南話而又識漢字的人，一定可以把歌詞按閩南話唸出。相反的，所有識漢字而不會講閩南話的人，一定可以讀漢字而知其意（必須說明，這裡舉的是特例，國語和閩南語未必每一次都可以如此貼合，但對應性仍然極高。）這就可以證明，閩南語和漢語標準語是關係密切的同一語系。其他如客家話、廣東話、蘇州話（吳語）等等無不如此。反過來講，所有漢語方言都可以用來唸漢語古籍（古文詩詞），如果不會，那是失傳了，譬如，台灣的閩、客讀法即因「日據」而幾乎斷絕，其實是不難恢復的。

　　這樣，經過不到兩代的時間，「中國語文」（包括閩、客方言）在台灣知識界全面恢復了，而台灣也出現了優秀的小說家如陳映真、王禎和、黃春明等，優秀的詩人如吳晟、白萩、楊牧

等，絕不遜色於外省籍作家。回顧一下，這距離賴和那一代半生不熟的標準語白話文有多久呢？這些都只是強制性、脅迫性的「再殖民教育」造成的嗎？誰能相信呢？

　　說起來，台獨派深恨國民黨的語言政策不是沒有道理的。不管強制性有都大，他們學習的速度也夠快的了。而且，誰能寫出比陳芳明更漂亮的論戰文章（純就作文章論，我承認不如他）。台獨派提倡、研究、嘗試「台灣話文」（精確講是「閩南話文」）也有十多年了，目的是要擺脫「中國白話文」，以求語言的「獨立」（他們有些人不承認閩南語跟國語的「同根」關係），能行嗎？「中國文化」用標準語寫文章（以漢字作媒介）而又講方言（即所謂「言殊方」），這傳統至少兩千多年了，誰也擺脫不了。我以前曾寫文章說，把漢語方言加以文字化，違背中國傳統，絕對寫不了大篇幅的議論文[6]，被清華大學的一個台獨派學生在公告欄貼大字報痛罵，至今，我仍然敢堅持這個看法。「在實踐上」，台獨派學者對這一點應該心知肚明。你可以不承認自己是「中國人」，但事已至此，你已無法擺脫「中國文化」的語文系統與書寫系統，因為你根本就「先天上」活在這系統之中，如何擺脫得了呢？因此，「再殖民論」又如何可以成立呢？

二、陳芳明「再殖民時期」書寫策略之解析

陳芳明「高人一等」的書寫策略

　　前文主要是論述：戰後台灣復歸中國，從語言、文化層面來

6　〈台灣文學的語言問題〉，收入《戰後台灣文學經驗》，新地年版社，一九九三。

看，是台灣回歸到中國文化的傳統之中。從這一方面來看，說：
這是「中華民族主義」繼「大和民族主義」之後，對台灣所進行
的一次「再殖民」，這種論調是說不通的。

　　不過，台獨派和陳芳明的「再殖民」「理論」一向不「純」
是從「文化」層面來加以論證的。他們把光復初期國民黨接收政
權的種種惡劣行徑，跟這一政權的偏頗的文化政策混雜在一起
講，並認為這一政權對台人的統治態度是「殖民者」對「被殖民
者」的態度，從而完成他們的「再殖民論」。當然，這是一種
「混淆」，企圖藉著當權者的「統治方式」來「夾帶」著說，連
台灣人在戰後「回歸」中國文化都是在「被迫」接受「另一種外
國文化」。這種有意的混淆，明眼人一看就知道；但長期以來具
有強烈省籍情結、並一直反對國民黨政權的台籍知識份子則不易
區分，因此，情緒上很容易被「說服」。

　　台獨派這種論述「模式」在陳芳明《台灣新文學史》談到戰
後初期的第九、十兩章，得到「淋漓盡致」的發揮。在這兩章
中，我們看到陳芳明的「才智」表現無遺，看到他使用「高明」
的「書寫策略」企圖把「再殖民論」講得「頭頭是道」，「令人
信服」。因此，在下文中，我將仔細的分析這種「策略」，以便
讓大家了解「再殖民論」的「建構」真相。（這種分析必須十分
細心而清楚，因此耗神耗時——別人「精心」建構「謊言」，而
你必得「細心」加以拆穿——這叫「學術」！真是令人浩嘆。）

　　在第九章《戰後初期文學的重建與頓挫》中，陳芳明「很聰
明」的先為戰後接收台灣的陳儀長官公署「定性」，以便為全章
的討論立下一個「定調」的基礎。

　　陳芳明在第九章的第一節〈再殖民時期：霸權論述與台灣特
殊化〉，對接收時期的陳儀政權是如此綜述的：來台接收的台灣
行政長官公署，無論在權力結構上或組織規格上，都是日本台灣
總督府的翻版。恰恰就經過這樣的設計，台灣政治特殊化的性格

反而顯得特別突出,並且使新的政治權力與舊的殖民統治密切銜
接起來。除了政治特殊化之外,長官公署也實施經濟統制政策,
使台灣的經濟活動也隨之特殊化。這種高度權力支配的形式,迫
使台灣社會淪為再殖民時期。

在「確認」了陳儀長官公署政、經運作的「再殖民性格」之
後,陳芳明接著談論陳儀的文化政策。他説:陳儀的文化政策,
以陳儀自己的説法,便是要以「中國化」來清除日本人的「皇民
化」。他們把「中國化」視為無上的標準,並以此來衡量台灣住
民的語言、風俗與生活習慣。這種統治者的優勢文化,完全不顧
台灣人的歷史經驗。長官公署的當權者一直把台灣社會的殖民經
驗當做是「奴役化」與「皇民化」。文化霸權建立的過程中,中
國化與奴役化遂形成兩個對立的價值觀念。中國化是屬於統治者
的,奴役化是屬於被統治者的。(以上兩段的摘述,完全保留陳
芳明原有的詞句。)

陳芳明的論述「策略」是很清楚:先從長官公署與日本總督
府權力運作的「相似性」,確認其「再殖民性」;再把長官公署
的文化政策,界定為「中國化」與「奴役化」的截然對立,這
樣,「統治者」與「被統治者」的地位涇渭分明,台灣再度遭受
「殖民」的命運確然無可懷疑。

奠定了這種「大論述」的基礎以後,陳芳明即以此為「綱
領」,去描述接收時期的文化、文學活動。不熟悉當時具體歷史
情境與歷史資料的當代台灣讀者,當然也就順其理路閱讀下去,
而不會在腦筋中產生「扞格不合」之感了。

二元對立思考的「縫隙」

然而,具體的歷史資料跟人為的、選擇性的安排自然構成一
種無形的「對話關係」。後者的「書寫」形式再怎麼精密,總會
在前者的繁複性的「映照」下顯出其「隙裂」之處來。法國新馬

克思主義阿突塞學派的馬歇雷（Pierre Macherey）曾説：對於意識形態，我們不要太注意它「説了什麼」，而要更注意它「有什麼没有説」。下面我們即以此方式來「呈現」陳芳明的「有意不説」之處。

關於光復後台灣文化的重建問題，出版於四五年十二月二十五日（即正式的「光復日」）的《前鋒》雜誌創刊號，即刊登了林萍心所寫的〈我們新的任務開始了——給台灣智識階級〉。文中，林萍心語意心長的説：

> 大多數的台灣同胞受盡了日本奴隷教育，他們中間大部分已成了「機械」的愚民，而小部分已成為極危險性的「準日本人」，我們要用怎樣的方法，在最短時間中去喚醒去感化這兩批的同胞，使他們認識祖國，使他們改掉「大和魂」的思想，成為健全的國民，使他們能夠走上了建設新台灣，建設新中國的大路去……

這篇文章寫於光復之時，陳儀的劣政還没有顯露出來，不過，這剛好可以證明，去除「皇民化」的遺毒，讓台灣人「重新」去做一個堂堂正正的中國人，其實是有心的台灣知識份子的想法。這一想法，難道能夠用接收政權的「霸道作風」而否定這種論述的誠心與正當性嗎？並且，能夠以此理由來説，當時一切對日本殖民殘餘進行「去殖民」工作的，都是在指責、貶抑台灣人的「奴役化」嗎？（這一點陳芳明常有意造成混淆，或者自己也分不清楚。）

相反的，對於陳儀政府的惡劣作風，當時在台的大陸進步知識份子抨擊不遺餘力。譬如，王思翔（筆名張禹）即於四六年五月二十日在和平日報上發表〈論中國化〉一文，認為：中華民族的封建的勢力也在高舉中國化、祖國化的大旗幟下迅速蔓延台

灣，使台灣社會急速惡化，他説這是「惡性的中國化」。在同年
八月出版的《新知識》上，他又寫了〈現階段台灣文化的特
質〉，更露骨的譴責國民黨和陳儀政府，他説：

> 台灣的「光復」，在社會意義上只不過軍事投機的
> 「戰利品」而已……這個「戰利品」是日本帝國主義所造
> 成的最理想的「文化真空地帶」，而完整地交與中國沒落
> 的投機家的。

王思翔把接收政權看作爭奪戰利品的「投機家」，這跟陳芳明認
為他們是「中國的殖民者與統治者」，這差距有多大！

王思翔在這篇文章中，詳細分析了中國近代文化革命所走的
道路，檢討了台灣文化運動在日本統治下所遭遇的困難。在論到
現在台灣的文化狀況時，王思翔説：

> 今日，我們第一個任務是：反封建──反對政治的、
> 經濟的尤其是文化的封建形態……今日橫行於台灣的封建
> 文化（及封建政治、經濟），又正是五四以來中國反封建
> 運動尚未徹底消滅的殘餘……因此，台灣文化運動者不僅
> 要以全力反對台灣的封建勢力，而且要參加全國性的反封
> 建運動，即要求政治民主經濟民主。

台灣抗日文化人莊遂性看到王思翔文章後「甚表贊賞」，親自為
《新知識》題刊名。由於這一因緣，中央書局的張煥珪特別約請
王思翔和楊逵合編《文化交流》，由兩人分別編輯、介紹大陸文
化與台灣文化；王思翔還物色在台的外省文化人（包括黃榮
燦），編寫一些通俗讀物。僅僅經由王思翔在台中和當地一些文
化人的互動關係，即足以證明，陳芳明把外省（中國）／中原中

心和本省（台灣）／邊緣、邊疆兩者簡單地加以截然對立的二分法是完全站不住腳的。

　　王思翔在二‧二八事件後逃回大陸，不久即寫成《台灣二月革命記》，「以澄清因國民黨官方謠言惑眾所造成的混淆輿論，給予台灣同胞的正義行動應有的評價與支援。[7]」很遺憾的是，這本小書直到五○年二月才得以出版。耐人尋味的是，葉芸芸回憶說：「猶在戒嚴的六○年代，我曾在家父（按，葉榮鐘）的書房對這本小書的封面有過一瞥之緣份，書是貴伯（楊逵）攜來借給父親的，書主何人？我猜父親是不知道的。[8]」由這一件「小事」看來，當時台灣的老文化人絕不像我們想像的那麼「簡單」，企圖以現在的思考模式去進行「二元對立」的劃分，是說不過去的。

從「魯迅熱」再論「二元對立說」

　　關於本省籍知識份子和外省來台的「進步」知識份子（強烈批評陳儀與國民黨，「同情」或支持共產黨）在接收初期的合作關係，我們可以再進一步申論。王思翔在回顧接收初期的台灣文化狀況時，是這樣子說的：

　　　　台灣當局（按，指陳儀政府）除了比較認真地從事推行中文和國語，卻竭力限制大陸和台灣之間的正常往來，尤其是嚴格限制大陸書報的進入，既遏制了光復後台灣文化復甦、發展的生機，更不利於台灣人民和全國各族人民的團結、進步。當時大陸省市出版的報紙能在台灣公開發

---

7 以上關於王思翔的經歷，見其所著〈台灣一年〉，此文收入葉芸芸編《台灣舊事》，時報出版公司，一九九五。此處所引〈現階段台灣文化的特質〉，亦收入本書。
8 引書〈後記〉。案，楊逵已於四九年四六事件時被捕，借書的人應非楊逵。

行的只有《大公報》等少數幾種，還不免常常被檢察官所
扣押。可見台灣當局對思想、言論的箝制，達到何等嚴厲
的程度。在台灣人看來，這就無異於日本殖民者的封鎖與
歧視，令人難以容忍。

基於這一原因，王思翔即想把一般台灣人「不易看到的文章和資
料選載或摘錄成輯，公開發行」。這一構想，得到台中左翼人士
謝雪紅、楊克煌（包括財務）的支持，這就是《新知識》雜誌的
來源。《新知識》印刷完畢以後被查扣、禁止發行，但台中地區
較溫和一翼的莊遂性、張煥珪等人卻由於這一事件，約請王思翔
和楊逵合辦《文化交流》[9]。從這裡就可以看出，省內、外的進步
知識份子為了對抗陳儀政府，彼此立場一致，都極願意攜手並
進。

　　為了促進省內、外知識份子的交流，王思翔和友人周夢江充
分利用了他們主持《和平日報》的機會。在報紙的副刊上，他們
不但努力介紹大陸的進步思想和文化，刊載了中國新文學作家如
艾青、趙景琛、何其芳、茅盾、老舍等人的作品，也刊載了許多
省籍作家如楊逵、張深切、張文環、朱點人等人的作品。

　　當時《和平日報》副刊為了紀念魯迅逝世十週年，特別於四
六年十月十九、二十、二十一三天刊載了十四篇文章及一些木刻
作品，其中包括楊逵用中文寫的一首短詩〈紀念魯迅〉。過了不
久，十一月一日出刊的《台灣文化》第一卷第二期也是「魯迅逝
世十週年特輯」，除了輯錄魯迅的舊詩之外，還發表了七篇文
章，包括揚雲萍的〈紀念魯迅〉。

　　對於省、內外知識份子共同一致的推崇魯迅這一現象，陳芳
明的「評述」非常有意思，值得一引：

---

9 以上引文及所述之事，俱見〈台灣一年〉，前引書。

　　台灣作家尊敬魯迅，視他為世界性文豪……另外則視
他為弱勢者的代言人，具有反迫害、反階級鎮壓的意識
……來台的大陸左翼作家，則凸顯魯迅的社會主義思想，
視他為反封建、反獨裁的象徵……二二八事件的發生，使
得雙方的結盟宣告中斷……

　　在描述省、內外知識份子的文化關係時，陳芳明這一段文字
好像已儘可能客觀，其實他在「遣詞造句」上是煞費心思的。他
說：台灣作家把魯迅看作是「世界性文豪」（而不是從「台灣人
也是中國人」這一點上來看待魯迅的意義）；而且，他說，台灣
作家和大陸來台左翼作家是一種「結盟」，而不是「共同合作」
（這裡不是在「咬文嚼字」，請仔細想一下，陳芳明為什麼會用
不同尋常的「結盟」一詞）；第三，他說，這一「結盟」，因二
二八而宣告中斷。
　　除了第三點下文還要談到之外，我們先來看前兩點。陳芳明
在另一個地方引述了楊雲萍〈紀念魯迅〉的兩個小段落，並下評
論說：

　　楊雲萍借用對魯迅的紀念，表達戰後台灣人民的哀傷
與悲憤。然而，更值得注意的是當台灣人的使用日語被誣
指為「奴化」時，楊雲萍有意駁斥這種文化歧視，並且強
調台灣知識份子乃是透過日語教育而獲得了鑑賞世界文學
的能力。楊雲萍的言下之意，顯然在強調台灣作家的文學
視野較諸來台的大陸作家還要開闊。

　　兩相對照之下，我們更能了然於「世界性文豪」和「結盟」
這兩點所要強調的：即使在對待魯迅這一點，省、內作家也只是
一種暫時的「結盟」，因為他們本來就「不一樣」的。在這麼謹

慎的用詞下，陳芳明仍力圖維護他「二元對立」的立場。

還好，楊雲萍用中文書寫的文字原文具在，我們可據以考察。其文並不長，共分五節，我們先錄第二節：

> 十年的歲月，似箭如梭地流逝過去。魯迅逝世後的這十年的歲月，在人類的歷史上，在我中華民族的歷史上，是最值得記憶，最值得注意的。黷武的、獨裁的，皆受了歷史的嚴厲的審判，得其所應得結果。依稀地真理似再回復它的尊嚴，正義似再回復它的力量。魯迅生前所憎惡的，似有一部份已經消滅。魯迅生前所爭取的，似有一部份，已將見諸實現。
>
> 然而，假使我們從興奮裡醒覺，冷靜地思考一下時，那末一定會感覺所謂真理的尊嚴，以及正義的力量，還未完全回復；魯迅所疾惡的「正人君子」，還得意登場，魯迅所痛恨的「英雄豪傑」，還霍霍磨刀，準備著第幾次的大屠殺。而魯迅所最關懷的我中國民眾，還在過著流離顛沛的慘無天日的生活。至於魯迅盡其一生的血淚，所奮鬥爭取的政治，經濟，文化的「民生」（按，應為「民主」之誤植）的實現，卻還在遠處的彼岸。

接著第二節講光復一年後的令人失望、第三節講台灣青年在日據時代已透過日文了解魯迅的真價，並為此而感到「得意」、驕傲，重點都已為陳芳明所引述。第五節（最後一節），如此結束：

> 眼前的事實，過去的經驗，都教訓我們知道魯迅先生的所以為魯迅先生。魯迅的精神，永是不死，魯迅的事業，永是存在。

　　　　斯時斯地，我們紀念魯迅。

對於這篇短文，我是這樣解讀的：日本軍國主義失敗了，中國解救了，台灣光復了，魯迅生前所爭取的，已部份實現；但放眼中國，掌權者依舊腐敗，「民主」尚未實現。光復一年來，整個情況令人失望；但我們台灣人早在三十年前就已透過日文了解魯迅的「真價」；斯時斯地紀念魯迅，應了解魯迅的事業還未完成，「當然是要繼承那偉大人物的未竟之志，以盡後死者之責」（第一節原文）。

　　我很希望有心的讀者把原文找出（《台灣文化》已有影本傳世，不難找），看哪一種「詮釋」較能圓融貫通。按我的講法，說明楊雲萍已從光復的實況看出全中國問題，所以才會說斯時斯地紀念魯迅就要繼承他的遺志。這種想法，和王思翔與台中文化人共同合作的精神不是完全一致嗎？怎麼會是把魯迅看成「世界級人物」而與來台的大陸左翼人士「結盟」呢？二二八以後這種共同合作的精神繼續延續下，才有《橋》副刊的盛況，省、內外知識份子的「合作」也一直持續到五○年的白色恐怖才終止（詳後）。

關於龍瑛宗、呂赫若等人的「破綻」

　　陳芳明對戰後初期台灣文壇狀況的描述，更明顯的「破綻」出現在他對龍瑛宗與呂赫若兩人活動的評論上。陳芳明引述了龍瑛宗四五年十一月二十日發表於《新新》雜誌創刊號上的一段話：

　　　　「回頭看看台灣的情況吧！無疑地，台灣曾為殖民
　　　地；在世界史上，從未有過作為殖民地而又文學發達的地
　　　方，殖民地與文學的因緣是很遠的；即便如此，」台灣不

　　是有文學嗎？是的，曾經有過像文學的文學，然而，這不
　　是文學。知道了嗎？有謊言的地方就沒有文學。我們非首
　　先自己否定不可，我們非再出發不可，非走正道不可。
　　（加「　」處，陳芳明未引）[10]

這是龍瑛宗對「皇民化運動」時代台灣文學（包括他自己）的批
判與自我批判。

　　對此，陳芳明的評述如下：「這是相當黯淡的心情，全然不
敢肯定自己有過的文學生涯。然而，他的文字透露，更為深沈信
息，乃是強烈的絕望與虛無。『有謊言的地方就沒有文學』，固
然是在影射自己曾經從事過的皇民化文學，但是也等於在抗拒戰
後官方的表態文學。所謂『披著假面的文學是偽文學』，無非是
在反諷當時政治支配文學的畸形現象。」

　　按，此文「發表」（不是「寫作」時），距離台灣光復還不
到一個月，情況就嚴重到龍瑛宗要這麼「隱約」的「抗拒」「反
諷」什麼了嗎？而且，文章的情緒是「黯淡」、「絕望與虛無」
嗎！還是對日本殖民文化義正嚴詞的嘲諷與再出發的決心的宣示
呢？請讀者判斷吧！（陳芳明「請」陳映真「謙卑地好好重溫」
某一段文字，我只盼望陳芳明更平靜的重讀自己對好些引述文字
的「評述」──下面還要舉例。）

　　我們還要提請讀者留意，四七年一月五日出版的《新新》二
卷一期上，龍瑛宗在〈台北的表情〉（中文）一文裡還寫了下面
這一段話：

　　　　日本統治時代的台北，當然是台灣的文化中心，但，
　　　那只不過是殖民地的文化，換言之，是被扭曲了的文化，

───────────

10 原文為日文，此處按陳芳明所引譯文及友人曾健民之譯文稍加綜合。

　　在那裡是不可能有真正的文化發展的。

　　另外，更早之前，四六年十月十七日《中華日報》副刊《文化》上，龍瑛宗發表了〈心情告白〉的一首小詩：

　　　　我／雖然用異國的調子／唱歌／我是／真正的中國人／真正的中國人／我心中哭泣／是為了老百姓／是為了老百姓

舉凡這一些，難道都是嘲諷性的「反語」，用以表達他對「再殖民的官方霸權論述」的反感嗎？

　　陳芳明對呂赫若的論述就更有意思了。對於呂赫若在四六年二月至四七年二月所發表的四篇中文小說，陳芳明不但不提他學中文寫作之迅速（最早的一篇距光復不到四個月），還反過來說，他的「中文書寫還非常生澀粗糙」。事實上，說呂赫若的中文還「有一點生硬」也許還可以，說「非常」、「生澀」、「粗糙」，這就要中文「非常流利、靈活」的陳芳明才敢下這種斷語了。不信的話，大家去讀一讀說得上「生動」的〈冬夜〉罷。更妙的是，在這一句之後，陳芳明接著說：「足以代表熟悉日文思考的台灣作家之糾葛掙扎」，這種「掙扎」的心靈之軌跡，不知道陳芳明是怎麼「讀」出來的。事實上，透過呂赫若的日記，我們知道，在戰爭末期，呂赫若已經持續在讀中國典籍（特別是紅樓夢），以及有關中國的書籍。[11]

　　另外，陳芳明在論述〈冬夜〉之後說：〈冬夜〉「開槍抵抗」的結局，「似乎在於透露他個人已有了明確的抉擇。要尋找

---

11 關於這一點，請參閱本人所撰〈「皇民化」與「決戰」下的追索〉，見陳映真等著《呂赫若作品研究》，聯合文學，一九九七。

台灣的出路，顯然只有訴諸武力抵抗。果然在二二八事件後，呂赫若便參加了地下左翼組織⋯⋯」在敘述上這好像沒有什麼問題，但其實「淡化」了一些東西。呂赫若所參加的「地下左翼組織」，根本就是中國共產黨在台灣的正式地下黨，即由蔡孝乾（蔡前）領導的「台灣省工作委員會」（簡稱「省工委」）。在其後談到二二八對台灣作家的影響時，敘述方式又變成：「呂赫若參加了地下政治組織」，又更「淡化」了，你能説陳芳明不是有意如此嗎？

在同一地方，陳芳明又説：「朱點人、郭秋生（底下還提到另外八人）等人⋯⋯都拒絶重新執筆」，專門研究台灣文學的陳芳明，難道不知道朱點人因參加「省工委」而被國民黨槍斃嗎？又，在這一節的最開頭，陳芳明還提到簡國賢的劇作《壁》描寫了台灣社會截然相反的兩個世界（陳芳明暗示的是中國殖民者與台灣被殖民者之對立）。然而，在談到二二八之後台灣作家的處境時，他竟然也「忘了」交代説，這個簡國賢也因參加「省工委」被槍斃了。

套用陳芳明的講法，呂赫若、簡國賢、朱點人都已選擇「訴諸武力抵抗」；用王思翔的講法，就是台灣文化人要從行動上「參加全國性的反封建運動」，所以他們加入中國共產黨的在台地下組織「省工委」。然而，這也就「違背」了陳芳明所苦心經營的「二元對立」詮釋法，所以陳芳明只好「忘記」把他們在二二八之後的命運「一起交代」，而只像目前這樣「掛三漏四」的加以處理，你能説他是在「無意」中疏忽了嗎？

還可以指出的是，陳芳明對於呂赫若在四六年二、三月發表於《政經報》的批判日本「皇民化運動」的兩篇小説〈改姓名〉和〈一個獎〉是這樣「評説」的：

可以發現呂赫若在於暗示他在皇民化運動所寫的作

品，無非是一種虛應的態度。在當時中國化的強勢要求
下，呂赫若或多或少必須為自己過去的文學活動辯護，那
種心情，正是另一種尷尬的表態。

事實上，呂赫若完全不必為「自己過去的文學活動辯護」，他在
戰爭期所寫的所有小說，都表明他對「皇民化運動」的種種「消
極」抵制。[12] 至於他在寫〈改姓名〉和〈一個獎〉時，「那種心
情，正是另一種尷尬的表態」，像這麼「深刻」的「閱讀法」，
恕我「愚鈍」，我是完全讀不出來的。如果後來呂赫若失望於陳
儀政府及國民黨政權，毅然決定以「行動」（冒著生命危險）來
參與中國共產黨所領導的「新民主革命」，那就證明：他決心以
勇敢的態度來做一個「中國」知識份子所該做的事。如此一來，
陳芳明對呂赫若所作的一切「深層評論」將顯得「尷尬」不堪，
所以陳芳明也只能以「參加地下左翼組織」、「參加地下政治組
織」來「淡化」了事了。

三、關於《橋》副刊上的論爭

從陳芳明的「學術行規」談起

　　陳芳明《台灣新文學史》第九、十兩章對於接收初期台灣文
學發展的論述，最難以面對的棘手問題也許要數四八、四九年間
發生於《新生報》《橋》副刊上有關「台灣新文學運動」的長達
一年的「論爭」。在這裡，陳芳明的「曲筆」最多、也最為明

---

12 參看本人在〈殉道者〉一文中對呂赫若小說所作的分析，此文附收於林至潔
　　譯《呂赫若小說全集》聯合文學，一九九五。

顯；他跟陳映真的論戰，在這一部份也表現得最為尖刻。

根本的原因在於，自葉石濤《台灣新文學史綱》出版（一九八七）以來，這一次的論爭，連同三十年代台灣鄉土文學和台灣話文的論爭，以及七、八〇年代的鄉土文學論爭，就被台獨派「定調」為台灣文學追求「自主性」的「三大戰役」（這是我臨時胡謅的「術語」），是台獨派「台灣文學史觀」的「三大礎石」。

問題在於：葉石濤「可能」並未閱讀過這一次論爭的全部資料，他所使用的資料主要是由林瑞明、彭瑞金從舊報紙影印提供的，彭瑞金把其中一部份重刊於《文學界》第十集（八四年五月），「也許」這就是葉石濤據以立論的主要基礎。

游勝冠在東吳大學攻讀碩士時，即以葉石濤所立的「三大綱目」為基礎，寫成《台灣文學本土論的興起與發展》，這一論文經過修改後正式出版（前衛，一九九六）。「很不幸」，他的論文是我「指導」的。我承認台灣文學的「特殊性」，但並不讚成「自主性」的提法，但我絲毫沒有「干預」游勝冠的論文寫作。當我比較全面的接觸論戰資料時，我曾問游勝冠說：「論爭中的另外一些問題你怎麼沒討論？」他的回答很妙，他說：「這不是我要討論的」。

不過，我必須說明，是游勝冠把他的影印資料全部提供給我。我曾請我的研究助理逐篇打字，準備校對、整理，找機會出版。不過，整理的工作進度很慢，我自己又忙，就這樣拖了下來。與此同時，陳映真也找了兩位年青人幫他影印資料，因為陳映真更忙，也拖了下來。再後來，曾健民又找人重新複查、複印，找人打字、校對，終於在一九九九年九月由人間出版社出版《一九四七──一九四九台灣文學問題論議集》（以下簡稱《論議集》）。目前，在我的助理尋找、影印資料以後，曾健民和我也正在整理三〇年代鄉土文學和台灣話文的論爭文章，明年上半年

應可出版。

　　我可以提供一個最基本的問題供大家思考：假如這些論爭資料對台獨派的論證真的如此「有利」，那麼，自葉石濤「立論」以後又過了十餘年，為什麼他們不全部整理出版？又，假如這些資料真對「統派」不利，為什麼像陳映真、曾健民和我「各有專職」，還想挪出時間來整理出版？

　　陳芳明在「三答陳映真」的〈有這種統派，誰還需要馬克思？〉一文（《聯合文學》二〇二期，二〇〇一年八月；以下簡稱〈三答文〉）中，對陳映真的「行為」極為「發火」，寫了一段值得我們好好引述的文字：

　　　　先挖掘這段論戰史料的文學研究者，是林瑞明、彭瑞金與葉石濤諸先生……沒有他們的挖掘，陳映真根本不知道有這場論戰的存在。在別人辛苦的成果上，他不僅不存感激，卻還如此造謠生事，說什麼「台獨派研究者刻意歪曲和欺騙」，如此惡質地損毀學術行規，如此違背事實來提升自己的人格，正是被殖民者陳映真的絕佳身段。

我在「學術界」應該也有三十年了，對於「學術行規」一向嚴格遵守。譬如，我始終知道，許多日據時期的資料是台獨派挖掘出來的，而且，我也知道，某些台獨派的「朋友」也一直承認，七〇年代左翼的《夏潮》雜誌對日據台灣文學的「重見天日」功不可沒。但我，以及他們，大概不會說，如果誰先講出某一資料，提出某一詮釋時，另外的人就「不可以」提出相反的說法，這樣就不「心存感懷」了。而且，當甲只提出資料的某一部分，而未提出另一部分時，乙為什麼不可以找出另一部分，並提出不同的見解呢？陳芳明的這種「學術行規」，我必須承認，從來沒有聽說過。

關於陳芳明如何「遵守」「學術行規」，許多台灣文學的研究者（包括台獨派）都「心知肚明」，在將來的文章中，我會提出來「評論」。在這裡，就先舉出跟本文有關的一個例子罷。

在歌雷主持《新生報》副刊之前，何欣曾於四七年五至七月間主編了十三期的《文藝週刊》。關於此事，許詩萱在她的碩士論文《戰後初期台灣文學的重建》（中興大學，一九九九）中曾有相當「客觀」的描述。現在按她的論文摘述於下。

何欣在《文藝》第一期（五月四日）發表〈迎文藝節〉一文：

> 〈文藝〉（按指何所主編的週刊）降生在台灣，他有雙重的重大責任。台灣踢開了日本帝國主義的魔掌，重歸民主自由的祖國，就台灣本省而論，這是個不亞於「五四時代」的大變化。在思想上，要清除法西斯的餘毒，吸收進步的民主思想，同祖國的文化合流，這是新的革命，從世界各國的文藝思潮發達史上，每逢一個改變期，就是文學的蓬勃發展期。「我們斷定，台灣不久的將來會有一個嶄新的文化活動，那就是：清掃日本思想遺毒，吸收祖國的新文化，在這新文化運動中，台灣也會發生新的文學運動」……〈文藝〉願同台灣文藝界攜手，共同做台灣文學的墾殖者，雖然，〈文藝〉的力量是很小的，但他願盡最大的努力。

對於此事，陳芳明説：「何欣極露骨地表示……（以下引用上面引文加「」處）在清鄉之後，何欣仍然用堅持事件前官方的霸權優勢，亦即把台灣的日文思考與書寫劃入「日本思想遺毒」的範疇。代表官方立場的何欣，為日後的一連串爭議揭開序幕。」

　　陳芳明的評述實際上外加了兩點：一、「台灣的日文思考與
書寫」被劃入「日本思想遺毒」之內，何欣會有這層意思、會有
這麼「霸道」嗎？第二、他特別提及二二八之後的「清鄉」，並
聯繫起來說，何欣代表官方，言外之意是否說，何欣要在此之後
進行一場「台灣文學」的清鄉？這樣的「深文周納」是否「用
心」太過了？

　　接著，陳芳明摘述了沈明發表在〈文藝〉第四期（五月二十
五日）的〈展開台灣文藝運動〉一文。其大意是：台灣受到日本
殖民，「種下了法西斯毒苗」，在文化教育上低落，不能認清世
界大勢與祖國今日達到的歷史階段。台灣文藝仍是「一塊未經開
墾的處女地」，他呼籲展開台灣文藝運動，不要只看到祖國的黑
暗面，而應與祖國同胞負起「反帝反封建的歷史任務」。（按，
沈明的思想似乎有一點左傾，所以提及台灣同胞應與祖國同胞一
起「反帝反封建」，不過，他對日據期台灣文化的認識明顯有所
不足。）

　　再接著，陳芳明的評論必須全引，他說：「何欣與沈明聯手
定下了基調，自始就使台灣作家處在一個被指控、被迫辯護的位
置。揹負著日本思想遺毒與文化教育低落的罪名，台灣文學的歷
史經驗又被空洞化而成為未開墾的處女地，台灣作家遂必須接受
中國反帝反封建的歷史任務。這種高姿態指導式的文藝運動，並
不是從民間出發，而是站在高壓統治者的立場，並且是依恃血腥
屠殺的陰影，由上而下發動的思想改造運動。」

　　看了陳芳明這一段「鏗鏘有聲」的「重筆」之後，我們再看
何欣對沈明一文所作的編後補充（陳芳明未引），他說：「朋友
都覺得〈文藝〉不夠潑辣，沒有積極的反應現實，『學院』氣味
太濃。同時，有兩位朋友建議在台灣這沈寂的文藝界，〈文藝〉
應當盡一部份「提倡」的責任，造成台灣的「文藝空氣」。……
這一期，我們先發表沈明一篇〈展開台灣文藝運動〉，希望能展

開廣泛的討論，希望在台灣的文藝界先進能加以指導與協助，同時，更希望台灣的青年朋友發表自己的意見……」

　　何欣是個「學院派」文藝理論家，他登出較左傾、較「現實」性的沈明的文章，至少表示了他多方嘗試的企圖。從何欣的兩段文字和沈明的兩篇文章（另一篇發表在七月二日〈文藝〉第九期）來看，他們雖然對光復前台灣文學、文化狀況不甚了然，但態度說得上「友好」，怎麼會是「站在高壓統治者的立場」，「依恃血腥屠殺的陰影，由上而下發動的思想改造運動」呢？如果是這樣的話，王錦江（詩琅）、毓文（廖漢臣）根本就不需加以回應、沈默以對就行了。

　　陳芳明的「重筆」，我認為有兩個目的：一、始終以堅定的外省（中國）／台灣，殖民者／被殖民者的二元對立方式來處理材料，以「完成」他的「再殖民論」。所以，在論述上不容妥協。但請問，這算不算「刻意歪曲」呢？再進一步而論，以這種講法，像何欣、沈明這樣的「外省人」都一律是「高壓統治」、「血腥屠殺」的「幫凶」（不是嗎？），那外省（中國人）真是「沒有好人」了（在討論《橋》副刊時，他繼續以這一模式來「抹黑」所有外省知識份子）。這不是黑、白分明的「種族主義」嗎？如果連陳芳明也可以自稱「左翼」，那就真不知道「左」是什麼意思了（「左」就「右」嗎？）

　　第二、在何欣之後接編《新生報》副刊的歌雷，把省內、外作家合作的工作推展得相當好，論戰所涉及的問題更深入。對陳芳明這種立場的人來講，並不好對付。所以，他先以「重筆」把何欣的「先鋒」工作一竿子打翻，這樣，歌雷的船也就「翻」了一半，好對付了。陳芳明的「寫作策略」一向是很高明的。

楊逵：論戰中的角色與發言位置

　　陳芳明在他的新文學史第十章〈二二八事件後的文學認同與

論戰〉第三節中處理了《橋》副刊上的論爭。然而，在論述這一問題之前，他卻以兩倍以上的篇幅討論了〈吳濁流孤兒文學與認同議題的開啟〉與〈戰後第一代作家的誕生〉。在相對而言較短的第三節裡，他又有意突出《橋》副刊之前的何欣、沈明（他們相對來講，不重要得多），將他們重重的抨擊一番，接著以剩下三分之二的空餘，似乎有些草率的處理了《橋》副刊的論爭。對於台獨派的「文學史觀」來講，這麼重要的一次論爭，在書寫上不能不說有些不平衡之處。

　　在討論這一問題時，陳芳明採取兩個策略：一、突出楊逵的「台灣認同」，二、指出參與論戰的外省作家的「不必承擔風險」。以下我們將圍繞這兩個焦點來加以分析。

　　一般人似乎都把歐陽明發表於副刊上的〈台灣新文學的建設〉（四七年十一月七日）當作論戰的起點（包括陳映真、曾健民、陳芳明），對此，我頗表懷疑。自歐陽明文章刊出後，再經過三個多月後，四八年三月二十六日，揚風的〈新時代，新課題〉才刊出，此文被歌雷〈「台灣新文學運動」論文索引〉（《橋》副刊四八年六月二十五日）列為論戰的第一篇。三月二十八日，副刊作者的正式茶會第一次舉辦，議題是：《橋》的路；二十九日，發表楊逵的〈如何建立台灣新文學〉（此文孫達人於二十四日譯完，所以是寫在茶會之前）；四月二日，刊出史村子〈論文學的時代使命〉；次日，召開第二次茶會，議題是：如何建立台灣新文學，恰如三月二十九日楊逵文章的篇名。兩次茶會的紀要發表於《橋》副刊一○○期及一○一期上（四月七日、九日）。第一次茶會的發言相對零散，第二次，議題都集中在「如何建設台灣新文學」上，楊逵的發言相當長，而且「老作家」吳濁流、吳坤煌、吳瀛濤都出席，吳濁流也講了許多話。茶會紀錄刊出不久，接著，林曙光（四月十三）、葉石濤（四月十六）、朱實（四月二十三）、彭明敏（五月十日）的文章陸續刊

出，「討論」才真正展開。所以，第二次茶會是關鍵；而楊逵在
茶會上的發言及此前的〈如何建立台灣新文學〉一文則是主要的
推動力量。

　　對楊逵的〈如何建立台灣新文學〉一文，陳芳明頗表疑惑，
我們先「澄清」於下。陳芳明說，「這篇文章係以日文寫成，而
由外省作家孫達人譯出主要意思，並加入一些中文的內容在
內。」又說：「文章中插入一段中國作家范泉的中文引文，強調
要建立『屬於中國文學的台灣文學』，讀來頗為突兀。是否譯者
代為潤筆綜合寫成，還有待考證。」

　　這些話，不但證明陳芳明沒有細讀副刊的原始文件，而且沒
有細讀許詩萱的碩士論文。四七年三月十五日，歌雷在副刊〈編
者、讀者、作者欄〉留言說：「楊逵先生：你的一篇〈如何建立
台灣文學〉一文，請你用日文再寫一次，我讓人為你翻譯，並充
實你已寄來的這篇文章的內容。」可見楊逵先用中文寫成，但也
許他的中文還不夠好、不夠透徹，所以歌雷請他以日文重寫一
次。此文經孫達人譯過刊出時，還附登了孫達人給歌雷的說明：
「歌雷：這篇文章除掉楊逵先生的日文篇和主要意思全部譯出
外，並加入其中文篇內容在內，是綜合完成的，所以不能說是日
文篇的絕對全譯，但我相信只有充實沒有遺憾，為日文篇最後尚
有一段是楊逵對先生（按，指歌雷）和讀者的不憚麻煩，表示感
謝，這裡不譯出來了。」（論議集四十六頁）任何人看了這段說
明，應該不會再懷疑孫達人加水了罷！我原先只看到《台灣文學
問題論議集》的孫達人說明，也不解其意，直到看了許詩萱論文
所引的歌雷致楊逵短簡，才恍然大悟。[13] 陳芳明只看到前者而未
見後者，又「想太多」，所以就寫了那兩段話了。

13　《論議集》整理時不夠精細，譬如，未交代第二次茶會的日期，並且，未說
　　明茶會紀錄刊出的時間；這些都可以在許詩萱的論文中查到。許詩萱處理資
　　料極細心，所述背景頗客觀，讀《論議集》應參考她的論文。

　　陳芳明又懷疑楊逵的文章怎麼會插入「中國作家」范泉的
話，這也可以說明，「以釋其疑」。日本學者橫地剛對范泉與接
收初期台灣文學界的關係曾有很精要的敘述，謹摘述於下：「范
泉先生通過《文藝春秋》等上海、香港的出版物介紹台灣文化，
黃榮燦在《台灣文化》等台灣的報刊介紹大陸文化，連接《文藝
春秋》和《台灣文化》的橋樑的正是他們二人。此後，這兩個雜
誌開始相互轉載文章。一九四五年十二月范泉先生發表了〈論台
灣文學〉（按應為四六年一月一日上海《新文學》創刊號），該
文經黃的手開始在台灣流傳……范泉先生著重介紹了楊逵、呂赫
若、楊雲萍、龍瑛宗等台灣作家，翻譯龍瑛宗的《白色的山脈》
和楊雲萍的數十篇詩歌……[14] 按，范泉的〈論台灣文學〉一文
發表後，台籍的賴明弘立刻以〈重見祖國之日──論台灣文學今
後的前進目標〉加以回應（刊《新文學》第二期）。這兩篇文
章，歐陽明都有所引述。可以說，這兩篇文章的主要論點──台
灣文學在回歸中國文學以後應如何發展──也正是《橋》副刊最
關懷的問題。

　　由於范泉對台灣文學的熱情關懷，不少台籍老作家都跟他連
繫過。楊逵對范泉主編的《文藝春秋》也不陌生，在〈「台灣文
學」問答〉（這是陳芳明極為推崇的一篇）裡說：「去年十一月
號的《文藝春秋》曾有邊疆文學特輯，其中一篇以台灣為背景的
〈沈醉〉是「台灣文學」的一篇好樣本。」（論議集，一四二
頁）事實上，〈沈醉〉的作者（外省人）歐坦生（後以「丁樹
南」知名於世）還寫了〈鵝仔〉，也登在《文藝春秋》[15]。兩篇
小說對外省統治者對台灣人的歧視與壓迫的描寫，絕不下於呂赫

---

14 〈范泉先生的遺願〉，見人間叢刊《那些年，我們在台灣……》，六十頁，
　　人間出版社，二〇〇一。

15 歐坦生的這兩篇小說及他同時期的小說均收入人間叢刊《鵝仔》，人間出版
　　社，二〇〇〇。

若的〈冬夜〉。

　　所以，楊逵引述范泉一點都不讓人意外。但為什麼陳芳明那麼在意呢？因為，這樣一來，楊逵就不是他「那種意義」的「台灣認同」論者了。楊逵所引述的范泉的話如下：

> 　　現在的台灣文學，則已進入建設時期的開端，台灣文學站在中國文學的一個部位裡，盡了它最大的努力，發揮中國文學的古有傳統，從而建立新時代和新社會所需要的，屬於中國文學的台灣新文學！（論議集，四十四頁）

楊逵堅持台灣文學的「特殊性」、堅決維護過去台灣文學傳統的成就（這一點陳芳明已講得很清楚），但也承認其弱點；不過楊逵又堅決主張，站在「新時代、新需要」的立場上，盡它作為中國文學一環應盡的任務。這樣的論點，始終橫貫於他這一時期的所有言論。也是基於這一主張，他竭力促成省內、外作家在《橋》副刊相互溝通。

　　關於這一點，讓我們再回頭看楊逵〈如何建立台灣新文學〉一文。楊逵在談了光復三年台灣文學的沈默及暗示其政治原因後，接著說：

> 　　但我們不可否認的有一個共同的毛病，即在遇到困難時只看到客觀的條件，很少過慮主觀的條件，這一點，我們今天要反省了。我們不要逃避責任，坦白說眼前主觀的弱點，是不是我們太消極了？是不我們太缺乏信心？為要適應一個新的環竟而開創我們的新文學運動，當然是困難重重的，然而只要大家把握信心開步走，在共策共勉下，路還是走得通的……
> 　　因此，我由衷的向愛國憂民的工作同（按，此處應缺

　　一字）呼喊消滅省內外的隔閡，共同來再建，為中國新文
　學運動之一環的台灣文學。

　　　　週末，我們究應如可邁開台灣新文學再建的第一步，
　這裡略抒管見，或可拋磚引玉⋯⋯（論議集，四十四頁）

顯然，這篇文章是在第二次茶會前（所以文中提到「週末」），
為激勵省籍作家而寫的。請讀者再轉看陳芳明對此文的評論，看
看他是怎麼講的，在此就不再引述了。

　　其次，當許詩萱訪問林亨泰，問他為何投稿給《橋》時，林
亨泰回答：「因楊逵的呼籲而投稿。楊逵向歌雷呼籲能為本省作
者提供發表空間，請人翻譯本省作者的文稿。」林亨泰是「銀鈴
會」成員，而「銀鈴會」作家，除林亨泰外，在《橋》刊登作品
的還有張彥勳、朱實、許育誠（子潛）、蕭金堆、籟亮等人[16]。
現在大家都知道，「銀鈴會」接受楊逵指導。楊逵在《橋》上所
發揮的作用再明顯不過了。

　　孫達人在回憶《橋》時，特別提到楊逵：「由於《橋》的媒
介，楊逵首先參與，也由於楊逵的轉介為省外文學愛好的人們打
開了瞭解過去台灣文學活動的窗戶。譬如他曾在作者茶會中告訴
大家⋯⋯（台灣文學過去發展的狀況，它與五四傳統的關係）
⋯⋯他這一說，大家才恍然大悟⋯⋯[17]」楊逵一面為省籍作家找
出路，一面努力讓外省作家了解台灣文學。像這樣的無私作為與
高尚人格，我們還要蓄意去誇張他的「台灣認同」，把他按自己
的意思「窄化」，真不知道怎麼「忍心」做得出來。

　　下面我們就談到楊逵那篇「擲地有聲」的短文〈「台灣文
學」問答〉（這是陳映真、陳芳明同表激賞的！）自從《橋》的

---

16 許詩萱《戰後初期台灣文學的重建》，二四四頁及第九頁。
17 孫達人〈《橋》和它的同伴們〉，人間叢刊《噤啞的論爭》第六頁，人間出
　　版社，一九九九。

論爭自四月初第二次茶會後全面展開以來，到了五月中，國民黨
報紙《中華日報》就沈不住氣了。它於五月十三日刊登了台大文
學院長錢歌川的〈如何促進台灣的文學運動〉，錢的論點主要有
二：台灣風光好、故事多，台灣作家「應該把寫作的範圍縮小到
自己的鄉土，把發表的範圍擴大到全國去。」第二，「外省人對
台灣若沒有深刻的研究，孟浪執筆，當然是很危險的」，台灣作
家應該自己來，不要由人代勞（論議集，二一七─八頁）。很顯
然，錢歌川「害怕」省內、外作家由於對中國政治現實的一致看
法而結合在一起，所以，鼓勵台灣作家寫「鄉土」（有異國風味
的「鄉土」，而不是「現實」）。從錢歌川的企圖瓦解省內、外
作家聯合，就更可以看出《橋》副刊論爭企圖達到的目標。

　　六月十四日[18]，中央社又向各報發了錢歌川的一則訪問報導。
錢說，「該論題」（按，指「台灣文學的建設」）略有語病，錢
承認文學確有地域色彩，台灣文學也可以適當運用方言，「然不
可謂即為台灣新文學可與中國文學日本文學對立」，這就認為，
在「中國文學」之下，台灣文學確有地域及語言特色，但不必使
用「台灣文學」一詞。套用陳芳明的話，可以說，錢的官方霸權
論述表現無遺。

　　為了反駁錢歌川，楊逵除於六月二十五日於《橋》發表
〈「台灣文學」問答〉外，還於三月二十七日在中華日報《海
風》副刊發表〈現實教我們需要一次嚷〉（此文似乎更針對杜從
六月二十三日發表在《海風》的〈所謂「建設台灣新文學」台北
街頭的甲乙對話〉的對話體諷刺文章[19]）。

---

18 這是根據瀨南人的文章所提及的（論議集，一三九），《論議集》收入此一
　　通訊（二四五頁）所註明的時間有誤。

19 除錢歌川、杜從外，《中華日報》之後又登了段賓、夏北谷、杜從（第二
　　篇）、陳百感（兩篇）的文章，都針對《橋》而發，可見《橋》論爭的影
　　響。

　　我們首先要指出的是，台獨派及陳芳明從來不區分《中華日
報》錢歌川等人的官方色彩與《橋》外省作家的左派立場，似乎
楊逵是「一體痛罵」的。而我們前已指出，錢正是要把《橋》上
的省內、外作家區隔開來。從〈問答〉一文的提問也可以看得出
來，楊逵主要是針對錢歌川的。

　　楊逵首先直率的表明，「台灣文學」這一名字是「通而且需
要的」。在三個問題之後，楊逵解釋，為什麼不需要「江蘇文
學」、「浙江文學」而需「台灣文學」，因為「台灣文學」有
「特殊性」。陳芳明特別激賞的，並要陳映真「謙卑地重溫」的
那一段文字（在第十章與「三答文」中兩度引用）就在這一段
裡。陳芳明顯然是把它「孤立」起來使用了。

　　緊接在這一回答後，記者馬上提問：「那麼，你是不是以為
台灣新文學可與中國文學日本文學對立的？」（請注意，這也是
錢歌川的提法），楊逵又直率地回答：

　　　　台灣是中國的一省，沒有對立，台灣文學是中國文學
　　的一環，當然不能對立。存在的只是一條未填完的溝。如
　　其台灣的託管派或是日本派、美國派得樹其幟，而生產他
　　們的文學的話，這才是對立的。但，這樣的奴才文學，我
　　相信在台灣沒有它們的立腳點。（以上論議集一四一──二
　　頁）

楊逵這一段話頗長，最後又發揮到「人民」的立場上，說明「在
進步的路線上，它們是沒有對立可言的」。從左翼民族主義到國
際左翼，楊逵的思路相當清晰。

　　如果讀者因為陳芳明、陳映真同時推崇楊逵的〈「台灣文
學」問答〉，而又提出截然對立的解釋，對此而感到困惑；那
麼，我們可以再指出一個「盡人皆知」的事實：楊逵在「四六事

件」時被捕,並判重刑,其實主要是因為他在大陸《大公報》發表「和平宣言」,呼籲國、共停止內戰(這一點陳芳明有講嗎?)。如果他只有強烈的「台灣認同」,而無「中國意識」,他又何必冒險發表這一宣言——干卿何事?

倒楣的「外省作家」

對於《橋》論爭的論述策略,陳芳明除了突出楊逵的「台灣認同」,混淆他的角色之外,另一方法就是貶抑、甚至誣蔑外省作家。他在第十章說:「參加論戰的外省作家,大多是在二二八事件之後才到達台灣。他們沒有親身感受到屠殺場面的殘酷,因此政治壓力並不太強烈。」又說:「在長達年餘的台灣新文學論戰中,發言者都是以外省作家居多,他們的言論空間顯得特別優裕,固然得利於通暢中文的書寫。更重要的是,他們不必承擔台灣作家那種被迫害,被鎮壓的歷史經驗。」又說:「那些主張台灣新文學運動的(外省)作家,無需承擔任何的重建工作,便揚長而去。這說明了為什麼有許多外省作家的名字,至今已無法考證。」所以,他們的空洞議論都無關於台灣的歷史經驗和現實,「應該把注意力放在台灣作家是如何回應建立新文學的議題」。所以,只有楊逵、林曙光、葉石濤、彭明敏「少數敢於發言的台灣作家」的言論才是值得重視的。這些話,陳芳明在〈三答文〉又大多重覆了一次,只是講得更具情緒性,不再抄引了。

在正式討論外省作家之前,我忍不住想先說:陳芳明把至今身份不明的歐陽明不具證據的先判定為「外省作家」,又懷疑「楊逵引范泉」是不可靠的,而當葉石濤、林曙光說到台灣文學與五四傳統的關係時,他又說「照例必須呼應」,「以免受到羅織而罹禍」(以上第十章)。他又說歌雷「代表的是官方立場(此處見〈三答文〉),又說台灣作家很清楚「屠殺行動乃是朝向本省知識份子進行恫嚇,使他們在討論文學時變得非常拘謹」

（第十章）。按這一邏輯，外省作家的言論既空洞，無意義，而台灣作家所講的話，凡不合陳芳明之意的則是深怕罹禍而不得不爾，剩下合他意的才是「可靠」的。那怎麼辦？結論是：陳映真「強暴前人的思想，那種蠻橫的程度，簡直匪夷所思。」天啊！這時候我就覺得，當我問游勝冠為什麼有些論爭不討論，他回答：「這不是我要討論的」，他的答法實在是太「素樸」而「可愛」了。

好，現在就談到論爭中的外省作家了。

二二八事件後，那些最勇於批評的人，不是被處死，就是逃到大陸去。後者包括台籍的蘇新等，外省籍的王思翔等。這時候，有一批外省知識份子和作家離台。但是，也有一些還留下來，其中參與論爭的有：雷石榆，四六年年初來台；孫達人四六年十月來台，插班進台大政治系；姚隼，四六年十、十一月均有文章在台發表（其中一篇題名〈新台灣之旅〉）；陳大禹，四六年十二月《和平日報》刊有他身任閩南語導演「實驗小劇團」的演出廣告；楊風，四六、四七年間大陸《文匯報》常刊他對台灣的報導（《文匯報》於四七年四月被查禁）[20]，根據這些已查到資料的，至少有五人是在二二八之前來台。

雷石榆曾於四六年一至三月在《台灣文化》二卷一至三期發表三篇《隨想》，二卷一期的，有這麼一段：

> 在台灣，本省人與外省人互相排斥的現象頗顯著，尤以行政機關為然。除了別的原因外，本省人對於飯碗問題所受的威脅最易引起反感；也同樣，除了別的原因外，外省人對於未習慣於自己一樣工作方式的本省人，誇示一種

---

[20] 雷石榆，參看藍博洲〈放逐詩人雷石榆〉，見《噤啞的論爭》；孫達人來台時間為藍博洲採訪所得；其他資料均由曾健民搜集而得。

優越感和傲慢的態度。語言的距離，感情的距離，作風的
距離，各自越拉越遠的那中間，必然由誤解而反感，由反
感而排斥。

可見雷石榆對台灣的政情頗有了解，對台灣人的處境相當同情。
雷石榆一九三四、三五年在東京時認識吳坤煌和賴明弘，並透過
吳坤煌在《台灣文藝》發表多篇詩、文，這是他四六年失業時決
定來台的一個因素。

　　另外一個似乎無關的例子也值得一提。歐坦生（丁樹南）來
台時正值二二八事件，受到台灣人的保護，此後他寫了〈沈
醉〉、〈鵝仔〉，控訴外省人歧視、壓迫台灣人（已見前述）。
二二八事件後逃離台灣的王思翔等人就不用說了。這只是一些例
子。無視於這一切，而把外省作家一律視為「不了解台灣的苦
難」、「有餘裕」、「空發議論」，這種一刀切的二分法，再一
次證明了陳芳明的「種族主義」思考模式。

　　我們也藉此再來談一談雷石榆與彭明敏、以及陳大禹與瀨南
人（林曙光）之間的論戰。雷石榆雖然關懷台灣政情、同情台灣
人，不過，他對部分台灣人受日本思想行為影響也有感慨。在
〈女人〉這篇文章中，他「不小心」講了一句「日本的倫理意識
把本省部份的男子害毒了」。這就引起彭明敏的憤怒，在〈建設
台灣新文學，再認識台灣社會〉一文中舉此為例加以批駁，認為
這就不是建立在「科學的分析」的基礎上（論議集，八十一八一
頁）。兩人為此論戰了兩個回合，最後，雷石榆說：「我不是什
麼政客」，「只是對社會的關心，對人類寄託愛」，「縱有不具
體之論或錯誤」，「決不會故意給某人戴一頂帽子。」但他也不
希望「日本的遺毒在本省殘存下去」，希望與批判中國舊的倫理
觀一同加以批判（同上，一○○頁）。

　　陳大禹也類似雷石榆。他是閩南來的外省人，也同情台灣

人。在第二次茶會時，他說：「台灣文學有特殊性的問題，對於
新文學為什麼要標出台灣這兩個字，正是我們這條論題需要討論
的。」不過，他也坦率批評：台灣為了「反侵略鬥爭」，「保留
前清所遺留的法制與生活習慣」，而「國內來台的人士，也都有
意鼓勵這種傾向」，他認為，這些是「封建殘遺」，「不適於二
十世紀的今天的」（同上，六十四─六十五頁）。當錢歌川發表
官方言論企打壓論爭時，陳大禹挺身反駁，他說「『台灣文
學』、『台灣新文學』的名詞，實在不是新近才發明的命題，而
是自有其光榮的，值得紀念的歷史的衍故。台灣在中國，最突出
的特殊性，就是曾經淪陷於日人統治下五十餘年……」（同上，
一三七頁）。沒想到他的講法還是引起瀨南人（林曙光）的不
滿，他認為，不能純從「陷日五十年」來解釋「特殊性」，還須
考慮一般的自然、人文環境（同上，一四〇頁），陳大禹又回應
了一次。

　　如果我們綜觀雷石榆、陳大禹這時的所有言論（可查到
的），即可看出，他們對台灣的同情，並不表示他們事事讚同台
灣人的所言所行。他們的看法不一定對，但總不能說，他們因此
就是錢歌川一流的官方代表，或「中原心態」的自高自大。我認
為，不應該以一刀切的論法來否定這種可以尊重的「諍友」。楊
逵說：「台灣文學是中國文學的一環，當然不能對立，存在的只
是一條未填完的溝」，台灣作家與像雷石榆、陳大禹這種「外省
作家」交流、來往，正是「填溝」的工作。

　　如果這種外省作家可以隨意諷刺他們空發議論（陳芳明的論
法和錢歌川竟有相近之處！）或像陳芳明藉著批評歐陽明說，
『作家若是大眾的代言人』，「為何當時的本省作家沒有寫出
來？主張大眾文學的外省作家也沒有寫出來？在那樣的政治環境
之下，提倡大眾文學是非常虛偽而虛構的（陳芳明顯然「暫時」
忘了他剛提過的吳濁流，也「不知道」有歐坦生──（事實上他

在《三答文》就提到歐坦生），那麼我忍不住就想談到陳芳明對
於葉石濤的評論了。他說，葉石濤這時期的小說「仍然不脫唯美
的傾向」，「以荷蘭、西班牙的人物為題材，無非是為了凸顯台
灣歷史特殊的殖民經驗」，來「對照劊子手的國民政府歷史，誠
然有強烈區隔的味道」。說穿了，葉石濤的小說，不正無意中符
合了錢歌川的想願：台灣作家應該只封閉在自己的「鄉土」，寫
出「異國風味」，至於現實，最好不要注意。陳芳明居然可以
「曲筆」以成葉氏之「美」，而對於當時的「現實主義」議論加
以「酷評」，實在不知道他站在「哪一種立場」發言？

　　現在就接著說到外省作家不必承受「被迫害、被鎮壓」的歷
史經驗的問題了。二二八事件後來台的駱駝英（羅鐵鷹），正是
在昆明時由於反國民黨而被追捕，逃到台灣來的，四八年八月左
右，他又面臨被捕的命運而再度逃亡[21]。雷石榆於四八年夏被台
大解聘，四九年六月被捕，不久從監牢強迫遣送出境，活生生的
被蠻橫割斷與他的妻子台籍舞蹈家蔡瑞月及剛出生的兒子的聯繫
長達三十五年。姚隼的太太在白色恐怖時被捕、在獄中自殺；姚
隼本人也被捕，出獄後只能當公寓大樓管理員，默默以終。姚隼
的同鄉文人（福州）好幾人被捕、關押，黃榮燦被槍斃，「歐坦
生」變成「丁樹南」，從此「失憶」了他的青年時代。

　　五〇年代白色恐怖時，外省反對者的處境比本省人更糟。他
們多半隻身或夫婦兩人來台，此外別無親屬，而台灣人至少有親
友在心中記著。反過來講，國民黨對台灣人尚有顧忌（殺一人、
關一人則得罪一批人），殺外省反對者絕不手軟。以最早破獲的
「基隆中學、光明日報案」為例，當時尚未戒嚴，外省的張奕
明、鍾國圓立即槍決，而校長鍾浩東只判「感訓」（以後他不願

---

21 羅鐵鷹的事蹟可參看他在建國中學時代的學生張光直所著《番薯人的故事》
　　（聯經，一九九八），以及陳映真〈「兵士」駱駝英的腳蹤〉，《噤啞的論
　　爭》。

接受感訓而遭槍決）。解嚴後，台籍受害人一個、一個「挖掘」出來，而外省受害人乏人關心，所以就「至今無法考證」。如此，還要承受「事不關己」、「空發議論」、「揚長而去」的指控。怎麼說呢！即如雷石榆、姚隼、陳大禹等尚有資料可查，不查也就罷了，竟然不「檢查」就予以「判決」了。這種態度，又要怎麼說呢。

　　再說歌雷和孫達人。歌雷於四七年夏來台，上海復旦大學新聞系才畢業不久，就於八月一日接編《新生報》《橋》副刊，這當然因為他是剛上任的省主席魏道明手下警備副總司令鈕先銘的表弟。魏道明是美國支持的，對台人採「懷柔」政策，在此情況下，歌雷才有足夠的財源出另一份稿費找人把日文翻成中文，無疑他是執行政策的。然而，他開朗、熱情，搞得太成功了，不但台籍作家紛紛投稿，還鬧出一個轟動一時的大論爭，逼得黨部經營的《中華日報》不得不出來唱反調[22]。四六事件，既逮捕學生領袖、又同時整頓《橋》副刊，《橋》對當時知識份子的影響可想而知。歌雷也被捕（關押時間不詳），獲釋後只能被安排公家職務，「等因奉此」而終其一身。這樣的歌雷，被指責為「代表官方立場」。

　　孫達人，大學時代就寫得一手好文章，日文造詣已足以幫人譯稿。他也是「太熱情」，又幫歌雷出點子搞「作者茶會」，四六事件也被捕。出獄後真是「僥天之幸」，既沒被身為名教授的太太「離異」，還「準其悠哉悠哉，胡混一生」。

　　歌雷、孫達人無疑是四六事件中「較幸運」的人，然而，他們「本來」就可以更「飛黃騰達」，他們在那種時代的那種表現，難道不應該「稱讚」嗎？那時候誰不想置身事外，或者虛應

---

22 歌雷的為人及編輯風格除前引孫達人文外，可參看許詩萱碩士論文四十八—五十一頁，二四四頁（林享泰訪談），以及林曙光〈感念奇緣弔歌雷〉，《文學台灣》十一期，一九九四年七月五日。

故事！

《橋》論爭與中國內戰

在下面的簡短的結語裡，我想說明《橋》論爭在戰後台灣文學重建工作中的地位與意義。

四五年台灣復歸中國時，中國正處於近、現代史上最大的轉折點：代表半封建、半殖民勢力的國民黨政權和主張工、農、小資產階級、民族資本家聯合陣線的共產黨正要展開一場前所未有的、大規模的內戰。在作為中國政府代表的國民黨來接收台灣時，台灣知識份子與一般民眾對中國的一般形勢幾乎一無所知。隨著時間的推移，台灣各界對接收政權的作為普遍極感失望，他們當然不能了解，當時的國民黨權正處於最貪婪、最腐化的階段[23]。光復後八個月時，外省來台的王思翔對台灣知識份子說（前已引述）：

> 台灣文化運動者不僅要以全力反對台灣的封建勢力，
> 而且要參加全國性的反封建運動，即要求政治民主、經濟
> 民主。

意思也就是：在復歸中國的大方向之下重建台灣文化時，必須考慮全中國正在進行的封建（國民黨）與反封建（共產黨）之間的大決戰。當時台中文化人，包括左翼的謝雪紅與溫和派的莊遂性應該都了解其意義。

但不到四個月的時間就爆發了二二八事件。事件後，台灣的知識份子面臨幾種選擇：第一、國際解決台灣問題，最可能的構

---

23 陳翠蓮《派系鬥爭與權謀政治──二二八悲劇的另一面相》（時報出版公司，一九九五）第一章對此有簡明、清晰的綜合說明，可以參閱。

想是暫時由聯合國託管，將來等中國情勢澄清以後再說。但是，這只是極少數人的想望，不合台灣的主流民意；而且，在中國的內戰情勢下，美國也不敢冒然行事[24]。第二、隱退不管；這種人不少，如莊遂性、張文環、王白淵都是。第三、決定加入反國民黨封建勢力的一邊，如呂赫若、朱點人、簡國賢。當然，繼續支持國民黨的也有，不過，這種人是沒有「正當性」的。

在行動上投入地下鬥爭的呂赫若等人，可以說已放棄了暫時的文化活動。這時候，還企圖在文化陣線上進行「反封建」鬥爭的，就是以楊逵為代表的台灣知識份子和以雷石榆、羅鐵鷹（駱駝英）及黃榮燦（他沒有參與《橋》論爭）為代表的外省反對者。這種共同合作，其實就是王思翔和謝雪紅、莊遂性等人合作精神的延續，只不過，歌雷和《橋》副刊剛好為他們提供了舞台。

四九年四月六日，國民黨同時整頓學運和《橋》副刊（《橋》於「四六」前的三月二十八日出版二二二期，「四六」歌雷、楊逵被捕，兩週後，四月十一日出版二二三期，並正式宣佈停刊，這證明，「四六」同時要整頓《橋》。）這時候，國民黨在內戰中已連續輸掉東北戰役（四八年十一月二日）與淮海戰役（徐蚌會戰，四九年一月十日），敗局已定。在這其間，一月五日，蔣介石派陳誠接任省主席，已決定把剩餘力量用以保衛台灣。「四六」其實只是整肅島內反對者的前奏，五月二十日宣佈戒嚴令，白色恐怖統治開始。五〇年六月二十七日美國宣佈協防台灣海峽，介入中國內戰，終於挽救了蔣介石覆滅的命運。

《橋》的封閉，和楊逵發表〈和平宣言〉也有關係。據林曙光回憶：

---

24 關於此點，可以參看陳翠蓮前引書第六章。

　　蔣介石下野的前夕，東北兵敗的陳誠起復接替魏道明
任主席，陳誠飛京述職的歸途，在上海看到大公報赫然有
楊逵簽名的〈和平宣言〉，略謂：國府應該撫平二二八的
傷痕，使台灣人樂於接納其撤退來台；陳閱後大喊台灣有
共產黨，返台後即嚴令逮捕，史先生（史習枚，即歌雷）
是介在楊先生與大公報間的人物，連他的表哥鈕先銘將軍
都不敢伸手救他。[25]

如果這段紀事屬實，那麼，歌雷顯然有介紹楊逵在大公報發表
〈和平宣言〉的嫌疑[26]，再加上他們兩人長期以來鬧出的「論
爭」，那就代表了當時文化界最大的反對力量，和學運一同遭到
打壓，一點也不奇怪。

　　白色恐怖統治開始以後，「台灣文學」先是高舉「反共文
藝」的大旗，接著轉向現代主義，完全走上不同的道路。自光復
以來，「台灣文學站在中國文學的一個部位裡，盡了它最大的努
力……從而建立新時代和新社會所需要的，屬於中國文學的台灣
新文學」的努力，也就硬生生的被國民黨的殘餘勢力切斷了。

　　我們對於共產黨「革命」成功以後統治大陸的評價是一回
事，戰後初期的歷史真實則是另一回事（葉石濤在《一個老朽作
家的五十年代》一書裡，也不諱言，當時台灣知識界普遍左
傾）。總而言之，我（陳映真也如此）是這樣看待戰後初期的台
灣文學進程的。依此詮釋，我分析了陳芳明的詮釋的「縫隙」，
指出他使用資料的偏頗和歪曲。說理是否足以讓人信服，那只能

25 〈感念奇緣弔歌雷〉，《文學台灣》十一期，三十三頁，一九九四年七月。
26 我個人對歌雷的角色與立場頗感困惑。他奉命執行「懷柔」政策，做得過於
　 成功，既吸引台籍作家投稿，又容許刊登那麼多左翼言論，也可能協助楊逵
　 發表〈和平宣言〉。按此而言，他的立場對國民黨已「背離」得很遠。可惜
　 他和楊逵都已去世，很多事情難以查證。

由讀者判斷了。

　　最後說明兩點。第一，如果沒有曾健民近五、六年來在爬梳當時報章、刊物上的努力，本文的後半篇絕不可能寫成。文中不好一一註明哪些是他辛勤工夫的成果，只好在此籠統表達感謝之意。第二，陳芳明在〈三答文〉的末段說：他的《台灣新文學史》「乃是以台灣社會、台灣歷史、台灣文學為主體」，「對每個階段的文學內容與精神，都能夠以後殖民史觀來詮釋」，預計明年春天完工。我不太了解他為什麼要寫這幾句話，不過，這沒關係。「剛好」，曾健民和我，以及四位大陸學者合寫的一部《台灣新文學思潮史》已於暑假期間全部竣工，預計年底或明年初由人間出版社正式發行。很歡迎讀者拿著陳芳明的文學史來對照著讀，並請判斷，哪一種「理論」的「實踐」比較有道理（陳芳明說，他的文學史就是他的後殖民「理論」之「實踐」）。

跳蚤「左派」的滿紙荒唐言
——評陳芳明的所謂左翼台灣史觀

◉杜繼平

「以有限的知識做籠統的表達，是長期存在於台灣知識份子中的惡習。……最基本的黑格爾、馬克思經典，他也不甚了然。」——陳芳明《書評不是這樣寫的》（一九九二年五月）

「近兩三年來，許多大學生、文學家和其他沒落的青年資產者紛紛湧入黨內。……所有這些先生們都在搞馬克思主義，……關於這種馬克思主義，馬克思曾經說過：『我只知道我自己不是馬克思主義者。』馬克思大概會把海涅對自己的模倣者說的話轉送給這些先生們：『我播下的是龍種，而收穫的卻是跳蚤。』」——恩格斯：致保·拉法格（一八九○年八月二十七日）

馬克思主義探討了人類歷史發展過程中，人與自然的關係和人與人的社會關係，涉及哲學、政治經濟學、社會學、歷史學、人類學等廣義的歷史科學，幾乎涵蓋了所有與人有關的知識。用法國結構馬克思主義創始人阿圖塞（L. Althusser）的話來說，馬克思繼希臘人開拓數學大陸、伽利略開拓物理學大陸之後，

「以驚人的發現為科學知識和人的自覺實踐開闢了一個新大陸，歷史的大陸（the Continent of History）」（Althusser 1971: 99）。自馬克思開闢了這個歷史的新大陸之後，馬克思主義成了研究人文與社會科學無可迴避的理論體系，而歷史研究尤然。著名的後結構主義理論家福科（M. Foucault）的這段話可為佐證：「如今，撰寫歷史而不使用直接或間接與馬克思的思想相聯繫的一整套概念並且置身於馬克思所界定與描述的思想領域內，那是不可能的事。人們甚至可以自問，做一個歷史學者與做一個馬克思主義者究竟有什麼區別。」（Foucault 1980: 53）

台獨主觀唯心地強暴台灣史料

　　不過，自馬克思主義問世，一百多年來，即不斷遭到誤解、曲解與誤用、濫用。由於馬克思主義最深刻徹底地批判了資本主義的罪惡，揭示了資本主義自我毀滅的必然性，並號召無產階級推翻資產階級的統治，結束人類社會的私有制，資產階級及其御用學者在驚恐不安之餘，或出於淺陋無知或出於刻意淆亂，曲解馬克思主義不遺餘力，固不待言。就連諸多傾心於馬克主義的深邃宏富與崇高的道德正義感，而自命為馬克思主義者的知識份子也常不免於誤解、誤用馬克思主義。這除了階級根源的因素外，還由於馬克思主義的體大思精，包含了複雜深奧的哲學與社會科學理論，非經艱苦的鑽研探索，無法掌握其精義要旨。雖然馬克思曾明白告誡：「在歷史科學中，專靠一些公式是辦不了什麼事的。」恩格斯也一再警告，歷史唯物主義是研究工作與行動的指南，而不是教條、公式，切忌把唯物史觀當作標籤貼到各種事物上去。然而，把馬克思主義的一些論斷當成套語，一知半解地胡亂套用的現象始終存在，因而浮現了一大批庸俗的、冒牌的所謂「馬克思主義者」。這類被恩格斯痛斥為跳蚤的「馬克思主義者」，在馬克思生前即已有之，不過於今為烈。這明顯地表現在

史明及其徒子徒孫的所謂台獨「左派」身上。

　　在台灣，要檢驗一個人的馬克思主義理論與台灣史知識的水平，一個很好的判準就是看他有沒有能力洞悉史明《台灣人四百年史》在一堆馬克思主義術語包裝下的主觀唯心論本質，批判其雜湊、曲解台灣歷史材料，絲毫禁不起嚴格史學檢證所編造出來的所謂左派台獨史觀的神話。史明這部理論貧乏、錯誤與矛盾百出的台灣史神話，可以用恩格斯的一段話給予最恰當的論斷：「如果不把唯物主義方法當作研究歷史的指南，而把它當作現成的公式，按照它來剪裁各種歷史事實，那末它就會轉變為自己的對立物。」（《馬克思、恩格斯選集》，中文版，第四卷：472）唯物論的方法要求，根據客觀的證據、材料，運用嚴謹的批判性思考，修正主觀成見中的錯誤認識，才能得出符合實際的論斷，而不是相反，把材料、證據五花大綁綑在根據主觀的立場、成見製成的刑床上，以電鋸、刀斧頭動用酷刑，大加砍削，必欲其符合刑床的尺寸而後已。馬克思在《資本論》的第二版跋中說：「研究必須充分地佔有材料，分析它的各種發展形式，探尋這些形式的內在聯繫。只有這項工作完成以後，現實的運動才能適當地敘述出來。」（《資本論》，中文版，第一卷：23）。恩格斯在《反杜林論》中也指出：「原則不是研究的出發點，而是它的最終結果；這些原則不是被應用於自然界和人類歷史，而是從它們中抽象出來的；不是自然界和人類去適應原則，而是原則只有在適合於自然界和歷史的情況下才是正確的。」（《馬克斯‧恩格斯選集》，第三卷：74）所謂台獨史觀，不論「左派」或右派，其實都是為台獨的政治目的服務的，沒什麼歷史客觀性可言。西方史學家Tillinghast曾說：「過去遭到每一位歷史學者的強姦，即使那些懷著最高貴的意圖的歷史學者也一樣強暴了過去。」此話雖不無過當之處，但用在史明、王育德身上卻是恰如其分，頗為貼切。台獨史觀正是史明、王育德粗暴地強姦台灣史料後虛構出來的怪胎。

　　史明的忠實信徒陳芳明十餘年來匍匐在史明虛構的台獨史觀的框框裡，汲汲於塑造所謂台灣左翼史觀，極力抨擊「中國學者的研究，全然不符史實，並且也非常違背學術的紀律。」還大言不慚地宣稱：「要維護台灣史實的正確性，要保存台灣學術的自尊，左翼史的重建顯然無可拖延。」（陳芳明 1998: 17）其氣也甚壯，其志也可嘉，只可惜有其志而無其才。台灣歷史在陳芳明這個江湖庸醫手執台獨手術刀肆意切割整形下，變形為一副嘴歪眼斜橫鼻豎眉、面目全非、慘不忍睹的尊容。而不論是馬克思主義、後現代主義或後殖民主義，任何理論一經過陳芳明那毫無理論思考能力的漿糊腦袋的攪和，也無不扭曲走樣，成為荒誕可笑、失去實質內容的空話、廢話。與陳芳明自我標榜的完全相反，在陳芳明筆下，台灣歷史的正確性非但沒有得到維護，反而橫遭踐踏，台灣學術的自尊不僅沒有獲得保存，簡直是受到了莫大的侮辱。這樣的批評是否過當？沒有！以下我們先展示陳芳明如何誤解、曲解並且誤用、濫用馬克思主義、後現代主義與後殖民主義的理論概念，再揭穿陳芳明的台灣歷史論述在史實與解釋上的錯謬，以證明上述論斷的確鑿無誤。

國民政府對台灣實行殖民統治嗎？

　　一九九九年八月，陳芳明在《聯合文學》一七八期上發表了他正在撰寫的《台灣新文學史》第一章〈台灣新文學史的建構與分期〉。這篇文章概述了他的理論觀點與全書要旨。文中自稱根據台灣社會的性質，把台灣新文學史的發展劃分為日據的殖民時期（1921-1945）、戰後國民政府再殖民時期（1945-1987）與解嚴後的後殖民時期（1987-）。這明顯是把視國民政府為殖民政權的台獨教條與為趕時髦而硬搬來的後殖民理論，拼湊在一起的產物，一點也不具備嚴謹的知識內涵。台獨為了便於脫離中國長期高唱台灣民族自決論，乞求美、日帝國主義在聯合國為其撐腰。

於是便炮製出台灣是殖民地而國民政府是「失去母國的殖民政權」這類騰笑世界的荒誕不經的論調。陳芳明辯稱「一個社會是不是屬於殖民統治，可以從國語政策的有否實施得到驗證」（陳芳明 2000a: 161）因為國民政府實施國語政策，於是得出國民政府是殖民政權的幼稚可笑的結論。吃了過多台獨迷幻藥而神智不清的陳芳明忘了，在國語政策下不准說家鄉話（或曰母語）的不只台籍學生，除了極少數的北京人，所有從大陸來台的三十餘省外省學生（包括新疆、蒙古的少數民族）都不准不說北京國語，如有犯禁者照樣處分、罰款。照陳芳明的邏輯，在台灣的非北京籍外省人子弟，包括浙江籍的蔣介石家族的子弟都被迫不得在學校說母語，因而也都被國民政府殖民了事實上，實行國語政策是近代民族國家形成的一個要件，除了少數特殊的例外，這已是國際常態，差別只在實施的手段有異而已。這裡先引一段話供陳芳明欣賞：「語言的問題，是會規定民族與其成員的思考形式和世界觀，並關連到民族發展的基本問題。所以，儘早實現能合乎獨自的生活與文化之統一語言，可說是台灣人今後的重要任務之一。」說這話的是誰？不是別人，就是陳芳明的啟蒙導師史明（引文見黃昭堂 1994）。看吧！偉大的台獨左派導師史明也要求台灣要有「統一語言」，照陳芳明的邏輯，史明顯然也想殖民台灣了。陳芳明還舉了壟斷式金融資本、監視型的戶籍制度、強制性的民族教育做為國民政府是殖民政權的依據，徒見其淺陋。我們只要問德、意、日法西斯政權以及其他國家的獨裁政權，只要力所能及，那個不實施類似的制度？準此以論，它們也都對本國人民「殖民」了？這種論調根本把有著明確內容的社會科學概念，搞成了毫無意義的廢話！

不知歷史唯物論為何物

　　正因陳芳明的文章中充斥著諸多違背社會科學知識甚至常識

的荒唐觀點，遂引起陳映真的批判，雙方交戰了數個回合，從論戰的內容來看，雖則戰火熾烈，硝煙四起，卻缺乏實際的交集。主要的原因是，陳芳明雖然自稱：「接觸左翼思想後，我不再迷信史料高於一切，而漸漸注意到史料背後所暗示的歷史條件與社會結構。我開始警覺到，歷史上的政治事件往往可以聯繫到經濟性質與階級因素。這樣的思考，為我的知識訓練帶來新的紀律。」（陳芳明 1998a: 7），但正如本文起首所引錄的陳芳明自己的話：「最基本的黑格爾、馬克思經典，他也不甚了然」。從他的思維方式上看，他是既不唯物，也不辯証的。對唯物論與辯証法他連最起碼的知識也沒有，因而對歷史唯物論也就不可能真正地理解（對此下文會進一步詳論）。於是，當陳映真指責他不從歷史唯物論的基本觀點，也就是不從台灣的社會經濟結構著眼，依據台灣社會形態的性質做為台灣新文學史分期的標準，並據以分析台灣文學的內涵時，陳芳明竟然不知陳映真意何所指，可笑地批評陳映真只用馬克思主義的概念而不知列寧的帝國主義論，轉而胡攪瞎纏在「何謂殖民地社會」的問題上。這種對話頗類陳映真提出微積分的演算問題，而陳芳明卻拿加減乘除的算術以對，根本不是同一個層次的爭論。稍有馬克思主義常識的人，誰不知道什麼叫殖民地？又有誰不知道台灣在日據時期是日本統治下的殖民地社會？關鍵是：這個殖民地社會的「生產方式」是什麼？它的社會生產關係是什麼？也就是它的經濟與階級結構是什麼？在這樣的社會經濟結構中，它的政治鬥爭與意識形態（包括文學的表現）呈現出什麼樣的形式？問題的核心在這裏。然而，陳芳明根本慮不及此，任憑陳映真狠敲猛打，他那冥頑不靈、愚鈍不堪的漿糊腦袋依舊昏昏然、懵懵然，非唯未稍見清醒，仍強不知以為知，耍弄輕佻的痞子腔，曲意迴護他那主觀唯心的台獨史觀，還幼稚地反問：「我正在撰寫的《台灣新文學史》，並不是在探討台灣社會性質的演變史，也不是在追問台灣

政治經濟的發展史。為什麼進行文學史的回顧，必須字字句句唯『馬』首是瞻？」（陳芳明 2000a: 158）這不由得讓人想起阿圖塞批評五、六十年代法國學院裏的假馬克思主義者的話：「在學院裏，特別是歷史學者、經濟學者，以及大批各式各樣學科的意識形態家（眾所周知，今天的人文科學界每個人都自稱為馬克思主義者）。然而，這些知識份子腦袋裏的馬克思主義觀念十有九成都是錯誤的。」（Althusser 1971: 79）

共賞陳芳明的「奇文」

在遭到陳映真連番以馬克思主義觀點痛加批判後，理屈詞窮之餘，陳芳明拋出了〈當台灣文學戴上馬克思面具〉（《聯合文學》，192 期）抨擊陳映真依據馬克思的歷史唯物論名言：「不是人們的意識決定人們的存在，相反，是人們的社會存在決定人們的意識」來討論經濟基礎與上層建築的關係，是「死死抱住庸俗的馬克思主義」，甚至指稱馬克思的歷史唯物論是經濟決定論、機械反映論，早經西方馬克思主義者「進行革命性的修整與擴充」，而陳映真猶奉為信條，是遠遠落後於時代的「歷史的孤兒」、「歷史的棄兒」。然後自鳴得意地說，「人們的意識也能決定社會的存在」。陳芳明對馬克思主義（不論是經典馬克思主義或是新馬克思主義）的淺薄無知與主觀唯心論的本質，在這篇文章中徹底暴露無遺。他對陳映真的指控實在太「精彩」了，為了和大家「疑義相與析，奇文共欣賞」，以下大幅引用陳芳明的原文以令其自暴其醜：

「當年，我也迷信過陳映真在現階段所奉為神明的陳腔濫調語言：『不同的生產方式，因其相應的、不同的社會生產關係，形成不同的經濟基礎，從而有相應的、不同的上層建築，也就是包括文學藝術在內的意識形態體系。』這種教條的、僵化的思考方式，早已偏離了唯物的軌道，而帶有濃厚的唯心傾向。陳映真

照搬這些老掉牙的、落伍的馬克思語言，無怪乎他回到中國去演講時，被他筆下形容的「我國」的大學生譏諷為『比老幹部還老幹部』。

　　……這裏可能是有一些不禮貌，但又不能不提的一個問題，試問陳映真的意識形態是由怎樣的『社會存在』來決定？又是由怎樣的『生產方式』來形成？他的馬克思主義思考，究竟是由現階段的中國生產方式來決定，還是由台灣的生產方式來決定？如果是由前者決定，為什麼中國大學生會說他是「老幹部」；如果是由後者決定，為什麼台灣大學生會稱他是『黃昏老人』？

　　台灣統派語言的疲態，極其精確而典型地由陳映真表現出來。他的思考方式，不僅悖離了當今的中國社會，同時也與當前的台灣社會全然脫節。陳映真的左派語言，恰恰與他引用的馬克思『社會存在論』與『生產方式論』，發生了可笑的矛盾衝突。他雖然是自稱為唯物論者，他的思想內容在台灣社會與中國社會卻是找不到相應的經濟基礎。包括中國領導人江澤民、朱鎔基在內，北京城裏已經找不到真正的、唯物的馬克思主義者了。他們不僅向西方資本主義靠攏，而且還高舉『改革開放』的旗幟，恬然向台灣的資本家招手討好。陳映真口口聲聲的『我國社會科學界』，早已整編到資本主義的文化邏輯之中。他們的思考才是真正唯物的，真正由中國社會的存在所決定。這樣看來，在北京的整個中國社會科學院裏，恐怕只剩下陳映真是一個不折不扣的歷史孤兒，一個徹底唯心的偽唯物論者。對於他的尷尬處境，我不能不寄以『一種令人同情的哀痛』。

　　為什麼説他是一位歷史的孤兒？理由至為明顯，正統馬克思主義已經是一個歷史名詞。那樣規規矩矩地背誦馬克思主義的信條，在中國社會，甚至放言世界的左派思考中，已經不再存在陳映真式的模範信徒。不要説陳映真文中提到的詹明信（Fredric Jameson），即使是稍早的馬庫色（Herbert Marcuse）及其法蘭

克福學派，以及更早的西方馬克思主義者，早已對庸俗的、機械反映論的老馬進行了革命性的修正與擴充。人類歷史已經跨越了二十世紀末，陳映真的思考卻仍選擇停留在十九世紀末。珍惜這種世紀末的世紀末思維的陳映真，可能不只是歷史的孤兒，恐怕還是歷史的棄兒。

　　……他死死抱住庸俗的馬克思主義，只不過為了証明他的左派精神之不滅。這裏不厭其煩地說明陳映真之變成歷史孤兒，乃是為了指出他再三強調『社會存在決定人們的意識』，並不是甚麼科學知識態度。他頑強的拒絕面對客觀現實，而自囚於他馬克思主義的空中閣樓之中，恰恰証明了人們的意識是可以決定社會存在的。這裏揭露他的思考與他所賴以生存的社會發生嚴重的脫節，並非是在拆穿他的洋相；恰恰相反，通過這樣的說明，乃在於協助陳映真釐清他自己的思考方式。我樂於協助他，只不過是要提醒陳映真，馬克思的名言並沒有那麼神聖而偉大。在歷史發展過程中，有許多事實可以証明不同的生產方式會形成相應的、不同的上層建築。但是，也有許多具體的証據足以說明，人們的意識也能決定社會的存在。陳映真的思考方式，便是極其科學的証明這個命題是可以成立的。我與陳映真之間的對話，在思考方式上足足相差了一百年。不過，遙望著十九世紀末期的陳映真，我仍然願意耐心地與他討論台灣文學的問題。這位可敬可畏的馬克思老爺，誠然需要一些協助。

　　……在他的經濟決定論裏，並沒有看到人的主體之存在，並沒有看到經濟基礎與上層建築相互滲透的事實，更看不到人的心理結構，以及人本身就是自己的歷史之創造者。」

　　看完陳芳明這一大段洋洋自得、自命先進、意氣高昂的妙文，只要稍微認真研讀過歷史唯物論的人鮮有不忍不住噴飯的。是誰的思考還停留在十九世紀末呢？恰恰就是陳芳明自己。陳芳明根本不知道他所謂的馬克思是經濟決定論與機械反映論，把經

濟看成唯一的決定性因素,沒有注意到包括意識形態因素在內的上層建築對經濟基礎的反作用,這些指控非但了無新意,而且通通是十九世紀九〇年代早已出爐的陳舊不堪的破爛貨。陳芳明恬不知恥地表示樂於「協助陳映真釐清他自己的思考方式」,我看,還是讓我們來幫助他清理清理他那雜草叢生、堆滿陳年垃圾的腦袋瓜子吧!

恩格斯澄清馬克思主義不是唯經濟決定論

十九世紀的九〇年代,德國社會民主黨的勢力茁壯,馬克思主義也日益風行,成了時髦的理論。大批大學生、文學家加入社會民主黨,把歷史唯物論當成公式、套語,庸俗化為唯經濟決定論,自我標榜為「馬克思主義者」,在報紙、雜誌上大唱革命的高調,因而引起恩格斯的不滿,本文起首引錄的恩格斯話語,即起因於此。另一方面,資產階級學者也歪曲唯物史觀,硬說馬克思主張經濟是歷史發展中唯一的決定因素。例如:一八九〇年,德國資產階級哲學家保爾・巴爾特(Ernest Emile Paul Barth 1858-1922)在他為申請萊比錫大學的教授職位而寫的《黑格爾和包括馬克思及哈特曼在內的黑格爾派的歷史哲學》中,就用了二十頁的篇幅駁斥唯物史觀。巴爾特曲解馬克思的理論為唯經濟決定論,他雖然承認經濟在個別情況下起決定作用,但思想、政治等因素在其他情況下也同樣決定社會的發展,而政治、法律、宗教、哲學有其本身的發展規律,並不完全遵循經濟基礎決定的法則,陳芳明的論調與此類似,但還沒有巴爾特全面。

針對黨內外對唯物史觀的曲解與濫用,恩格斯對歷史唯物論做了一系列深刻的闡述。釐清了諸多混亂的觀點。對於黨內亂套唯物史觀公式的『青年派』,恩格斯指責說:「對德國的許多青年作家來說,『唯物主義的』這個詞只是個套語,他們把這個套語當作標籤貼到各種事物上去,就以為問題已經解決了。但是我

們的史觀首先是進行研究工作的指南，並不是按照黑格爾學派的方式構造體系的方法。必須重新研究全部歷史，必須詳細研究各種社會形態存在的條件，然後設法從這些條件中找出相應的政治、私法、美學、哲學、宗教等等的觀點。……但是，許多年輕的德國人卻不是這樣，他們只是用歷史唯物主義的套語（一切都可能變成套語）來把自己的相當貧乏的歷史知識（經濟史還處在襁褓之中呢！）儘速構成體系，於是就自以為非常了不起了……。在依附於黨的青年文學家中間，是很少有人下一番功夫去鑽研經濟學、經濟學史、商業史、工業史、農業史和社會形態發展史的。」（《馬克思恩格斯選集》，第四卷：475-76）對於歪曲歷史唯物論為唯經濟決定論的謬論，恩格斯駁斥說：「根據唯物史觀，歷史過程中的決定性因素歸根到底是現實生活的生產和再生產。無論馬克思或我都從來沒有肯定過比這更多的東西。如果有人在這裡加以歪曲，說經濟因素是唯一決定性的因素，那末他就是把這個命題變成毫無內容的、抽象的、荒誕無稽的空話。經濟狀況是基礎，但是對歷史鬥爭的進程發生影響並且在許多情況下主要是決定著這一鬥爭的形式的，還有上層建築的各種因素：階級鬥爭的各種政治形式和這個鬥爭的成果——由勝利了的階級在獲勝以後建立的憲法等等，各種法權形式以及所有這些實際鬥爭在參加者頭腦中得反映，政治的、法律的和哲學的理論，宗教的觀點以及它向教義體系的進一步發展。這裏表現出這一切因素間的交互作用，而在這種交互作用中歸根到底是經濟運動作為必然的東西通過無窮無盡的偶然事件（即這樣一些事務，它們的內部聯系是如何疏遠或者是如此難以確定，以致我們可以忘掉這種聯系，認為這種聯系並不存在）向前發展。否則把理論應用於任何歷史時期，就會比解一個最簡單的一次方程式更容易了。」（同上，477）

陳芳明思想水平還滯留在十九世紀末

以上引述的歷史唯物論要旨其實只是馬克思主義的基本常識。然而，陳芳明硬是連這樣的馬克思主義基本常識都不具備，停留在十九世末，撿拾早已過時的陳腔爛調，強把『經濟決定論』的帽子裁到馬克思頭上。陳芳明嘲諷陳映真只讀了《馬恩選集》，可是他連《馬恩選集》都沒好好讀，或說沒有讀懂，還大言不慚要「協助陳映真釐清思考方式」呢！恩格斯譴責巴爾特的話，可以原封不動，非常準確地用在陳芳明身上：

「巴爾特對馬克思的批評，真是荒唐可笑。他首先臆造一種歷史發展的唯物主義理論，說什麼這應當是馬克思的理論，繼而發現，在馬克思的著作中根本不是這麼回事。但他並未由此得出結論：他，巴爾特，把某些不正確的東西強加給了馬克思，相反的，卻得出結論說，馬克思自相矛盾，不會運用自己的理論！『咳，這些人那怕是能讀懂也好啊！』一遇到這類批評時，馬克思是這樣感嘆的。」（《馬克思恩格斯全集》，中文版，第 38 卷：124）

馬克思地下有知，看到不長進的陳芳明，時隔一百多年還在重覆巴爾特之流的錯誤，想必也要再感嘆一次：「咳，這些人哪怕是能讀懂也好啊！」一百多年來，資產階級與小資產階級知識份子對馬克思主義的批評十有八九都是肇因於沒有讀懂，這類例子車載斗量，陳芳明不過是又做了一次不光彩的表演罷了。

陳芳明對馬克思主義的可笑的歪曲不僅止於此，更荒唐的滑稽戲還在後頭。

馬克思在《政治經濟學批判》一書的序言中，把唯物史觀做了扼要簡明的概括：

「人們在自己生活的社會生產中發生一定的、必然的，不以他們的意志為轉移的關係，即同他們的物質生產力的一定發展階

段相適合的生產關係，這些生產關係的總和構成社會的經濟結構，即有法律的和政治的上層建築暨立其上並有一定的社會意識形式與之相適應的現實基礎。物質生活的生產方式制約著整個社會生活、政治生活和精神生活的過程。不是人們的意識決定人們的存在，相反，是人們的社會存在決定人們的意識。」（《馬克思・恩格斯選集》，第二卷：82）

　　這段話已成了馬克思主義的經典名論，凡是論述唯物史觀者，無不以此為主要依據，陳映真當然也不例外，他在〈關於台灣「社會性質」的進一步討論——答陳芳明先生〉（《聯合文學》，第一九一期）中，根據這段話的要旨批評陳芳明未從台灣的社會經濟結構著眼來論述台灣新文學的發展。然而，陳芳明竟然指稱馬克思的上述論斷是「老掉牙的、落伍的馬克思語言」，還以一副覺今是而昨非的先進姿態說他已不再「迷信這種陳腔濫調語言」，指控陳映真猶「奉為神明」，是「教條的、僵化的思考方式，早已偏離了唯物的軌道，而帶有濃厚的唯心傾向」。其實，他那裡曾「迷信」過，他只是「迷糊」，從一開始就「迷糊」，而且「迷糊」至今猶未清醒。這些對馬克思與陳映真的批評，最明白不過地暴露了他對歷史唯物論驚人的無知。陳芳明是怎麼理解「不是人們的意識決定人們的存在，相反，是人們的社會存在決定人們的意識」這個唯物史觀的基本命題的呢？且看下面分解。

　　陳芳明先是不無得色地質問，生存在資本主義的台灣與面對正在資本主義化的中國大陸，「陳映真的意識形態（按：指陳映真的馬克思主義思想）是由怎樣的「社會存在來決定？又是由怎樣的『生產方式』來形成？」進而嘲諷道：

　　「台灣統派語言的疲態，極其精確而典型地由陳映真表現出來。他的思考方式，不僅悖離了當今的中國社會，同時也與當前的台灣社會全然脫節。陳映真的左派語言，恰恰與他引用的馬克思『社會存在論』與『生產方式論』，發生了可笑的矛盾衝突。

他雖然是自稱為唯物論者，他的思想內容在台灣社會與中國社會
卻是找不到相應的經濟基礎。」

　　接著陳芳明道出了他自命唯物卻極端主觀唯心的本質，抨擊
陳映真：「他再三強調『社會存在決定人們的意識』並不是甚麼
科學知識態度。他頑強的拒絕面對客觀現實，而自囚於他馬克思
主義的空中閣樓之中，恰恰證明了人們的意識是可以決定社會存
在的。」

社會存在與社會意識

　　這些幼稚的言論充分顯示了陳芳明的不學與低劣的理論思考
能力。馬克思為何提出「社會存在決定社會意識」論？所謂「社
會存在」、「社會意識形式」是什麼意思？這完全超乎陳芳明的
知識與理解能力。正因為他根本不知道歷史唯物論的立論基礎與
形成背景，也就不可能理解「社會存在」論的內涵，從而混淆了
「社會意識」或「社會意識形式」與「個人意識」（即個人的思
想與立場）的區別 ，這才對陳映真提出了上述荒謬可笑的質疑，
得出了他主觀唯心的結論。

　　阿圖塞之所以推崇馬克思為人類的科學知識和自覺實踐開闢
了一個「歷史的新大陸」，就在於馬克思和恩格斯推翻了主導人
類思想數千年之久的唯心史觀，首度確立以人的物質生產活動為
基礎的世界觀，使人們對人類歷史發展的認識有了正確的立足
點，為人類研究歷史與探索未來的方向提供了一把鑰匙。馬克思
和恩格斯在 1845-1846 年間，為了批判德國『青年黑格爾派』的
唯心哲學與小資產階級的社會主義，樹立指導無產階級從事社會
革命的世界觀，兩人合寫了《德意志意識形態》。在這部著作
中，詳細闡述了歷史唯物論的基本原理，論證了人們的社會存在
決定人們的社會意識的命題。該書序言開宗明義就說：

　　「人們迄今為止總是為自己造出關於自己本身、關於自己是

何物或應當成為何物的種種虛假觀念。他們按照自己關於神、關於模範人等等觀念來建立自己的關係。他們頭腦的產物就統治他們。他們這些創造者就屈從於自己的創造物。我們要把他們從幻想、觀念、教條和想像的存在物中解放出來，使他們不再在這些東西的枷鎖下呻吟喘息。我們要起來反抗這種思想的統治。」（《馬克思恩格斯全集》，第 3 卷：15）。

馬克思與恩格斯把人們從唯心史觀的枷鎖下解放出來的方法就是從人的現實生活出發，指出：「我們首先應當確定一切人類生存的第一個前提也就是一切歷史的第一個前提，這個前提就是：人們為了能夠『創造歷史』，必須能夠生活。但是為了生活，首先就需要衣、食、住以及其他東西。因此第一個歷史活動就是生產滿足這些需要的資料，即生產物質生活本身。同時這也是人們僅僅為了能夠生活就必須每日每時都要進行的（現在也和幾千年前一樣）一種歷史活動，即一切歷史的基本條件。」（《馬克思恩格斯選集》，第 1 卷：32）

在確立了這個唯物的歷史前提後，馬克思、恩格斯進一步闡釋了人的存在與意識的關係：

「思想、觀念、意識的生產最初是直接與人們的物質活動，與人們的物質交往，與現實生活的語言交織在一起的。觀念、思維、人們的精神交往在這裡還是人們物質關係的直接產物。表現在某一民族的政治、法律、道德、宗教……人們是自己的觀念、思想等等的生產者，但這裡所說的人們是現實的，從事活動的人們，他們受著自己的生產力的一定發展以及與這種發展相適應的交往（直到它的最遙遠的形式）的制約。意識在任何時候都只能是被意識到了的存在，而人們的存在就是他們的實際生活過程。」（《馬克思恩格斯選集》，第一卷：30）

這樣，馬克思、恩格思就踢倒了唯心論的神龕，把被唯心論者搞得微妙玄通，深不可識，又具有創造並統治現實世界的神威

的觀念、思想，從虛無縹緲中押回到活生生的現實基礎上：

　　「德國哲學從天上降到地上；和它完全相反，這裡我們是從地上升到天上，就是說，我們不是從人們所說的、所想像的、所設想的東西出發，也不是從只存在於口頭上所說的、思考出來的、想像出來的、設想出來的人出發，去理解真正的人。我們的出發點是從事實際活動的人，而且從他們的現實生活過程中我們還可以揭示出這一生活過程在意識形態上的反射和回聲的發展。……因此，道德、宗教、形而上學和其他意識形態，以及與它們相適應的意識形式便失去獨立性的外觀，……那些發展著自己的物質生產和物質交往的人們，在改變自己的這個現實的同時也改變著自己的思維和思維的產物。不是意識決定生活，而是生活決定意識。」（《馬克思恩格斯選集》，第一卷：30-31）

　　在上面這些引文裡，所謂的「意識」都是指道德、宗教、哲學、法學等指導、規範人的思想與行為的「社會意識」，而「存在」、「生活」指的都是「社會存在」即：人在勞動生產過程中結合成的社會生產關係，也就是社會的階級關係與經濟結構，馬克思在《政治經濟學批判》導言中說：「人是最名副其實的社會動物，不僅是一種合群的動物，而且是只有在社會中才能獨立的動物。」（《馬克思恩格斯選集》，第二卷：87）在《德意志意識形態》中又說：「語言和意識一樣，只是由於需要，由於和他人交往的迫切需要才產生的。……因而，意識一開始就是社會的產物。」（同上，第一卷：35）這表明人的生存、生產與意識形態都離不開社會。

主觀意識與客觀結構

　　為什麼說「社會存在決定社會意識」而不是相反？首先，歷史唯物論揭示了：人為了生存就必須通過社會分工進行生產，以勞動改造自然界的物質使之成為人類所需要的產品，然後再分

配、交換、消費勞動產品以維持生計，這些經濟活動構成了人類社會賴以存在的現實基礎。在維持溫飽之餘，人才可能從事政治、宗教、哲學和藝術等活動。再者，在哲學的認識論上，唯物論主張物質是第一性的，精神、意識是第二性的，意識反映外在的客觀世界，構成意識的內容。用馬克思的話來說就是：「觀念的東西不外是移入人的頭腦並在人的頭腦中改造過的物質的東西而已。」（《資本論》第一卷：24）但這裡必須強調的是，馬克思主義的哲學是辯證唯物論而不是機械唯物論。意識與物質、主體與客體，絕不是機械的反映關係，也不是絕對對立的，而是既對立統一，又相互轉化的辯證關係。馬克思在《黑格爾法哲學批判導言》中說：「批判的武器當然不能代替武器的批判，物質的力量只能用物質力量來摧毀；但是理論一經掌握群眾，也會變成物質力量。」（《馬克思恩格斯選集》第一卷：9）就表明了理論與實踐、精神與物質可以相互轉化的辯證關係。馬克思在1845年寫的《關於費爾巴哈的提綱》中提要鉤玄地闡述了歷史唯物論的要旨，第一條就表示：

　　「前此一切唯物主義（包括費爾巴哈的在內）的主要缺點都在於對對象、現實界，即感性世界，只以對象的形狀或直觀得來的形狀去理解，而不是把對象作為人的具體的活動或實踐去理解，即不是從主體方面去理解。因此，活動的方面不是由唯物主義反而是由唯心主義抽象地闡明了，——唯心主義當然不知道實在的具體活動本身。費爾巴哈所想要的是和思想對象實在不同的感覺對象，但是他不把人的活動本身當作對象方面的活動來理解。所以，他在『基督教的本質』裡只把認識活動當作真正的人的活動，而把實踐只理解和固定為猶太人的那種卑鄙的表現方式。所以他不了解革命的或實踐批判的活動的意義。」（此處根據朱光潛改譯的譯文，見《美學拾穗集》：73，天津：百花文藝，1980）

　　馬克思在這裡第一次提出實踐的觀點，批判了前此的機械唯

物論不知道客觀對象也是人的實踐活動的產物，只以靜態、直觀的方式觀察、反映外在的客觀世界，忽視了人的實踐的主觀能動性，結果卻由不知實踐為何物的唯心論者片面而抽象地闡述了人的主觀能動性。

　　馬克思通過實踐的觀點，克服了西方哲學中主體與客體分裂以及認識與實踐分離的二元對立，在本體論與認識論上完成了主客體的統一。歷史唯物論表明，人用有意識、有目的的實踐活動，既改造了世界，也深化了對世界的認識，同時還增強了本身的能力，而客觀世界經過人的實踐改造即由舊貌換新顏，成為人必須重新面對與認識的客觀實在。不過，馬克思的實踐觀點與片面強調人的主觀意志的唯心論者有根本的區別。馬克思主義始終把外部客觀世界的結構視為實踐活動的限制條件，認為只有充分研究客觀世界，掌握其運動規律後，順勢而為，才可能達到預定的目的，否則，不但費力多而收功少，還會經常事與願違，遭到失敗的命運。

　　陳芳明根本不了解這些歷史唯物論的要旨，搞不清楚何謂「社會存在」與「社會意識」，胡說什麼「陳映真的左派語言，恰恰與他引用的馬克思『社會存在論』與『生產方式論』發生了可笑的矛盾衝突。」還不自知淺陋地下了「人們的意識可以決定社會存在」這個荒誕不經的結論。如前所述，歷史唯物論的「社會存在」是指人的社會生產關係所形成的階級與經濟結構，它決定的是作為上層建築的政治、法律制度及與之相適應的宗教、道德、政治思想、法學、藝術等社會意識形式，而不是個人的思想、立場。個人的思想、立場固然主要受本身階級的影響，但也可能因這樣那樣的因素改變立場，背棄本身的階級。饒是如此，主觀立場的變化並不可能改變客觀的階級規定。一個工人可能或因受資產階級意識形態的蒙蔽或被資本家收買而背叛工人階級，在階級鬥爭中支持資本家，成了工賊、勞工貴族，但他絕不可能

因此就成了資本家。陳芳明所謂「人的意識可以決定社會存在」，才真是可笑的謬論，只足以說明他的無知妄言與主觀唯心的思考方式。

　　陳芳明的主觀唯心論還明顯地表現在他批評陳映真的這段話：

　　「在他的經濟決定論裡，並沒有看到人的主體之存在，並沒有看到經濟基礎與上層建築相互滲透的事實，更看不到人的心理結構，以及人本身就是自己的歷史之創造者。」

　　所謂「人本身就是自己的歷史之創造者」，這種論調與古希臘詭辯學派的普羅泰哥拉所說的：「人是萬物的尺度」一樣，片面強調了主體的作用。十九世紀末，俄國的民粹派也同樣高唱此調，遭到了列寧的嚴詞批駁。其實，馬克思在 1851 年—1852 年月間寫成的《路易・波拿巴的霧月十八日》早就指出：「人們自己創造自己的歷史，但是他們並不是隨心所欲地創造，並不是在他們自己選定的條件下創造，而是在直接碰到的、既定的、從過去繼承下來的條件下創造。」（《馬克思恩格斯選集》，第一卷：603）這又再一次證明陳芳明的不學與淺陋，陳芳明批評陳映真是「一個徹底唯心的偽唯物論者」，其實是他自己的自畫像。

東西「輝映」的兩隻「馬克思主義」跳蚤

　　走筆至此，對陳芳明這個自我標榜為「左翼」的跳蚤，真有夫復何言之感！看來，還是拿陳芳明自己神氣十足地責罵別人的話回敬給他自己最為恰當：

　　「以有限的知識做籠統的表達，是長期存在於台灣知識份子中的惡習……最基本的黑格爾、馬克思經典，他也不甚了然。」

　　話又說回來，陳芳明雖然高聲叫囂「社會存在決定社會意識」論是「老掉牙的、落伍的馬克思語言」。但先是他的導師史明拿著這個命題當公式，主觀唯心地硬套在台灣歷史上，極盡牽

強附會之能事地曲解台灣史料,以證明台灣社會歷時四百年已發展成與中國大陸不同的社會經濟結構,從而為所謂「台灣民族」的形成奠立了堅實的物質基礎。陳芳明學舌於史明,多來年一點也不花腦筋地照抄照搬史明的台獨史觀,直至發表在《聯合文學》上引起陳映真批判的《台灣新文學史的建構與分期》,依然不改。謂予不信,請看陳芳明的原文:

「在日本殖民體制的支配之下,不僅使台灣與中國之間的政經文化連繫產生嚴重的斷裂,也使島上住民固有的生活方式受到徹底的改造。原是屬於以農業經濟為基礎的傳統封建社會,在殖民政策的影響下,急劇轉化成為以工業經濟為基礎的現代資本主義社會。台灣社會的傳統漢文思考,也正是受到整個大環境營造的改變而逐漸式微,而終至沒落。取而代之的,是現代化知識的崛起,以及資本主義的擴張與再擴張。就是由於這種新世紀的到來,台灣新文學才開始孕育釀造。」

且不論其所言與事實之不符,這段論述所表達的,不正是「社會存在決定社會意識」嗎?陳芳明一方面自己還在以此為立論依據,一方面卻又標榜自己已經「覺悟」,不再「迷信」這「老掉牙的、落伍的馬克思語言」,豈不怪哉?這只有兩種可能,或是他壓根兒不知道他從史明那搬來的論點源自「社會存在決定社會意識」論;要不就是,他缺乏最起碼的知識真誠,純粹為了攻擊陳映真而故作違心之論。

陳芳明的馬克思主義理論素養何以糟到如此不堪聞問的地步?我們大概不好說他連《馬克思恩格斯選集》這種最基本的典籍都不曾讀過。但可以確定的是,即使讀了,「他也不甚了然」。何以故?我們不妨探究一下,以為後來者戒。

阿圖塞在1969年為法文版的《資本論》第一卷寫了一篇序言,指導讀者閱讀的方法。他提到理解《資本論》有兩種困難。第一種肇因於受到資產階級意識形態的控制;第二種則由於缺乏

理論修養。其實，這兩種困難豈僅閱讀《資本論》時會碰到，閱讀馬克思主義理論的經典著作時都無法避免。

陳芳明正是既未徹底擺脫資產階級的世界觀，又不曾潛心鑽研哲學、政治經濟學，甚至連本行的史學方法訓練也沒搞好，以這樣的浮薄之徒要想弄懂體大思精的馬克思主義，當然是戛戛乎其難如上青天了。

恩格斯在 1890 年月日寫信給康・施米特痛斥曲解唯物史觀為唯經濟決定論並且當做公式隨處濫加套用的社會民主黨「青年派」作家保爾・恩斯特（Paul Ernst）時說：

「這個人具有如此豐富的想像力，以致不把別人的話讀成相反的意思，就連一行也讀不下去，這樣的人可以把自己的想像力用於其他方面，而不能用於社會主義這個非幻想的方面。讓他去寫小說、劇本、文藝評論和諸如此類的東西：這樣他只會損害資產階級教育，從而對我們有利。……這個反對派所表現出來的一大堆幼稚的胡說八道和絕對愚蠢的東西是我任何時候任何地方都沒有遇到過的。」（《馬克思恩格斯全集》，第 37 卷：491）

恩格斯這番重話，火氣旺得可以聞出焦味，多麼像在描述陳芳明啊！陳芳明與恩斯特一東一西、一今一古，時隔百餘年，卻又何其相似，相互「輝映」成趣。康有為有言：「東海有聖人出，西海有聖人出，此心同，此理同。」看到陳芳明與恩斯特這對絕配，康有為的話可以改為：「東方有蠢人出，西方有蠢人出，此心同，此理同。」

慘遭陳芳明歪曲、濫用的何止馬克思主義理論一家，後現代主義與後殖民主義也一樣不能倖免。接著我們來看看陳芳明的漿糊腦袋是怎麼胡亂攪和這些理論的。

1980 年代後期，台灣這塊美國的經濟、文化殖民地，經過知識界的文化買辦之手，開始進口在美國宗主國大行其道的文化商品——「後現代主義」。不旋踵，台灣的知識文化界也就以學步

摹倣來的拙劣舞姿，紛紛大跳起「後現代」來。一些「後現代」的術語、概念被半生不熟地大量使用於學術圈與傳播媒體。但陳芳明直到 90 年代初尚未跟上這股風潮，猶懵然於後現代主義的基本理論概念。

為台獨意識形態服務的《謝雪紅評傳》

　　為了宣傳台獨史觀，陳芳明自稱費四年之功撰述了《謝雪紅評傳》，於一九九一年七月出版。這部洋洋七百多頁充斥著錯誤的叙述與荒謬的解釋的政治宣傳品，旁徵博引了數百種史料，狀似嚴謹覈實，實際上是陳芳明在史明的台獨教條導引下，用他那沒有學精的十九世紀蘭克（Leopold Von Ranke, 1795-1886）派科學實證史學與粗陋的馬克思主義概念加工製造的劣等貨，甫出版即被淺薄的台獨知識份子濫加吹捧為所謂「劃時代的貢獻」、「劃時代的創舉」（對此後文會有進一步的批判）。陳芳明在《謝雪紅評傳》的後記中自我標榜：「這本書的撰寫，在於釐清長期以來統治者所加諸於謝雪紅身上的扭曲形象。我要尋找謝雪紅的原型，主要是為了尋找台灣人的歷史原貌。」（1991b: 712）但 1992 年月路況在《中國論壇》第 379 期發表〈歷史意識與歷史造像運動〉的書評，運用伽達默爾（Hans-Georg Gadamer）的詮釋學與後現代理論指出陳芳明標榜「要尋找謝雪紅的原型」、「尋找台灣人的歷史原貌」，其實，是為了替台獨意識形態服務，而「將謝雪紅塑造為台灣民族的史詩英雄」：

　　「《謝》書自始就是一部『時效性』的歷史書寫，它針對官方意識形態的『革命法統』加『文化道統』的『反共復國神聖史詩』，提出了另一套『民族解放建國史詩』。於是，『謝雪紅』這個名字從塵封的檔案與沈埋湮沒的禁錮記憶中挖掘出來，重新洗雪擦亮，搖身一變為解放台灣人民的『聖女貞德』，召喚著一個新民族新國家的誕生。此一『時效性歷史』的現代史詩企圖才

是《謝》書真正的旨趣所在，至於其史料的蒐羅舉證是否客觀翔實，行文修辭是否時而流於煽情誇飾，則猶其餘事也。

　　其實，現代民族國家的形成原就是相應於資本主義理性化過程的一種集體化的『激情形式』（passional form），無論是官方說法的『反共復國神聖史詩』，或是《謝》書的『民族解放建國史詩』，要之皆為相應於同一個台灣資本主義國家模型的兩套民族激情形式。前者歷經四十年的文化霸權優勢，終於在解嚴以來解咒除魅的狂飆洪流中日趨式微沒落。後者乘勢崛起，企圖取而之代，在資本主義『解除疆界』的運動中，以『本土現實』為圖騰符碼進行『再疆界化』的掙扎努力，召喚台灣社會大眾重新凝聚為一個新民族的歷史主體，一個重寫國家命運的『命運共同體』。在這『集體主體化』的非常運作中，當然有其意識形態糾結的歷史系譜與社會現實脈絡，然而最有趣也最耐人尋味的，卻是它所訴求的『激情的與活生生的形式』。這『激情的形式』不是別的，就是《謝》書所楬櫫的『歷史造像運動』。」

不知「後現代」為何物

　　路況雖然誤用了加達默爾 effective history 的概念（路況譯為「時效性歷史」）[1]，但這些評論可謂道出了《謝雪紅評傳》

1　海德格在《存在與時間》中指出，每個人一出生就被「拋擲」進入他無可選擇的世界，在成長過程中深深浸潤於其民族的歷史文化傳統與社會生活中，形成其基本價值觀與偏好，從而構成其存在的基礎。加達默爾承襲海德格這個存在本體論的觀點，發展出他的詮釋學理論。他提出 effective history 的概念，揭示歷史傳統深植於每個人的意識中，形成根深蒂固、無法拋棄的「偏見」，構成了人存在的基礎。因此，歷史並不只是「過去」的事，而是對每個人當前的處境仍舊產生根本的影響，故曰 effective history （即對當前仍有作用的歷史）。持此觀點，加達默爾既反對強調歷史客觀性的蘭克派史學，也反對施萊爾馬赫（Schleiermacher）與狄爾泰（Dilthey）所主張

的實質。不過，一來路況把《謝雪紅評傳》的「民族解放建國史詩」與國民黨的「反共復國神聖史詩」等量齊觀，顯示了台獨史觀並不比國民黨政府的中華民族主義史觀更「科學」、「客觀」、高明，都同樣是以意識形態建構的產物。這對多年來不斷指控「統治者刻意擦拭與惡意歪曲」台灣歷史，嘵嘵不休地叫嚷要根據「史實」，「建立以一個台灣社會為主體的史觀」的陳芳明來說，自然是極為難堪的事。再者，路況以「癥候」閱讀法寫書評，文中又多方徵引了伽達默爾與福柯、德勒茲（Gilles De-leuze）、李歐塔（Jean-Francois Lyotard）等人的後現代主義觀點，不知詮釋學與後現代理論為何物的陳芳明讀來如墜五里霧中，根本看不懂路況的批判何所據而云然。陳芳明不先虛心補課

的，用體驗、移情神會（empathy）的方法去理解歷史文本以掌握、重建作者真正意圖的傳統詮釋學方法。加達默爾一反傳統歷史詮釋的看法，認為詮釋者詮釋文本時，不是要力求消除本身無可避免的「偏見」，相反，應該正視歷史傳統構成的既定偏見，用這種偏見形成的當前「視域」（horizon）與過去的文本的視域，在閱讀、詮釋的過程中對話、交融，經過辨證的綜合形成一個更高更新的視域。換句話說，詮釋的理解不是重建過去而是把過去的意義依據當前的情境加以「翻譯」。因此，由過去的歷史傳統形成的「偏見」不是有礙理解歷史文本的消極因素，而是具有創造性的積極因素。路況把 effective history 譯為「時效性歷史」，誤解成古為今用、著眼於現實作用的歷史。他說：

所謂「時效性歷史」究竟具有什麼樣的「時效性」內容？如果說歷史的「真相」是指過去存在過的「真人事實」，「時效性歷史」貼可說是根據這 "「真人實事」所改編的足以啟發現實人心的「歷史／故事」（hi／story）。「歷史」從「開始就是這樣一種「雙重書寫」，它一方面必須迴溯過去發生的「真人實事」，力求逼真客觀的報導分析，一方面又必須透過這些「真人實事」編撰塑造出史詩演義式的情節動作與戲劇主體。歷史的書寫不只是述說：「歷史上的『誰』如何如何」，它更要宣稱：「你應該取法認同歷史上的『誰』如何如何」。

這顯然已非加達默爾原意，而是後現代史學的觀點了。

搞懂對手的觀點，卻惱羞成怒寫了貽笑大方的《書評不是這樣寫的》一文，以台灣學術紀律檢察官的姿態，指責路況「嚴重觸犯了書評撰述的大忌」，「學識淵博」，卻非常不誠實，甚至是非常反智的」，還提出「尊重知識的基本條件，是專業與敬業」。這篇反駁文章就像他與陳映真的論戰，都是在感覺到對手的批評直接刺中本身的要害，卻又無力理解對手的論旨之下，出於心理自衛機制的反射式攻擊行動，徒見其不自量而已。

　　眼見美國、台灣的學術文化界（特別是文學領域）後現代、後殖民的術語到處流竄，陳芳明這幾年也不甘落後，耍弄起後現代、後殖民的詞彙。然而，由於既缺乏嚴格的思考訓練，也無哲學、社會科學的紮實功底，一如他的曲解、誤用馬克思主義，後現代主義與後殖民理論在他筆下也同樣荒腔走板，大失原旨。

　　陳芳明是怎麼理解後現代主義與後殖民主義的呢？在《台灣新文學史的建構與分期》中他說：

　　「解嚴後表現在文學上的後殖民現象，最重要的莫過於各種大叙述之遭到挑戰，以及各種歷史記憶的紛紛重建。大叙述（grand narrative）指的是文學上習以為常的、雄偉的審美觀念與品味。在中華民族主義當道的年代，文學的審美都是以地大物博的中原觀念為中心。這種審美是以中華沙文主義、漢人沙文主義、男性沙文主義、異性戀沙文主義為基調。具體言之，大叙述的美學，不免是一種文化上的霸權論述。文化霸權之所以能夠蔓延橫行，乃是拜賜於威權式的戒嚴體制之存在。在霸權的支配下，整個台灣社會必須一律接受單元式的、壟斷式的美學觀念。這種一致性的要求，使得個別的、差異的、弱勢的審美受到強烈的壓制。然而，緊跟著戒嚴體制的崩解，大叙述的美學也很快就引起作家的普遍質疑。」（陳芳明 1999）

　　前已述及，陳芳明秉持主觀唯心的台獨教條任意把國民政府在台灣的戒嚴體制定性為殖民統治，於是解嚴後的台灣進入了後

殖民時期，解嚴後的台灣文學也就成了所謂的後殖民文學。這種
純粹為了政治教條服務的分期標準，明眼人一看即知其嚴重違背
客觀現實，自不待言。可笑的是，陳芳明為了替他的台獨教條找
理論依據，援引了近年來在國際學術界頗為時髦的後殖民理論，
以壯聲勢。然而，頭腦不清不又肯用心的陳芳明，以他一貫望文
生義、想當然爾的思考方式，在曲解馬克思主義之後，又胡扯起
他根本沒有搞懂的後殖民與後現代理論了。陳芳明在這段引文中
把後現代理論的「大叙述」（grand narrative）概念解釋成：
「文學上習以為常的、雄偉的審美觀念與品味」，並說在台灣
「這種審美是以中華沙文主義、漢人沙文主義、男性沙文主義、
異性戀沙文主義為基調」，接著又把「大叙述」混同於西方馬克
思主義先驅葛蘭西（Gramsci）首創的「文化霸權」（hegem-
ony）概念，思想混亂與無知妄議的程度，真足令人驚詫。

何謂「大叙述」？

　　陳芳明見到「大叙述」（grand narrative）的大（grand），
不用心細究其理論內涵，就拿出他寫詩的想像力把它想像成是
「雄偉」，然後直接附會到他所痛惡的中華民族主義上。其實，
所謂「大叙述」根本與「雄偉」毫不相干，更與民族主義無涉。
在後現代理論中，「大叙述」與「主導叙述」（master narra-
tive）、「本源叙述」（metanarrative）是同義詞，都是指號稱
「放諸四海皆準、俟諸百世不惑」，統攝科學、道德哲學、美學
等所有學問於一體，且聲稱人類正朝向自由、進步解放目標前
進，但又未經經驗證實的理論體系。後現代理論的內容紛繁多
姿，各主要理論家的論點也不盡相同，但大多質疑十八世紀啟蒙
運動所標舉的理性、自由、進步、解放的觀念，右批資產階級的
政治、經濟自由主義，左打社會主義（特別是史大林主義），認
為兩者都繼承了啟蒙運動的遺產，把人當作理性的主體，自居為

世界的「中心」，並藉由突出科學、理性的「大叙述」，支配人類的思想，壓制了其他非科學、理性所能規範的知識、欲望、情感等領域。後現代理論認為啟蒙運動的「現代精神」（modernism），猶尊理性、科學，強調總體性（totality），造成了思想上的恐怖專政，也為政治上的極權主義（totalitarism）奠立了合法的基礎，於是「解放」的口號反而成了鎮壓的枷鎖，為人類帶來深重的災難，脫困之道就是批判「現代精神」，超越啟蒙運動，打破理性的獨裁，開發出百家爭鳴、異議之花遍地開放的生動活潑的局面。

這裡且舉後現代理論的代表人物之一——李歐塔的說法以見一斑：

「我以『現代』一詞來指稱運用本源論述（metadiscoruse）為本身正當化的科學，這種本源論述明白地訴諸像：精神辨證法、意義詮釋學、理性或勞動主體的解放、或者財富的創造這類宏大叙事（grand narrative）。……用最簡單的話來說，我所說的『後現代』就是對本源叙事（metanarratives）的質疑。」（Lyotard 1984: XXIII-XXIV）

李歐塔在《解釋後現代》一書中又說：

「『後現代的問題』越是在國際上展開討論，就越顯得複雜起來。1979 年寫作《後現代狀況》時，為了簡化起見，我把『後現代問題』與『大叙事』（grand narratives）連繫起來。

在《後現代狀況》中，我論及的『本源叙事』（metanarratives）是指現代特性（modernity）的標誌：理性與自由的不斷前進解放、勞動的進一步解放或災難性解放（資本主義異化的價值的源泉）、以資本主義技術科學的進步使全人類富裕、甚至——若把與古代的古典主義對立的基督教本身包括在現代特性中的話—以靈魂皈依基督為愛世人而殉身的叙事來獲得救贖等等，黑格爾的哲學統攝了所有這些叙事，並且，就此而論，它本身就

是玄想的現代特性的凝結。」（Lyotard 1993: 17-18）

我們對照李歐塔對「大叙事」的闡述與陳芳明純粹憑著望文生義而來的曲解，就可看出其荒唐可笑的程度，真可謂中外古今罕有其匹。

不知「後殖民」為何物

再看陳芳明在《後現代或後殖民》一文中的一段話：

「後現代主義在於解構中央集權式的、歐洲文化理體中心（logocentrism）的叙述，而後殖民主義則在瓦解中心／邊緣雙元帝國殖民論述（Appiah/119-24）」（陳芳明 2000c (1998)：55）

這段話陳芳明標示説是引述 Appiah 收在 Bill Ashcroft, Gareth Griffiths and Helen Tiffin 主編的 Post-Colonial Studies Reader 中的論文。但通讀 Appiah 的全文卻看不到陳芳明引文中的任何一個字。原來，陳芳明把 117 頁上的編者引言誤植為 Appiah 的論述。頁碼引錯事小，連作者也張冠李戴，那就證明了他知識上的詐偽。陳芳明經常指責別人不遵守學術紀律，屢次高喊要維護台灣的學術紀律與尊嚴，然而，他自己不但違犯學術紀律的次數遠高於一般人，所違犯者還皆為不可饒恕的錯誤，丟盡了台灣學術的臉（如果他寫的東西還算是『學術』的話）。

不僅此也，陳芳明扯進後殖民理論以為台獨教條張目之際，卻不認真搞懂後殖民理論（話又說回來，台獨本身就是新殖民主義的產物，他若真的了解後殖民理論就不敢胡亂套用後殖民理論為台獨教條撐腰了）。他在《後現代或後殖民》中説：「所謂後殖民主義（postcolonialism）的『後』，並非指殖民地經驗結束以後，而是指殖民地社會與殖民統治者接觸的那一個時刻就開始發生了。對於殖民體制的存在，殖民地作家無不採積極的抗爭（如批判），或消極的抵抗（如流亡、放逐）。因此，這裡的

『後』（post），強烈具備了抗拒的性格。」（同上）這段話沒有註明來源，但其實也主要抄自 Ashcroft 等人所編文集的編者引言。該書編者是這麼說的：

「我們所界定的『後殖民』並不是指『獨立後』（post-in-dependence）或『殖民主義之後』（after colonialism），因為這樣一來就會誤以為殖民過程已經結束。實則從殖民統治一開始就產生了後殖民主義。後殖民論述實乃與殖民主義俱生的對立物。就此而論，後殖民的寫作有一段很長的歷史。」（Ashcroft et al,eds.1995: 117）

Ashcroft 等人這段話的涵義是說，後殖民主義不是個按年代分期的概念，而是與殖民主義對抗的產物，所以「後殖民」不是指殖民統治之後的歷史階段，因而也沒有「後殖民時期」之說。自 1970 年代晚期興起的後殖民理論旨在批判帝國主義的殖民統治對殖民地人民思想、心靈的宰制，造成被殖民者的奴化人格。這種意識形態的控制，並未隨殖民統治的結束而告完結，迄今仍以新殖民主義的方式支配著形式上獲得獨立的前殖民地，因而後殖民理論竭力清理殖民主義的遺毒，力圖重新確立前殖民地人民思想、心靈的主體性，以擺脫奴性，自覺地對抗帝國主義的支配。對於後殖民理論的「後」（post）字該作何解釋，在後殖民理論中迄有爭議，有人認為，「後」字是指殖民地獨立以後的時期，但 Ashcroft 等人不同意這樣的觀點。陳芳明既引用 Ashcroft 等人的解釋做為立論依據，卻又同時自相矛盾地指稱「1987 年解嚴以後應該可以定義為後殖民時期」（陳芳明 2000c [1998]: 55）。這就跟陳芳明一方面用馬克思的「社會存在決定社會意識」做為詮釋台灣歷史的基礎，另一方面又自打嘴巴地大肆批評那是「老掉牙的、落伍的馬克思語言」一樣，根本沒有搞清楚自己囫圇而吞的理論觀點的確切含義，稀裡糊塗地亂讀，也稀裡糊塗地濫用，這無不彰彰明甚地顯示陳芳明思想的混亂與理論思考

能力的薄弱。

後殖民與後現代的後結構主義來源

　　以下我們再來看看陳芳明是怎麼談所謂的「後殖民文學」與「後現代文學」的：

　　「後殖民文學的一個重要特色，便是作家已自覺到要避開權力中心的操控。這種去中心（decentering）的傾向，與後現代主義的去中心有異曲同工之處。因此，有人常常把解嚴後台灣文學的多元化現象，解釋為後現代狀況（postmodern condition）。不過，這裡必須辨明的是後殖民與後現代之間有一很大的分野，乃在於前者側重強調主體性的重建（reconstruction of subjectivity），而後者則傾向於強調主體性的解構（deconsturction of subjectivity）。後現代主義者並不在意歷史記憶的重建，後殖民主義者則非常重視歷史記憶的再建構。以這個觀點來檢驗解嚴後文學蓬勃的盛況，當可發現那是屬於後殖民文學特徵，而非後現代文學的精神。」（陳芳明　1999）

　　陳芳明的這些話表明他對後殖民主義與後現代主義的了解是極其膚淺的。後殖民與後現代固然有所差異，但兩者的關係密切，都反對中心的霸權壓制或抹煞處於邊緣的異己（others），主張讓被中心貶低為卑賤、反「常規」者發出自己的聲音，確立本身的地位。這些共通的觀點不是陳芳明所謂的「異曲同工」，而是系出同源，都受惠於後結構主義理論家福科、德希達（Jacques Derrida）。

　　福科與德希達繼承了德國哲學家尼采、海德格爾對西方以笛卡爾思想為代表的人本主義（humanism）的批判。笛卡爾「我思故我在」的哲學觀把人視為理性的主體，具有認識並控制外在客體的能力，這就突出了人在宇宙的中心地位，人成了自然的主人，一切事物都淪為人的俘虜，由人的理性構成的知識成為無堅

不摧、所向披靡的巨大權力，不論是外在於人的客體或內在於人的欲望、感情都成了受到人的理性壓制的「異己」，不得不向人的理性俯首稱臣。西方資產階級的啟蒙運動高舉理性、自由的大纛，發展了科學技術，造成資本主義生產力的突飛猛進，對非資本主義地區大肆擴張掠奪，理性、科學、自由也就隨之席捲天下、包舉宇內躍居為放諸四海皆準的「現代精神」，被尊為至高無上的「真理」，凡不符合理性、科學、自由精神者即是「不成熟」、「未開化」、「落後」、「野蠻」、「反常」。此所以著名的後殖民理論家史碧法克（Gayatric Spivak）會指控：「帝國主義的主體與人本主義的主體兩者關係密切。」尼采與海德格爾不滿於理性的專制，不願萬事萬物都沈淪在理性的淫威下輾轉呻吟，任由理性的計算宰制，於是大肆抨擊人本主義，強調人的主體性與理性是站不住腳的形而上學，指出人的主體與理性有其非理性的根源，理性主導一切只能使人類陷於萬劫不復之境。尼采更強調沒有所謂絕對、客觀的真理，每一種不同的觀點都可言之成理，所謂「事實」也須靠人的詮釋才得以成立，如此等等。

德希達的解構理論深受尼采與海德格爾的影響，在理性／非理性、中心／邊緣、西方／非西方、男／女等等二元對立的關係中，指出兩者的相互依存並力圖顛覆前者對後者的支配地位。在《白色神話學：哲學文本中的隱喻》一文中，他指出西方白種人奉理性的形而上學為普世最高權威，指控非西方、非理性者為非法，其實是種族中心論的帝國主義行徑。海德格爾痛斥笛卡爾的人類中心觀視外在於人的物為「異己」，漠視其存在的價值，濫加宰制。福柯承其遺緒也極力撻伐笛卡爾式的理性主體錯誤地把罪犯、瘋子、外國人、同性戀者、女人都視為「異己」加以壓制、排斥。福柯推崇尼采反啟蒙理性的精神，否定人可以根據某種中心、本質掌握真理的總體理論，認為這將掩蓋人類社會的複雜多樣，壓制差異，形成思想的專制，因而主張解消主體、放逐

本質、挖掉所謂「真理」的本源基礎，倡導運用局部分析的方法
分析社會不同層面的事物，讓分殊各異的觀點、立場百花齊放，
綻放異彩。康德曾在《什麼是啟蒙運動？》一文中說，啟蒙運動
的意義在於人類敢於運用自己的理性從而擺脫了不成熟狀態
（Kant 1991: 54）。福科抨擊這種觀點把本是歐洲文明在特定歷
史時期發展出來的啟蒙理性普遍化為人類的本性，抹煞了人類的
異質性（Rabinow ed. 1984: 32-50）。福柯還根據尼采的「權力
意志」論，提出權力生產知識而知識也鞏固權力的觀點，並指出
西方的殖民主義正是利用知識與理性達成了對非西方世界的經濟
支配與政治霸權。

德希達、福柯上述反理性至上、反中心、反總體性理論、反
本質論、反客觀的絕對真理，強調異質、多元、邊緣的看法，既
成了後現代理論的主要論點，也給後殖民理論諸多啟發。此所以
後殖民論者如 Linda Hutcheon, Bill Ashcroft 等人常說後現代
與後殖民兩者緊密相連，有頗多重合（overlap）之處。

後殖民的主體觀

當然，後殖民主義並不等同於後現代主義。後現代主義片面
否定宏大叙事、普遍性、主體性，帶有濃厚的懷疑論、相對論甚
至虛無主義的傾向。這自然與強調政治意義、汲汲於確立本身的
主體意識以對抗帝國主義支配的後殖民論者有所扞格。但這種區
別也不是簡單如陳芳明所說的後殖民「側重強調主體性的重建」
而後現代「傾向於強調主體性的解構」，或者「後現代主義的最
終目標是在於主體的解構，而後殖民主義則在追求主體的重構」
（陳芳明 2000c [1998]: 56）兩者在主體性問題上除了差異之外
還有重合：後殖民論者與後現代論者一樣反對身份認同的本質
論。後殖民論的代表人物如：薩伊德（Said）、史碧法克、巴巴
（Homi K. Bhabha）等人都同意後結構／後現代反本質論的這一

觀點：人的主體、身份不是先驗、固定的，而是人為建構起來
的，不存在純粹、不變的民族與文化本質。因此，他們反對為了
對抗帝國主義而大肆宣揚本土本質特徵的本土論（nativism），
指責建立在本質論上的「身份認同的政治觀」（identity poli-
tics），封閉了主體、身份朝向開放、包容的可能性，只強化僵
固的身份認同觀，結果等於是重複了壓迫者二元對立的邏輯，並
沒有超越支配者而開出一條更高明、可取的新路。因此薩伊德步
武反殖民的先驅法農（F. Fanon）之後，提出了「開明的後民族
主義」（enlightened postnationalism）提倡超民族的國際團
結，巴巴也強調文化交融的混血（hybridity）論。許多後殖民論
者也指出，殖民者與被殖民者之間其實是相互滲透、相互轉化
的，被殖民者中也存在著與殖民者的共謀勾結，二者並不是單純
的對抗關係，僅只突出殖民與反殖民的對立面，不免失之片面、
膚淺。這些視野都超出陳芳明所理解的後殖民主義。多年來，陳
芳明陷在台獨教條的框框裡，只會用本省／外省，如「歷史的整
體性，基本上就是一種歷史結構。……這種結構性的觀察，又必
須放在本省、外省兩條路線的脈絡裡，才能看得清楚。」（陳芳
明 1992: 80）、台灣意識／中國意識、台灣人／中國人的對立這
類粗糙而又站不住腳的台灣人本質論去強暴台灣史料、歪曲台灣
文學的內涵。以這種簡陋淺薄的思考方式去看後殖民主義，根本
無法掌握其精義，是理有固然的。

　　陳芳明不僅對後現代、後殖民的主體觀不甚了然。對後現代
的歷史觀更無半點認識，胡扯什麼「後現代主義者並不在意歷史
記憶的重建，後殖民主義者則非常重視歷史記憶的再建構」。後
現代主義者那裡不在意歷史記憶的重建！李歐塔在批評有人把後
現代主義的「後」字解釋成繼現代之後的一段新時期時說：

　　「這種按年代序列的線性觀念本身就完全是『現代的』。它
既是基督教、笛卡爾也是雅克賓精神（Jacobinism）的一部份：

既然我們啟動了全新的某種事物，時鐘的指針就必須撥回到零點。正是現代特性（modernity）這個觀　念與這個原則密切相關：與傳統決裂再設置煥然一新的生活與思考方式，既是可能的又是必要的。

我們懷疑這種『決裂』事實上是忘懷或壓抑過去的一種方式，也就是，重蹈覆轍而非超越前進。」（Lyotard 1993: 76）

這裡完全沒有不在意歷史記憶的意思。不僅李歐塔沒有忽視歷史，福科也以歷史學家自居，致力於重建被中心排斥的邊緣論述的被遺忘的歷史。後現代的主要理論家反對中心霸權壓制處於邊緣的弱勢者，鼓勵被壓迫者發出異議，重建本身的地位與尊嚴，故而也支持婦女、少數民族、勞工、同性戀者等被壓制者向支配者爭奪歷史解釋權，以建構自己的身份認同。著名的後殖民學者Hutcheon就指出後現代與後殖民理論都共同關切歷史與邊緣問題（Hutcheon: 1989）。

後現代史學的特點是立基於德希達的「文本之外無他物」與福柯的「權力知識」論，質疑實證史學所謂的歷史「客觀性」，強調史料只是客觀存在的「過去」的遺痕（trace），而非「過去」本身，史家撰寫歷史都是從當代的現實出發，根據特定的意識形態，著眼於特定的利益，為權力鬥爭而服務的。因而，沒有純粹「客觀」的歷史，也不可能重建真正完整的「過去」本身，所有撰述出來的歷史都受到史家具有的價值觀與所處的社會脈絡影響，歷史就是不同利益集團為爭奪正統解釋權的權力鬥爭的戰場（參考：Jenkins 1991）。這根本沒有什麼「不在意歷史記憶的重建」的問題。

陳芳明之所以一意要否定解嚴後台灣文學的後現代現象，代之以後殖民文學，仍然是主觀唯心的思考作祟，硬要把解嚴後台灣文學塞進他根據台獨教條劃分的後殖民時期裡，卻徒然暴露了他對後現代與後殖民理論的淺薄無知。以下我們接著看陳芳明是

怎麼幹那削足適履的勾當的：

　　「⋯⋯曾經被權力邊緣化的弱勢聲音，在戒嚴時期所形成的
挑戰格局是相當多元化的。中國大敘述的文學開始遭逢台灣意識
文學的挑戰。然而，台灣意識文學不免帶大敘述的色彩時，也終
於受到原住民作家與女性意識作家的挑戰，同樣的，當女性意識
作家開始出現異性戀中心的傾向時，也不免受到同志作家的質
疑。這說明了後戒嚴時期的後殖民文學之所以特別精采的原因。
台灣意識文學、女性文學、原住民文學、眷村文學、同志文學都
同時並存的現象，正好反證了在殖民時期與再殖民時期台灣社會
的創造心靈是受到何等嚴重的戕害的。潛藏在社會內部的文學思
考能量一旦獲得釋放以後，就再也不能使用過去的審美標準當做
僅有的尺碼。所有的文學作品，都應該分別放在族群、階級、性
別的脈中來驗證。

　　每一族群，每一個階級，每一種性別取向，都有各自的思維
方式與歷史記憶，或階級記憶，或性別記憶，都分別是一個主
體。在日據的殖民時期與戰後的再殖民時期，主體似乎只有一
個，那就是以統治者的意志做為唯一的審美標準。在單一標準的
檢驗下，社會內部的不同價值、欲望、思考都完全受到忽視。但
是，在後殖民時期，威權體制已不再像過去那樣鞏固，劃一的、
全盤性的美學也逐漸讓位給多樣的、局部的、瑣碎的美學。」
（陳芳明　1999）

　　「因為戒嚴的殖民體制，其權力中心乃是由漢人／中原心態
／男性優勢／儒家思想所凝鑄而成，它不能容忍背離這種權力核
心的任何思考方式⋯⋯。

　　我把後解嚴時期定義為後殖民時期，就在於強調殖民式的戒
嚴體制終於抵擋不住整個社會力量的挑戰。所謂後殖民，是文化
上的一種去殖民（declonization）的行動。它旨在檢討舊體制在
既有社會所造成的傷害，同時也在重新建立屬於自我主體的文化

內容，解嚴後的台灣文學，便是在這樣的情境下次第展開。台灣意識文學的崛起，在於批判傲慢的中原沙文主義。女性意識文學的大量產生，則在於挑戰既有的男性沙文主義。眷村文學的出現，則是出自對台灣意識過於激化的畏懼與戒心，原住民文學的營造，則是在抗拒漢人沙文主義。同志文學的釀造，則在抵制異性戀中心思考的泛濫。」（陳芳明 2000a）

胡亂攪和後現代文學與後殖民文學

　　陳芳明在上面極盡牽強附會之能事地把台灣意識文學、女性文學、原住民文學、眷村文學、同志文學，各種不同性質的文學，不分青紅皂白全裝進了「後殖民文學」的籮筐裡。陳芳明這種歸類之荒謬是顯而易見的。後殖民主義的對立面是殖民主義，而女性主義的對立面是男性沙文主義，原住民的對立面是漢族沙文主義，外省籍作家的眷村文學的對立面是台獨法西斯而同性戀的對立面是異性戀中心論，各有不同的矛盾對立性質，不同的對抗對象。按照陳芳明自己的說法，「後殖民文學」是對抗殖民主義重構被殖民者主體的文學，又是殖民時期之後的文學。但男性沙文主義是自母系社會崩解、父權社會確立後，不論中外都存在了幾千年的事實，與殖民主義毫不相干，全世界（包括台灣）女性主義及其文學的發展也都早於後殖民理論。異性戀中心則是幾千年來中外皆然的思想，何關乎殖民與後殖民？陳芳明又說「台灣意識不免帶有大叙述的色彩時，也終於受到原住民作家與女性意識作家的挑戰。同樣的，當女性意識作家開始出現異性戀中心的傾向時，也不免受到同志作家的質疑。……在族群問題方面，漢人沙文主義事實上還相當程度地瀰漫於知識份子之間。……外省作家或眷村作家的作品，常常必須受到『本土』尺碼的檢驗。」（陳芳明 1999）。據此而論，那麼女性文學、原住民文學、眷村文學、同志文學如果可以被歸類為「後殖民文學」那就

是因為它們分別對抗台獨法西斯的台灣（漢人、男性沙文主義）意識與異性戀中心的殖民壓迫以樹立自己的主體性了。然而，陳芳明的後殖民史觀矛頭所向明明白白地是國民政府的戒嚴體制與中華民族主義，在這裡這些「後殖民文學」所抵抗的對象（殖民主義）卻忽焉轉換成了台灣意識與異性戀中心論了。我們一再指斥陳芳明思想混亂，滿腦袋漿糊，在此可以再度證明陳芳明不但沒有能力掌握馬克思主義、後現代主義、後殖民主義的要旨，他連前後一致、連貫完整地表述自己觀點的本事也付諸闕如。

　　陳芳明在上述引文中還說「不同的族群記憶，或階級記憶，或性別記憶，那都分別是一個主體。……在後殖民時期，威權體制已不再像過去那樣鞏固，劃一的、全盤性的美學也逐漸讓位給多樣的、局部的、瑣碎的美學。」多樣、局部、瑣碎（應該說是相對於總體的片斷、裂片〔fragmentation〕）這些都是後現代理論反對現代總體性理論而塑造的用語，而強調差異、異質、多元與邊緣弱勢群體的獨特存在價值，倡導小叙事（minor narrac-tive）、小論述（minor discourse），也是後現代理論家如：福科、李歐塔、德勒茲、瓜塔里（Felix Guattari）等人的主旋律，陳芳明卻又諱言（或曰不知）其後現代起源，一股腦兒全派給了後殖民。其實，從1980年代末，一批留美回台的後馬克思主義者即在報刊、雜誌上積極鼓吹新社會運動，大量引介福科、德勒茲、瓜塔里等人的後現代觀點，提倡情欲解放、邊緣論述，對女性主義、同性戀、原住民、國族認同等問題多所著墨，其影響也反映在文學表現上。陳芳明卻為了符合他台獨教條的框框，硬是用胡說八道的技倆把解嚴後台灣文學的後現代痕跡抹除淨盡，殊不知，這種卑鄙的心態與行徑，非但無法掩盡天下人耳目，徒令有識者齒冷而已。

人格分裂與思想錯亂

　　過去，陳芳明經常號稱要重建「客觀」的台灣歷史，「尋找台灣人的歷史原貌」，奪回台灣歷史的解釋權，又高呼「歷史研究，絕對不是為了為政治效勞而進行的」（陳芳明 1992: 81）。但任何真得史學三昧的人都可輕易一眼看穿陳芳明所寫的台灣歷史無不是在搞台獨的政治宣傳。然而，他屢屢以「客觀」、「不是為政治效勞」自居，譴責「統派的歷史解釋，是偽民族主義，也是偽社會主義的；其真正面目，只不過是為中共的政治目的效勞服務。」（陳芳明 1998a: 17），說得多麼慷慨激昂、義正辭嚴！不過，荒唐透頂的是，就在與這段話的出處同年同月同日出版的《左翼台灣》序言中，他一反前調說了一段狠狠自掌嘴巴的話：

　　「我很同意所有的歷史解釋都屬於政治的、所以就在這個立場上我特別堅持。我越來越不相信有所謂客觀的解釋，從而我也不相信有所謂客觀的學術。台灣社會既然塑造了我這樣的人格，那麼我在討論台灣歷史時，便不可能無視台灣社會所具備的殖民地經驗。這是很主觀的，無需討價還價。」（陳芳明 1998b: 8）

　　「特別堅持」「所有的歷史解釋都屬於政治的」，「不相信有所謂客觀的學術、「這是很主觀的，無需討價還價」，口氣的決絕與專斷跟他指責「統派」、「中國學者」不客觀，「為政治目的效勞服務」一般無二，面對這種在同一時期出現卻絕對自相矛盾的論斷，我們除了說他人格分裂、思想錯亂之外，找不到另外的理由。

　　陳芳明自己願意撕下多年來偽裝客觀、超政治的假面具，露出本相，我們當然歡迎。但只聽罪犯自己坦承犯行還不夠，我們還必須回到犯罪現場重建作案過程，才可以定讞。陳芳明向來以建立左翼的台灣史觀自翊，我們就根據他對日據時期左翼運動史

的論述，揭露他 不但史學無方，更且缺乏史識，有慚史德，為了服務台獨的教條而武斷史料，逞一偏之見的劣跡惡行。

扭曲台灣歷史製造反中國情緒的台獨史觀

歷史經驗是建構民族認同的一個重要組成部分。佔台灣人口絕大多數的漢人，自大陸移民來台傳承了漢民族的歷史、文化、宗教，生活方式與思想意識無不深受中國文化的濡染，日本五十年的殖民統治並未根本改變這一事實。台獨搞台灣獨立在台灣內部碰到的最大阻力就是台灣漢人由根深蒂固的漢民族觀念衍生出來的中國意識。因而，台獨要建構「台灣民族」論煽動台灣漢人脫離中國，最重要的工作就是千方百計地歪曲台灣歷史，把台灣說成是中國的「棄地」，台灣人是中國的「棄民」，而中國歷來都對台灣實行殖民統治，藉此加工製造出仇視中國、中國人的「台灣意識」、「台灣人意識」。台獨史觀，不論左、右派，所根據的理論容有不同，但都是圍繞這一主軸展開的。陳芳明的所謂左翼台灣史觀自不例外。在他所寫的以謝雪紅為中心的台共歷史中，有幾個重點：一、「台灣是一個被壓迫的象徵」，台灣人身負「原罪」，不論在台灣的國民黨或在大陸的共產黨統治下都註定要遭受被壓迫的悲慘命運。二、極力吹捧謝雪紅，把她塑造為台獨的「民族鬥士」，「一生都強烈表達了台灣人的反抗精神」，反映了「全體台灣人的命運」，「代表了潔白與火熱…必將是一個不屈的被壓迫者的永遠象徵」。三、最重要的是，盡力切割開台共與中共的關係，強調台共是日共的台灣民族支部，與中共處於平行、獨立、自主的地位，中共非但無助於台共的發展反而破壞第三國際「一國一黨」的原則，力圖控制台共、「篡奪」領導權，於是造成台共分裂，導致台共組織遭日本總督府摧毀。換句話說，中共成了台共在日據時期未成氣候乃至潰散瓦解的罪魁禍首。而謝雪紅才是台共的正統領導中心，代表了與中共

對立的親日路線，從而成為中共批鬥謝雪紅的根源。這些說法究竟是根據可靠證據得來的合理論斷？還是政治偏見加上不學無識的謬妄之言？我們不妨好好加以檢視一番。

　　歷史研究的基本精神是「求真」，但在歷史研究中，罕見有完備無缺的材料可供採用，有關歷史事件與人物的資料，常因證據湮沒竟或根本沒有留下記錄而出現斷裂、罅隙，而涉及現實政治者，更往往因檔案封存尚未解密或當事人出於主客觀因素未公佈本身證言，致使史料嚴重不足。因此，史家撰寫歷史重建一去不復返的「過去」時，不免要依據殘缺的材料，做一定程度的推斷以補足歷史的空隙。但史學的戒律要求，從事這種推斷，試圖建構歷史圖像時，切忌任意、武斷，必須秉持嚴謹、審慎的態度，做到孔老夫子所說的：「多聞闕疑，慎言其餘」。換句話說，史料越是有限，就越能檢測出史學功力的高下，史德與心術的優劣。只要歷史工作者態度嚴肅認真，有合乎邏輯的思考，精通史學方法，具備博洽的歷史與社會科學知識，即使在文獻不足徵的情況下，也常能由新出土的材料或尚存於世的當事人證明其所測繪出的圖像符合真相或雖不中亦不遠。反之，受強烈的黨派成見或主觀好惡所左右而寫出的「歷史」，一旦檔案解密或散佚失落的材料重見天日，乃至當事人現身發言，虛構的神話必不攻自破，登時暴露撰述者違理害真的醜行。而虛構的神話一被戳穿，偽裝「客觀」、「真實」的外衣遭到徹底剝除，隱藏其後的撰述者的意識形態偏見也就鮮明無比地赤裸裸展現於世人面前，無所遁形。

台共為何提出「台灣民族」與「台灣獨立」的主張！

　　陳芳明會費心廣搜史料撰述日據時代的台灣左翼運動史，主要是受他的台灣史啟蒙導師史明影響。日據時期台灣共產黨的政治綱領提出了「台灣民族」與「台灣獨立」的主張，史明見之欣

然色喜，主觀唯心地加以曲解、挪用，據以為台獨左派「台灣民族」論與「台灣獨立」論的張本（史明 1980: 581-582）。台共的政治主張必須放在日據時期具體的歷史背景與時空條件下，才能明瞭其真實涵義。首先，台灣當時是日本的殖民地，台灣人民的直接對立面是統治台灣的日本帝國主義，因此，台灣獨立當然是指打倒日本帝國主義，掙脫日本帝國主義的鎖鏈枷鎖。再者，台灣人民不論是漢人或原住民都不屬於日本大和民族。根據第三共產國際民族與殖民地綱領，台灣人民以「台灣民族」的身份要求民族獨立與殖民地的解放是天經地義的。最後，中國本身積弱不振，也正遭逢包括日本帝國主義在內的國際帝國主義的侵凌、壓迫，國勢凌夷，並無餘力要求收復台灣，僅能暗地協助[2]。依據

---

2 葉榮鐘寫的《台灣近代民族運動史》第一章中提到，「祖國派」的台灣抗日領袖林獻堂一九一三年到北京造訪梁啟超，請教抗日之道，梁啟超告以三十年內中國無力可以救援台人，台人對日本不可力敵，只能效法愛爾蘭人抗英之法，先求放鬆壓力，繼而獲得參政權。國民黨元老戴季陶也在同年告訴前往痛陳台人處境慘狀的甘得中，中國內亂方殷，十年之內無法幫助台人。這都說明中國非無心收復台灣，而是力有未逮。

魯迅在一九二七年為「廣東台灣革命青年團」成員張秀哲（按：即張月澄）翻譯的《勞動問題》寫的序言很能指出當時海峽兩岸知識份子血脈相連的真摯深情：

還記得去年夏天住在北京的時候，遇見張我權君，聽到他說過這樣意思的話：「中國人似乎都忘記了台灣了，誰也不大提起。」他是一個台灣的青年。

我當時就像受了創痛似的，有點苦楚；但口上卻道：「不，那倒不至于的。只因為本國太破爛，內憂外患，非常之多，自顧不暇了，所以只能將台灣這些事情暫且放下。…」

但正在困苦中的台灣青年，卻不將中國的事情暫且放下。他們常望中國革命的成功，贊助中國的改革，總想盡些力，于中國的現在和將來有所裨益，即使是自己還在做學生。（《魯迅全集》，第 3 卷：425，北京：人民文學出版社，一九九一）

當時的國際形勢，鼓勵台灣從日本帝國主義的鐵蹄下獨立解放，可以大大削弱日本的國力，有利於中國對抗日本的侵侮。此所以不論國民黨或共產黨在抗戰勝利前都支持台灣的獨立運動，而在抗戰勝利後又都立即力主收復台灣，其間沒有什麼矛盾之處，反而是基於對抗日本帝國主義、恢復中國完整主權的一貫政策。左右派台獨根本不了解這樣的歷史背景與時空條件，自以為聰明地質疑國共兩黨對台灣問題的主張前後矛盾，徒見其淺薄無識。台共的領導幹部蘇新在 1980 年有《關於「台獨」問題》一文批駁台獨對台共「台灣民族」與「台灣獨立」的主張的曲解。他說：

　　「我們這裡說的『台灣民族』，指的是居住在台灣的『漢民

台灣彰化人黃玉齋在日據時期負笈廈門大學期間，多次藉返台渡假之便從台北圖書館秘密抄錄日人著作中的台灣抗日革命史料，著成《台灣革命史》，於 1925 年由上海泰東書局出版。廈門大學教授朱謙之為其作序說：「我們所謂台灣人，就是中國民族的福建人、廣東人，所以『台灣革命史』，也可說是『中國革命史』的一部分，是我們中國學者，所應該知道的。現在僅介紹於此，並望國人們對於羅福星、余清芳諸先生們作相當的紀念。」黃玉齋在書中提到「台灣獨立派」時說：「說他是『台灣獨立派』亦可；說他是『台灣光復派』也無不可！我們所謂台灣人，個個都是中國人。總而言之，所謂『獨立派』捨去極端自主外，都是要做中國的一省呀！最近極端獨立派的論調是說：『現在中國內受軍閥橫行，外受到強壓迫，幾乎自身不能顧了，焉能顧及我們台灣呢？』他們的結論還是：現在應該台民治台民，將來還是做中國的一部分！」（《台灣抗日史論》，第 332-333，台北：海峽學術出版社，一九九九）只有知道這個背景，才能理解何以懷抱中國民族主義、深受國民黨影響的台灣青年張深切等人卻組織「廣東台灣革命青年」從事「台灣獨立」的革命運動。日據時期的「台灣獨立運動」其對立面是日本帝國主義，是要從日本殖民統治下追求？？的獨立解放，而不是要與中國對抗，更不是要求脫離中國，反之，是要在中國獨立自主後回歸中國。台獨昧於當時的歷史環境，每見「台灣獨立」之名即妄加比附引為同調，用以證明台獨有其歷史根源，實屬可笑之至。

（原載《左翼》第十五、十六、十八號）

族』和『高山族』,並不是指別的什麼『台灣民族』。因為世界各民族中,不論是政治學上,或人類學上,從來也沒有聽說過有什麼『台灣民族』這個名詞。……當時的所謂『獨立』,當然是指『脫離日本帝國主義的統治』,自己成為『獨立的國家』。當年第三國際領導下的任何殖民地的革命鬥爭都是採取這種方針的。……至於台灣能不能歸還中國,什麼時候歸還中國,那是中國革命成功以後的事情。但思想上是有『台灣歸還中國』的準備。……至於『台獨』人士利用舊台共的綱領來為它的『台灣民族論』和『台獨』運動辯護,這是對歷史的歪曲。舊台共的『台灣獨立』的政治綱領,是根據當時的台灣社會的具體情形制定的。當時台灣社會的主要矛盾是民族矛盾,所以把反對日本統治的革命運動說是台灣的民族獨立運動,是『名正言順』的。

　　『台獨』各派有一個共同的、最大的錯誤,就是把國民黨人當作外來的異民族侵略者,把大陸的人稱為『中國人』、『中國民族』、『中華民族』,把原來的台灣人稱為『台灣民族』,故意製造一種民族矛盾,把台灣的革命鬥爭說成是『反對外來侵略的民族獨立運動』。」(蘇新 1993: 263-267)

　　蘇新的這些說明很透徹地闡明了台共當時提出「台灣民族」與「台灣獨立」的緣由。曾任台共第一屆中央委員的莊春火也在一九八八年五月廿九日由「台灣史研究會」舉辦的「台灣抗日運動與台灣獨立主張」的演講會上表示,當時的第三國際決定,殖民地的各民族應該獨立,因此台共遂站在漢民族的立場,主張台灣獨立,這與現在的台獨主張大不相同(《聯合晚報》,1988.5.29.另參見:莊春火 1988)。關於台共主張「台灣民族」論的問題,右翼的前台獨聯盟主席黃昭堂不像史明和陳芳明為了替台獨左派偽造歷史根據而強加曲解,實事求是地承認說:

　　「日本統治時代,台灣共產黨於一九二八年的創黨綱領曾提倡台灣民族主義。我暫稱之為『早期台灣民族主義』。我對『早

期台灣民族主義』曾予以很高的評價，但是，其實台灣共產黨也
不過利用台灣民族主義做抗日口號而已。共產主義才是該黨的目
標。一九四九年共產主義的中華人民共和國成立，他們就去支持
他們的祖國了。世人看不到一位台共黨員繼續主張台灣共和國。
……既然沒有台灣獨立建國運動附隨在身，台共的台灣民族主義
是假的，至少可以宣告壽終正寢。」（黃昭堂 1994）

史明引謝雪紅為同道

　　史明罔顧這些歷史脈絡並利用謝雪紅受到中共批判、整肅的
遭遇，在《台灣人四百年史》中刻意凸出謝雪紅在台共的地位，
把謝雪紅說成代表日共台灣民族支部的勢力與企圖篡奪台共黨權
的中共系統對抗，並曲意迴護謝雪紅的政治錯誤（史明 1980:
592-593）。揆其目的不外在強調台共相對於中共的獨立性與台
共、中共之間的對立，藉此彰顯台獨左派上承謝雪紅為代表的台
共，也獨立於中共並與中共對抗的立場。史明的忠實信徒陳芳明
撰述的日據時期左翼運動史大體上是循此基調進行，並以更為激
越的情緒，大加發揮。

　　在二十世紀九十年代之前，由於台共的主要領導幹部或亡故
或於二二八事變後居停大陸，個人撰寫的自傳、回憶錄又大多未
公開發表，故而台共可供研究的直接史料除了輯錄於日本《台灣
總督府警察沿革誌》的文件與審訊口供外，為數不多。尤其關鍵
人物謝雪紅完整的自傳久未面世，更是研究台共的一大障礙。陳
芳明為了宣揚台獨史觀，在史料極為殘缺的情況下，主要依靠
《台灣總督府警察沿革誌》、蘇新的自傳與回憶錄、日共成員的
回憶文字與台共幹部親朋故舊的悼念文章與口述記錄，大膽寫起
了《謝雪紅評傳》與相關的台共歷史。本來，陳芳明如果抱持清
朝考證學家崔述所說的嚴謹態度：「凡無從考證者，輒以不知置
之，寧缺所疑，不敢妄言以惑世」，以他所網羅採拔的豐富材

料，也可以寫出接近實際情況的日據時期台灣左翼政治運動史。然而，在滿腔激情的台獨狂熱下，他只顧醜詆中共，發洩反中國的情緒，根本無法冷靜地分析材料，小心求證，加以所學不精，沒有搞好史學方法，故而屢見睜眼說瞎話，肆意曲解材料，不遺餘力地吹捧謝雪紅，為謝雪紅曲筆迴護，上粧抹彩，把她打扮成聖潔的台灣民族女英雄，甚至譽為「世界性的領導者」。

　　不過，對陳芳明來說，很不幸的是，由謝雪紅口述、楊克煌筆錄的謝雪紅長篇自傳《我的半生記》，被楊克煌的女兒楊翠華從大陸取得，並於一九九七年十二月在台北出版了。書中披露的謝雪紅個人經歷與台共歷史徹底摧毀了陳芳明依據史明的台獨偏見所虛構的神話。

是誰企圖以主觀意志改變客觀史實？

　　前面已經提到，陳芳明撰寫台共歷史念茲在茲的就是要證明：台共與中共是平起平坐的，而中共只圖篡奪台共的領導權，對台共非徒無助而又害之。他自述研究台灣左翼史的動機時說：

　　「北京的決策者，有計劃、有系統地對台灣文學、台灣史學建構一套周密的歷史解釋。中國學者在採取左派觀點，分析台灣歷史過程中的政經結構，企圖剔除台灣與中國社會之間的歧異史實，而刻意強調兩個社會有同質性格，並進一步聯繫到「台灣是中國一部分」的北京對台政策。以研究台灣共產黨史為例，中國學者既解釋台灣左翼受中共的領導，又宣稱台共的成立係中共一手扶持。在這樣的解釋裡，中共的新民主主義史觀是僵硬地套用在台灣歷史之上。中國學者的研究，全然不符史實，並且也非常違背學術的紀律。面對如此嚴重的錯誤，台灣對於左翼史的研究是不能不及時著手進行的。只有在確立台灣本身的史觀之後，才有可能批駁來自中國的挑戰。

　　第二，由於島內思想與言論尺度的放寬，台灣的統派學者終

於不再掩飾他們對北京政權的靠攏。在教條的政治信仰指導下，他們也採取一種貌似社會主義的觀點來解釋台灣歷史。基本上，在這方面的研究，「統」的味道遠遠超過「左」的解釋精神，政治氣息則高高凌駕於學術訓練之上。統派歷史解的重點，無非是呼應北京對台政策。依照那樣的史觀，台灣的左翼運動幾乎就是中國革命的下游，台灣社會簡直是依附中國的陰影而成長的。中共地位受到無上的尊崇，凡不利於北京的史實都受到精心的掩蓋與擦拭，台灣歷史人物如果受到肯定的話，並不是因為他們有自主性的理想與行動，反而是由於中共的支配與指揮。台灣左翼史在這種摧殘式的拼湊之下，其面目全非的程度，可謂不堪辨識。統派的歷史解釋，是偽民族主義，也是偽社會主義的；其真正面目，只不過是為中共的政治目的效勞服務。這種來自台灣內部的輕侮，對左翼史研究所造成的扭曲，並不亞於來自中共的蠻橫解釋。要維護台灣史實的正確性，要保存台灣學術的自尊，左翼史的重建顯然無可拖延。

　　第四、左翼史研究具有文化批判的意義。……有自主性的殖民地知識份子精神，便是孕育濃厚的抵抗文化與批判文化。台灣左翼運動遺留下來的批判傳統，在後殖民時期的今天仍然寓有高度的暗示。尤其是北京企圖在台構築 代理人政權的事實，使台灣知識分子產生自覺，而這樣的自覺與左翼傳統是可以密切結合起來的。「台灣民族」、「台灣獨立」、「台灣革命」的主張，是左翼運動提出來的；面對著中國帝國主義的野心，以及在台統治者的投降心態，這些主張還是帶有強悍的現代性。因此，台灣左翼史的研究，是改造殖民文化時不可偏廢的重要工作。」（陳芳明 1998: 16-19）

　　你看，只要說「台灣左翼受中共的領導」，就是把「中共的新民主主義史觀僵硬地套用在台灣歷史之上」，就「全然不符史實，並且也非常違背學術的紀律」，「只不過是為中共的政治目

的效勞服務」，罪名不小，帽子很大。他更嚴厲地指控中共說：
「中共史家對於台共的態度則是予以篡改、扭曲，以便符合北京
對台政策的要求。他們最典型的說法，便是再三強調台共是在中
共的『直接指導與協助之下』成立的。……蘇新到中國後所寫的
自傳，也指出台共在上海以『日本共產黨台灣民族支部』的名義
誕生。……如此簡單的事實，中共卻一再牽強地要篡改，以便導
出『台共接受中共指導』的結論。這種知識暴力正好反映出北京
的殖民心態。企圖以主觀意志來改變客觀史實，正是殖民主義的
另一種變相表現。」（陳芳明 1998a: 255, 257）這下是連「殖
民主義」的滔天大罪都搬出來了，但到底是誰「企圖以主觀意志
來改變客觀史實」，等一下我們就會見分曉。他又說：「一般人
都妄加論斷，台灣的抗日運動，是接受中國的領導。這個沒有根
據的論調。在戰後沿用了四十餘年，而從謝雪紅的史實裡，我們
發現中國是在台灣抗日運動中扯後腿。從她的整個政治生涯，也
可發現台灣抗日運動的視野極為開闊，而且也一直是一種自發
性、自主性的運動，它不僅沒有被中國領導，反而還去領導中國
的抗日運動。」（陳芳明 1988: 187），「曾經身為第三國際指
揮下的台共主席，她（按：指謝雪紅）並不認為毛澤東的地位比
她高。在第三國際的系統裡，中共與台共的主席，政治地位是平
等的。」（同上：197）最後，陳芳明給中共與台共的關係下了這
樣的論斷：「從謝雪紅的史實來看，中共並沒有對台共有過任何
的協助；相反的，它在幕後唆使的奪權運動，使台共偏離第三國
際的戰略原則，使台共發生內部分裂，……謝雪紅在二二八事件
後投靠中共不久即受到整肅鬥爭，有一個重要的歷史因素，便是
她從來就是拒絕中共的領導」（陳芳明 1998a: 42），「中共是
否協助了台灣人民的殖民地革命？答案很清楚，全然沒有。然
而，中共自來出版的有關台灣史書籍，卻再三宣稱給予台共有力
的支援與指導。歷史事實活生生提出了證辭，中共不僅沒有協

助，反而對台灣反抗日本殖民統治的革命力量處處阻撓，使抗日陣營發生分裂，終而導致台共的覆亡。」（同上：232-233）這些義憤填膺、氣勢洶洶的指控，到底有沒有可靠的根據呢？沒有！用陳芳明的話再說一次，「全然沒有」！

謝雪紅自傳摧毀台獨左派虛構的神話

陳芳明以上的這些看法是根據什麼呢？

原來，他始終認為謝雪紅是二二八事件後才於一九四八年在香港成為中共黨員的。在此之前，謝雪紅「走的仍然是舊台共的道路。……舊台共一直是堅持獨立自主的路線」（陳芳明 1991b: 277）因而與中共頻生磨擦。陳芳明一直認為由中共的台籍黨員翁澤生、蔡孝乾、潘欽信等人組成的「上海大學派」（簡稱「上大派」）在中共中央指使下向謝雪紅代表的日共路線奪權後才造成台共的內鬨分裂（陳芳明 1991b: 86, 148-149, 191-216; 1998a: 98-119, 227-233, 248-253）。陳芳明的這些認知完全與歷史事實不符。

實際的情況是怎樣呢？我們來看看謝雪紅自己是怎麼說的：

「一九二五年六月間，由安存真、宣中宣兩人介紹我、林木順、陳其昌等幾個台灣青年參加了「共產主義青年團」，記得是林木順代我填表。……1925 年七月間，我、林木順、陳其昌三人由杭州調往上海參加「救援會」工作。……我調來上海之後不久，黃中美幾次叫我去「法國公園」或到旅社講話。他幫助我提高對共產黨的認識，鼓勵我爭取入黨，並向我了解我的家庭、出身和經歷等。同年八月間，黃中美到閘北我的住處，向我宣佈我已被批准加入中國共產黨，介紹人就是他。」（謝雪紅 1997: 170, 173, 174）

看吧！史明與陳芳明整個對謝雪紅與台共歷史的詮釋，最關鍵的一個立足點，就這樣被謝雪紅的自述徹底摧毀了，由此而建

立起來的那些主觀臆造與胡說八道也就如朽木難撐之大廈立時轟
然崩塌、灰飛煙滅了！

　　說來可悲，如果陳芳明不被台獨的狂熱情緒所蒙蔽，能夠以
冷靜、清醒的頭腦去分析他辛苦搜集來的豐富史料，原本也不難
推斷出這個歷史事實。這可從以下幾點看出：陳芳明在探討是誰
推薦林木順與謝雪紅到莫斯科留學時，提到「根據日共領袖之一
德田球一的回憶錄，謝雪紅乃是由中國共產黨的台灣支部所推
薦」（陳芳明 1998a：55）；陳芳明根據《台灣總督府警察沿革
誌》已知在 1924、1925 年之間「可以確信的是，林木順在這段時
期加入了中國共產黨」（同上：53），其實這就可以合理的推
測，與林木順關係密切，同在上海大學就學，又一齊被選送莫斯
科受幹部訓練的謝雪紅也有中共黨員的身份；在《謝雪紅評傳》
中，陳芳明又引述謝雪紅親信周明的話說：「一九四六年底蔡孝
乾到台中找謝雪紅，當時謝要求恢復黨籍」（陳芳明 1991b：
275），既謂之「恢復」黨籍，即表示先前已具備黨員身份。這種
種跡象都可以合理推測謝雪紅早在進莫斯科東方大學前已加入中
共，而謝之得入東方大學也是中共推薦的。請看謝雪紅的自白：

　　「一九二五年十月間，黃中美同時向我、林木順和林仲梓三
人宣佈黨命我們赴蘇聯莫斯科「東方大學」學習；他說黨派我們
赴蘇學習是為了培養幹部，考慮將來幫助台灣的同志在台建
黨。」（謝雪紅 1997：183）

　　這不是很清楚了嗎？不但謝雪紅、林木順是中共選派赴蘇聯
學習的，而且還「是為了培養幹部，考慮將來幫助台灣的同志在
台建黨」。

　　可笑的是，陳芳明自己被台獨魔障所惑，無法合理的推斷謝
雪紅早年即已加入中共也就罷了，當一九八六年九月十五日中共
中央在為謝雪紅舉行骨灰移放的儀式上發表〈謝雪紅同志生
平〉，總結對她一生的評價，其中提到謝雪紅「一九二五年在上

海參加五卅運動，同年加入中國共產黨」，陳芳明竟然還幼稚地
質問：「文中提及，謝雪紅在一九二五年加入中國共產黨，就是
很不實際的一種寫法。中共與台盟人士，有什麼證據可以顯示她
在這年加入中國共產黨？」（陳芳明 1991b: 701）

中共有沒有指導台共？

　　正是由於史明與陳芳明不知道謝雪紅早在一九二五年即是中
共黨員這一事實，他們無視既有材料中早已明白顯示台共與中共
關係密切的現實，虛構出謝雪紅堅持「台灣民族」論與「台灣獨
立」、謝雪紅領導的台共與中共對抗，以及中共中央企圖篡奪台
共黨權的故事[3]。陳芳明一再譴責中共史家所說的台共是在中共的

---

3 關於謝雪紅自始即要求台灣回歸中國的主張，陳芳明為了強調謝雪紅的所謂
　「台獨」立場，在撰寫謝雪紅的傳記文章中，又發揮了睜眼說瞎話的本事，
　違背歷史研究的基本戒律，犯了不可原諒的錯誤。在《謝雪紅評傳》中，他
　先引述大陸的資料《台灣民主自治同盟領袖謝雪紅》所說，謝雪紅在參加五
　卅運動的遊行時，「都喊出『收回台灣』的口號」（陳芳明 1991b: 59），
　但其後他又說：「（1949 年月日　按：原書誤為 1969 年）為了執行中共的
　對台政策，謝雪紅也不得不改寫自己創造過的歷史。她說，台灣人民在日據
　時代反抗殖民地統治的主要目的之一，就是要讓中國『收復台灣』。……在
　二〇、三〇年代的謝雪紅，看過中國的腐敗與落後，根本也不可能想到要主
　張中國『收復台灣』。」（同上：479）陳芳明在同書中前半自己先引用了
　謝雪紅在 1925 年五卅運動時曾高喊「收復台灣」的史料，寫到後半部時卻
　武斷地認為謝雪紅不可能主張「收復台灣」，前言不對後語，豈不荒謬？在
　《林木順與台灣共產黨的建立》一文中，陳芳明又引用了同一史料來源所
　云：「她經歷當時的『五七』、『五九』、『五卅』等運動，在那時無論報
　紙上或遊行的隊伍裡，她都高呼出『收回台灣』的口號，那時她的名字叫謝
　飛英。」（陳芳明 1998a: 54）這份史料是謝雪紅在 1949 年月接受《人民日
　報》記者採訪的報導，為謝雪紅親口所言，與本文引述的謝雪紅口述自傳
　《我半生記》內容相符。撰述歷史而能荒唐到在毫無客觀證據支持下，全憑
　主觀的政治立場，就做出與自己引用的史料的事實完全矛盾的妄斷，大概是
　古今中外俱屬罕見的。陳芳明這類的荒謬錯亂不僅此一端，在他寫的台灣歷

史中所在多有，此處無暇一一臚列其犯行，且再舉兩例，以暴其醜。對於台共第一任書記林木順加入中共的時間，陳芳明先根據《台灣總督府警察沿革誌》說，在一九二四、二五年之間，「可以確信的是，林木順在這段時期加入了中國共產黨」（1998a：53）。然而，在同一篇文章中（請注意：是同一篇文章），他又根據楊克煌的《台灣人民民族解放運動小史》說，林木順在一九二九年三月以後，「他正式加入了中國共產黨」（同上：86）。在同一篇文章中引用兩個不同的史料來源，對同一件事做了完全不同的敘述，卻沒有說明、解釋何者說法正確。這是歷史系一年級學生都不該犯的錯誤，足證他連史學方法ABC都沒有學好。更糟糕的例子是，對謝雪紅是怎麼進莫斯科東方大學就讀的，陳芳明前前後後反反覆覆，自己寫的跟說的，完全自相矛盾。看了所有他有關謝雪紅的傳記文章，讀者肯定無法弄清陳芳明自己對這件事的認知到底是什麼。他一忽兒說「一九二五年，她參加了五卅運動，在遊行隊伍高喊台灣獨立自治的口號（按：此說錯誤，已見前揭史料），也因此受到中共的注目，從而進入中共創辦的上海大學。旋即因第三國際的代表引介，而於同年十二月，遠赴莫斯科的東方勞動大學讀書」（陳芳明1988：169）；一忽兒又在《謝雪紅評傳》中說：「謝雪紅雖然是由中國共產黨推薦保送東方大學攻讀，但並不必然她就應該屬於中共的路線。」（1991b：71）荒謬絕倫的是，就在1991年月日，《謝雪紅評傳》的新書發表會上，他的發言竟然否定了自己在書中的敘述，他說「一九二五年她去了上海。當時的上海正是抗日、反帝國主義壓迫最熱烈的地方，謝雪紅那時在演講台上提出說：『必須要注意台灣需要解放』。她說這句話時，讓莫斯科派來第三國際的人聽到而認為可以栽培，就推薦她到蘇聯去讀書。」（陳芳明1992：254）這下又回到了第三國際推薦說。就在熱騰騰的新書剛出爐之際，作者馬上毫不說明理由地提出與書中所述不同的說法，寧非咄咄鎮怪事？讀者到底該相信那一種說法？雖然在《林木順與台灣共產黨的建立》一文中，他已提到了日共領袖德田球一的回憶錄說過謝雪紅是由中共推薦入學，但陳芳明還是迷惑地問道：「究竟是誰推薦他們到莫斯科留學的呢？這個問題至今仍然是個謎。」（陳芳明1998a：55）。於是謝雪紅進入東方大學的問題，就被陳芳明白自己搞成了一筆愈攪愈亂的糊塗帳。看了上述的反覆迷離，讀者能不懷疑陳芳明的思考能力與史學訓練嗎？一個頭腦不清、經常曲解武斷史料而造成自相矛盾、前言不對後語的人撰寫的台灣歷史還有一點起碼的可信度嗎？這個答案我們交給每個肯用腦筋思考的讀者去判斷。

「直接指導與協助之下」成立的。然而，這個事實並不是中共史家憑空捏造的。《台灣總督府警察沿革誌》中就明白引述了日本共產黨中央委員會的決議：「台灣共產黨暫時以日本共產黨台灣民族支部之名義組黨」、「日本共產黨目前因為選舉鬥爭而忙碌，有關組黨事宜應請求中國共產黨的援助及指導」（王乃信等譯 1989: 9）。史明在《台灣人四百年史》中引述這段文字（史明 1980: 576），就連陳芳明自己也在《謝雪紅評傳》中加以引用（陳芳明 1991b: 88）。可是，在同書中以及述及台共的文章裡，陳芳明卻不斷否認中共「援助指導」台共，痛斥中共「棄史實於不顧」、「一再牽強地要篡改」，是「知識暴力的橫行」，甚至扣上「殖民心態」、「正是殖民主義的另一種變相表現」的大帽子。我們說陳芳明睜眼說瞎話，肆意曲解史料，絕非過當之辭。

其實，台共在組黨伊始，於一九二八年四月二十日發表《台灣共產黨組織宣言》的同時，也有一封《致中國共產黨中央的信》，從中可見雙方關係之密切：

「台灣共產黨的構成份子大部分曾加入中國共產黨，接受過中國共產黨的指導訓練。是故，台灣共產黨的成立與中國共產黨頗有密切的意義（關係），台灣革命與中國革命之間亦有頗多關連。因此，懇請中國共產黨對台灣共產黨能多加指導與協助。這是大會全體同志對中國共產黨的最熱烈的要求。」（王乃信等譯 1989: 98）

「大會全體同志」「最熱烈的要求」「懇請中國共產黨對台灣共產黨能多加指導與協助」，這樣明白的宣示，還用得著中共史家去「篡改」史實嗎？真正篡改、扭曲史實的不是陳芳明所指控的「中共史家」或台灣的「統派學者」，而正是「作賊喊捉賊」的陳芳明自己。

中共不但在台共建黨時受託「援助及指導」台共。在一九二

九年四月十六日日共遭日本當局大逮捕而癱瘓之後，台共無法再
與日共聯繫接受領導，第三國際遂委由東方局通過中共領導台共
的工作。《台灣總督府警察沿革誌》所收錄的謝雪紅口供就說：

「黨成立十日後，於上海有數名黨員遭受檢舉，致與日本共
產黨的連繫斷絕，同年八月林日高為恢復連絡而上京。翌年四月
發生所謂的四‧一六事件，致連絡再次中斷，其後直接連絡的希
望更是渺茫。因而企圖透過翁澤生與中國共產黨連絡，⋯⋯此
間，我數次向中國共產黨、日本共產黨或國際東方局提出報告，
⋯⋯」（王乃信等譯 1989: 125, 128-129）

同書收錄的翁澤生供詞又說謝雪紅在台共發生權力鬥爭後，

「阿女（按：即謝雪紅本名）向中共中央部上訴⋯⋯其後連
續地以同一旨趣的報告呈上中央。中共方面亦認為有調查的必
要，於昭和六年（一九三一年）三月上旬，中共中央委員會的組
織部長就上述各點審問過我。⋯⋯接著於同年五月重被交付中共
審查委員會⋯⋯」（同上：132）

台共的內訌鬧到中共中央去要求調查、裁奪，這不是領導關
係又是什麼？

對於台共與日共、中共、共產國際之間的關係，曾任台共第
二屆中央委員兼宣傳部長的蘇新在一九八一年所寫的〈台灣共產
黨的歷史〉一文中有很好的說明：

「台灣共產黨是二十世紀二十年代末到三十年代初，具體地
說，即一九二八年到一九三一年（從誕生到消亡），在台灣出現
的怪物。說它是怪物，是因為它是三不像的東西。

第一，它成立時，是作為日共的一個「民族支部」（叫「台
灣民族支部」），組織上（名義上）屬於日共，但是，日共從來
就沒有有效地領導過它。

第二，它成立後，由於日共遭到大破壞（一九二八年三月十
五日及一九二九年四月十六日，分別叫做「三‧一五事件」和

「四‧一六事件」），台共與日共的關係被切斷，因此，台共的領導機構，不得不通過台胞的中共黨員（翁澤生等），求助於中共中央。因此，台共雖然與中共沒有組織關係，但是，思想上、政治上，比較多地得到中共中央很大的領導。

第三，一九三一年二月間，第三國際東方局派人到台灣，召開台灣共產黨第二次代表大會，之後，台共就名義上成為第三國際的一個獨立的支部，但是，實際上是通過中共中央，接受東方局的領導的，因為當時中共中央的主要領導人是瞿秋白，第三國際東方局負責人也是瞿秋白。

總之，台灣共產黨，成立當時是日共的一個「民族支部」，第二次代表大會以後，成為第三國際的一個獨立支部，但是，思想上，政治上受中共的影響較大。

說它是日共的一個支部，不像；

說它是第三國際的一個獨立支部，不像；

說它是中共的一部分，但又沒有組織關係，也不像。

所以，我說它是「三　不像」的怪物。」（蘇新　1993：128-129）

蘇新這篇未完稿與其自傳、回憶錄一起收在《未歸的台共鬥魂－蘇新自傳與文集》裡，陳芳明引用蘇新的自傳中所言台共是日共系統來痛斥中共「篡改」史實，而同一本文集中對台共歷史的敘述，卻因與其論調相背，即視而不見。截取同一文集中的片言隻語，斷章取義來誣指對手「篡改」史實，而對蘇新全面敘述台共、中共與第三國際歷史關係的文獻則置若罔聞，這算那門子史學方法？西方主觀唯心論的代表貝克萊主教有句名言：「存在即被感知」。陳芳明的魯莽滅裂則尤有過之，他是連已經感知到的史料，只要不符合他的台獨教條，也等於不存在。我們說他武斷材料，無視反證，睜眼說瞎話，於此又得一明證。

「改革同盟」與謝雪紅的黨內鬥爭

　　史明與陳芳明將台共「改革同盟」開除謝雪紅黨籍奪取領導權的內訌歸因於台共「上大派」奉中共中央之命剷除日共系統的謝雪紅，完全是出於台獨偏見的曲解。這種說法之站不住腳是顯而易見的。且不論謝雪紅即是中共黨員的事實，單從謝雪紅本身就讀上海大學，而本為日共黨員的蘇新與農民組合的趙港等人與中共並無淵源，卻也群起而反對謝雪紅，使謝陷於四面楚歌、孤立無援中，就可得知所謂中共的「上大派」與日共系統的謝雪紅對立這種分類法是粗糙不堪，難以說明問題的。其實，《台灣總督府警察沿革誌》對台共內鬥的觀察是頗為深中肯綮的：

　　「蓋阿女與改革同盟一派造成對立的原因，主要基於對客觀形勢的認識不同，以致對黨戰術的見解引起差異。惟其久久在不活潑狀態下採閉門主義，徒以神秘殿堂將黨包藏，一味壟斷黨的權力，阿女此等性格與女性特有的傾向，使黨員產生反感與不滿，加以種種感情因素似乎也有存在，終至演變成內訌，彼此除名，積極的互相排擊鬥爭。」（王乃信等譯 1989：124）

　　然而，陳芳明對謝雪紅的壟斷權力與專橫卻拿出女性主義來為她迴護說：「謝雪紅處在女性受到歧視的時代裡，……她為了對抗男性沙文主義，處理組織的方式也許也不能不有過度的反應。這些因素應該考慮進去，才能知道她在當時之所以被孤立的理由。」（陳芳明 1991：202）這番開脫的話可謂用心良苦。然而，不管出於什麼原因，身為革命組織的領導者，只要不能團結人以集合眾人之力戰勝敵人，那就會危害大局，就是不適任，就該下台。其實，何只革命組織、政治團體不容許這種現象長期存在，任何一個民眾團體，只要想發展也不會容許，其理至明。謝雪紅的跋扈、暴烈性格在多項資料中都有所反映。陳芳明自己就引述了謝雪紅東方大學的同學、中共早期領導人張國燾夫人楊子

烈的描述説：「她對『表弟』（按：即林木順）是很嚴厲的，動
輒咬牙切齒用台語斥罵。中國男女同志看不慣她那驕橫樣，言語
之間，對她不免有些諷刺，但她個性倔強，仍罵如故。……見她
橫眉怒目，聲調高亢，知道她又發了雌威。大家都討厭她，奇怪
的是她那位臉黃身瘦的『表弟』始終一聲不響，異常馴服。」
（陳芳明 1991: 72）這裡所呈現的簡直是「女性沙文主義」了。
前台共中央委員莊春火也指出，謝雪紅以「蠻橫」的方式奪了台
共書記林日高的權（莊春火 1988）。

　　關於台共「改革同盟」與謝雪紅的黨內鬥爭問題，陳芳明始
終不會用自己的腦袋，秉持「虛其心以求之，平其情而論之」的
治史態度，好好分析搜集來的材料，只會盲從史明站不住腳的論
調，強把台共的內鬥歸因於中共中央企圖「奪」台共的領導權。
史明與陳芳明對台共內鬥的思考邏輯是這樣的：翁澤生、潘欽
信、王萬得等人的中共「上大派」VS. 謝雪紅的日共系統，而支
持翁澤生的是代表中共中央與第三國際東方瞿秋白，故而台共內
鬥也就是由中共中央欲「奪取」日共系統的謝雪紅的領導權造成
的。這種主觀臆斷根本無法從相關的材料中得到確證，而是基於
台獨立場刻意曲解史往的結果。

　　從前面引用過的史料，我們已經知道台共創黨的主要幹部林
木順、謝雪紅、翁澤生、潘欽信、蔡孝乾等人皆為中共黨員，可
以說台共自始就是以中共黨員的骨幹創立的。史明和陳芳明把林
木順、謝雪紅歸類為日共的系統完全是主觀臆造的胡說八道。台
共第一任領導人林木順在成立大會時就表示：

　　「本大會承蒙中國共產黨派遣代表參加，並得以接受中國共
產黨的援助與指導，使我們深感無上的欣慰與光榮。現在中國的
革命正進入建立工農兵蘇維埃的成熟期，中國共產黨代表特以其
長期領導工農的奮鬥經驗教導我們。我們承受其教導，應努力在
台灣革命的實踐運動中予以屢行……」（王乃信等譯，1989:

11）

　　在前面引述過的台共《致中國共產黨中央》的信也明白表示：「懇請中國共產黨對台灣共產黨能多加指導與援助。這是大會全體同志對中國共產黨的最熱烈的要求。」很清楚，台共自始就主動要求中共的「指導與援助」，何勞中共再費心去籌劃「篡奪」台共的領導權？

　　台共的組織必須重建、調整，其實是當時客觀形勢下的必然要求。台共甫成立，即遭逢「上海讀書會事件」，謝雪紅等人被日本警方逮捕，一九二八年四月二十五日台共成立時的大會議事錄、宣言，政治、組織綱領，其他各部門的運動綱領等秘密文件全被日本當局取得，導致黨的領導幹部林木順、翁澤生、蔡孝乾、洪朝宗等人紛紛走避，黨的組織與活動無法按照預定計劃展開。台共形式上雖告成立，實際上卻處於無組織、紀律可言的渙散狀態。在外有日本官方嚴密監控，日共復自身難保，無力領導、援助，內則幹部寥落、經費短絀下，台共處境之艱難可想而知。故而，台共成立初期在台灣的工作難以展開，在勞工、農民等群眾運動上績效極為不彰。要推動台灣的革命，這種低迷不振的狀態必須突破改善，是勢所必然的。問題是，主要由小資產階級知識份子組成的台共，既無組織與實際鬥爭的經驗，又缺乏嚴格的訓練，處理起政治事務不免粗糙、幼稚，因而激化了黨內矛盾。

　　對台共在台灣的困境，在台中央委員林日高、謝雪紅曾多次通過翁澤生向中共與第三國際東方局提交報告。一九三〇年十二月東方局與中共皆認為台共有糾正機會主義與關門主義並加以改造的必要。翁澤生告知謝雪紅選派的代表陳德興這項指令，要求陳德興返台後向台共幹部傳達。但謝雪紅抗拒改造黨的要求，認為第三國際受到翁澤生的蒙蔽，不了解台灣實際情況，陳德興所傳達者是否真為東方局的指令殊為可疑（王乃信等譯　1989：

116）。王萬得、蘇新、趙港等人遂組成「改革同盟」另立中央。此其間謝雪紅向中共指控「改革同盟」搞宗派鬥爭，中共中央經調查後，認為「改革同盟」未通過黨大會正式決議，私自另立黨中央，違反組織原則，犯了原則性的錯誤。一九三一年三月中共中央派帶回東方局《致台灣共產者書》指示黨的改造方針。一九三一年四月又派遣潘欽信代表東方局返台，攜回《中共中央致台灣同志書》，《台灣共產黨新綱領》等文件，並要求「改革同盟」承認錯誤，解散「改革同盟」的組織。蘇新在自傳中說：

「當時潘欽信所指出的主要內容是『翁澤生同志並不是叫你們另外組織領導機構，由上而下去進行黨的改造工作，而是在大會之前一方面檢討過去的工作，另方面展開群眾的組織和鬥爭，用這樣的方法來教育一般黨員，提高黨員的水平，準備迎接大會，在大會上由下而上批評領導，以達到改造黨的目的。』但當時（潘欽信返台前）我們由於思想水平和政治水平低，未能理解這個精神。」（蘇新 1993：48-49）

「改革同盟」接受了東方局與中共中央的批評意見，於一九三一年五月三十一日至六月二日召開黨大會，重新確立黨的路線，改組領導班子，並承認「改革同盟」違反組織原則，應予解散，同時以抗拒黨的改革為由，開除了謝雪紅、楊克培、楊克煌的黨籍。謝雪紅在被捕後供述說，「改革同盟」「將黨陷入機會主義、活動遲滯不活潑的原因完全歸咎於本人而加以非難，但他們所犯的一切謬誤與怠慢則悉故隱蔽而不加反省。這些全為翁澤生、王萬得、潘欽信等人的陰謀，因此而造成今日多數黨員繫獄，使黨從根柢遭遇破壞殆盡。此一切責任應由他們改革同盟承擔。」（王乃信等譯：1989：124）這些指控，其實有失公允，也不合實情。台共的主客觀條件皆極為不利，工作難以推展，已如前述，但謝雪紅的導領風格與工作方式不當也是不可忽視的因素。對於台共改革的必要性，《台灣總督府察誌》有如下的敘

述：「至昭和四年（一九二九年）後半期，黨員人數逐漸增加，黨的活動因受到內外情勢的刺激，亦逐漸活潑起來。與此同時，少壯黨員中擔任赤色工會組織運動、農民組合、文化協會的指導工作者，對謝氏阿女等中央委員的活動的不充分、不活潑，態度之消極漸漸感到不滿。這種不滿情緒逐漸於黨內擴大，遂發展成為對中央委員的不信任。此時林日高、莊春火相繼脫黨，使中央委員只剩謝氏阿女一名，情況不容輕視。原本封鎖在秘密中，茫然空想新加盟黨員的台灣共產黨的組織，實際上僅有二、三名中央委員與不滿二十名的黨員的貧弱真相，至此逐漸揭露。且對林日高、莊春火的脫黨通告，既無任何處置，黨員又久未聚晤，連絡活動方針亦未能確立。依此推演，黨的未來實有召致自行潰滅之虞。」（王乃信等譯 1989: 111-112）可見，台共再不改造，境況危殆。台共困頓的原因當然不能僅歸咎謝雪紅一人，而是整個黨的問題，第三國際與中共也都有此認知。潘欽信在台共第二次大會上發言時就表示：

「黨已陷入極端的機會主義的謬誤。故必須清算此錯誤，根本地改變黨，以確立黨的新政治方針。此事既已向同志陳德興詳述使其歸台，唯其報告有些曖昧，致引起同志中對錯誤的本質的理解並不充分。

黨改革的方針，為對黨的機會主義根源的小資產階級基礎的清算，將黨的機會主義的錯誤由實踐上去認識：激發工農的日常鬥爭，在其過程中爭取工人及貧農入黨，鞏固黨的無產階級基礎，而圖黨的布爾什維克化。然而過去似有一種想法，認為單是黨的上部組織進行改造即能刪除此種錯誤，而改革同盟的組織便是出於這種想法。這是錯誤的。改革同盟非為造就黨中黨而組織，乃為忠實執行國際的指示，為準備黨的政治方針的根本改變而組織者。是故，在政治動機方面雖可謂其正確，但不可諱言地違反組織原則。所以改革同盟應予解散。」（王乃信等譯 1989:

164）

　　台共在大會結束之際發表的《告全體同志書》中也說：

　　「大會承認改革同盟依國際指示，執行了特派至國際的同志歸國前的通信中所言『召集大會實行黨的總清算、確立新的方針以前：在黨內進行充分的政治上的準備，使黨員毅然反對機會主義；抱持接受新政治方針的決心與基礎。在實際工作上須開始改變過去的錯誤方式』的諸工作。其動機雖在政治上正確，唯此種組織在組織原則上犯了錯誤。此等錯誤同時將附帶以下數個錯誤的危機。即，易使黨員誤認：清算機會主義僅只從事組織紀律的工作即可容易致效，而輕視政治上的鬥爭及剿滅機會主義在組織上、工作上的基礎，以為機會主義的錯誤只是若干被處分黨員的錯誤，不但無法認識機會主義錯誤乃全黨所犯的錯誤，所有黨員皆受其深遠的影響，也無法瞭解必須經過長時間的困難的鬥爭始克奏效這一事實，且也容易蓄積宗派主義的根源，導致黨分裂為多種派別，而削弱黨的力量的危險。畢竟此事實乃起因於不了解政治改革、政治鬥爭的全般的意義。在黨改革的政治上的準備，雖已因改革同盟的工作而收到相當的效果，但不能說已經充分。其成果是使最大多數的黨員毅然地反對機會主義，使其產生接受新方針的政治決心，促進了召集大會的時期。故大會承認改革同盟在政治上的正確性，且肯定其政治上的工作，另方面必須指摘其組織上的錯誤，令其即刻解散，使一切黨員恢復組織的常態，在新的政治方針與組織方針下，實行統一的行動。」（同上：169）

　　在這裏，既譴責了「改革同盟」在組織原則上犯了錯誤，也提醒不要「以為機會主義的錯誤只是若干被處分黨員的錯誤」，而是「全黨所犯的錯誤」，以免「蓄積宗派主義的根源，導致黨分裂為多種派別，有削弱黨的力量的危險」。台共的黨內鬥爭當然也包含有個人的情緒與意氣之爭，但這樣的處理與認識應該說

是比較全面的。然而陳芳明對台共內訌的歷史敘述根本不提上述共產國際與中共對「改革同盟」的指責與台共第二次大會對台共機會主義根源的全面檢討，只片面按照謝雪紅情緒性的指控來論斷是非曲直。陳芳明對這些於台共內訌至關緊要的材料，視而不見，在其著作中完全加以抹除，只不過是為了達成他主觀臆造的、一點也沒有客觀證據的論點：中共通過「上大派」的台共黨員精心策劃鬥爭日共系統的謝雪紅，以達到奪取台共黨權的目的，結果導致台共的潰滅，故中共對台共不惟無助而又害之。從上舉史料，我們可以很清楚得知這種論調根本完全站不住腳。

謝雪紅為何眾叛親離？

　　謝雪紅到大陸後之所以遭受批判、整肅，除了她的地方主義傾向與個人英雄主義之外，還有個原因就是擔任「台灣民主自治同盟」主席時，專權跋扈，妒賢嫉能，搞「家長作風」，多次誣陷同志是「國民黨特務」、「叛徒」，致使多人久久難以翻身。主要受害人之一就是蘇新。蘇新本來極受中共中央重視，一九五○年周恩來原打算起用蘇新任外交部日本科科長，卻遭謝雪紅誣指在日據時期是台共「叛徒」，使得蘇新不再受中共信任，過了三十年暗淡的生涯。對此蘇新晚年憤恨不平地說：「可惜出任日本科科長的事，因謝雪紅極力反對而不成。對這點，她大概是驚（怕），她沒有本事，她一個女孩子，也無讀冊（唸書），也無受什麼教育，在工作能力、專業方面要勝過我，當然是不可能。但是，在共產黨的環境下把她造成什麼主席（台盟），大家都可以接受，這是另外一個問題，並不是說她有什麼能力，……她是可以當個台盟的主席，公開出來講幾句話。這樣子而已。這樣子也很好，她做表面的事情，我們做實在的事情，她要是好好做，而我也是擁護她的，她又何必那麼驚（怕），向這個說壞話，向那個說壞話，報告過來，報告過去，搞得亂糟糟的，

……」（蘇新 1993: 91）蘇新所言確實道中了謝雪紅的心態與作風。謝雪紅由於本身能力與地位不相稱而產生的自卑、自憐心理在她的自傳裡也有所表達：

> 「有很長時期人們都以為我是個知識份子，卻不知我是個文化水平很低、不會寫字的人。這件事常令我心中產生矛盾；每當我被組織提拔得越高時，我就越擔心自己的低文化和高職位不相稱，以致於越想要盡力掩蓋自己文化低的事實，唯恐暴露了這個事實會辜負組織對我的器重和提拔。在東京的時期，許多工作，特別是抄寫工作都是林木順替我做的，而上級領導卻又偏要重用我，我就擔心不能完成任務。一些受過教育的知識份子，每因知道我文化低的事實，就開始歧視我、蔑視我、不服我、排斥我，以至於侮辱我，我一輩子吃了不少這樣的虧。」（謝雪紅 1997: 235）

謝雪紅由於出身貧苦，從小被賣為童養媳，及長又被騙為妾，故而對舊社會有刻骨的痛恨。一九一九年到中國青島親眼目睹了正如火如荼在中國大陸展開的反帝、反封建的「五四運動」。謝雪紅自述：「青島是喚起我的漢民族精神、階級鬥爭思想以及對幸福社會憧憬的地方，在那兒停留的日子，也是我一生經歷的轉折時期。」（謝雪紅 1997: 125）也是在這時，謝雪紅看到天津大學學生展示俄國工、農、兵在皚皚白雪中前仆後繼攻打俄皇冬宮而血流遍地的悲壯相片，深受撼動，遂決心改名「雪紅」（同上：124-125）。因此，謝雪紅反帝、反封建、反資本主義的民族與階級立場是堅定而毋庸置疑的。但她受限於性格、知識與能力，雖有極強的「出人頭地」欲望，而歷史也給了她幾次充當領導人物的機緣，卻始終無法成為稱職的領導者。終其一生，不論在台共或「台盟」，她一直不善於處理不同的意見，更不善於團結人，造成本身政治上的孤立，實為她個人的悲劇。這點是無論用什麼生花妙筆也無法曲予迴護的。

史學敗類的醜行

謝雪紅對台共的「改革同盟」成員如王萬得、蕭來福、蘇新三人奪取她對台共領導權的事一生銜恨在心，在她於大陸得勢時，毫不留情地打擊報復，誣告陷害，就連夙無冤仇的人僅因提了逆耳之言也捏造不實罪名，橫加栽誣（葉紀東 2000：116-121）。面對大量指控謝雪紅的材料，陳芳明不敢否認謝雪紅的犯行，但他卻曲筆為其迴護說，那是在宗派鬥爭中不得已而為之的自衛反擊，然後又歸咎於中共的「誣告制度」（陳芳明1991b：578-579）。然而，蘇新、蕭來福等人都是在「台盟」內部尚未發生宗派鬥爭之前就被謝雪紅誣陷，而葉紀東本是謝雪紅想拉攏的人，也被謝雪紅誣告了，這是主動出擊而不是自衛反擊。至於歸咎於什麼「誣告制度」，那麼一九九七年十一月五日台獨先覺彭明敏公開造謠構陷當時主張三通的民進黨主席許信良在一九八四年向中共要求資助，且於當上黨主席後前往中國駐日大使館報到，這又是什麼「誣告制度」造成的呢？

十多年來，陳芳明既譴責台灣歷代的統治者基於統治利益「刻意擦拭與惡意曲解」台灣歷史（陳芳明1992：1），又氣勢洶洶地不斷指控國民黨、中共史家與台灣的統派學者「篡改」、「扭曲」台灣歷史（陳芳明 1991b：714；1998a：17，63，238-239，255，257，259），還屢次高唱「以科學、落實的態度去檢驗史料，去認識史實，才是今日台灣史研究的急務」（陳芳明1988：225），「我的基本態度是，無論意識形態或政治立場是如何有所出入，在進行歷史解釋時，必須以事實做為主要根據。歷史知識畢竟不能等同於小說創作；要探測歷史，僅能依賴事實，而不能憑恃想像」（陳芳明1992：231）。這些話都很堂皇動聽，然而，正如我們所揭露的，陳芳明際上是言行相背，表裡不一，好話說盡，壞事做絕。他指控別人「篡改史實」、「刻

意擦拭與惡意曲解」等惡行，本身卻俱優為之，也正是他自己，
罔顧客觀史實，「憑恃想像」把歷史當成了小說創作，虛構了諸
多不實的神話。

　　本來，撰寫歷史的基本態度應該是清朝史學家章學誠所說
的：「聞見互參而窮虛實之致，瑕瑜不掩而盡抑揚之能」。然
而，陳芳明所寫的台灣歷史在台獨教條的指導下，卻充斥著唐朝
史學家劉知幾所指斥的「醜行」：「舞詞弄札，飾非文過……用
捨由乎臆說，威福行於筆端」。這種史學敗類，我們還是用劉知
幾的話給予定論最為恰當：「記言之奸賊，載筆之凶人，雖肆諸
市朝，投畀豺虎，可也！」

【參考書目舉要】

馬克思‧恩格斯（1956-1985）《馬克思恩格斯全集》，北京：人
　　民出版社。

──（1972）《馬克思恩格斯選集》，北京：人民出版社。

史明（1980）《台灣人四百年史》，台北：自由時代周刊社。

陳芳明（1988）《台灣人的歷史與意識》，台北：敦理。

──（1989）《鞭傷之島》，台北，自立。

──（1991a）〈七○年代台灣文學史導論〉，《現代學術研究專
　　刊 4》，台北：現代學術研究基金會。

──（1991b）《謝雪紅評傳》，台北：前衛。

──（1992）《探索台灣史觀》，台北：自立。

──（1995）〈百年來的台灣文學與台灣風格〉，《中外文學》
　　第 273 期，台北：中外文學月刊社。

──（1998a）《殖民地台灣──左翼政治運動史論》，台北：麥
　　田。

——（1998b）《左翼台灣——殖民地文學運動史》，台北：麥
　　田。
——（1999）〈台灣新文學史的建構與分期〉，《聯合文學》，
　　第 178 期。
——（2000a）〈馬克思主義有那麼嚴重嗎？〉，《聯合文學》，
　　第 190 期。
——（2000b）〈當台灣文學戴上馬克思面具〉，《聯合文學》，
　　第 192 期。
——（2000c〔1998〕）〈後現代或後殖民〉，收於周英雄、劉紀
　　惠編《書寫台灣》，台北：麥田。
謝雪紅口述・楊克煌筆錄（1997）《我的半生記》，台北：楊翠
　　華（楊克煌之女）出版。
葉紀東（2000））《海峽兩岸皆我祖鄉》，台北：人間。
莊春火（1988）〈我與日據時期的台共〉，台北：《五月評
　　論》，第二期。
王乃信等譯（1989）《台灣社會運動史》，第三冊，〈共產主義
　　運動〉【即：《台灣總督府警察沿革誌》第二篇，中卷，中
　　譯本】，台北：創造出版社。
魯迅（1991）《魯迅全集》，第卷，北京：人民文學出版社。
葉榮鐘（1971）《台灣近代民族運動史》，台北：自立晚報。
黃玉齋（1999）《台灣抗日史論》，台北：海峽學術出版社。
黃昭堂（1994）〈戰後台灣獨立運動與台灣民族主義的發展〉，
　　收於施正鋒編《台灣民族主義》，台北：前衛出版社。
路況（1992）〈歷史意識與歷史造像運動〉，《中國論壇》，第
　　379 期。
蘇新（1993）《未歸的台共鬥魂》，台北：時報出版公司。
Althusser, L. (1971) Lenin and Philosophy and Other Es-
　　says. London: New Left Books

Aschcroft, Bill etal.eds(1995) Post-Colonial Studies Reader. London: Routledge.

Bhabha, H. (1984) The Location of culture. London: Routledge.

Fanon, F (1990) The Wretched of the Earth. Harmondsworth: Penguin.

Foucault, M(1980) Power/Knowledge. Ed. By Colin Gorden. New York: pantheen Books

Hutcheon, L. (1989) circling the Downspout of Empire, Ariel 20(4).

Gadamer, Hans-Georg (1976) Philosophical Hermenutics. Tr. and ed. by David E. Linge. Berkelely: University of California Press.

Gandhi, L. (1998) Postcolonism Theory. st. Leonards: Allen & Unwin.

Hall, stuart etal. eds. (1996) Modernity: An Introduction to Modern Societies. Malden: Blackwell Pubishers.

Lyotard, Jean-Francois(1984) The postmodern Condition: A Report on Knowledge. Minneapolis: University of Minnesota Press.

    -(1993) The Postmodern Explained. Minneapolis: University of Minnesota Press

Jenkins, K.(1991) RethingKing History. London:Routledge.

Kant, I. (1991) Political Writings. second edition. ed. by Hans Reiss. Cambridge: Cambridge University Press.

Quayson, A. (2000) Postcolonialism. Cambridge: Polity Press.

Rabinow, P. ed. (1984) The Foucault Reader. New York: Pantheon Books.

Said, E. (1979) Orientalism. New York: Vintage Books.

—— (1993) Culture and Imperialism. New York: Alfred A. Knopf.

Spivak, G. (1990) The post-Colonial Critic: Interviews, strategies, Dialogues, ed. by Sarah Harasym. New York and London: Routledge.

—— (1999) A. critiquet of Postcolonial Reason. Cambridge: Harvard University Press.

Willams, p. and Laura Chrisman eds. (1994) Coloninal Discourse and Post-Colonial Theory: A Reader. New York: Columbia University Press.

（原載二○○一年一月、二月與四月出版的《左翼》第 15、16、18 號，

收入本書時略有增補）

「戰後再殖民論」的顛倒
——關於陳芳明的戰後文學史觀的歷史批判

◉ 曾健民

　　一九九九年的《聯合文學》八月號，刊登了陳芳明先生（以下禮稱略）的〈台灣新文學史的建構與分期〉一文；該文開宗明義便強調他欲建構的台灣新文學史所依據的「台灣史觀」和「台灣社會性質」論的重要性，並依他的台灣史觀的架構簡要論述了他的台灣新文學史，可見得台灣史觀對他的台灣新文學史具有關鍵性的作用，決定著他的台灣新文學史的好壞對錯，值得重視。對於他的台灣社會性質論，陳映真先生已有很犀利的批判，不再贅言；至於他的「台灣史觀」，本文認為不論在知識上、史實上或認識上都有很大的問題，有必要進一步提出來論辯。

　　他欲建構的台灣新文學史中的「台灣史觀」，也就是他的台灣新文學史的歷史分期，簡單地說，就是把近百年來的台灣歷史劃分為：日據殖民期（一八九五～一九四五）、戰後再殖民期（一九四五～一九八七）以及解嚴後殖民期（一九八七～）的三個時期。這種似曾相識的史觀，顯然是把台獨理論宗師史明的《台灣人四百年史》稍加改造後，在文學史上的運用。它的最大特點，便是把戰後國府統治下的台灣跟戰前日帝殖民統治下的台灣等「質」齊觀，都視為「被殖民時期」，並且認為直到解嚴或李登輝登台以後，台灣才從漫長的「殖民統治」下解放出來，進

入所謂的「後殖民時期」。顯然，它的重點就在「戰後再殖民」
論，主要在突出戰後的台灣乃是在國民政府「殖民統治」下的
「殖民社會」，這樣的中心觀點。本文主要針對他的「戰後再殖
民論」，從社會科學、台灣歷史和文學的角度，進行批判。

一、背離社會科學和台灣社會歷史的「殖民」論

　　簡單地說，陳芳明所欲建構的台灣新文學史的歷史架構，它
的核心便是「台灣殖民論」。大家都知道，「殖民歷史」早已是
世界史中的常識，「殖民理論」也早已是社會科學的範疇，一門
重要的學科。依常理，只要有關殖民的論述，不管在概念上或史
實上，決不可偏離社會科學的規範。然而，在陳芳明的「台灣殖
民論」中，卻找不到一點與社會科學上的「殖民」概念有任何的
關連之處；他所指的殖民統治的內容也曖昧不清，充其量只反覆
舉些如國語政策、價值壟斷、霸權論述……等擬似殖民其實根本
不是殖民的論點。因此，使他所欲建構的台灣新文學史的歷史架
構，雖然充斥著殖民的字眼和論述，但卻與社會科學上的「殖
民」無關，更與客觀的台灣社會歷史（特別是戰後史）背離。

1.社會科學的「殖民」概念

　　現當代史的「殖民」始於十九世紀中末，此時，西方各發達
國家的資本主義，已從自由競爭階段進入壟斷階段。少數巨大壟
斷資本獨占了國內市場，資本運動的規律使它必得跨越國界，把
全世界都納入它的擴大再生產的範圍；為了攫取原料、爭奪市場
和資本輸出地，各國紛紛以帝國主義的手段對落後地區的弱小國
家進行侵略和殖民統治。因此，首先要認識到，現當代史的「殖
民」，是世界資本主義的產物，壟斷資本在世界範圍的經濟掠奪

是它的本質，政治上的支配或文化上的歧視只是它的手段，它的表象，物質世界的掠奪是它的第一義，精神世界的掠奪是它的第二義。陳芳明的「殖民論」的最大問題，就是把「文化殖民」當作殖民本身，而看不到現當代殖民的本質（何況，他的文化殖民說也是虛構與知識不足的產物，這問題在後面有深入的分析），也就是說殖民之所以成為殖民，它的核心，是在經濟的掠奪問題。

　　進入二十世紀，世界也進入了帝國主義的年代，這個世紀的前半，全世界百分之七十五以上的土地都曾淪為殖民地；因此，「殖民」已成為全世界人民共同的重要歷史經歷，當然，反殖民或去殖民更是重要的共同課題。這些經驗和課題，早已成了社會科學的範疇。因此，一個社會是不是「殖民地」，某政權是不是「殖民政權」、是不是「殖民統治」，是有它的客觀判定基準的，不是可以像陳芳明那樣憑主觀或意識形態，用「有那麼嚴重嗎？」的態度任意建構的。

　　因此，論說現當代史的「殖民」問題時，最起碼要從下面的基本概念出發：

　　(1)「殖民者」（宗主國）必然是一個資本主義高度發達的國家，它為了維繫自國壟斷資本的擴大再生產，以帝國主義的手段對外侵略或進行殖民統治。

　　(2)殖民者為了遂行從殖民地榨取經濟利益的目的（這是殖民統治的本質，也是判定是否「殖民」的基準），在殖民地強制施行各種軍事、政治、社會、文化的殖民主義政策。殖民地人民被剝奪了政治、經濟、文化上的各種權利，致使民族經濟衰敗，完全從屬於殖民資本而無法自立；民族文化也逐步淪喪而無法自主。因此，殖民地社會的主要矛盾，表現在殖民者與被殖民者之間的民族矛盾。

　　接著，我們不妨以上述的「殖民」概念，簡單地檢驗陳芳明

的「戰後再殖民」論的荒誕。

2.是「資本主義化」不是「殖民地化」

　　如果，戰後的台灣真如陳芳明所說的是「再殖民時期」，國民政府是「殖民政權」。那麼，依前述社會科學有關現當代「殖民」的概念來看，國民政府不但成了外來政權，甚至成了一個殖民台灣的帝國主義國家，台灣的「光復」也成了帝國主義中國對台灣的侵略。顯然，歷史的事實並非如此；一九四九年底遷逃台灣的國民政府，已是一個失去了大陸的江山（包括它的政權、土地、人民、財富和軍隊）的逃亡政權，連自身的生存都不得不依賴美國，怎會是帝國主義國家呢？而且，如果國民政府是「殖民政權」，它必定對台灣進行吸血式的殖民榨取，被殖民的台灣本地資本根本得不到發展，本地的經濟也必定走上衰頹依附的命運。然而，歷史的事實卻非如此，正好相反地，台灣的社會經濟快速地走上了資本主義的發展，台灣本地資本也在短期間得到了巨大的積累，同時快速地改變了台灣社會的階級結構，台灣的新興資產階級和中產階級很快地登上了社會的主要舞台，掌握了台灣的物質和精神的統治權；最後，國民黨政權卻像完成任務的朝露般地，毫無掙扎地讓位給了台灣的本地資產階級，這明明是「資本主義化」的過程，絕不是什麼「殖民地化」的過程。

　　再設若，戰後的台灣，真如陳芳明所說的是「殖民地社會」；依社會科學上的「殖民地社會」的特徵，它的主要社會矛盾就在殖民者和被殖民者之間的民族矛盾；那麼，戰後台灣社會內部（注意：我指的是社會內部，外部非本文討論範圍）到底是那一個殖民民族對那一個被殖民民族之間的矛盾呢？在台灣，省籍矛盾（它並不是社會矛盾的本質）是有的，但民族矛盾，除了漢族與原住民族之間的矛盾（何況那更是社會內部的更次要的矛盾）外，真是點著燈也找不著。如果台灣是國民政府統治的「殖

民地社會」，那麼戰後迄今的反國民政府的運動，不都成了反殖民壓迫的「民族解放」運動？任誰都知道這是荒誕無稽之談。對於戰後的台灣的反對運動，陳芳明不也稱之為「民主化運動」嗎？既然是「民主化運動」，它的本質就是民族國家內部資本主義形成期的反獨裁專制的資產階級的民主運動，而不是什麼反殖民統治運動。可見得，國民政府的統治本質是民族內部的「反共獨裁」，而不是異民族的「殖民壓迫」。「戰後再殖民」論純屬向壁虛構。

由上述的簡單推論可知，陳芳明的「戰後再殖民」論，一點也禁不起社會科學的檢驗，只不過是意識形態的產物，完全與戰後的台灣社會歷史無關，不！根本就是相顛倒。

二、錯亂的「殖民統治」說

歸納陳芳明再三指陳的國民政府對台灣「戰後再殖民統治」的內容（也就是他的殖民統治說），它包括下面幾個部分：

(1)在文化上：國語政策、語言文化的歧視政策、中原取向的民族教育、對「台灣歷史」「台灣文學」的打壓等。

(2)經濟上：壟斷式的金融資本、專賣制度。

(3)權力關係上：價值壟斷、威權支配、霸權論述、權力控制……等。

這些到底是不是「殖民統治」，下面將逐條辯析。

1.殖民主義的「國語政策」和去殖民的「國語政策」

眾所周知，統一的語言——國語，是現代民族國家的主要特徵之一；但它並不是自然天生的，而是現代民族國家建立的過程中「強制」的結果。譬如，今天的日本國國語，就是在明治國家

的形成過程中，以國家的權力強力排除日本各地的方言，以「東京便方言」為國定語言的結果。總之，任何一個獨立的民族國家的國語，都難免烙印著「強制」的痕跡。

　　特別是曾遭受帝國主義的侵略和殖民統治的國家，由於民族語言曾遭到極大的破壞而淪喪，在脫離殖民統治建立民族國家的過程中，國家語言的建立更備嘗艱辛；就不得不採取語言上的「去殖民」政策，以民族主體的國家權力為後盾，對已內化的殖民者的語言進行強制性的排除，這就是強制性的國語政策的本義。在民族國家的形成過程，這種強制性，除了表現在國語政策上外，諸如：國民教育、度量衡或貨幣的統一、市場的統一、民族經濟的扶植與形成等，莫不是「強制」的過程。如果依照陳芳明的殖民邏輯，這些「強制」豈不都成了「殖民統治」，那麼，世界上的民族國家豈不都變成了殖民國家。

　　其次，要區別殖民者所強制的「國語政策」和民族國家的「國語政策」在本質上的不同。特別是在台灣的近百年歷史中，曾經有過兩次的「國語政策」；在日據期，日本殖民者所強力推行的所謂的「國語政策」（特別是日本發動侵華戰爭以後）是企圖消滅民族語言推行殖民者的語言的政策，因此，是殖民主義的「國語政策」；它與台灣脫離日本殖民統治且復歸中國的「光復」後，推行的「國語政策」，在字面上雖然相同，但在性質上是截然不同的，不止不同，根本上是相反的。前者是殖民主義的、軍國主義的語言政策，不得任意顛倒。陳芳明把這個光復後的「國語政策」等同於日據下的「國語政策」，以做為他的「戰後再殖民」論的論據，就是利用一般人對史實的不熟悉，刻意掩蔽語言的實質歷史意義，再運用語言的表象以達到顛倒歷史是非的目的。

2.光復初期的「國語政策」──推行國語與恢復台灣話並進

　　「國語政策」和「語言文化的歧視」，一直是被陳芳明並舉為戰後再殖民的論據。他所謂的「語言文化的歧視」，主是指在推行國語的同時所造成的對台灣話的歧視。推行國語是不是一定會歧視台灣話，要視實際情況而定；而且，到底是「強制」還是「歧視」，完全是主觀的認定。但是，徹底普及國語的結果，會使台灣話屈居地方方言的地位，這是可以確定的。然而，光復初期的「國語政策」卻不是這樣的，當時面對殖民者語言──日語的強大壓力，也就是，日本殖民統治的「國語政策」的結果，使台灣人民幾乎喪失了說台灣話的能力，特別是戰中世代更為嚴重，因此，當時推行國語與恢復台灣話是相輔並進的。

　　光復初，在行政長官公署的機關報《新生報》上，曾登載過這麼兩篇文章：一篇是一九四五年十一月八日的社論，題目是〈國語問題〉；另一篇是國語推行委員會的何容先生的專論，題目是〈恢復台灣話應有的方言地位〉（一九四六年4月7日）。雖然前一篇的主要內容是有關推行國語的問題，後一篇則是談論如何恢復台灣方言的問題，但兩者都同時觸及了推行國語與台灣方言的關係。何容先生在文章的開頭便直接說道：

　　「推行國語不必，也不能，把方言消滅」，為什麼？

　　他說：「因為國語本身也是一種方言……是同系的語言。推行同系的語言的一支派，來消滅另一支派，是不可能的。而且，正像保存方言能幫助國語的推行一樣，推行國語也能幫助方言的保存。」

　　而在〈國語問題〉一文中，對於台灣話，它是如此看待的：「我們可對不同方言的同胞，加以歧視嗎？不可以的，所謂台灣話──福佬話，實際就是中國話……台灣話是中國話的一種，完全是中國話，我們這種話，比中國國語所帶漢族的古音更多，訕

笑『蠻南鴃舌之人』是錯誤的。」

對於國語的態度，它是這樣看的：「我們應該學習國語，為什麼呢？中國通用國語的人最多，面積最廣，可以說已通用全國，做一個中華民國的國民，自然應該得國語。不僅台灣人要學國語，福建人廣東人也在學著國語。國語是我們自己的語言，要懂。懂是應該的，並不光榮，不懂也並不是可恥。……政府對台灣話不會禁止使用，或企圖消滅它，因為台灣話也是一種有國魂的中國話。」

對於台灣話，何容先生進一步認為：「一種方言在它自己的本區域內，應該是日常生活上的用語」。但是，台灣光復初期的情形卻是「自政府機關學校，以至於一般社會，還多是用日本話」，「這誠然是便利」，但這種便利是「不合理的」。因為「台灣話受日本話強力的壓迫，同我國其他區域的方言相比，已經喪失了它應有的方言地位」。因此，他呼籲「現在本省推行國語固然很重要，同時我們應該設法恢復台灣話應有的方言地位」。

而為了恢復台灣話應有的方言地位，何容先生倡議：「第一：凡是可以用台灣話的時候，都用台灣話，不用日本話。第二：從內地來的不會台灣話的人，應該學習台灣話。」

從上述兩篇光復初有關「國語政策」的專論可知，當時的「國語政策」是與恢復台灣話應有的方言地位相輔相成的，推行國語與保存方言是互利並進的，只有兩者並進才能減少殖民者語言——日語在台灣的影響，絲毫沒有對台灣話「歧視」的問題。它的特色，在共同向殖民者的語言奪回民族語言（國語和台灣話）的主權，也就是「語言的光復」，套一句流行話就是「語言的去殖民」主義。

可見得光復初期的「國語政策」，在對待台灣地方語言——台灣話的主張上，是科學的、進步的和民主的。它主張「台灣話

也是一種有國魂的中國話」、是古漢語，呼籲要把它從被日語壓迫的狀況下解放出來，鼓勵以台灣話破除日語的霸權地位，以恢復它地方語言應有的功能和地位。並且它一點也沒有「中央」心態，反而以一個國語推行委員會成員的身分，要求來台省外人士也要學習台灣話。這就是「國語政策」的本義，這種具有科學的、進步的、民主的精神的，民族主義的「國語政策」，陳芳明等的刻板、僵化、顛倒的「台灣史觀」當然是看不到的。

3.誇大光復初期台灣作家的語言障礙的謬誤

光復剛滿一年，行政長官公署就施行了報刊禁用日文的政策；這個政策在當時確實引起了不少的反彈，誠然，它是不科學也是不民主的作法。特別是，對於在戰爭期間（或皇民化時期）受教育、成長而登上社會舞台的年輕人來說（所謂的「日語世代」），確是不小的衝擊。但是，全面誇大它的衝擊，只強調它的負面而看不到它的正面，甚至否定它到了站在維護殖民者語言的地步，則不可取。

陳芳明把光復初的這個禁日文政策對台灣文學的衝擊，誇大成使「日據期的新文學傳統又遭逢另一次斷裂」，以及使「本地作家變成無聲的一代」。但是，他對一九三七年日本殖民者廢止中文的影響，卻淡化成「語言傳統的斷裂」。實際上，後者才真使以中國白話文為主要文學表達工具而成長起來的台灣新文學，受到致命的打擊；它不只使語言的傳統斷裂，更使台灣文學的精神傳統斷裂；當時，維繫台灣文學的兩刊物《台灣文藝》和《台灣新文學》被迫相繼停刊；白話文作家，如賴和、陳虛谷、楊守愚等人，因拒用日文而封筆，作家失去了文學園地，一直到一九四一年《台灣文學》的出現，前後四年台灣的文學幾乎處於空白的狀態，而《台灣文學》（季刊）也只不過存在一年半的時間，甚且，在皇民文學的打壓下，台灣文學的現實主義傳統瀕臨危

機。由此觀之,一九三七年殖民者禁中文,對台灣新文學的打擊,並不僅止於「語言傳統的斷裂」,根本就是「文學傳統的斷裂」。

台灣光復後,第一年,報刊雜誌如雨後春筍,言論出版呈現難見的榮景,文學創作和評論也逐漸恢復,特別是重回中國文學的大潮流後,中國現代文學的作品大量流通於台灣,對台灣文學起了很大的影響。一九四六年十月二十五日報刊禁用日文的政策,對文學環境並沒有產生立即的大影響。真正的對台灣的文學環境起絕大影響的,應該是二二八事件,所造成的台灣作家的思想感情變化和內心的恐懼。但是,整體而言,事件後不及半年,以報紙副刊為中心又逐漸恢復了文學活動,只是,許多台灣作家逐日消沉或淡出文壇。

其次,不能把兩者等「質」齊觀;因為一九三七年的廢止中文,是在消滅民族語言的「殖民主義」政策,而一九四六年的禁止日文,則是為了排除殖民者的語言以恢復民族語言的「民族主義」政策,兩者有本質上的差別。是要站在殖民主義者那一邊呢?還是要站在民族主義者這邊?

再說,報刊禁日文的政策,與「本地作家變成無聲的一代」也並沒有必然的關係。也就是說,把光復後的語言障礙誇大到使「本地作家變成無聲的一代」的說法,是錯誤的。應該就各別的作家來看:譬如,光復後,同屬日文作家的楊逵,就用各種方法克服了語言的障礙,積極從事文學活動,直到五〇年代的白色恐怖前夕為止;很多沒有語言障礙的作家,如王白淵、賴明弘、張深切等人,雖然在光復初十分活躍,但二二八事件後就逐漸消沈了;像日文作家呂赫若、張冬芳,在光復不久,很快就克服了語言的障礙(一年內),重新出發開始創作,但隨著時代矛盾的深化,他們也與作家徐瓊二(淵琛)、朱點人一樣,都直接投身了台灣的地下黨,參加了全中國的新民主主義革命洪流而犧牲了,

當然不會再有文學聲音了。還有，也要看到當時以「銀鈴會」為中心的一批青年作家（真正的「日文世代」），如林亨泰、張彥勳、朱實……等，在短短一年內就克服了語言的障礙，衝上台灣文學舞台的事實，因為台灣話和白話相近本是同系語言，是民族語言，不是外語，要克服並不困難。可見得，片面誇大報刊禁用日語或光復後的語言障礙對台灣文學的影響是不正確的。而且可以說，「本地作家變成無言的一代」，並不是語言政策造成的，而是時代的多難所造成的。

4.把國府對全民的反共戒嚴統治轉化為對台灣人的殖民統治

　　況且，五○年代以後變成「無聲的一代」的，何止省籍作家呢？在反共肅清的風暴中，更多的外省籍作家受到嚴酷鎮壓；有人逃亡、有人被打入黑牢、有人轉向、有人喑啞，如雷石榆、歌雷、歐坦生、姚隼、姚一葦……等不勝枚舉；而且，在台灣，三○年代以來的中國現代文學的進步傳統更遭到徹底的肅清、禁絕而「斷裂」，豈止台灣的文學呢？

　　這又關聯到陳芳明再三指陳，國府打壓「台灣文學」、「台灣歷史」，是「殖民統治」的問題。實際上，在極權的國府反共戒嚴體制下，所有的異議無不受到鎮壓；反共肅清是不分台灣或大陸、本省或外省，也不分高官或平民、身份高低的，它是對全民的反共專政。在這樣的時代下，豈止台灣文學、台灣歷史、台灣意識受到打壓？受到最徹底打壓的，倒是中國現代文學（特別是三○年代四○年代文學）、中國近現代歷史和中國意識；何止打壓？根本就是肅清！何止肅清，更要檢查「對峙」的忠誠度呢。在反共戒嚴下，台灣文學、台灣歷史充其量只是未能成為「顯學」，只是屈居非主流地位，如此而已，什麼時候「不能閱讀台灣歷史、不能閱讀台灣文學、是危險的學問」（陳芳明語）了？什麼時候什麼人因為研究、寫作、傳播台灣歷史或文學而成

為叛亂犯了？而入獄了？受歧視了？而被「白色恐怖」掉了？請舉出具體事證。

把過去五十年間，國府的反共戒嚴體制對全民的專政、對所有異議的打壓、對所有觸犯反共教條的人民進行肅清的歷史，轉化為專對台灣人、台灣歷史、台灣文學、台灣意識打壓的歷史，並據以高呼國府政權對台灣進行了「殖民統治」、台灣社會是「被殖民的社會」，把民族內部的問題轉化為異民族間的問題，這就是陳芳明的「台灣史觀」，也是他的「戰後再殖民」論的真相。它為著打造「新國家」的國民歷史意識的心情，是大家都能領會到的。

5.資本的壟斷並不等同於殖民統治

在經濟上，陳芳明認為「壟斷式的金融資本」也是「殖民統治」，那更是天大的笑話。全世界有那一個高度發達的資本主義國家沒有「壟斷式金融資本」的？若依陳芳明式的思維，美國、日本、英國等國都對它本國實施殖民統治了？實際上，陳芳明所頌讚的台灣「後殖民時期」，它的社會經濟的本質就是台灣的本土金融資本的進一步壟斷化，那麼是不是台灣本土資本對台灣的進一步「殖民統治」了呢？不是的，它是資本的統治也是階級的統治，絕不是殖民的統治。至於「專賣制度」，它更不是「殖民統治」所專有，譬如，戰後成為「民主國家」的日本，就繼續延用戰前的「專賣制度」，難道日本政府對日本人民實施了「殖民統治」了嗎？專賣制度只是一種獨特的財稅手段，絕不是「殖民統治」所專有。

6.國家暴力不等同於殖民統治

陳芳明慣常把「價值壟斷」、「威權支配」、「霸權論述」、「權力控制」……等字眼，當做戰後國民黨殖民統治的論

據。實際上，這些都不等同於殖民統治。自人類進入了階級社會，產生了支配階級和被支配階級，特別是「國家」這種統治機器出現後，就有了擁有「霸權」、「威權」、「權力」的統治者，以及被支配、被壟斷、被控制的被統治者，試想有那個統治者不支配、控制、壟斷？這種權力關係，在任何一個階級社會都有，古代羅馬的奴隸社會有、現代資本主義社會有、陳芳明所讚頌的台灣「後殖民社會」更有，它只是國家機器所特有的暴力特徵，並不是殖民統治所專有。把一般的國家暴力等同於殖民統治，不是在社會科學上的無知，就是意識形態的作祟。

三、是台灣「光復」不是「再殖民」

1.日據期抗日反殖運動的歷史歸趨

　　日據期的台灣殖民地化的歷史，有與其他的殖民地不同的特殊性格；它原不是以一個獨立的民族或國家（如朝鮮）為單位淪為日本殖民地，而是以爛熟的中國封建社會（國家）的一部分淪為日本的殖民地（這與香港類似）。就像當年台灣籍資深記者李純青先生在〈中國的政治與台灣〉一文（一九四六年六月十七日，《和平日報》）所說的：「台灣獨立是荒唐的，台灣沒有獨立的條件，根本也不應有此要求，因為台灣和國內民族相同，地理接近，本來就是在中國身上被日本咬去的一塊肉。」這塊被日本咬去的中國地方性封建社會，雖然在日本殖民統治下轉化為「殖民地半封建社會」，但是，從它被日本咬去的那一刻起，不論是前仆後繼的反割台鬥爭、反抗日本占領的武裝鬥爭或日據下的武裝抗日運動，莫不以回歸祖國恢復中國對台灣的主權為訴求；直到一九一四年的苗栗事件，屬同盟會會員的羅福星在法庭

上還公開宣稱，其抗日目的就在「使台灣復歸中國」；一九一五
的西來庵事件，余清芳仍自命「大元帥」奉「大明慈悲國」之
旨，發諭告文，提出「恢復台灣」的口號。隨著日本對台灣的殖
民地支配的日益深化，台灣的反抗運動性質雖已轉變為現代性的
民族運動和階級運動，但在日本殖民者所編寫的《總督府警察沿
革誌》第二篇《領台以後的治安狀況》中卷的《台灣社會運動
史》序文中，也承認台灣的社會運動和台灣人民的漢民族意識有
很深的關係，它如此寫道：

關於本島人的民族意識問題，關鍵在其屬於漢民族系統。漢
民族向來以五千年的傳統民族文化為榮，民族意識牢不可拔。
……故其以支那為祖國的感情難以拂拭，乃是不爭之事實。……
此實為本島社會運動勃興之原因。

序文的另一段，也特別提及當時的幾個抗日事件，譬如：邱
琮指導下的「台灣光復運動」、「意圖以武力革命使台灣復歸支
那」的「台灣民眾黨事件」，另外有，「謀求與中國國民黨要人
取得聯繫，於島內進行裝蜂起」的「眾友會」事件等等。可見
得，連殖民者也不得不承認，台灣的抗日運動有許多是「以『支
那』為祖國」，是意圖以武力革命「使台灣復歸『支那』」。這
些都與當時全中國的民族解放運動有深刻的關聯。

雖然，一九二八年的台共綱領中，曾有主張「台灣獨立」的
字句；但這種「獨立」論必須放在當時的具體歷史脈絡來理解，
它是針對日本帝國的「獨立」，與今天針對中國的「獨立」是完
全不同的。況且從台共往後的發展，各成員一生的言行以及追求
的目標來看，這個「獨立」與脫離中國是毫不相干的。

到了日據後期，日本發動全面侵華戰爭後，許多台灣人民返
回中國大陸，組成了各種抗日團體。一九四一年二月十日，在重
慶，各抗日團體聯合組成了「台灣革命同盟會」，確定該會的宗
旨為「集中一切台灣革命力量，打倒日本帝國主義，光復台

灣」。太平洋戰爭爆發的第二天，也就是一九四一年十二月九日，國民政府正式對日宣戰，正式廢除了「馬關條約」以及中日間的一切條約，確立了台灣是中國領土的一部分，是中國的老淪陷區的原則。於是「台灣革命同盟會」在第二屆臨時代表大會決議：革命的目標在「推翻日寇統治，復歸祖國」，並於一九四二年四月五日的馬關條約四十八周年之日，積極展開了「台灣光復運動」。至此，台灣的反日民族解放鬥爭與全中國的抗日民族解放戰爭匯合，在打倒日本帝國主義與光復台灣的目標上是一致的。就像當時李友邦將軍在〈台灣革命現階段之任務〉（一九四二年一月）文中說：「今日的台灣，已不再是單由台灣人向日寇爭取『獨立自由』的台灣，而是台灣人與祖國同胞共同向日寇『收復』台灣了」。指出了台灣革命的現階段任務，已從先前的「台灣獨立革命黨」時期所主張的「先單獨追求台灣獨立，再回歸祖國」，進入了「保衛祖國、收復台灣」的階段。台灣的反日革命鬥爭的事業只有在加入全中國的抗日民族解放戰爭，先保衛祖國爭取勝利，才能達到殖民解放和復歸祖國的目標。這預告了抗日戰爭的勝利，必然會實現台灣的殖民解放和復歸祖國。

作家歐陽明在一九四七年十一月七日的《新生報》橋副刊上，發表的〈台灣新文學的建設〉一文中，也說道：「從社會歷史發展上看，從客觀形勢的要求上看，台灣反日的民族解放革命，必然隨著祖國反帝反封建的民族解放革命的取得勝利而勝利」。

從上述五十一年間台灣人民的抗日反殖運動的歷史來看，即使在不同的時期不同的階段反抗的形式和性質不同，但所追求的總是或現或隱地伴隨著復歸中國的目標，這是台灣的抗日反殖運動的特徵，也是它的歷史規律。這一點，與朝鮮在「殖民解放」後追求「獨立建國」有根本的不同。

2.「發見我是人」──台灣「光復」的意義

一九四五年八月十五日，日本戰敗投降，中國抗戰勝利，依
「開羅宣言」和「波茨坦宣言」，台灣脫離了日本的殖民統治後
復歸中國；這是上述台灣抗日反殖運動的歷史歸趨，也是歷史規
律的體現。更近的來說，它是抗戰後期「台灣光復運動」的結
果，故習稱「光復」。對台灣人民來說，「光復」是一個巨大的
歷史變革，它有兩重意義；一是從殖民統治的桎梏解放出來的大
變革，另一是復歸中國民族國家的大變革。同一時刻面臨這兩大
歷史變革，其狂喜昂奮之情是可想而知的。

「親愛的同胞，我在這地方要慎重的告訴你們，我們是明末
漢民族中最有血氣、最有革命精神、最有民族意識、最有奮鬥力
的……我們不可忘記，我們是遺傳著大陸民族的血統，我們的國
家是世界五大強國中的大中華民國……最後我將與大衆合唱，中
華民國萬歲！漢民族萬歲！」

讀了這一篇充滿了中華民族意識的激情和愛國感情的文章，
不要又以為它是國民黨官方民族主義的教材，實際上，這是台獨
運動的始祖，「台灣民族論」的先驅者廖文毅先生，在一九四五
年十月二十五日出版的《前鋒》雜誌創刊號，也是「光復紀念專
刊」上所寫的發刊辭〈告我台灣同胞〉。在同誌上，他的另一篇
文章〈光復的意義〉也這樣寫道：「在台灣光復的這個時候，所
發現著的第一個事實，就是『民族精神的振興』……第二個事實
就是『國土重圓』……第三個事實就是『家人再集』……第四個
事實就是『統一的國家』、『統一的政府』」。

日據期曾獲美國哥倫比亞大學博士學位，當時任「台灣光復
慶祝大會」（台灣省受降典禮之後舉行）主席團主席的林茂生先
生，在同誌上的〈祝詞〉一文，對「光復」的感受表達得更為生
動，他說：「在光復共慶之秋」，有「三大發見」，一是「發見

我是人,是自然人」,二是「發見社會」,三是「發見國家」。

　　這類文章,在台灣光復之初俯拾皆是,這只不過是比較突出的一、二例而已。這些文章流露著自然的真情,洋溢著民族感情和愛國意識,可說反映了當時台灣人民對「光復」的歷史變革的共同心理。這種心理也表現在楊逵的身上;楊逵在日本投降不久,國民政府尚未踏上台灣之土的九月,便興匆匆地把他的「首陽」農場改名為「一陽」,並出版《一陽周報》,開始宣揚起孫文的三民主義理念。

　　因為,在長期的嚴酷的殖民統治下,台灣人民被剝奪了政治權、經濟權和文化權,處於沒有「人權」的、「非國民」的、殖民地人的地位,民族意識受壓抑,民族社會被支離,更沒有自己的民族國家,這就是身為殖民地人的屈辱和悲哀。殖民地人民的最大願望,也是反殖民運動的最大目標,就在打破這些殖民桎梏,脫離殖民地人的地位,成為一個完整自主的「自然人」,並且做為一個「國民」生活在自己的「民族社會」和「民族國家」中。而「光復」給台灣人民帶來的「殖民解放」和「復歸祖國」的二大歷史變革,正實現了台灣人民夢寐以求的願望。當時,除了極少數在殖民時代依仗日本殖民統治者維持自己權勢的台灣人大資產家以外,對於台灣人民(不管左中右派)來說,「光復」就是自己夢想的實現,其狂喜和對祖國的熱烈期待是不難想像的。

　　因此,歷史地來看,從初期的反日占武裝鬥爭到末期的「台灣光復運動」,日據下五十一年間台灣人民前仆後繼所追求的,總是指向復歸祖國的方向,而「光復」給台灣帶來的巨大歷史變革,使台灣重歸中國的「民族社會」和「民族國家」,就是實現了台灣人民的歷史願望,這並不是歷史的偶然,而是台灣的社會歷史的特性所規定的必然歸趨。對於這樣的「光復」,陳芳明居然把它顛倒為「再殖民」,把體現了台灣人民歷史願望的復歸中國,倒錯為再度被中國殖民。如果光復是「再度受中國殖民」,

台灣人民怎麼不像割台時一樣，以武裝鬥爭相向呢？而是以「張燈結綵」，以「歡天喜地」的心情相迎呢？實際上，在當時，把「光復」視同「再殖民」的，恐怕只有那些極少數依仗日本殖民者的台灣人資產家、爪牙以及日本極右翼勢力吧！不料，這種站在台灣人民的「願望、夢想」的對立面的「感情和觀點」，居然在五十年後，以「史觀」的外形現身在陳芳明等人的身上。

3.是中國民族國家內部的矛盾，不是「再殖民」

　　但是，對於光復後的歷史發展，決不可愚昧到只看到光復的變革所激發的昂奮的民族感情，也應該看到它的背後潛行著的巨大矛盾。日據期曾是台灣農民組合的成員，光復初任新竹縣縣長的劉啟光（本名侯朝宗），在《台灣評論》創刊號（一九四六年七月一日）的〈反省！覺悟〉一文，就如此說過：「因為我已切實體會到蘊藏在狂歡之後的危險因素。我回故鄉的途中，更坦白地告訴熱烈歡迎我的幾十位嘉義地方的新舊朋友，要他們認識國情，放低期待，以免希望高失望亦大……。可是狂熱的潮流，仍然驅使全省的同胞，對祖國政府抱著過高過大的期待，終至釀成以後的失望和反感。」

　　這種矛盾逐漸表現在，陳儀政府接收體制的貪汙腐敗和顢頇無能上；生產停頓、物價高漲、失業恐慌、言論出版的限制，以及因為文化差距和人事不公平而造成的省內外隔閡等等。這樣的矛盾終至顯現到，使楊逵在一九四六年八月十五日的《新知識》上，寫了〈為此一年而哭〉，高喊道：「哭民國不民主」；作家賴明弘也在同期上寫了〈光復雜感〉，感嘆到：「人人正因為刺激太大，動搖太大，隨之而狂歡而失望了，而痛哭了甚至而排斥了」。雖然如此，當時台灣的進步知識人，並未只停留在感情論，而是以社會科學的態度來分析認識問題。他們認識到，這些矛盾的根源之一，是由於台灣帶著特殊的殖民地的社會歷史驟然

復歸於仍處於半封建而帶著官僚主義性格的國民政府所造成的；另一方面，他們也認識到，這個矛盾也非台灣獨有，其實它是國民政府在全中國範圍實施的接收體制、進行的國共內戰以及獨裁貪汙腐敗所造成的與全中國人民間的普遍矛盾的一特殊部分。台灣詩人、評論家王白淵，在〈在台灣歷史之相剋〉（一九四六年二月十日，《政經報》二卷三期）中，就很清楚地指出：「台灣之光復，實係五十年來未曾有的改變，因此亦難免經過種種波折……但其根本原因可歸於從前的中國（亦即舊中國，筆者按）和台灣的社會範疇之不同。總理曾說過殖民地和次殖民地之別，恰似科學上亞硫酸和次亞硫酸之別……。但這個問題係全國性的問題，不能只在台灣解決，和整個中國歷史發展階段有關。因此我們須要把眼光放大，看看全中國歷史之進軍，而凝視全世界歷史之演變，然後才對台灣的現實，一步一步加以改革。」賴明弘也在前述的〈光復雜感〉一文中，如此說：「台灣的問題既然是中國問題中的一個問題，當然應該要有一個明確的基本態度，那就是台灣的問題應該要放在中國問題上去評論它。」

　　可見得，面臨光復以後逐步激化的矛盾，絕大多數的台灣知識人仍是站在中國民族國家的全範圍來理解問題，認為「台灣的問題應該要放在中國問題上去評論」，從未把台灣從中國分離出來看。至於，往後的五〇年代白色恐怖，以及漫長的冷戰內戰的雙戰結構下的反共戒嚴，則是另一歷史階段，另一歷史範疇的問題。基本上，它已屬於中國民族國家內部的階級矛盾和國際階級矛盾的範疇；就和戰後世界，脫離殖民統治獨立後的眾多民族國家所經歷的烽火不斷的荊棘之路一樣。對於這個階段的問題，陳芳明也不得不誠實面對的，希望他敢於出面論辯。

4.「去殖民」──作家們的台灣「光復」

　　陳芳明認為台灣作家在「光復」中所面臨的最大考驗是：

「從大和民族主義的思考調整為中國民族主義的思考」,並認定
這兩種民族主義都是「官方的民族主義」、「作家必須在兩者之
間做一抉擇」。亦即,他把台灣作家面臨台灣「光復」時的民族
認同,描繪成這樣的歪曲圖像:台灣作家在日據期都是大和民族
主義的思考,在面臨「光復」帶來的與大和民族主義相同的官方
中國民族主義時,不得已只有在兩者間做一抉擇。好像台灣作家
是被迫面對台灣的光復,是不得已才同外來的官方的中國民族主
義妥協一樣。實際上,像陳芳明所描繪的台灣作家,除了極少數
的台灣人皇民作家如周金波等之流外,在台灣的文學史上是找不
到的。如果說,在台灣光復時真有這樣的作家存在,那就是日據
末期的皇民文學頭頭,日本人作家西川滿;這個在日據末疾言厲
色為日本殖民當局推動皇民文學的大和民族主義者,在日本投降
和台灣光復後,心生恐懼,竟然「把自己的家系譜拿給楊雲萍
看,辯明自己的祖先也是中國人,自己原本是自由主義者」(池
田敏雄遺稿《敗戰日記》Ⅱ,一九四五年十一月十四日記事),
來為自己脫罪。

　　關於民族主義,列寧曾科學地把它區分為二種:一種是壓迫
民族的民族主義,另一則是被壓迫民族的民族主義;並且指出,
一定要把它「提到一定的歷史範圍之內」來分析(列寧〈論民族
自決權〉,一九一四年)。由此可知,把所有的民族主義都視為
相同的東西,是錯誤的;民族主義實可分為兩種,一種是帝國主
義的、殖民主義的壓迫的民族主義(如希特勒的日耳曼主義或日
本的大和民族主義),另一種是反帝、反殖反壓迫的民族主義
(如泰戈爾的思想,如甘地、蘇卡諾、孫文、恩克魯瑪等所領導
的民族解放運動)。而中國的民族主義,正是從近百年來反帝、
反殖、反壓迫的民族解放運動的歷史中成長起來的;在台灣,日
據期的台灣抗日運動,從它的性質和目標來看,也可說是在台灣
的特殊歷史中所表現出來的中國民族主義的一部分,一特殊的形

態。更具體地來看，面臨台灣的光復，台灣人民所表現出來的唾棄長期壓迫他們的軍國主義和殖民主義，並且歡天喜地地迎接帶來殖民解放和復歸祖國的歷史變革，這樣的民族感情和民族認同是很鮮烈的，一點也不曖昧的，其本身不就是在台灣的中國民族主義的自然表現嗎？

　　作為台灣人民感情的詠唱者以及時化的批判者，台灣作家在日據期也鮮明地表現了這樣的民族精神；譬如，賴和一生著唐衫堅持用白話文寫作，楊逵在小說〈模範村〉中所凸顯的主角阮新民，甚至巫永福在日據末寫的詩〈祖國〉，也熱烈呼喚；「還給我們祖國呀，向海叫喊／還我們祖國呀」。從這些作家的精神和感情可以看到，原來中國民族主義的感情並不是光復後國民政府從外帶來的，早在日據期的台灣文學中就已存在，只不過在殖民壓迫下隱而不顯，在台灣脫離日本殖民統治並復歸祖國後，這種感情便像地底的岩漿般噴湧出來。譬如，日據期的重要作家賴明弘，在光復不久的一九四六年一月三日，就在上海出版的《新文學》雜誌第二期上，發表了題為〈重見祖國之日——台灣文學今後的前進目標〉的文章，他說：「這樣在此半個世紀中，台灣與祖國的政治、經濟、教育等一切關係，雖然遭受日寇嚴格的截斷，但是貫穿文化思想的民族精神之火把，終熊熊地被承繼，這重要的一線終至被堅守著，所以今日整個的台灣民族仍然是活在中國民族的大海裡」。讀了這文章，真不知陳芳明的「戰後再殖民」論要如何論下去了？在日據中期展開的「台灣鄉土文學」論爭中，與賴明弘站在不同觀點立場的作家郭秋生，也以筆名「芥舟」，在前述的《前鋒》雜誌的光復專刊上，寫了詩歌〈台灣光復歌〉，他詠唱道：「可恭喜／出頭天／莫非是天有理／也是祖國大犧牲所致。」

　　作家張文環，在光復當初，雖然正埋頭學習中文，但仍以日文寫了一些評論，清楚地表現了他當時的民族感情和民族認同，

譬如發表在《和平日報》（一九四六年五月二十二日）上的〈給
台灣青年〉一文，說道：「我們的青年期，受到帝國主義的壓
迫；在生活上，除了為餬口而煩惱外，還不斷受到暴虐的日本帝
國主義者從後面踢屁股驅趕，一些寧作日本帝國主義走狗的本省
人高等刑事不斷進出我家；然而，當時我們都盼望祖國的復興，
四億的漢民族，果真如帝國主義者所宣傳的將成為他們的奴隸
嗎？我隔著鐵窗這樣地想著⋯⋯」。在同《和平日報》上的另一
篇文章〈關於台灣文學〉（一九四六年五月三十一日），他流露
了這樣的真情：「今天的新生報台中分社主任吳天賞（他是東京
時代以來的文學同志），光復當時，在眾人面前指揮練唱國歌
時，不禁落下了眼淚。真是連作夢也沒想到，這麼快就獲得了自
由，而且大家都還活著，真想一起跪在青天白日旗的前面痛哭一
場⋯⋯」。

　　光復的歷史變革所激發出來的澎湃的民族感情，也表現為對
殖民歷史和大和民族主義的全面對決與清算。譬如：龍瑛宗在光
復後發表的一篇文章——〈文學〉（《新新》創刊號，一九四五
年十一月二十日），就表達了對殖民時期文學的自我否定與再出
發的痛切心情，他寫道：「回頭看看台灣的情況吧！無疑地，台
灣曾為殖民地；世界史上，從未有過作為殖民地又文學發達的地
方，殖民地與文學的因緣是很遠的；即便如此，台灣不是有過文
學嗎？是的，曾經有過看似文學的文學，但，那並不是文學，知
道了嗎？有謊言的地方就沒有文學，只有戴著假面具的偽文學。
總之，我們非自我否定不可，我們一定要再出發，一定要走上正
大的道路」。從這裡，我們看到，在看似悒鬱、猶豫的龍瑛宗的
文學形象下，卻燃著鮮明的燈；這短短的文句，應該成為台灣文
學工作者的自惕。再看看作家呂赫若；他在光復不久，馬上投入
台中的三民主義青年團的工作，加入「台灣文化協進會」的行
列；在不到一年，就用剛學會的白話文創作了批判日本殖民統治

的〈月光光〉、〈一個獎〉和〈改姓名〉，這不是對大和民族主義的全面批判和對決是什麼？

光復初期，對大和民族主義的清算和對決，不但表現在台灣作家的身上，也表現在尚未被遣返的良心的日本文化人身上。《民俗台灣》的池田敏雄、金關丈夫教授等，在光復初就熱心幫忙楊逵的《一陽周報》，提供有關三民主義的理論書籍資料，張羅接洽代售書店等等。另一個例子就是，日據末期曾是一個狂熱的大和民族主義者，與西川滿並列的皇民文學旗手濱田隼雄；他在一九四七年寫的〈木刻畫〉一文，便透露了他在台灣光復初與大陸來台的木刻家黃榮燦的交往中，受感動而自省的經過，文中有一節如此寫道：「我的驚訝變成了一種羞恥，我反省了自己單以好奇的心情與他交往的過錯，也反省了自己曾嘲笑來台中國士兵背著棉被和雨傘的愚昧，接著，日本終於給中國打敗了的實感第一次衝擊著我的心。」據說，濱田先生回日本後，終生從事和平運動，成為一個和平主義者。

由上可知，在光復的變革中，台灣作家自然流露了高昂的民族感情，對大和民主義族做了徹底的決算，表現了真正的「去殖民」精神，連日本文化人也反省了大和民族主義而走上新生。從這些歷史的事實中，便可知道，陳芳明的「戰後再殖民論」的顛倒，是如何地用他的意識形態來取代真正的歷史了。

是的！

「有謊言的地方就沒有文學！」

請陳君銘記龍瑛宗先生五十年前的肺腑之言。

二〇〇〇年十一月九日完稿
原載於《聯合文學》二〇〇一年一月號

台灣光復期歷史「辯誣」
──可悲的分離主義文學論

◉曾健民

　　有朋友問說：最近為什麼專搞歷史來了？不搞現在的問題，卻去搞過去的問題，不是太脫離現實了嗎？我回答說：因為歷史問題經常也是現實問題；譬如：日本的靖國神社參拜問題或日本歷史教科書問題，雖然是過去的事，卻與日本的現實動向、與日本右傾化日本軍國主義復活的問題有很深的關係；李登輝當政時，大力推行的，便是國中教科書《認識台灣》──「歷史篇」，下台後推動的，就是日本人小林善紀的《台灣論》，兩者都企圖通過台灣史觀打造當今台灣的「新國民意識」。所有的統治者都深知，掌握歷史的詮釋權與維持或強化統治有密切的關係，因此都熱中於湮滅歷史或虛構歷史，使被統治者不了解歷史真實而喪失反抗的能力，歷史觀的統治其實就是現實統治的基礎，我們怎麼可以不重視歷史問題呢？

　　特別是，台灣的歷史問題更是如此。

　　百年來，台灣經歷了曲折複雜的歷史，歷史也數度被權力者所扭曲、湮滅；再加上台灣今日過早熟的後資本主義文化，個人已被零碎化、社會聯繫斷裂，誰在乎歷史？因此，普遍存在著對歷史的虛無感。但是，歷史問題並不因此而消失，當今台灣的新當權者，就是利用這普遍的歷史虛無感，千方百計地建構他們的

歷史論，用所謂的台灣史觀，來打造台灣的新「國民意識」，以維持、強化意識型態的統治。

它就是分離主義的台灣史論；這種史論，不是排除台灣歷史中的中國基質，就是捏造中國人如何壓迫台灣人，或誇大中國人與台灣人對立的歷史，把台灣完全孤立於中國與世界之外，打造「反中國」或「去中國」的國民意識。

這就是台灣當下的統治性歷史觀。

它是強化台灣現實統治的一部分，我們怎麼可以把歷史當做過去的問題呢？歷史問題的鬥爭，正是現實問題鬥爭不可分的部分，這個道理，現在的統治者清楚得很。

而，台灣的分離主義文學史觀，一向就是分離主義史論的先鋒，因此是台灣的歷史問題中最尖銳的部分。

揭露分離主義文學史觀的欺妄性，不只是為了歷史的工作，更是為了現實的工作。

其中，陳芳明的台灣文學史論，就是這種分離主義文學史觀的代表之一。

去年，針對陳芳明的〈台灣文學的建構和分期〉一文，筆者寫了〈戰後再殖民論的顛倒〉，指出它的「戰後再殖民論」背離了社會科學的常識和台灣歷史事實，是「以意識形態取代歷史」，並且在文末引用了前輩作家龍瑛宗說過的一句話：「有謊言的地方就沒有文學」，間接奉勸他，既然要搞文學就不能有謊言，謊言與文學是不能並存的。

最近，他在《聯合文學》上又連續刊出了二篇文章，一是〈戰後初期文學的重建與頓挫〉（二○○一年三月號）、另一是〈二二八事件後的文學認同和論戰〉（二○○一年四月號），洋洋灑灑數萬字，專論了台灣光復期（一九四五～一九五○）的文學歷史。這段文學史的研究至今可說仍處於空白狀態，史料也嚴重不足，不要說一般讀者，即便是文學研究者，恐怕也不易判別

它所舉史料的對錯、立論的虛實，是最容易虛構、作假、扭曲的一段。恰好筆者數年來專研這段文學歷史，有一點心得，發現到該二篇文章，作偽、捏造嚴重，為了繼續虛構他的「戰後再殖民論」，不但延續了我在前文批評他「用意識形態取代歷史、取代社會科學」的問題，更變本加厲地恣意把史料截頭去尾斷章取義，扭曲前輩作家的作品和思想，可說到了公然竄改史料、史實的地步。

下面將依據客觀史料，逐步揭露它「作偽造假」的真面目；並藉此對台灣光復期歷史的一些基本問題做一番辯析、澄清，打破台灣分離主義者長期以來獨擅的僵化歷史觀點。

一、再談台灣「光復」的意義
——是「主權復歸」，不是「行政接收」

就如所有的台灣分離主義者的戰後史論，必定是從塗消或扭曲「八‧一五」——日本投降台灣復歸祖國（中國）的歷史意義開始一樣；陳芳明的「戰後再殖民論」，也是從塗消、扭曲台灣「光復」的歷史起頭的。他文章一開始便如此寫道：

「太平洋戰爭在一九四五年八月十五日結束，日本帝國政府宣佈無條件投降，台灣正式脫離長達五十年的殖民統治，依照開羅宣言的約定，中華民國負責來台接收」。

這段歷史敘述，似是而非，若不深究，必定受其矇蔽一眼帶過。其實，其中深藏玄機，是典型的分離主義的「台灣戰後史觀」。前半段的敘述，把戰後台灣脫離日本殖民統治完全歸因於太平洋戰爭的終結，刻意不提它與日本侵華戰爭、中國抗日戰爭勝利的關係；也就是，排除了台灣脫離日本殖民統治的歷史動力

中的中國要素，把台灣脫離日本統治與中國抗日戰爭勝利的因果
關係脫勾，為他的「台灣主權未定論」予埋伏筆；後半段敘述，
更刻意避開羅宣言明記的：「日本竊自中國的……台灣、澎湖應
歸還中國」的內容，而以「依開羅宣言的約定，中華民國負責來
台接收」的杜撰更替。只要稍加對照就可看出，開羅宣言明記的
「台灣應歸還中國」與陳芳明杜撰的「中華民國負責來台接
收」，兩者之間的歷史意義是天差地別的；所謂「負責來台接
收」，意指日本投降後中國政府（當時是「中華民國政府」）的
來台接收，與戰後美軍「負責」接管日本、南朝鮮和琉球一樣，
都是受盟軍的命令進行暫時的軍事和行政「接管」，並不是「收
復主權」；這與開羅宣言中明記的台、澎主權歸還中國的意義，
當然是天壤之別。陳芳明一面說「依開羅宣言的約定」，一面卻
掏空宣言中「台灣歸還中國」的內容，說中華民國只是「負責來
台接收」，這就是想以「瞞天過海」、「陳倉偷渡」的手法竄改
史實，想以這樣的敘述來達到台灣主權未定論的看法。說明白
了，就是企圖從根本上否定日本投降後台灣主權復歸祖國（中
國）的歷史事實，進而虛構他的「戰後再殖民論」。

　　實際上，像陳芳明這樣的竄改論調，其總根源，來自於戰後
美國在冷戰中對華戰略的陰謀。一九四七年初，美國發表了「冷
戰」宣言之後，為了它在東亞的冷戰戰略的需要，企圖把已歸還
中國領土的台灣置於其勢力支配之下，而開始鼓吹「台灣地位未
地論」，否定開羅宣言以及台灣已復歸中國的歷史事實。源自於
美國對華戰略陰謀的這種論調，日後便成了台獨分離主義勢力的
基本的歷史教義之一；李政權後期，用日本右翼慣用的「終戰」
史觀來取代「光復」史觀，也可視為同一脈絡。

　　至於日本投降後，台灣是不是已復歸祖國（中國），這只要
看看當時台灣人民如何歡天喜地慶祝復歸，或者台灣的知識人如
何評價台灣光復便可知了，不是陳芳明等分離主義者或美國霸

權，憑強權或強詞就可以塗改的。譬如，光復後，一向對陳儀政
府的弊病批評最力的台灣作家王白淵，在〈民主大路〉（《新
新》第三期、一九四六年三月二十日）一文中便曾如此說到：

「台灣業已光復，從殖民地的桎梏，回到祖國的懷抱，與中
國打成一片，踏入民主主義國家之門，這是歷史的飛躍，又是民
族起死回生之春」。

王白淵的這段話，簡單有力地記錄了當時台灣知識人對台灣
光復的看法；如果台灣的戰後真如美國霸權鼓吹的「台灣地位未
定論」，或者如陳芳明所虛構的中國「再殖民」台灣論，那麼，
王白淵所說的「台灣光復！回到祖國的懷抱……這是歷史的飛
躍」，豈不成了胡言讕語；如果，從今日陳芳明等台獨分離主義
者的標尺來看，王白淵的言論豈不成了不可救藥的「大統派」。
實際上，王白淵的看法，代表了光復初期的全台灣人民，包括文
化知識界全體的看法；二二八事件後，第一位從事台獨分離主義
運動的廖文毅，在光復當時也曾熱烈地表示：「台灣光復了，台
灣的版圖歸還祖國，我們的國家自強，國權自主，國土重圓了」
（〈光復的意義〉，《前鋒》創刊號，一四九五年十月二十五
日）。

因此，不論從歷史事實來看，或者從當時的台灣知識人的言
論立場來看，日本投降後，台灣已復歸祖國（中國），這是鐵的
事實，不是陳芳明等可以竄改的。

二、駁行政長官公署「再殖民」論

否定了日本投降後台灣主權復歸祖國（中國）的歷史事實
後，陳芳明為了繼續虛構他的「戰後再殖民論」，便把光復後的
台灣行政長官公署描述成是「日本台灣總督府的翻版」、「不脫

殖民統治的變相延續」、「對台灣社會進行帝國式的控制」、
「比殖民權力支配還要嚴苛的體制」、「迫使台灣社會淪為『再
殖民時期』」等等；用一種沒有具體內容、沒有客觀論據堆砌起
來的語句，把行政長官公署比做與日據的台灣總督府一樣，同為
殖民政權。

1.殖民政權與民族政權的不同

　　光復後陳儀主政的行政長官公署，施政上集權、腐敗、貪污
又無能，積累了深厚的民怨，終至爆發了二二八事件，是一個失
敗的政府，這已是公論；不管是以集權政府、腐敗政府或「劫
收」政府來形容它也好，或說它如何地「比殖民權力支配還嚴
苛」也好（何況這還值得商榷），都沒錯，也都符合事實。然而
依社會科學的「國家論」，在政權的民族性質上，行政長官公署
絕對不是什麼「殖民政權」，而只是中國這個民族國家（當時是
「國民政府」）的地方政府，一個集權又腐敗的「民族政權」。
譬如希特勒、東條英機等法西斯政權，不管它如何專制、獨裁、
進行軍國法西斯的統治，對德國人民或日本人民而言，它仍是
「民族政權」，絕對不會是「殖民政權」；如果因為獨裁、極權
的統治而把希特勒說成是對德國人進行殖民統治，那真是天大的
笑話。這是社會科學的常識，只有一個社會科學知識的低能兒，
才會胡謅把獨裁、腐敗的政權等同於「殖民政權」。

　　那麼，日本對台灣的殖民統治與復歸中國後國民政府（陳儀
政權）對台灣的統治，在本質上有什麼不同？

　　一般而言，殖民統治最明顯的特徵，就在異民族殖民者對被
殖者在法政上的「民族專政」，殖民者完全剝奪了被殖民者的政
治權，殖民者（宗主國）的國家憲法和法律決不涵蓋殖民地，因
此殖民地人民並不具有宗主國「國民」的身分；所謂「國民」，
就是指一個獨立的民族國家的憲法和法律所涵蓋的人民，具有以

參政權為主的各種政治上的權利和義務，而殖民地人民是完全沒有的，這就是殖民地人民與一般民族國家的「國民」，最大的不同之處。

日本對台灣五十年的殖民統治，日本帝國憲法從來就不曾涵蓋台灣，當然，日本本國的法律也不曾直接施行於台灣，在台灣施行的法律，只是屬於「委任立法」。法學家黃靜嘉先生的大作《日據時期之台灣殖民地法制及殖民地統治》一書，提到所謂「委任立法」的意義，它就是：

「日本本國法（內地法）之制定，須依憲法所定經議會議決之程序；而在外地（殖民地），原則上係分別由殖民地長官發布代替法律之命令（在台灣稱為「律令」、在朝鮮稱為「制令」），或由（日本）中央政府以天皇名義發布之敕令，以（日本）本土之法律（部分或全部）施行之」（括號係筆者所加）。

簡單地說，日本殖民者在台灣施行的法律，與其國內經議會立法產生的法律在性質上完全不同，它是依殖民統治機關——台灣總督府，對台灣的殖民統治需要而以行政命令頒布的。

實際上，所有的殖民統治者都是一樣的，為了實現宗主國的壟斷資本在殖民地的壟斷利益，它必然在法政上採取「民族專政」的形式，剝奪被殖民者的政治權和法律權，以便進行經濟上的剝削。同時，為了進一步維護和擴大政治、經濟上的殖民利益，對殖民地的文化，包括語言、宗教信仰、感情意識等，也進行「去民族化」，亦即「殖民地化」，這也是殖民統治的重要手段。

台灣光復就是打倒了這樣的日本對台灣的殖民統治。

至於台灣的光復帶來了什麼大的變化，有什麼巨大的變革？

簡單地說，就是使台灣人民從「殖民地人」的地位，躍進到中國「國民」的地位。

前輩作家王白淵在台灣光復後說：「台省之光復，在其本質

上，是徹底的民族革命」（〈告外省人諸公〉、《政經報》二卷
二期，一九四六年一月二十五日）。所謂「徹底的民族革命」，
就是指台灣人民在民族地位和民族關係上有了革命性的變革；由
於全中國抵抗日本侵略的民族戰爭得到了最後的勝利，日本無條
件投降，也打倒了日本在台灣的殖民政權，造成了台灣殖民地的
解放，使台灣人民從上述日帝的政治、經濟和文化的民族壓迫下
解放出來，同時復歸為祖國（中國）的一省，台灣人民當然也復
歸為中國「國民」，得到了作為「國民」的各種政治權和政治地
位。因此，對台灣人民而言，它等於是一次如王白淵說的「徹底
的民族革命」。

　　它具體地表現在，台灣光復同時，國民政府的憲法和法律立
即涵蓋台灣。

　　雖然，當時國民政府仍然處於訓政時期，尚未頒布憲法，但
台灣光復復歸祖國後，當時全國施行的「約法」與法律立即施行
於台灣，台灣人民與全中國各省人民一樣，都處於相同的政治、
法律地位。

　　這就是台灣人民在復歸祖國（中國）後，與被殖民時期的最
大不同。

　　台灣人民作為中國「國民」的一員，最具體的內容，就在平
等的參政權上。光復後，行政長官公署立即在台灣實施普選，選
出各級民意代表，創設了台灣的各級民意代表機關。

2.光復後台灣人民的參政權

　　陳儀來台就職不過半個月，就在一九四五年十一月五日的第
一次紀念週上，發表了「建立民意機關，給台胞參政的機會」的
施政報告。接著，在一九四五年十二月二十五日公布了「台灣省
各級民意機關成立方案」，開始推動台灣人民的參政權；翌年
（一九四六年）一月十五日開始辦理「公民宣誓登記」，接著，

經由普選成立了村里民、鄉鎮民代表大會、縣市參議會和省參議會，並於五月一日召開了第一屆的省參議會。對於這台灣歷史上首次的普選，當時的《台灣新生報》稱之為台灣「民主的第一聲」。

光復後，台灣人民除了獲得並實現了台灣省內的參政權之外；作為中國「國民」的一員，也選出了中央民意代表，參加了全國性的政治活動。

就如長官公署官員張皐在〈新台灣的政治建設〉（《現代周刊》，一九四五年十二月十七日）一文中所說的：

「台灣人民今後不僅是台灣的主人，不僅要參加台灣一省的政治，而且是中華民國的主人，將參加整個國家的政治」

因此，在一九四六年八月十六日，由省參議會選出了八位「參政員」，參加了在南京召開的「國民參政會」；另外，也經由省參議會選出了十八位台灣地區代表，參加了一九四六年十一月十五日在南京召開的「制憲國民大會」；並經由普選，於一九四七年十一月二十一日選出了三十名台灣地區的職業及婦女團體的「國民大會代表」，參加了一九四八年三月二十九日全中國行憲後的第一屆國民代表大會，依憲法行使國民參政權。

單從上述台灣人民在光復後行使的參政權來看，就明白了陳芳明的「戰後再殖民論」是欺世之論，有那種從地方到中央都有參政權的「殖民地人民」嗎？

3.闢陳芳明對行政長官公署體制的幾點訛論

陳芳明又以「陳儀政府掌握了行政、財政、司法、軍事大權」、「實施與當時大陸各省有別的特殊化體制」為由，虛構他的戰後「再殖民論」。

這必須從國民政府為什麼會在台灣光復後採行高度集權的行政長官體制的問題來看。

專研光復初期政治史的鄭梓先生,在〈國民政府對於「收復台灣」之設計〉一文(新化圖書出版,一九九四年《戰後台灣的接收與重建》)中寫道:

「戰後台灣的接收與重建,乃是全中國復員計劃中被畫為兩個特殊的光復區之一(另一光復區是東北,其餘皆為收復區與後方區),因此採取單獨派遣大員全權綜合接收的方式。」

因此可知,採取集行政、軍事大權於一身的行政長官體制,目的在求「事權統一」,使甫脫離殖民統治的台灣的接收與重建得以「順利完成」,基本上,它只是一個臨時性的過渡性的政治體制。因為當時的台灣,是一個剛經歷了日本五十年的殖民統治,以及曾被日本軍國主義高度動員成南侵基地的地方;並且,由於日本帝國的崩潰,使原本高度依賴日本帝國經濟圈的台灣殖民地經濟也將全面崩盤,再加上戰後必然出現的世界經濟蕭條,可予見台灣經濟的重建將萬分困難;還有,由於日本的殖民軍國教育和皇民化運動,所遺留的意識毒害甚深,台灣社會心理的重建也將十分艱鉅複雜;況且,雖然日本已投降,但現實上台灣仍有十七萬的日軍駐留、二十九萬的日本人居留,各機關產業仍在日本人手中,行政、治安仍由日本人維持,而且這些近五十萬的日軍日僑還有待遣還。由於上述種種困難的任務有待解決和完成,非有強有力的行政組織是無法竟其功的。

這就是為什麼不得不採取集權的行政長官體制的現實原因,與「殖民」不殖民一點關係都沒有。

陳芳明等台獨分離主義者,經常用似是而非的說法,把行政長官公署等同於日本在台殖民機關台灣總督府,說「行政長官公署的組織是總督府的翻版」、「行政長官公署掌握行政、司法、軍事大權,權力超過日本總督」等等。這完全是以訛傳訛,瞎說!

就行政機關的組織來看,日本殖民台灣的總督府分五局二

部；而台灣行政長官公署則下設九處三委員會，兩者差異甚大；行政長官公署根本不是什麼「總督府的翻版」；實際上，行政長官公署組織與當時中國各省的省政府組織較相近，只不過，行政長官公署為了適應台灣的特殊情形，因地制宜而做了一定程度的調整而已。

至於，陳芳明說行政長官公署掌握「司法大權」，那也是瞎說！

不錯！行政長官公署為綜理行政得制定「署令」，但這「署令」與日本殖民機關總督府的「律令」權是完全不同的範疇；「律令」是等同法律效力的命令；而「署令」只不過是台灣省的單行規章，屬於行政範疇，且它不能與國家法律抵觸。況且，當時這種行政權限也並非台灣省行政長官公署所獨有的，而是中國各省政府都有的權力，一點也不特殊。至於，台灣的司法權，本來就屬國民政府中央的司法行政系統，完全超然於行政長官公署之外，長官公署並無司法權；至於監察權，則有中央派出的閩台監察使駐台行使。

因此，不論從台灣人民的政治地位、法律地位來看，還是從行政長官公署的「政制」來看，光復後，台灣已完全復歸中國，台灣人民已是百分之百的中國國民。至於復歸後所產生的省籍矛盾、集權與民主的矛盾、階級矛盾等等，全都屬於中國民族國家的內部矛盾，絕對不是異民族間的矛盾。陳芳明的「再殖民論」，就是矇騙事實，想把中國民族內部的矛盾扭曲為異民族間矛盾，虛構他的「戰後再殖民論」，建構他的台獨史觀。

4.歪曲新聞社論，捏造陳儀政府實施「省籍區隔」並「歧視台灣人」

陳文不惜以竄改史料、歪曲史實的手法，來捏造事實，誣指行政長官公署採取了「省籍區隔」、「公然歧視台灣人」、「排

斥台灣人」的政策。誤導讀者,以為光復後的政權對台灣人進行了「再殖民」的統治。

譬如,他以變造當時《民報》的社論〈金融人材的登用〉(一九四六年七月八日)的內容,以此誣指陳儀政府對台灣採取了「省籍區隔」的政策。

該社論原文的大意是:首先回顧了日本殖民者如何壓迫台灣金融的歷史,並稱贊光復後各銀行的接管要員都是內行人、逸材,接著才提出了批評說:「現狀很少有不採用本省人材的銀行……何獨台銀仍如日人時代一樣,本省人受重用的,寥如寒星」。社論的原意,主要在批評台灣銀行的用人政策,並呼籲「台銀」要像其他銀行一樣多多採用本省人。然而,陳芳明卻把該社論的這種原意扭曲成說:「社論呼籲陳儀政府不要排斥原來在銀行有辦事經驗的台灣人,起用人材也不能只限於來自中央的人員」,好像社論在批判陳儀政府政策性地排除了所有原任職銀行的台灣人,起用外省人,實際上,社論完全沒有這樣的內容,這內容完全是陳芳明自己杜撰的。社論明明是說:全省各銀行都採用本省人,為何唯獨「台銀」不重用本省人材,是批評持定機關台灣銀行用人不當的問題,陳芳明卻把它扭曲成社論在批評陳儀政府排除台灣人起用外省人的「省籍排除」政策。

雖然,陳儀政府治下,確實發生了許多如該社論所批評的,外省人「牽親引戚」的惡風,或者「排他思想」的惡習,但是這是屬於政治「腐敗」的問題,決不是陳芳明所誣指的陳儀政府施行了「省籍區隔」的政策,或政策性排斥台灣人的問題。

接著,陳芳明為了捏造陳儀政府「公然歧視台灣人」的謊言,更加露骨地竄改《民報》社論〈為什麼裁員〉(一九四六年七月十一日)的內容。

該社論的原文是從風聞政府機關要裁員說起(實際上只是傳言並非事實),進而呼籲政府要防止「動輒發生優越感」、「輕

視本省人」、「敢以亡國奴暴言相侮辱」的「貪污腐化之徒」，並要求在這個剛復歸祖國的過渡期，登用人材的標準不要太重視國語文程度，以免本省人材有向隅之泣。

像這種十分常見的批評時弊的社論，陳芳明居然可以把它竄改成與原社論完全不同的內容，說該社論：

「指出陳儀政府有計劃把本省人排除在公眾機構之外；認為對台灣人進行裁員的主要原因，在於執政者公然歧視台灣人」。

只要把社論原文拿來比對就知道，該社論完全沒有說過這樣的話，遍讀社論原文，也找不到類似的內容或意指，這完完全全是陳芳明借該社論之名，憑空捏造的。

又，該社論也建議了，為了不使本省人材向隅，在錄用人材時不要太重視國語文的程度。陳芳明卻扭曲原意，把它誇大成：「為達到排斥台灣人的目的，陳儀政府更是以使用『國語國文』的程度做為用人的標準」；把光復後的語言過渡問題，無限上綱成：「語言已經成為檢驗政治立場的唯一標準，排除異己的有效工具」。一個本來就屬於過度偏向以「國語」程度為用人標準的「時弊」，陳芳明卻把它極端化成，陳儀政府用「國語」來「檢驗政治立場」、「排斥台灣人」。真是「居心叵測」。

從上面的例子，我們可以很清楚地看到，陳芳明是如何地以竄改史料，把台灣光復初所產生的種種社會矛盾現象，如人事問題或語言問題等等，全部上綱並捏造成異族政權才可能採取的，政策性的「族群」區隔、「族群」歧視的問題。

5.刻意曲解台灣前輩作家的作品和思想

陳芳明的「戰後再殖民論」特點之一，就是反復虛構陳儀政府對台灣的歷史、文化、語言進行壓迫和歧視。因為找不到直接的事證（實際上也沒這事實），只好把台灣前輩作家的作品斷章取義，扭曲文意，把作品曲解成好像作家們都在批評陳儀政府對

台灣文化的壓迫和歧視。譬如，他就把蘇新的〈也漫談台灣藝文壇〉一文，曲解成該文在「駁斥台灣受到『奴化』的官方觀點」；把龍瑛宗的〈文學〉，牽扯到「在抗拒戰後官方的表態文學」；把呂赫若的小說〈月光光〉，硬拗成在批判陳儀的「中國化的國語政策」。

實際上，陳芳明有關台灣光復初期文學歷史的論述，幾乎都是用這種手法虛造出來的。

為了誇大光復初期官方的「奴化」失言問題，陳文扭曲台灣左翼運動家蘇新在《台灣文化》上的一篇題為〈也漫談台灣藝文壇〉（一九四七年一月一日）的文意。

蘇新主要是針對署名「多瑙」的外省作家發表在《人民導報》上的〈漫談台灣藝文壇〉的文章，批駁該文對台灣藝文壇的許多錯誤的觀點。陳芳明居然把它說成，蘇新的文章在「駁斥台灣受到『奴化』的官方觀點」。

實際上，蘇新近萬字的文章中，「奴化」二字只不過出現過二次，一處是說：「或者因為多瑙先生認為本地人均被日人奴化了，不必多接觸……」，另一處是說：「結局，在光復之台灣紀念魯迅的，還是被認為「奴化了」的台灣人」。從整篇文章來看，「奴化」不但不是主要議題，連次要議題都談不上，甚至於只不過是該文許多形容詞中的一個而已，全文完全與陳芳明所謂的駁斥官方的「奴化」觀點無關。

這樣的，在蘇新全文中偶然出現的「奴化」二字，陳芳明竟然可以把它千百倍的放大成，蘇新全文都在「駁斥台灣受到『奴化』的官方觀點」；甚至於把它無限上綱、推論到：台灣作家「已在進行去殖民的工作」，「抗拒中國式的殖民」。這種手法無以名之，只有暫稱之「硬拗」。

在論及龍瑛宗的部分，陳文也顯露了令人啼笑皆非的「硬拗」習性，更暴露了不做研究的怠慢。

他斷章截取了龍瑛宗發表在一九四五年十一月《新新》創刊號上的短文〈文學〉的後半段，全然不顧該文全文的主題，文脈以及寫作的時代背景，而妄斷說，該文有「相當黯淡的心情」，透露了「強烈的絕望與虛無」。然而，恰恰相反，龍瑛宗在寫作該文時，正處於台灣光復始初，對台灣與全中國的前景抱著光明的熱烈期待，因此該文也表露了對文學的無比信心。這只要看看被陳芳明抹消的該文前半段的內容便知，而原文前半段的內容是這樣的：

「文學本來就是榮盛於安定的社會和黃金的時代，現在中國已進入了建設期，不久也將進入安定期，因此，談論文學並不是沒有意義的。

如果，談論文學不是無意義的，那麼，該怎樣才能使文學有意義呢？那就是參加新中國的心理建設。

我們看到，在蘇聯，文學是如何光輝燦爛地參加了工作，因為，藝術是從事知性與感性之間的架橋的工作隊伍，文學也是如此」。

短短數句，完全表明了，龍瑛宗既不「黯淡」也不「絕望與虛無」，而是對文學抱著光明的願景，並把文學的意義完全寄望在參加新中國的心理建設工作的熱望上；意思清清楚楚，勿須多論，文章本身就有力地駁斥了陳芳明的謊言。

在遮蔽了前半段的文脈後，陳芳明又開始「硬拗」。依文脈，龍文後半段中，說到「有謊言的地方就沒有文學」這句話，分明是在批判日據殖民期的文學，陳芳明卻把它硬拗成，龍瑛宗「在抗拒戰後官方的表態文學」、「在反諷當時政治支配文學的畸形現象」；意思是指，龍文是在批判陳儀政府的「表態文學」、「政治支配文學」。只要稍有腦筋的人一定馬上可看破陳芳明的「膽大妄論」；從《新新》雜誌的創刊日來推算，龍瑛宗寫作此文應是台灣光復之日（一九四五年十月二十五日）的前

後，當時，陳儀政府初抵台灣（或還未到台灣），怎麼就會出現了陳儀政府「政治支配文學」、「官方表態文學」的問題呢？陳芳明的虛構未免太離譜了。何況，龍瑛宗在該文的前半段，已很清楚地表明了，唯有「參加新中國的心理建設」才會使文學有意義，對光復後的中國文學充滿信心的，怎麼突然又「反諷當時的政治支配」、「抗拒戰後官方的表態文學」呢？這叫做憑空捏造、顛倒是非。

另外，陳芳明竟然把龍瑛宗發表於一九四七年一月《新新》雜誌上的〈台北的表情〉一文，誤為發表於一九四六年一月，先後差了一年。這如果只是日期的誤植，還情有可原，但是從他行文內容可知，完全不是誤植，而是「無知」。因為，陳芳明居然接著說「龍瑛宗書寫這段文字時，距離台灣光復才三個月而已」，可見得，他一直以為該文是龍瑛宗在一九四六年一月寫的；即便如此，如果熟知龍瑛宗文章內容是描寫光復一年後的「台北表情」的話，也必定不會接著又寫「距離光復才三月」。顯然，陳芳明根本沒有讀過原文，否則決不會如此胡扯，不然，就是閉著眼抄研究生論文，才會這樣亂說。

光復後，作家呂赫若在短短的一年間，克服了語言轉換的困難，發表了四篇白話文小說，分別是：〈戰爭的故事——改姓名〉、〈戰爭的故事——一個獎〉、〈月光光——光復以前〉以及〈冬夜〉。這四篇小說的主題是很清楚的，前三篇是在清理與批判日本的軍國殖民體制和皇民化政策，〈冬夜〉則是對光復後逐漸顯露的社會惡化現像提出了深刻的暴露與批判。

對過去的日本殖民體制的批判與反省，是光復後台灣民眾的共同感情；呂赫若作為一個優秀的作家，努力學習白話文，很快地寫出了中文作品，用文學藝術真實地反映了當時台灣人民清理日本殖民歷史的心理圖像。對這幾篇主題明確的作品，陳芳明居然也企圖混淆黑白，用他的分離主義的心態來污染呂赫若的作品

和思想，指說呂赫若寫這些作品，是「在中國化的強勢要求下」、「為自己過去的文學活動辯護」；這完全是陳芳明為了虛構「戰後再殖民論」，而無中生有的卑劣說法。

離譜的是，他甚至把呂赫若批判日本皇民化「國語政策」的小說，〈月光光——光復以前〉的主題，扭曲成「批判陳儀政府的霸道」；並舉小說人物的話：「我們是台灣人，台灣人若老不可說台灣話，要怎樣過日子才好呢？」為例，說呂赫若也在批判「中國化的國語政策」。

這完全是強詞奪理，欲加之罪何患無詞。

呂赫若在小說篇名下，還明明白白地加了一個副題——「光復以前」，怎麼會是在批評「光復以後」呢？而且，呂赫若本身在光復後，積極投入台中的三民主義青年團的工作，並努力學習中文，在光復不到半年就發表了第一篇中文小說，怎會自打耳光，自己批判自己努力追求的「中國化的國語政策」呢？

而且，只要曾稍微研究光復後的「國語政策」的人，就會知道，當時國語推行委員會的魏建功、何容等人，所推動的國語運動，是主張先恢復被日本話所壓迫的台灣話應有的方言地位，來推行國語的；也就是說，主張台灣人應先通過學會被日本殖民者「國語政策」所壓迫的台灣話，來學習國語，並非以壓迫台灣話來推行國語。陳芳明不從事研究，只以他的意識型態來看問題，一看到小說人物批判壓迫台灣話的皇民化「國語政策」，以為光復後的「國語政策」也是以壓迫台灣話來推行國語，就不分青紅皂白地誣指呂赫若的小說也在批判「中國化的國語政策」。

三、「奴化」問題真相

陳芳明虛構「戰後再殖民論」的另一手法，便是把光復不久

發生的官員「奴化」失言問題，誇大成所有的官員或外省人，都
「以『奴化』或毒化思想來指控台灣人」、「以『奴化教育』來
概括台灣知識分子所接受過的日文教育」等等；就是把陳儀政府
或外省人描寫成，都指控台灣人「奴化」，指控台灣的殖民歷
史、日語、思想、教育、習俗已完全「奴化」，據此塑造陳儀政
府蔑視台灣歷史、欺凌台灣人的形象。因為它一直是分離主義者
用來挑撥「省籍對立」的重大問題，有必要深入辯析。

1.「奴化」發言真相

　　依報刊記錄，當時關於「奴化」發言問題，曾經有過二次正
面的議論；第一次是作家王白淵以「讀者投書」方式，在《新生
報》上發表了短文〈所謂「奴化」問題〉（一九四六年一月
日）；第二次，是在一九四六年五月召開的第一屆省參議會上，
引發爭議的教育處長范壽康的「奴化」發言問題。

　　陳文也以這二次的例子，大談「奴化」問題。但可笑的是，
他居然把史料的日期和順序完全搞錯了！首先，他把實際在一九
四六年五月初發生的教育處長范壽康的「奴化」發言問題，錯搞
成在一月發生；接著，他又煞有其事似地把王白淵在一月八日刊
出的〈所謂「奴化」問題〉一文，編造成說該文是在回應范壽康
的奴化發言。實際上，范壽康的發言（五月）是在王白淵（一
月）之後，兩者一點關係都沒有，陳芳明卻自編自導，硬把兩文
的刊出日期順序顛倒；並把毫無關係的兩文，編造成關係密切，
這就是捏造史實。

　　不知是抄襲研究生論文抄錯了，還是虛構史實太多了，以至
於完全搞不清，什麼是真什麼是假了！

　　當時這二次有關「奴化」發言問題的議論，其實際情形如
下：

　　作家王白淵在〈所謂「奴化」問題〉一文中批評說：「光復

後來台的大小官員，每個人都認定，日本對台灣施行的「皇民化」完全失敗，但是繼之開口就說台胞奴化，這樣論理的矛盾，非常使我們感覺到莫明其妙」。他以台胞在甲午割台後成立台灣民主國，繼續武裝抵抗日軍入台，且「沒有一個人反對光復，個個慶祝光復」為例，認為「台胞此種堅強的民族意識，雖受日本五十年的奴化政策，但是台胞並無奴化」。另外，王白淵同時發表在《政經報》上的一篇〈告外省諸公〉（一九四六年一月二十五日）文中也如此說：「台胞有許多地方日本化，這當然毫無異議，但是，這種現象雖不可輕視，究屬枝節問題……而奴化不奴化是嚴肅的本質問題」，因此他建議「自此以後，不可再用『奴化』兩字，而以『日本化』代之」。王白淵的「奴化」問題批判，雖然沒有引起其他人的回應，但顯示了光復後的「奴化」發言問題確實存在。

　　教育處長范壽康的「奴化」失言風波的經過，是這樣的：

　　一九四六年五月一日，《民報》報導了范處長於四月二十九日在省訓團的演講，稱演講內容批評了台胞有獨立思想、以台治台的觀念、排擠外省人、完全奴化等，有侮辱台灣人之處。這報導引起了一些正在開會的省參議員的反彈，並在議會提出了對范處長的強烈質詢，特別是郭國基參議員，他強調說：從鄭成功以來二百七十年間，台灣沒有一日忘記祖國，台胞有台人治台的觀念是事實，因為台灣人也是中國人，愛台灣是自治精神的表現，是當然的，我們排擠的是為升官發財而來的外省人，絕對不會排斥為服務台灣建設台灣而來的外省人……我敢大聲說，台胞不奴化，台胞雖然受了日本五十年的奴化政策，在世界上最殘忍的日本警察的壓迫下，尚能持續與之鬥爭，並未奴化……（以上郭國基的發言內容，乃參考一九四六年五月八日《新生報》的中文版和日文版的記載綜合而成）。

　　根據五月二日和八日的《新生報》報導，我們可以知道，事

實上，范處長在省訓團的演講題目是〈復興台灣精神〉，內容大略是說：台灣過去有崇高光榮的歷史，那就是鄭成功的身在台灣志在中國，愛台灣更愛中國的精神，希望團員把這種「台灣精神」發揚光大，不過，本省一小部分人士因受日本五十年間的宣傳與欺騙，難免有不正確之思想，例如主張台灣獨立或台人治台等等……惟此種錯誤的產生，責任不在台胞，而全在日本帝國主義者身上云云。

根據上面的內容可知，范壽康並沒有直接說出「台胞奴化」之語，只說了「本省一小部分人士因受日本五十年間的宣傳與欺騙」等語。或許是說者無意聽者有心，再加上語言的隔閡，才把它報導成范壽康說「台胞奴化」吧！真相如何，就像羅生門一樣，不會有明白的一天。

然而，並不是說當時「奴化」發言問題不存在，就如王白淵在〈告外省人諸公〉之中說：「許多外省人，開口就說台胞受過日人奴化五十年之久，思想歪曲，似乎以為不能當權之口吻」，由此可知，光復初，外省籍人士的「奴化」發言問題的確是存在的，但它絕對不是如陳芳明所誇大的，說陳儀政府或所有的外省人，都「以奴化或毒化來指控台灣人」，而只是部分「不肖外省人」，或為發奇財而來台者或由於抱有優越感，或因為對台灣實情的無知，才會有「奴化」的發言。

2.事實上台灣人「奴化」了沒有？

雖然，王白淵和郭國基都說：「台胞雖受了日本五十年的奴化政策，但是台胞並不奴化」，但是，王白淵在這句話下面多加了一句話說：「可以說一百人中間九十九人絕對沒有奴化」，可見得，他並不是說全體台灣人都未奴化，還是認為仍有極少數台灣人「奴化」了，否則他不會在〈告外省人諸公〉一文的文末呼籲：「不法日人，當然要剷除，腐敗台胞，應該要打倒，而不屑

　　的外省人，更須要趕他回去」，他還是把一些「腐敗的台胞」列為「應該要打倒」的對象，這些「腐敗台胞」就是「奴化」了的台灣人。

　　當時，台籍知識人林萍心，發表在《前鋒》雜誌創刊號上（一九四五年十月二十五日）的文章——〈我們新的任務開始了〉，也有類似的觀點。他說：「大多數的台灣同胞受盡了五十年日本奴隸教育，他們中間大部分已成了『機械的』愚民，而小部分已成為了極危險性的『準日本人』……我們最難對付的，應是那班受著了普通中等學校教育的又在社會上混過的人，他們是俱備了最毒最深的頑固日本精神，他們血液裡流著了無數『天皇』、『大和』等等不可救藥的毒」。林萍心所指的最難應付的那班人，實際上，就是王白淵心目中的百分之九十九之外的已「奴化」的台灣人。

　　關於「奴化」問題，用開擴的視野以辯證的思惟說明得最好的，當數楊逵在〈「台灣文學」問答〉一文中（新生報「橋」副刊，一九四八年六月二十三日）的回答。特抄錄原文如下：

　　問：你看，台灣人民奴化了沒有？

　　答：部分的台灣人是奴化了，他們因為自私自利，願做奴才來昇官發財，或者求一頓飽。但這種人，在今天原原是一批奴才，他們的奴才根性，說因教育來，寧可說是因為環境。在帝國主義與封建主義控制下的這個孤島上，自私自利的人都得做奴隸才得發其財。託管派、拜美派當然也是這一類的人。但大多數的人民，我想未曾奴化。台灣的三年小反五年大反，反日反封建鬥爭得到絕大多數人民的支持就是明證。奴化教育是有的，但不僅在日本帝國主義下，所有的帝國主義，所有的封建社會，封建國家都大規模地從事著奴化教育。有人說美國很民主，但它對黑人，對第三黨的華萊士是不是民主？它在中國養成了一大批的買辦，它在扶殖日本帝國主義，想利用它來壓服日本人民，甚至東

亞諸國的人民。所以，輕重就說台灣人民受日本奴化教育的毒素
作祟，這樣的說法沒有根據」。

這就是有關台灣「奴化」問題的最科學的回答。

四、看到台灣的「殖民化」和「皇民化」，也看到台灣的「民族性」和「現代性」

陳芳明為了把光復初期的政權塑造成「外來的」「殖民政
權」，行文中不斷強調說：

「長官公署的當權者，一直把台灣社會的殖民經驗當做是
『奴役化』、『皇民化』」

也就是說，他反復渲染：長官公署的官員或外省人完全否定
台灣社會的價值，認為台灣社會只有奴役化、皇民化，無一是
處。

這種說法不僅背離史實，甚至可說是刻意的醜化，惡意挑撥
省籍矛盾。

依據史料，光復後大陸來台的官員，雖然有人因台灣的被殖
民歷史與地理的隔絕，而對台灣的社會歷史有不正確的看法，但
整體來看，大多都有客觀公正的看法；特別是對於台灣的殖民歷
史，他們不但看到台灣社會中所謂的殖民化、皇民化的部分，也
看到台灣社會中的現代性和中國民族性的部分。

1.看到台灣的中國民族性也看到它的變質

譬如，魯迅的至友，專研法國文學的黎烈文先生，他在一九
四六年初來到台灣，任職長署公署機關報《台灣新生報》的中文
總主筆，他在一篇題為〈對於台胞的幾點希望〉（一九四六年一

月二十七日）文中，對於台灣的一切，就有如此的看法：

「剛從內地過來的人，看到經過異族五十年統治的台灣同胞，仍能不屈不撓，保持祖國的方言和一切風俗，特別在農村方面，從住宅以至種種生活工具，幾乎和閩粵一帶富裕的農村所見到的無甚差別，更不能不欽佩本省同胞，過去五十年內對祖國文物執著之深和對異族奮鬥之勇」。

在此，黎烈文高度肯定了台灣人民，在殖民高壓下仍固守中國傳統的語言、文化、生活；亦即，他在台灣的殖民歷史中看到了台灣的堅強的中國民族性。然而，他也指出了「殖民化」所造成的隔閡部分，他說：

「日本人使用了種種方法，使得台灣同胞漸漸地和祖國生疏、隔絕，以便達到所謂『皇民化』的目的，而中國本身在這五十年內也有了種種變革，同時在學術思想方面也有了重大的改革，這一切使得劫後相逢的弟兄，雖然滿懷欣喜，但總不免有著幾分隔膜」。

另外，光復不久，由省內外人士共同組成了半官半民的文化團體——「台灣文化協進會」，在該協會的成立大會宣言中，對台灣的殖民歷史，也表現了辯證的看法；它一方面指出在台灣的殖民歷史中堅強的中國民族文化的抵抗精神，它說：

「五十一年間的異族的統治，終是壓迫摧殘不了我們的文化的本質；不，不，我們竟反把異族的壓迫和摧殘，當做一種的『刺戟劑』，當做精進練磨的『契機』，在含羞忍辱裏默默地培養著我們文化的成長」。

然而，另一方面，該宣言也指出了，民族文化受到「破壞」而「變質」的事實：

「不過，五十一年的歲月，和日寇的設心苦慮，卻也發生過相當的『效果』，我們的文化，一部分變了質，一部分受過了嚴重的破壞，這我們要坦白地承認的」。

　　這裏所指的，就是受到日本的殖民政策和皇民化政策的影響而「變質」的部分，也就是台灣社會中「殖民化」、「皇民化」的部分。

　　對於這問題，台灣出身，後赴大陸長期投身抗日戰爭第一線工作，光復初時任教育處副處長以及《人民導報》社長的宋斐如先生，在〈如何改進台灣文化教育〉（人民導報，一九四六年一月十一日）一文中，就指出，這是台灣文化的「畸形發展」，該文分析道：

　　「台灣是漢明的正統，只因為離開祖國五十年的結果，致使文化正統起了變化」，由於「日本奴化政策所干涉壓抑禁絕之下，漢明的正統文化自然滯於五十年前的地步，所以沒有趕上祖國五十年來的進步」，並且「日本對於台灣採取殖民地文化政策，殖民地以上的學問和事物，是不能給台灣人民學習的，所以世界五十年來的進步，台灣並沒有充分吸收進來」，受上述因素的影響，他認為：「即令我們不能說台灣五十年來的文化完全停頓了，至少可以說台灣的文化確是一種畸形的發展」。

2.發揚抗日民族運動精神

　　就像黎烈文的發言，和「台灣文化協進會」成立大會宣言一樣，他們對於台灣的殖民歷史，不但看到它的「殖民化」、「皇民化」，也高度評價了它的「中國性」和民族文化的抵抗；這樣的觀點，在光復初期的時論中並非特例，而是極為一般的看法。而且，它不僅只表現在「時論」或「評論」上，也表現在官民的具體活動上，亦即，為日據期的抗日民族運動舉行了各種紀念活動，對抗日民族精神給予高度的頌揚。

　　譬如，光復翌年，一九四六年的五月二十五日，國民黨台灣省黨部和行政長官公署，便發動了一次由省內外人士，千餘人共同參與的「台灣民主國五十一周年紀念會」，紀念台灣民主國的

抗日民族精神。另外，官民共同成立了「台灣革命先烈調查會」和「台灣革命先烈遺族救援會」，著手調查在台灣的抗日民族解放運動中犧牲的鬥士名單和事蹟，並對遺族給予生活照顧。該會也將原來是日本殖民政府「始政日」的六月十七日改為「革命日」，該日在新竹縣舉行了一次盛大的奉安典禮，將抗日英靈入祠桃園忠烈祠，並且在台北第一大劇場舉行了「台灣革命先烈追悼大會」。

　　實際上，台灣光復的意義，就是打倒了日本在台灣的殖民統治使台灣復歸祖國，這正是台灣五十一年的殖民歷史中，無數的台灣人民前仆後繼地投身抗日民族解放行動，所追求的最終目標；他們的精神，當然地成為台灣光復的新時代精神，而代表民族政權的行政長官公署，盛大紀念台灣人民的抗日民族解放運動和表揚它的精神，是理所當然的。官民共同高揚這種精神和活動，可說是台灣光復後精神上「去殖民」的具體表現。我們也可以說，所謂的「中國化」，並不專指「大陸化」或「國民黨化」，當時的「中國化」，也包含了發揚台灣歷史中的抗日精神和民族精神。單就這一點來說，長官公署是以恢復包括台灣歷史中的民族精神來「去殖民」「去皇民化」的，因此可說是一個「去殖民」的政權，決不是如陳芳明等所咒唸的「再殖民」政權。

　　譬如，當時的教育處長范壽康，就曾寫了〈發揚台灣精神〉一文（現代週刊，一九四六年六月十二日），文中所指的「台灣精神」，並非今日台獨口號中的，與中國對立的「台灣精神」，而是指，在台灣歷史上，與「中國民族精」辯證統一的「鄭成功的精神」。再有，台籍人士張兆煥在《新生報》上發表的〈發揚民族精神〉一文中（一九四五年十二月十二日），所指的「民族精神」，就是指台灣歷史上，郭懷一的抗荷、鄭成功反清驅荷、丘逢甲的台灣民主國運動、武裝抗日運動以及近代政治上的民族

解放運動……等所表現出來的中國民族精神。

可見得，陳芳明的「長官公署的當權者一直把台灣社會的殖民經驗當做是『奴役化』、『皇民化』」的説法，完全是一派胡言。

3.怎樣看它的「現代性」

當時的長官公署或國民黨省黨部的官員，對於台灣的殖民歷史，不但看到它的「殖民性」，也看到了它的相對的「現代性」。譬如，當時的國民黨中宣部台灣特派員盧冠群（此人後任中華日報發行人），在《新生報》上發表的〈台灣文化重建之路〉（一九四五年十一月二十三日），就如此説到：

「説到台灣文化，一般人的觀感，見仁見智，各有不同，有的説台灣文化很進步，有的説台灣文化很落後，這兩種看法都沒有錯。因為日本統治下的台灣文化，表現了兩種不同的現象，一方面相當進步，另一方面相當落後」。

行政長官陳儀在一九四五年十一月六日，長官公署的第二次紀念周上，在提到要注意民主精神與科學的發展時，如此説道：

「日本過去對於台灣在政治方面雖採用殖民政策，使台胞精神方面感著痛苦，但在物質建設方面，卻已有相當基礎，固未可一概抹煞」，；在説到要注重學術研究時，他説：

「本人到台後感到滿意的，是台灣的學術，工作做得很好，學術是為人類謀幸福的，本來沒有國界，因此，吾人對於日本學者的努力，亦應加以重視」。

因此，陳儀才留用了大批日本的學者和技術人員。

魯迅至友，當時應陳儀之邀來台任台灣省編譯館館長的許壽裳先生，在〈台灣省編譯館的設立〉一文（現代週刊、一九四六年九月三日）中，對於台灣的學術文化程度也有很高的評價，他説：「要發揚台灣文化的特殊造詣，因為本省的學術文化，已

經有了很好的基礎,可以有為各省模範的資格」。

　　一九四五年十一月六日的《新生報》社論──〈建設台灣新文化〉,也提到了台灣的「世界性文化」,它說:

　　「台灣之民族文化雖不如祖國,但其世界性的文化絕不低。至於世界性的學術,我們須設法保留,不僅保留,還要使它發展。科學無國界,我們反對的是侵略,是奴役,不是科學及應用技術」。

　　由此可見,陳芳明說的:光復後的「中國化」反對「日文思考」,這是天大的謊言。應該說,「中國化」反對的是「侵略的、奴役的、皇民的日文思考」,而不是「現代的、科學的日文思考」。

　　可見得,陳芳明所指控的「長官公署及當權者」,不但看到了台灣社會的「殖民性」,也相當務實地評價了它的「現代性」。但是所謂的「現代性」,並不是中性的,它在不同的歷史條件下,不同的歷史主人下,有不同的意義;在殖民統治下,「現代性」是為了強化殖民剝削的「現代性」,是殖民者的現代性,唯有脫離殖民統治,在獨立的民族國家的條件下,「殖民地的現代性」才會成為「民族的現代性」,亦即全民族的現代性,如此才能顯露出它的積極意義。光復後,台灣已脫離日本殖民統治並復歸祖國,台灣原有的為了殖民者的現代性,已成了民族的現代性,在這種歷史條件下,得到了積極的意義。

五、台灣文化的重建

　　對台灣民眾而言,台灣的光復,實際上包含了三種大歷史變革:首先是,第二次世界大戰戰禍的結束,其次是脫離嚴酷的日本殖民統治以及復歸祖國。光復後,甫從戰爭和殖民的雙重壓迫

下解放出來並復歸祖國的台灣，文化活動呈現了空前的熱烈，當時稱之為台灣文化的重建。「文化重建」的內容是多面而豐富的，它包括了對日據歷史的批判與整理，追求中國化、民主化、世界化等，因此也是複雜的。

然而，陳芳明的「戰後再殖民論」關於光復後的文化活動，只虛構一個「中國化」與「奴役化」的對立與衝突，完全抹煞這些豐富的內容；在他的虛論中，光復後的文化活動，似乎只有行政長官公署或外省人，以「中國化」指控台灣人「奴化」、「皇民化」，而「台灣知識分子無不感到悲憤」「紛紛予以反擊」，如此貧脊不毛的內容而已。本來是充滿變革熱情的文化活動，卻被虛構成只有歧視、荒廢和斷裂；本來是多面豐富的，卻只剩下中國化霸權指控台灣人奴化皇民化的族群對立；本來是「文化重建」，卻被他扭曲為「文化殖民」；原本充滿了「去殖民」的動力，卻被他顛倒成「再殖民」的壓迫。這就是台灣分離主義文化論的悲哀。

下面，將根據史料，分幾部分討論台灣光復後文化重建的實際情況。期冀通過呈現史實，來戮破陳芳明的虛論。

1.文化官員的台灣「文化重建」

首先，讓我們先看看，被陳芳明指為「專以『中國化』來指控台灣人奴化、歧視台灣文化，來造成文化霸權」的長官公署文化官員，他們對台灣的文化重建的看法如何。

前面也介紹過的教育處副處長宋斐如，他在〈如何改進台灣文化教育〉之中，分析了經過殖民歷史後的台灣文化的「正體」，他認為「台灣的文化確是一種畸形的發展」；因此主張台灣文化教育的改造，要循三原則出發：首先是「本質的改造」原則，要教育台胞變成「主人翁」，學習「作主人」，亦即，從沒有參政權、自主權的殖民地人學習作一個有參政權的國民；其次

是要「正統的接續」原則，要教育台胞學習國內各方面的學識常識，使「歸宗」二字名符其實，並且要跟祖國進步而進步；最後是，灌注「世界新文化」的原則，應該培養台胞成為「世界人」。因此，他鼓勵大家要學習「作人、作主人、作中國人、作世界人」。

　　宋斐如的真知灼見，即使拿到今天台灣的文化環境來看，仍然如雷灌耳，具有高度的批判性和啟示性。

　　統籌台灣的教育重建的教育處長范壽康，在〈今後台灣教育的方向〉（現代週刊，一九四六年三月三十一日）文中，具體地說明了他的教育方向，他說：「過去五十年間台灣同胞所受到的教育，乃是道地的殖民地人民的教育，不是真正獨立國家國民的教育……是不平等、不合理的……，而現在台灣光復，台灣同胞都回到了祖國，自然應該徹底推翻不平等、不合理的皇民化教育，用最經濟科學的手段，使台灣教育完全中國化」。

　　而對於今後台灣教育的具體方向，他舉語文和思想兩方面。在語文方面，他認為今天台灣同胞不會講中國話或不懂國文，是當然的，並不需要負責任，這「完全是日本政府的罪惡」，但是，任何國家的國民應該說本國話懂本國文，這是很明顯的道理，因此，教育的第一個方向，便是使台胞人人會講中國話寫中國字。至於思想方向，他說：「台灣光復了，過去被日本政府強迫灌輸的帝國主義思想，應該剷除淨盡，我們今後要積極灌輸與培養的，乃是現代中國的三民主義思想」（此處的三民主義思想，內容與往後戒嚴期的國民黨制式三民主義思想是大不同的）。

　　由上可知，范壽康對台灣的教育方向的見解，重點在：徹底推翻日本的皇民教育建立真正獨立國家國民的教育，以及剷除日本帝國主義思想建立現代的三民主義思想。這就是教育上的「去殖民」，重點在除去日本的殖民、法西斯思想和體制，建立獨立

國家的國民教育。這種針對日本殖民者的「去殖民」，卻被陳芳
明扭曲為針對台灣人的「再殖民」，其顛倒是非之甚，真是無以
名之。

為了「促進台胞的心理建設，提高全國性的學術研究」而設
立的「台灣省編譯館」，是光復初期的文化重建的重要機構。對
於編譯館的工作重點，館長許壽裳在前述的〈台灣省編譯館的設
立〉文中，提到有二個方面；第一點，在「使台胞普遍獲得精神
食糧，充分接受祖國文化的教養」，因此，設立了「學校教材
組」、「社會讀物組」和「名著編譯組」，計畫提供中國通史、
地理、文選、法令解釋等國民教養書籍，以及民主教養、民生教
養、科技教養、國際政經情勢等書籍；第二點，是「發揚台灣文
化的特殊造詣」，因此設立了「台灣研究組」，致力為台灣歷
史、文化的學術研究。

任職公署機關報《新生報》總主筆的黎烈文，在前述的〈對
於台胞的幾點希望〉文中，他提及要去掉「隔膜」，並寄望本省
及其他各省同胞要共同努力的目標有：作為一個國民的條件，要
儘快學習國文及中國歷史，同時，作為一個現代人，也要儘快學
習政治、經濟、法律、國際問題等各方面的知識，還要「發揮自
治精神、參與建國工作」，更要「知道棄舊取新，創造新的文
化」。

從上述內容來看，長官公署負責文化教育工作的官員，他們
對台灣的「文化重建」的觀點，大概有下列幾個特點：

一、他們都是站在，如何使「台灣同胞」從一個日本殖民地
的人民轉換為獨立國家國民的立場出發的。

二、因此，他們主張首先必須從本質上去改造，脫離「殖民
地人」的思想，確立獨立自主的精神，不但要變成「人」而且要
「作主人」，不但要發揮自治精神也要參加整個中國的政治建
設。

三、作中國人，培養作為中國國民的教養，儘快學習國文、中國文化歷史，以接續正統，並且要棄舊取新創造新文化。

四、培養作為現代人、世界人的教養，學習民主、民生、科技和政經、法律、國際問題等各方面的知識。

2.台灣歷史的整理、台灣文學的傳承和發展

為了把「中國化」抹黑成「殖民化」，陳芳明憑空虛構說：陳儀政府加速「中國化」，使得「戰後台灣知識份子沒有餘裕對日據期的歷史經驗與文學傳統從事整理與評價」，以致於傳承「斷裂」、「荒廢」、「空白」云云。

恰恰相反的，光復初期有關台灣歷史、文學的整理，評價和傳承的工作，不但沒有「斷裂」、「荒廢」，甚至還呈現了蓬勃健康的發展。其盛況，五○年代以後的反共戒嚴時期固不能相比，八○年代以後紛紛嚷嚷的台灣研究，在視野的廣度上和觀點的進步性上，也難以企及。

下面簡單地列舉一些史實便可明白：

①對台灣歷史進行了有系統的龐大的研究和整理

在光復不久，新生報有一篇社論〈認識本國與認識台灣〉（一九四五年十二月十三日），它如此說到：「至於認識台灣，遠在去年四月，政府即在中央設計局成立一個台灣調查委員會，做了許多重要調查、研究和翻譯的工作」。這裏所指的「台灣調查委員會」，就是一九四三年「開羅宣言」確定了日本投降後台灣復歸祖國的事實後，國府成立的統籌收復台灣事宜的組織；該委員會在一年多的時間內調查、研究、編輯、翻譯、出版了數十種的台灣資料叢書，總共數達兩三百萬字，對台灣的歷史進行了一次龐大的有系統的調查研究和整理。

該文接著呼籲，為了增進國人對台灣的認識，完成新台灣的建設，最好設立「台灣研究所」、「編輯台灣叢書」。實際上，

行政長官公署的三大文教機構之一的「台灣省編譯館」就扮演了
這樣的工作；在許壽裳的策劃主持下，積極推動了對台灣文化、
台灣歷史的研究。許壽裳曾在〈台灣省編譯館的設立〉（現代週
刊，一九四六年九月三日）一文中表示說：「要發揚台灣文化的
特殊造詣，來開創我國學術研究的新局面」，可見得他十分肯定
台灣文化的特殊成就，主張發揚台灣文化來拓展中國學術研究的
成果。因此，該館的四組中的一組便是「台灣研究組」，該組由
台灣前輩作家楊雲萍主持，根據許壽裳在上文中的說明，「台灣
研究組」的初步工作計劃就包括了：台灣文獻目錄編纂、善本書
印行、刊行日本專家著作，日據時代文獻檔案的整理研究以及刊
行《台灣學報》。

　　另外，屬於行政長官公署機關報的《台灣新生報》，便由台
灣先輩歷史家黃玉齋主持，集合了王白淵、吳漫沙、孫萬枝等十
多位台籍文化人，共同研究整理並出版了共達一百三十萬字的
《台灣年鑑》；書共分政治、經濟、產業、教育、文化……抗日
運動等二十八章，不但包括日據歷史，更上溯到荷據的早期台灣
史，可說是一部台灣歷史的百科全書，是台灣知識分子第一次自
力自主共同合作達成的文化成果，不但是空前的創舉，恐怕連囂
囂嚷嚷十數年的所謂「本土派」，也難望其項背吧！這些工作，
正是陳芳明指控它以「中國化」來殖民台灣的行政長官公署所屬
的文化機構所推動完成的。

　　②整理和紀念日據期抗日反殖的民族運動歷史

　　光復初期，台灣掀起了全面清理日本殖民統治歷史的風潮，
街頭到處張貼著「打倒三腳仔」、「打倒五十年壓政」的標語，
報章雜誌也都站在民族的觀點批判日本的殖民主義、法西斯主
義。特別是，在殖民統治下受到殘酷鎮壓的台灣民族運動的歷
史，終於從日本殖民的黑牢中解放出來，受到新的民族時代的頌
揚。譬如，國民黨台灣省黨部在一九四六年五月二十五日舉辦了

一次紀念「台灣民主國」五十一周年的大會，有千餘人參加，並且在報刊上展開了許多有關「台灣民主國」的歷史回顧。還有，過去每年的六月十七日，原為日本殖民者的「始政紀念日」，但光復後第一年（一九四六年）的該日，由台灣政治建設協會主辦、台灣省黨部協辦，舉行了一場「台灣革命先烈追悼大會」，並將該日改為「台灣革命日」；另，由日據期台灣的泛左翼人士，和積極抗日的民族運動者共同組成的「革命先烈遺族救援會」（該會副總幹事就是著名的人民作家、社會運動家楊逵，他到處奔走聯系抗日犧牲烈士的遺族），也於該日在新竹縣忠烈祠舉行了台灣抗日先烈的奉安典禮，並在人民導報上了刊登了近百人的、包括賴和在內的「台灣革命先烈芳名及事蹟介紹」，同時原台灣共產黨的蕭友山，也在同報上用日文連載了〈台灣革命運動的回顧〉，於九月結集成《台灣解放運動的回顧》一書，由三民書局出版；當日，《和平日報》也刊載了署名楊達輝者的〈憑弔台灣革命先烈〉一文，條理清晰地介紹了台灣抗日反殖的民族運動歷史，與該文並列的是台灣作家賴明弘的一篇〈六一七有感〉，賴明弘一開頭便說：「六‧一七是台灣人最傷心痛哭的日子，不僅是台灣的恥辱，而且是我們中國的國恥日」，他感嘆道：「台灣在悲哀與苦悶的交集中，復歸中國了，總算找到了分手久別的兄弟了，正在這欣忻流淚的興奮中，迎此「國恥紀念日」，有心的人，那裏不會有「感」呢？」

台灣的光復，可說是實現了這些數以萬計的，為抗日反殖的民族運動而拋頭顱灑熱血的台灣革命先烈的遺願；也只有台灣的光復，這些被《日本警察沿革誌》稱為「匪徒」的台灣人民，才得恢復了他們應有的「烈士」之名；只有「光復」的歷史大變革，才得將日帝的「始政紀日」改為「台灣革命日」或「國恥紀念日」，才終於將日本的「神社」改為民族「忠烈祠」，為台灣的革命烈士舉行追悼大會、奉安典禮。而這些，正體現了台灣光

復的民族革命的意義，顯示了台灣光復在台灣社會歷史中的進步
意義。然而，在陳芳明的「戰後再殖民論」的虛構中，光復後，
這些歷史都遭到荒廢呈現一片「空白」；當然，他的台獨意識型
態是看不到這些的，在他的史觀中，這些歷史將永遠被刻意「失
憶」，永遠得不到平反。

③對日據期的台灣戲劇、美術、音樂等文化活動的回顧

由於光復帶來的時代變革的新生力量，再加上與大陸的文化
交流的刺激與帶動，光復初期的文化活動可說是呈現難得一見的
蓬勃氣息；只要翻開當時最有影響力的《台灣文化》月刊中的文
化動態記事，就可以感覺到熱鬧非凡的各種各樣的文化活動，這
與當時戰後全世界普遍處於經濟蕭條文化停滯的情況，形式強烈
的對比。譬如，《台灣文化》一卷三期（一九四六年十二月
號），就刊載了兩場文化座談會的記錄，一是〈音樂座談會〉，
另一是〈美術座談會〉，王白淵也在該刊的二卷三期（一九四七
年三月號）發表了〈台灣演劇的過去與現在〉，都對台灣過去的
音樂、美術、戲劇等文化歷史，做了深入而詳實的回顧。

④對日據期台灣新文學的回顧與評價

光復後，第一位對日據期台灣新文學做了全面論述的，並非
台灣省籍作家，而是上海有名的編輯家、作家范泉先生；他早在
一九四六年一月一日上海出版的《新文學》雜誌上，就發表了
〈論台灣文學〉一文，對台灣文學的歷史做了全面的評述和深刻
的分析，他把過去、現在到將來的台灣文學分作三個時期：草創
期、建設期與完成期，並指出日據期的「台灣文學始終在它的草
創期」，並在結論中前瞻地說道：「重入祖國懷抱以後的台灣文
學……已進入建設期的開端了，我們將眼看著台灣文學站在中國
文學的一個部位裏，盡了它最大的努力，發揮了中國文學的古有
的傳統，從而建立起新時代新社會所需要的，屬於新中國文學的
台灣文學」。這篇文章立即得到台灣作家賴明弘的熱烈回應，賴

明弘很快寫成了〈重見祖國之日——台灣文學今後的前進目標〉，發表在同《新文學》第二期上，對范泉的〈論台灣文學〉一文表示了「極大的敬意與感謝」。范泉的這篇文章的部分內容，也曾以〈台灣文學的回顧〉的題目，被重刊於台灣出版的《民權通訊社》刊物上（一九四七年一月一日）；同時，在一九四八年的新生報「橋」副刊上的台灣新文學論爭中，歐陽明和楊逵也都引用了范泉的觀點，可見得，該文廣被台灣作家閱讀，大大地鼓舞了台灣的作家。

楊逵在他主編的《和平日報》副刊「新文學」第三期（一九四六年五月二十四日）上，發表的〈台灣文學停頓的檢討〉一文，也簡明地回顧了日據期的台灣新文學運動。其他，如楊雲萍在《台灣文化》創刊號（一九四六年九月十五日）上的〈台灣新文學運動的回顧〉，詳細介紹了台灣新文學運動的史料。甚至在二二八事件之後，這種討論也未曾停頓。譬如，王詩琅在一九四七年到一九五〇年之間，就連續發表了幾篇有關台灣新文學運動的史料性文章。及至一九四八年前後，發生在新生報「橋」副刊上的「如何建設台灣新文學」論爭，其中心論題之一，就是有關台灣新文學的歷史評價。正如范泉在〈論台灣文學〉文中所說的，台灣光復使台灣新文學從草創期進入了建設期的開端；在這特殊的時期，回顧、檢討、總結日據期的文學歷史，自然是建設期再出發的前提。

⑤在精神上、語言上復歸為民族文學

原來在日本殖民者的文學和皇民文學壓迫下的台灣文學精神，光復後，得到了復權與傳承，恢復了它民族文學的原貌和地位。最有象徵意義的，莫過於台灣新文學開拓者賴和精神的復歸；與光復同日創刊的《政經報》第二期上（該刊於一九四五年十月二十五日光復創刊，由陳逸松、蘇新等主編，是當時最有影響力的進步期刊），便率先刊出了賴和的〈獄中日記〉（連續刊

載了四期）。該日記是賴和先生，在日本發動太平洋戰爭的翌日
（一九四二年十二月八日）突被日本憲警拘捕，在獄中所寫。就
如他在最後一篇日記寫道：「看看此生已無久，能不能看到這大
時代的完成，真是失望之至」，賴和先生在日本軍國殖民統治臨
崩潰前的最瘋狂最黑暗的一九四三年一月，竟未能看見「大時代
的完成」而過世了；該日記也在「大時代未完成」前，一直被幽
禁於日本法西斯的黑牢中，最後，終於在日本軍國殖民統治崩
潰、台灣復歸祖國的同時重見天日，重回了台灣文學的史冊。除
此之外，楊逵也在一九四七年一月十五日出版的《文化交流》
上，編了〈紀念台灣新文學的開拓者──林幼春、賴和〉的專
輯；並且台中的民眾出版社亦出版了賴和作品《善訟的人的故
事》；可以說賴和的文學精神，從一九三七年日本發動全面華戰
爭而開始壓迫台灣文學以來，再度的復活。還有，在光復後不滿
一年，楊逵也出版了《鵝媽媽出嫁》和《送報伕》；更具有時代
意義的是，吳濁流先生在日據末期日本軍國主義的黑暗統治下，
偷偷寫成的長編小說《胡志明》（後改為《亞細亞的孤兒》），
終於在光復後得以出版，代表著台灣文學抗日精神的勝利。這些
都象徵著台灣文學精神的光復。

　　除了精神上從殖民地的文學復歸為民族文學之外，在語言
上，白話文創作也恢復了一九三七年以前的主流地位，日據期作
家楊雲萍、黃得時、賴明弘、王詩琅、王白淵、蘇新、吳新榮
⋯⋯等都回復用流暢的白話文寫作；最令人欽佩的莫過於呂赫
若，這位以日文創作而成名的作家，在光復後不足四個月便開始
用白話文創作，在《政經報上》連續發表了二篇短篇小說〈故鄉
的戰事〉之一和之二，痛烈地嘲諷了日本的殖民統治，不管在語
言上或小說主題上，都徹底的批判了殖民統治，表現了「去殖
民」、的文學精神。即使在光復的第一年，仍然用日文創作的龍
瑛宗，在文學精神上也表現了「去殖民」復歸祖國的熱情；譬

如，發表在《新新》雜誌創刊號（一九四五年十一月二十日）上的〈汕頭來的男子〉，便是描寫一個熱愛祖國的台灣青年周福山抵抗日本和死亡的故事，在小說結尾，龍瑛宗寫道：「現在，台灣已歸還中國，大家正揚溢在光復的喜悅中，現在台灣正需要一個純情又熱愛中國的人材，然而，在這樣的時候，失掉了像周福山一樣值得敬愛的青年，真令人惋惜……他一直相信中國的光明，但卻無法恭逢「光復」這個人類史上難得的盛典，這使我相當落寞……每思及光復的喜悅就不禁恩念起周福山來。」透過描寫周福山的形象，龍瑛宗表達了他強烈的對祖國的認同感。

由此可見，光復後的台灣新文學，不但沒有如陳芳明所捏造的，由於「中國化」而「空白」、「荒廢」、「斷裂」，反而因為光復的歷史大變革，而使台灣文學由殖民統治高壓下解放出來，不管在精神上或語言上都恢復了它民族文學的原貌。

六、誣蔑「橋」論爭的分離主義文學論

發生在一九四七年底到一九四九年初的《新生報》「橋」副刊上的文學論爭，被稱為台灣新文學的三大論爭之一，它處於台灣剛從日本殖民統治復歸祖國，台灣文學正與祖國民族文學匯合的關鍵期，外省作家與本省作家共同熱烈議論了「如何建設台灣新文學」。論爭顯示了當時的省內外作家，都站在「台灣文學是中國文學的一環」的前提，強調「台灣文學的特殊性」，同時，也主張台灣文學要走「大眾文學」、「現實主義文學」的道路。由於這次論爭，含有濃厚的祖國文學基調以及左翼進步文學的傾向，長期以來，台灣的分離主義文學論者，不是想隱蔽論爭史料，就是不斷歪曲解釋，想把它塑造成外省作家打壓本省作家、與本省作家的文學衝突。

　　把台灣的一切問題，都化約成中國對台灣的壓迫、與中國的
對立，是台灣分離主義的特徵；而排除台灣新文學中的中國文學
與進步文學的成分，則是分離主義文學論的特點。分離主義文學
論者陳芳明，當然也跳不出這樣的巢臼，甚至更為嚴重。他把
「橋」論爭扭曲成是「本省作家與外省作家的激烈對話」，且虛
構「本省作家與外省作家處在極為不同的政治位置」，抹黑外省
作家「依恃血腥屠殺的陰影」，而刻意誇大台灣作家「處於一個
被指控、被迫辯護的位置」。

　　只要翻閱過論爭史料的人，就會知道，它的論調完全是憑空
捏造的。

　　「橋」論爭中，由於省籍觀點的差異，而引發針鋒相對的爭
論，也只有雷石榆和彭明敏兩人，關於台灣社會中殘留的「日本
毒素」問題的一小部分。這四篇文章，在整個論爭中（約有五十
篇）所占的比率相當低，只可算是小插曲。陳芳明等分離主義文
學論者卻把它放大，把小插曲當做主調，而真正的主調則完全被
消音了。

　　光復不久的台灣，經歷了二二八事件後，立即籠罩在中國全
面內戰的暴風雨陰影下，物價狂漲、失業等現實生活壓迫沈重；
甫復歸祖國文學的作家們，面對這現實，在全國新民主主義的大
思想浪潮影響下，急於尋求文學的出路，於是「如何建設台灣新
文學」便成了共同論議的主題。論議的內容大致可分下列幾個部
分：

　　①對於日據期台灣文學的定位和評價──所有的作家都認為
它是「反帝反封建」的，是民族解放運動的一翼。

　　②關於台灣文學的特殊性和中國文學一般性的辯證關係──
不管外省作家或本省作家，都認同台灣文學是中國文學的一環這
個前提，同時強調台灣文學的特殊性（這個問題前面已談過很
多）。

③閼於台灣新文學的路線、方向和創作方法——基本上,用現實主義的創作方法,走人民文學、大眾文學的方向,是論爭中的主要文學主張。

④對於台灣文學所面臨的具體問題和解決之道——不論省籍,許多人都呼籲要克服對時局的不安、恐懼而生的文學停滯;要加強省內外交流,並通力合作以消除省籍隔閡;要共同組織民間的、自主的文學團體,以克服語言問題,發表園地問題,以及前述的諸問題。

可見得,陳芳明等把「橋」論爭扭曲並矮化成外省作家與本省作家的省籍對立,完全是分離主義文學論者的意識形態的「想像」,背離史實,不!結果就是否定史實。

可悲的是,因為完全是「虛構」,所以也説不出什麼具體的名堂來。只得把楊逵、林曙光等省籍作家在論爭中提到,要重視台灣的特殊歷史的發言,曲解成對「台灣認同」(「台灣的特殊性」與台獨的「台灣認同」之間,有根本的不同,前面已討論過);又,面對論爭中台籍作家都説「台灣文學是中國文學的一環」,陳芳明無法直接否認,就狡辯説:這些作家「無非在恐懼陰影下不得已的保護色」,「以免受到羅織而罹禍」;實際上,這種狡辯方式,早已是所有的分離主義文學論者,在否定光復後省籍作家表現出強烈的祖國認同時,經常使用的「標準」手法。

至於,「橋」論爭豐富的進步文學論述,陳芳明不但無膽去面對,也無識去研究,只有不斷地以誇大省籍作家遭到壓迫恫嚇,以詆毀外省作家形象的方式,企圖轉移論爭重點,曚蔽論爭的真義。可以説,他不但不在討論「橋」論爭,根本就是湮蔽「橋」論爭的真義。

下面將針對他的幾個重大「謬論」,分別予以駁斥:

1.不可救藥的「省籍歧視」

陳芳明說：外省作家與本省作家不同，都「站在高壓統治者的立場」，「不必承擔被迫害、被鎮壓的歷史經驗」，是這樣的嗎？

抗戰勝利後，在半封建半殖民性格的國民黨政府統治下，特別在國共內戰全面爆發的時局下，全中國的基本矛盾，不分省別，只有壓迫者與被壓迫者，進步與保守、民主與反民主之別。復歸為中國一省的台灣，自然也不例外；在台灣的外省作家，有各種各樣的背景和來歷，並非全都是統治者，有親國民黨政府的，也有反國民黨政府的，更有從大陸就受到國民黨政府壓迫的。當時，參加「橋」論爭的外省作家，可以說全都是有進步意識的作家，論爭中，他們高呼要到民間去，要文章下鄉，並提倡現實主義的創作方法，反映台灣社會現實等等；同時，他們也呼籲要突破死寂的風氣為苦悶的現實樹立說話的水準，不要害怕和畏懼不前，可見得他們也同受到國民黨政權壓迫的威脅；而且，從結果來看，一九四九年，被新民主革命勢力打敗的國民黨政權，開始從大陸潰遷台灣，並著手肅清台灣的進步力量，當年四月六日發動了對學生、文化人士大肆逮捕的「四六事件」，「橋」副刊被迫停刊；從此以後，參加論爭的作家，不分省籍，幾乎全遭國民黨政府的鎮壓，跑的跑、關的關；楊逵、何無感（張光直）、歌雷、孫達人（浙江）、姚隼（福建）遭投獄關押；朱實、吳阿文（周傳枝）、陳大禹（福建）、駱駝英（雲南）、楊風（四川）、蕭荻（上海）先後逃亡大陸；還有，雷石榆（廣東）被放逐到大陸，籟亮則遭白色恐怖刑殺。

上述事例在在說明了，論爭作者，因為他們在文學上的進步傾向，不分本省人或外省人都受到國民黨政府白色恐怖的壓迫；也就是說，他們受到國民黨政府的迫害，是因為他們的進步傾向

的關係，而非他們的省籍關係。陳芳明說外省作家是「站在高壓統治者的立場」，「不必承擔被迫害、被鎮壓的歷史經驗」，這種觀點和說法是混淆是非，無血無淚的「冷血」說法，完全是台灣分離主義者不可救藥的「省籍歧視」，與法西斯的「種族主義」、「血統論」沒有兩樣。

陳芳明還用他的「省籍歧視」的煽動語言，詆毀參加論爭的外省作家說：「外省作家在論爭中大放厥詞，一旦政治風暴來臨仍還可逃回大陸……無需承擔任何重建工作，便揚長而去……」，還說：「台灣作家絕對不可能有任何退路……在往後的新文學發展過程中，仍然扮演受難者……擔任領導者的角色」。這種語調，與媚俗欺世的政客何異？

從前面談到的事實可知，「四六事件」（陳芳明所謂的「政治風暴」）前後，逃亡大陸的不只是外省作家，也有本省作家；並且，也不是所有的外省作家都逃亡大陸，也有許多「不可能有任何退路」而留下來的外省作家（實際上，四六事件前後國民黨對台灣出入境管制已十分嚴格，要逃亡談何容易？），如歌雷、孫達人、姚隼等人。而且，「四六事件」後，馬上進入了兩岸隔離對峙時局下的五○白色恐怖年代，省籍作家籟亮就如千千萬萬進步的本省外省青年一樣，被送上馬場町刑場或被送往綠島，人人俯首如偃草，台灣的文學也進入了「反共戰鬥文學」領導一切的年代，陳芳明還說台灣作家「在論戰之後，仍然必須為台灣新文學的重建而努力」，這不是太「超現實」了嗎？至少，在整整的五○年代，葉石濤、林曙光、彭明敏以及包括在綠島的楊逵，有什麼人「仍為台灣新文學的重建而努力」了呢？況且，作家逃亡大陸，也不是如陳芳明飛往美國帝國的樂土一般消遙，而是投入了更大的中國新民主主義革命的浪潮中去。

陳芳明為了詆毀論爭中的外省作家，竟然睜眼說瞎話，誣指：「外省作家都不在討論台灣文學，都在藉題發揮，空洞地討

論『大眾文學』、『新現實主義文學』」。

　　這樣荒唐的說法，表示他不但沒讀過論爭的文章，甚至連論爭文章的題目都未曾過目；實際上，大多數論爭的文章題目都與「台灣文學」有關，隨便舉例子，如姚筠的〈我的新台灣文學運動看法〉、陳大禹的〈「台灣文學」解題〉、田兵的〈台灣新文學的意義〉……，只要看看這些題目，就知道它都是在討論台灣文學，怎麼會是「都不在討論台灣文學」呢？而且，依陳芳明的台灣文學論，好像談到「大眾文學」、「現實主義文學」就不是談「台灣文學」，似乎台灣文學中從來就沒有「大眾文學」、「現實主義文學」，「大眾文學」、「現實主義文學」都與「台灣文學」無關一樣；當然，在他的分離主義台灣文學論的標準中，只有「省籍問題」和「中國人、台灣人」的問題才是台灣文學的重心。這樣的台灣文學論，不但自絕了文學之路，事實上，從根本上就否定了「台灣文學」。

2.抹黑論爭的「前奏曲」

　　為了抹黑「橋」論爭，陳芳明先把被稱為「橋」論爭前奏曲的，何欣主編的《新生報》「文藝」周刊（一九四七年五月四日到一九四七年八月一日止，接著便是歌雷主編的「橋」副刊）予以污名化。

　　他用一貫的技倆，挑出一篇文章中有利他發揮的隻字片語，切斷這隻字片語與全段的文脈關係，再以他的意識形態去扭曲、放大，完成抹黑的創舉。

　　譬如，他先截取何欣的〈迎文藝節〉（一九四七年五月四日）文中「掃除日本思想餘毒」這一句，接著便予以扭曲、轉化、栽贓說：「在清鄉運動之後，何欣仍然堅持事件前官方的霸權優勢，亦即把『台灣的日文思考與書寫』劃入『日本思想遺毒』的範疇」，好像說「掃除日本思想餘毒」，就是官方霸權思

想，就是掃除「台灣的日文思考與書寫」，完全不顧何欣文章的前後文脈。事實上，何欣在說「掃除日本思想餘毒」這句話之前，是這麼說的：

「台灣離開了日本帝國主義的魔掌，重歸民主自由的祖國，就台灣本身而論，這是不亞於『五四時化』的劇大變化，在思想上，要『消除法西斯的餘毒，吸收進步民主思想』，同祖國的文化合流，這是新的革命……」

何欣的主要意思是說：「在思想上，要消除法西斯的餘毒，吸收進步的民主思想」，這不但是台灣光復後文化重建的主要思潮，更是二戰後全世界的政治、思想的風潮；當時，無條件投降後的日本，也曾如火如荼地進行了解體軍閥、財閥，放逐軍國主義時期的政府官員，廢止軍國主義時期的教科書等等一連串的「清除法西斯的餘毒，吸收進步的民主想」的全國性行動；光復後第二年，官民共組成的「台灣文化協進會」的成立宣言，也是高呼要「科學、民主、肅清日寇遺毒」。可見得何欣說的「清除法西斯餘毒，吸收進步的民主思想」，不止是光復後的台灣的時代任務，也是戰後世界共同的時代要求。陳芳明卻故意無視何欣的主要思想，切頭切尾，緊咬住何欣「清掃日本思想遺毒」的一句話，硬是把他扣上用「官方的霸權優勢」，指控「台灣的日文思考與書寫」的大帽。

二二八事件之後，在一片沈寂中，外省作家沈明在何欣主編的「文藝」副刊上，率先發表了〈展開台灣文藝運動〉（一九四七年五月二十五日），呼籲要儘速推動台灣的文學運動。文中，他分析了日本帝國主義在台灣施行的文化思想教育時說：「就文化教育上，則是『普及而低落』……他們在思想上，竭力『注入法西斯的毒菌』，對客觀世界的歷史發展則竭力的予以扭曲和蒙蔽」。這是一段對日據末期歷史相當公允的評析；陳芳明卻故意切去文中的「普及」二字，竄改為「教育低落」，然後說沈明指

控：「受到日本殖民的台灣人『種下了法西斯毒苗』，而在文化教育上『低落』」。日據期教育「普及而低落」是事實，但「低落」則是蔑視，陳芳明故意把沈明公允的評價，抹黑成對台灣人的「歧視」。

於是，何欣和沈明兩人便被陳芳明抹黑成，都「站在官方霸權」指控台灣人有「日本思想遺毒」且「文化教育低落」。而從何欣主編的「文藝」副刊吹出前奏曲，後來由歌雷主編的「橋」副刊接棒，積極推動的「建設台灣新文學」論爭，則被陳芳明誣指成：「這種高姿態指導式的文藝運動，並不是從民間出發，而是站在高壓統治者的立場，並且是依恃血腥屠殺的陰影，由上而下發動的思想改造運動」。

陳芳明不但完全否定「橋」論爭的意義，甚且把它定位為「依恃血腥屠殺」的「官方」的「思想改造運動」，這是他自絕於台灣文學，自絕於真理，這是他的分離主義台灣文學論先天註定的悲哀！

「橋」論爭發生當時，國民黨機關報《中華日報》的「海風」副刊上，也曾經出現過一些對「橋」論爭的污蔑攻擊，攻擊「橋」論爭「鼓吹台灣文學與中國文學分離」，「是含有毒素的把戲」，「要大家聯合起來撲滅那少數人散步的毒素」云云。陳芳明等則為了「鼓吹台灣文學與中國文學分離」，而否定並污蔑「橋」論爭。二者相隔近五十年，雖然在政黨、時代、內容、形式上不同，但在否定「橋」論爭的進步意義上，本質上是相同的；一個是國民黨的法西斯文工，一個是民進黨的台獨文工。

3.否定本省作家都主張「台灣文學是中國文學的一環」的事實

只要看過「橋」論爭文章的人，都明白，論爭中清清楚楚主張「台灣文學是中國文學的一環」的，有本省作家也有外省作家。這本是一目瞭然，不成問題的事，但是陳芳明偏偏就要以

「文學的族群主義」來歪曲事實，公然否定事實，明目張膽地「硬拗」說：「真正這樣主張的都是出自外省作家筆下，本地作家沒有一位是附和或支持這種論調的」。

真的只有外省作家主張「台灣文學是中國文學的一環」，而本省作家沒有一個人主張嗎？

多説無用，讓我們用史實來戳破陳芳明的謊言，揭露他強暴本省前輩作家思想的蠻橫態度。

被陳芳明竄改並誣指為只有台獨的「台灣意識」、「台灣認同」的楊逵，其實是最明白最積極主張「台灣文學是中國文學的一環」的作家；在許多篇文章中，他都直接地表達這個觀點。譬如，作為引發「橋」論議的關鍵文章——〈如何建立台灣新文學〉一文的文末他就說：

「因此，我由衷的向愛國憂民的工作同仁呼喊，消滅省內外隔閡，共同來再建，為中國新文學運動之一環的台灣新文學」。

在〈「台灣文學」問答〉中，楊逵清楚明白地說：

「台灣是中國的一省，沒有對立，台灣文學是中國文學的一環，當然不能對立」。

另外，楊逵在他主編的《和平日報》「新文學」副刊上，寫的〈台灣新文學停頓的檢討〉（一九四六年五月二十四日），文末他便建議，台灣的文藝工作者可以參照大陸的文藝團體「文聯」的模式，團結起來與「文聯」匯合，並且期望說：

「我認為，這是將台灣新文學發展為中國文學的一環的大工作之一，希望同志們深切思考這問題」。

台灣前輩作家張我軍先生的次子張光直先生，當時雖是台北建國中學高中二年級的學生，卻已用「何無感」的筆名參加了「橋」論爭，在〈致陳百感先生的一封信〉中，他批評了陳百感「有意無意地把台灣和中國隔離」，他說：

「台灣在地理環境上，雖然是一個孤島，但就社會經濟基礎

而言，它是中國的一環，台灣文化也正是中國文化的一環⋯⋯可
是先生您忘了台灣文學正作為中國人民文藝運動之一環而鬥爭，
在克服發展中⋯⋯」

當時的台灣師院學生籟亮（賴義傳，台籍青年文學雜誌《潮
流》同仁，後被刑殺在五〇年代白色恐怖中），在論爭中的一篇
〈關於台灣新文學的兩個問題〉，文中談到台灣文學的特殊性與
中國文學的普遍性時，如此辯證地說道：

「台灣新文學當然是和祖國文學一樣站在同一個新的歷史階
段上的，不過這裏躺著可惡的『澎湖溝』——五十年的距離——
這就是台灣新文學的立場——特殊性⋯⋯那麼『台灣新文學』是
和『大陸文學』對立的嗎？不是的，『澎湖溝』是站在和祖國同
一新歷史階段上，才可以看出它的特殊性。因此，這一個特殊性
是以同一歷史階段為前提的，所以『台灣文學』是中國文學的一
環」。

當時也是台灣師院學生的林曙光，在文壇上十分活躍，在論
爭中他寫了〈台灣文學的過去，現在與未來〉，關於台灣文學與
中國文學關係的問題，他說：

「所以最好還是打破一切的特殊性質，做中國文學的一翼而
發展，今日『如何建立台灣新文學』，需要放在『如何建立台灣
的文學使其成為中國文學』才對」。

另外，林曙光也在當時上海出版的全國性文藝雜誌《文藝春
秋》上，發表了〈台灣的作家們〉（一九四八年十月十五日）；
在文章開頭，對於台灣新文學與中國新文學的關係，他便如此說
道：

「但是在本質上，它始終追求著五四以後的中國新文學的傾
向，也可以說，它是發源於中國新文學運動主流中的一個具有光
榮的傳統與燦爛的歷史的支流」。

今日已成為台灣的分離主義文學論師祖，並且率先扭曲

「橋」論爭意義的葉石濤，在論爭當時也寫了〈一九四一年以後的台灣文學〉一文，在文章一開頭他說：「由於過去台灣殖民經濟所決定命運的台灣文學，在抗日反帝的現實的鬥爭過程中，所產生的作品，樹立了中國文學發展的傳統性」，在文末他還振振有詞地說：

「我們必須打開窗口自祖國文學導入進步的，人民的文學，使中國文學最弱的一環能夠充實起來」。

分離主義的文學論者們，對於這白紙黑字，總不能再以「無非在恐懼陰影下不得已的保護色」來狡辯了吧！

上面列舉的，只是一部分，其他如「橋」論爭的最後一篇文章，署名吳阿文（本名周傳枝，後改名周青，光復前後與朱點人共同從事文學活動，光復後曾任《民報》記者）的〈略論台灣新文學建設諸問題〉文中，也簡潔地表示：「毫無疑義，台灣是中國的，台灣新文學就是整個中國新文學的一部分，台灣新文學運動也就是整個中國新文學運動的一環」。

可見得，在「橋」論爭中，幾乎所有的省籍作家都表示了「台灣文學是中國文學的一環」的看法，這是明明白白的。況且，除了「橋」論爭外，當時的省籍前輩作家，如賴明弘、楊雲萍、王詩琅等等都分別在其他刊物上發表了同樣的看法（在此不一一贅列）。這種觀點，實際上已是光復後，建設台灣新文學的前提和出發點。陳芳明想一手遮天，以為握有文化霸權，便可以把省籍前輩作家不符合他分離主義文學標準的言論思想統統「閹割」；然而，「肅清」只是一時的，歷史終究會以它的方式撕破霸權的假面，這是互古不變的鐵則。

4.否定台灣新文學中的「大眾文學」

陳芳明的分離主義文學觀，除了否定光復初期的台灣文學中，本省作家都主張「台灣文學是中國文學的一環」，這個建設

台灣新文學的前提和出發點之外；更嚴重的是，他又否定了構成光復初期文學最重要的文學思潮——大衆文學，他非常無知地說：

「在那樣的政治環境下，提倡大衆文學是非常虛僞而虛構的」。

或許從他的分離主義（或族群主義、省籍主義）的文學觀來看，因爲有許多大陸來台的作家都主張「大衆文學」，而予以否定，把「大衆文學」的思潮從光復初期文學中排除，說它非常虛僞而虛構；那麼就讓我們舉個本省作家主張大衆文學的實例，來看看大衆文學的主張是「虛僞而虛構」的嗎？

台灣光復後，第一個提出要走大衆文學路線的本省作家，就是日據期最重要的文學團體「台灣文藝聯盟」的推動者賴明弘先生；他在一九四六年二月上海出版的《新文學》雜誌第二期上，發表了〈重見祖國之日——台灣文學今後的前進目標〉；文中，他先強調了：「我們今後將要努力創造的台灣新文學，亦即是中國文學的一部分，台灣的文學工作者也就是中國的文學工作者」（賴明弘的這個主張，也是陳芳明的分離主義的文學觀極力想肅清的），接著，他指出了台灣文學今後應走「大衆文學」的路線方向，他說：

「文化藝術的分野自然也不能例外，尤其是文學必須加緊地指向寫實主義的大衆文學之路走了……。今後我們的文學精神，必須傾注在這個意義上的工作，台灣文學今後的目標，亦應循此路邁進」。

另外一位被陳芳明塗抹成「絕望而虛無」顏色的作家龍瑛宗，實際上，在他主編《中華日報》日文欄副刊時，也是主張大衆文學路線的，在該副刊的編輯室寄語中，他曾說過：「今天的文藝，已不是星啊雲啊的時代，爲了建設更好的社會，文藝也應發揮更大的力量……文藝應從頹廢與傷感中站起來，開始健康地

吸收。文藝不是少數人的玩具，是大家的東西，是與大眾共悲喜的東西」。

在光復期的文學中，不但高呼提倡，並且身體力行實踐人民文學、大眾文學的代表作家，就是楊逵；他教導同仁文學刊物《潮流》的青年作家們，要用「腳」去寫作，意思就是不要在書房，在自己的觀念中寫作，而且要到社會中，到人民大眾中去寫作。在他主編的《力行報》「新文藝」副刊上，他寫了〈人民作家〉一文，他說：「人民的作家應該是人民的一員，要靠自己的血汗和人民生活在一起」，他認為人民的作家除了幫助人民提高認識之外，「也應該把人民的生活體驗來充實自己，追求理論與實踐的配合」。當時，楊逵自己也用人民的語言（台灣的土白話）、人民的形式（台灣的民間歌謠）創作了許多政治諷刺詩，批判和揭露不公不義的時代現實，反映了人民的心聲，喚醒人民的覺醒。

實際上，大眾文學早已是日據期台灣新文學的主要潮流，光復後，這個潮流與大陸新文學的進步潮流匯合，再加上現實情況的惡化，而有了更進一步的發展。並且，他不僅是文學潮流，還是光復初的文化潮流，譬如前引的《新新》雜誌第七期的「卷頭語」，便如此地主張：

「總而言之，反對民主，離開大眾生活的一切文化活動，在現在的台灣，已經是沒有意義了，所以我們主張台灣文化運動的民主化和大眾化」。

而同期上刊出的一場〈談台灣文化的前途〉座談會的記錄中，當時十分活躍的左翼運動家蘇新也說：

「今後文化的前進方向，抽象而言，就是朝向民主主義的路線，而文化的民主主義路線明白說，就是文化一定要成為大眾的東西」。

由上可知，追求文化的大眾化或主張大眾文學，是光復後台

灣作家的重要思潮，一點也不虛偽、不虛構；虛偽而虛構的正是
陳芳明自己。

　　陳芳明質疑大眾文學的理由，竟然是說：既然主張大眾文
學，事件後為什麼本省作家或外省作家都沒寫出反映台灣社會大
眾的作品呢？也就是說，他認為光復初期並沒有反映大眾生活的
文學。

　　是這樣嗎？這種質疑，暴露了他根本沒有真正的研究過光復
初期的文學，沒有研究過而居然要寫文學史，這不是很「虛偽而
虛構」嗎？只要稍微用心閱讀，不難發現，當時有許多反映台灣
社會現實，大眾生活中的困苦、不平、矛盾的作品。譬如以楊逵
來說吧！楊逵自己就創作了許多政治諷刺詩，不但反映了大眾的
感情，還使用大眾的語言，大眾的藝術形式，是百分之百的大眾
文學。還有楊逵主編的《力行報》「新文藝」副刊上，就刊出了
許多本省青年作家的作品，例如蕭金堆的〈轉學生〉就反映了當
時一般人省籍感情隔閡的問題；施金秋的〈腐魚群〉描寫了腐敗
官員的生態。楊逵主編的《台灣文學》叢刊，揭示以「認識台灣
現實，反映台灣現實，表現台灣人民的生活思想感情動向」為文
學信條，在第一輯上，他轉載了外省作家鄭重原發表於新生報
「橋」副刊 135 期上的小說〈摸索〉，這篇小說描寫了一個煤礦
場年青管理員與小女工高笑之間微妙的互動，作者以年青管理員
的自省自責深刻地批判了知識分子的自私、虛偽；「橋」副刊
有署名田兵的作家，對這篇小說評論說：「我認為這個短篇是到
「民間去」實踐的第一課」。《台灣文學》第二輯，轉載了外省
青年作家歐坦生，原發表在上海全國性文藝雜誌《文藝春秋》上
的小說〈沈醉〉，這篇小說描寫了二二八事件後大陸來台青年與
台灣女子之間的戀情，楊逵稱讚它是「台灣文學的一篇好樣
本」；接著，歐場生又在《文藝春秋》上發表了〈鵝仔〉，深刻
地批判了大陸來台官員的傲慢嘴臉。其他各報副刊上出現的，反

映台灣大眾現實生活的作品比比皆是，譬如公論報的「日月潭」
副刊第242期，就有署名「艾那」的作家寫的短篇小說〈買米〉，
生動地描寫了台灣物價高漲，物資匱乏排隊買米的困苦現實；新
生報「橋」副刊上也有許多優秀的大眾文學作品，如潛生（龔書
森）的〈覺悟〉、邱媽寅的〈叛徒〉等等不勝枚舉。

由此可見，並不是光復期的台灣新文學中沒有大眾文學的作
品，實際上，大眾文學的作品俯拾皆是；而是陳芳明的分離主義
文學論從根底就把「大眾文學」排除在「台灣文學」之外，或者
是，根本就從未研究過這時期的文學歷史。

5.企圖塗改、否定楊逵的文學思想

光復初期的文學史中，最有代表性的作家就是楊逵。他的文
學活動力最強，他的思想和精神就是光復初期進步文學力量的總
代表。他從日本投降後行政長官公署還未成立之前，就立即起身
投入台灣的文學和思想重建運動，一直到一九四九年的「四六事
件」被國民黨投獄為止，在二二八被捕了數個月，但跌倒了又馬
上站起來，發揮了一個人民作家的戰鬥精神。他積極主張到民間
去、「用腳」去寫的人民文學、大眾文學，鼓勵報告文學的創
作；他是那個時期的省籍作家中，最積極呼籲要消滅省籍隔閡，
並身體力行推動省內外交流的作家；他比誰都熱心提倡要趕快組
織民間的自主的文藝團體，並主動親近指導年青作家，提供年青
作家文學園地；他明白地主張「台灣文學是中國文學的一環」，
也強調台灣文學的特殊性；他是光復以後作家中，在政治上最早
警覺到美國和日本勢力介入台灣問題的嚴重性，並明白批判文學
上的「托管派」、「拜美派」和「日本派」，稱他們是「奴才文
學」。

這麼清楚明白的楊逵的文學思想與精神，陳芳明也要明目張
膽地歪曲；這麼值得寶貴的楊逵的進步精神，陳芳明卻也要盡力

去消滅，這就是他的分離主義文學論的可悲之處。

　　譬如，陳芳明説：楊逵「介入一九四八年至一九四九年的鄉土文學論戰，對於部分抱持優越意識的外省作家進行強烈批判，更可顯現他的台灣文學主體性的追求」。

　　首先，一九四八年至一九四九年發生在《新生報》「橋」副刊上的論爭，從它的論議主題、內容來看，絕對不是他所説的什麼「鄉土文學論戰」，根本與鄉土文學的討論没有一點關係，正確的説法，應稱為「建設台灣新文學」論爭，或簡稱為「橋」論爭。陳芳明故意稱之為「鄉土文學論爭」，是有意把論爭的性質扭曲成為本省與外省作家之間的省籍文學論爭（或族群文學論爭）。

　　接著，他便把楊逵在論爭中的主要思想精神，扭曲成對外省作家進行強烈批判，追求「台灣文學主體性」，事實如此嗎？如果説，楊逵在論爭中曾批評過所謂外省作家，那麼，也就只錢歌川「一人」而已，那裏有如陳芳明所説的「部分」外省作家；而且，這個外省作家錢歌川，也並不是如陳芳明所指的「抱持優越意識」，而只是因為他當時對台灣的歷史、現實認識不足，而以為「台灣文學」這個用語有語病，事實上，錢歌川是積極主張台灣作家應從事「鄉土文學」創作的人，在〈如何促進台灣的文運〉一文中（中華日報「海風」、一九四八年五月十三日），他就奉勸台灣作家「決不要向外界去找材料，只要利用本省的故事，寫出本省人的性格，鄉土藝術是值得提倡的，地方色彩也是文學作品上一個重要的因素……應該把寫作的範圍縮小到自己的鄉土，把發表的範圍擴大到全國去」。這種態度，有一點「優越意識」嗎？何況，首先對錢歌川的「『台灣文學』有語病」的發言，著文批判的也是外省人作家陳大禹（〈「台灣文學」解題——敬致錢歌川先生〉），接著批評他的也是外省作家姚隼。可見得，問題的本質不是在本省人批評外省人的問題，而是在對

「台灣文學」的歷史、現實性格的認識問題;同理,楊逵批評錢歌川,也決不是在批評如陳芳明所扭曲的什麼外省作家的「優越意識」,而是在批評他的認識不足。

並且,楊逵在光復後省籍隔閡成為社會大問題的情況中,不時為文呼籲要「消滅省內外的隔閡,共同來再建,為中國新文學運動之一環的台灣新文學」,積極推展省內外文化交流,並呼籲省內外作家共同攜手合作組成文藝團體。楊逵在文學活動上,自然地主要與大陸來台文化人來往共事,共同從事文學活動,譬如,他與《和平日報》的外省作家王思翔、周夢江等人合作,主編「新文學」副刊,共同創辦《新知識》、《文化交流》雜誌;與《力行報》的副刊外省同仁合作,主編「新文藝」;他主辦的《台灣文學》叢刊,選刊了許多外省作家的優秀作品。因此,楊逵認為:「切實的文化交流是今天在台灣本省外省文化工作者當前的任務,為達到這任務的完成大家須要通力合作,到民間去」(「台灣文學」問答)。

對於楊逵這種對省籍問題的光明磊落的態度,陳芳明等人卻千方百計地想要把它抹消,把楊逵扭曲成偏狹的省籍主義者,真是居心叵測。

對於楊逵在「橋」論爭中的最重要一篇文章〈如何建立台灣新文學〉,陳芳明也把楊逵的觀點顛倒到「反楊逵」的地步。譬如:

楊逵文中明明表示,讀了歐陽明的〈論台灣新文學運動〉一文(該文是歐陽明發表在「橋」副刊的〈台灣新文學的建設〉的再訂稿),對於歐陽明詳實地回顧了台灣文學在過去日據期曾擔當民族解放鬥爭任務的內容,有所感悟,才寫了這篇文章;依文脈,楊逵高度肯定了歐陽明的歷史認識,陳芳明卻把它顛倒成「楊逵非常清楚,歐陽明並不理解台灣的史實」。事實上,只要

讀讀歐陽明的原文，就知道該文對日據期的台灣文學史的敘述翔實完詳，至今仍大有參考價值，楊逵決不可能認為它不理解台灣的史實。

接著，楊逵讀了歐陽明的文章有所感悟，是因為感悟到過去曾扮演過轟轟烈烈民族解放鬥爭角色的台灣文學界，今天卻處於「不哭不叫、陷於死樣的沈寂」的停滯狀態，而直接批評了台灣作家有「共同的毛病」、「要反省」、「不要逃避責任」、「太缺乏信心」；陳芳明卻可以把它顛成，楊逵「並不是在譴責台灣作家，而是反諷當時的高壓統治」，真是強詞奪理。

楊逵明明在文中呼籲要：「消滅省內外的隔閡，共同來再建，為中國新文學運動一環的台灣新文學」；陳芳明卻可以顛倒成楊逵「不認為台灣文學是中國文學的一支」。對於陳芳明顛倒楊逵的「台灣文學是中國文學一環」的主張，前面已論列，不再贅言。

陳芳明說「從這篇文章來看，楊逵的『台灣認同』極為強烈」，但查遍楊逵全文，不但沒有「台灣認同」的字眼，文意上也找不到楊逵說了什麼「台灣認同」的意思。如果說楊逵有所謂的「台灣認同」，它應該是站在「台灣文學是中國文學的一環」的前提，強調台灣的特殊性，這樣的「台灣認同」；根本不是陳芳明等分離主義文學論們的，以「台灣文學與中國文學」對立為前提的「台灣認同」。而且，不止以楊逵為主的本省作家，論爭中的大部分外省作家，如雷石榆、歌雷、蕭荻等也都強調台灣的特殊歷史經驗。強調一方面要加強省內外交流，一方面要理解台灣的歷史，到台灣民間去，「去瞭解他們的生活、習慣、心情」，而與台灣人民站在一起的「台灣認同」；絕對不是陳芳明等以製造「台灣人、中國人」的對峙矛盾為主要內容的、分離主義的「台灣認同」，這種「台灣認同」，正是與楊逵的「台灣認同」相對立的。

　　陳芳明為了閹割楊逵的「台灣文學是中國文學的一環」的主張，居然連楊逵在文中引述了上海作家、編輯家范泉先生在〈論台灣文學〉一文中，主張「屬於中國文學的台灣新文學」的一段話也要加以質疑；說這段引述「是否譯者代為潤筆綜合寫成？還有待考證」云云，企圖「空洞化」楊逵的思想。陳芳明太小看楊逵的中文能力了；楊逵在一九三○年就能夠把馬克斯主義的理論書籍翻譯成白話文出版，光復後，雖無法以流暢的中文寫作，但是他的中文閱讀能力是絕無問題。雖然這篇文章是孫達人先生參考了楊逵的日文稿和中文稿兩方綜合完成的，但完稿後一定有經過楊逵過目，孫達人先生決不可能擅自加入那麼一長段非楊逵原意的引用文章，孫達人又不是陳芳明！真是「小人之心度君子之腹」。還有，陳芳明認為文中引用了在上海的「中國作家」范泉的話很突兀，這是他以為在台灣的楊逵不可能閱讀到「中國」的雜誌，因而猜疑是來自「中國」的孫達人擅自插入的，如果是這樣，這就暴露了陳芳明從根底就不瞭解光復初期的歷史，只受他自己的分離主義意識所蒙蔽，還以為當時台灣和大陸仍是分離隔絕的呢。實際上，光復後，台灣與大陸早就就處於同一歷史潮流，大陸報刊雜誌在同一國內的台灣省流通是當然的，楊逵從光復後一直閱讀大陸的刊物，並受其影響，這也是當然；這也說明了光復後台灣文學復歸中國文學的事實，否則他主編的《台灣文學》叢刊，為什麼會轉載外省作家歐坦生發表在上海范泉主編的《文藝春秋》上的小說〈沈醉〉呢？從這點來看，楊逵閱讀過並引用了，范泉發表在上海出版的〈新文學〉雜誌上的〈論台灣文學〉一文的內容，是完全合理的。

　　企圖塗改、否定楊逵思想的分離主義文學論者，是枉費心機了！

　　綜上可知，陳芳明的分離主義文學論，關於台灣光復期的文學論的特點，是先虛構一個中國人殖民台灣人的政治社會歷史，

在這樣的虛構的歷史中，再捏造一個中國作家與台灣作家對立的「橋」論爭；為了「虛構」和「捏造」，他貶損了台灣文學和台灣作家，掏空了台灣新文學中最可貴的精神，因為：

①他指責，主張台灣文學的「反帝反封建」，是外省作家的濫情口號。

②他否定，台灣新文學中的「大眾文學」和「現實主義文學」。

③他說，沒有一個本省作家主張「台灣文學是中國文學的一環」。

④他小看，台灣作家的氣骨！把台灣作家矮化成畏畏縮縮的形象，不斷強調台灣作家「非常拘謹束縛」，被迫「敷衍與讓步」，在恐懼陰影下常用「保護色」，害怕受「羅織入罪」等等。

這是他的分離主義文學論的可悲之處！

陳芳明的分離主義文學論，它的核心是以排除台灣文學中的中國文學要素，來「建構」他的台灣文學「主體性」。但是，客觀地、歷史地來看，台灣文學的「主體性」的基礎，卻是在其中普通存在的「中國性」，排除了「中國性」的台灣文學，其實只是一個空虛主體，或虛假主體，不得不靠「虛構」來維持。

這就是陳芳明的分離主義文學論的悲劇根源！

這使他的歷史觀成為「反社會科學的」，必然表現為：

①孤立的歷史觀：不但切斷與中國歷史的關係，也切斷與世界歷史的聯繫，更切斷了與台灣歷史本身的聯繫。

②抽象的、空洞的歷史觀：沒有台灣社會的變化、也沒有台灣社會的具體內容，當然只是分離主義意識型態的作用。

這種文學論，對台灣文學的最大傷害在於：

①排除了台灣文學中的左翼文學思潮。

②再度阻斷了台灣的「去殖民論述」的發展。

③使台灣文學史再度「失憶」。

只剩下依「叢林法則」建構的「台灣文學史」。

　　　　　　　　　　　　二〇〇二年五月十五日

【附錄】

走出「台灣意識」的陰影
——宋冬陽台灣意識文學論底批判

◉杜繼平

　　台灣問題不論過去或現在都是全世界、全中國問題中的一環，無論願不願意，承不承認，這都是一個客觀實存的事實。

　　今年元月，「台灣文藝」第八十六期刊載了宋冬陽的「現階段台灣文學本土化的問題」，洋洋二萬餘言，大談所謂台灣文學的兩種理論，通篇充滿了惡意的曲解、幼稚的理論及獨斷的教條，論點之錯亂不通與論據之謬誤不實都達到驚人的程度，徹底顯現了宋冬陽對台灣史、台灣文學的無知。

　　宋冬陽在文章開首即指稱：「自鄉土文學論戰以降，台灣的作家又發展出兩種理論，一是『台灣文學本土論』，另一是『第三世界文學論』。」，並謂葉石濤和陳映真是兩種理論的奠基者。然而，只要細讀葉石濤與陳映真關於台灣文學的意見，就可明瞭葉、陳二人的看法其實是雷同者多而歧異者少。不信，請看兩人文字的對照：

葉石濤

　　一、年青的一代既没有日文的羈絆，他們當然更少畛域的觀念，自然地溶化在中國文學裡，更進一步地努力形成為世界文學

的一翼。這是鄉土文學的最好歸宿,也就是上一代作家夢寐以求
的結果。

　　本省作家如能從個體的特性挖掘本省特殊的人物、現象、精
神或物質生活著手,發揚至純、普遍的人性,追求人類的理想主
義傾向,相信必能在中國文學史上占有永恆的一頁。(台灣的鄉
土文學)[1]

　　這新學文運動是受到祖國五四運動的影響而發生的,它始終
跟著五四運動的潮流往前走,而且和國內三十年代的文學發展並
駕齊驅,可以說是中國新文學運動的一環,也是有力的一支流。
譬如提倡白話文,攻擊舊文學思想,提倡鄉土文學等,臺灣新文
學所走的方向都和祖國文學潮流前後呼應;這只好說是「血濃於
水」吧,在中國周遭的國家如朝鮮,雖長久浸淫在中國文化的薰
染裏,但看不見有這麼息息相關的密切關係。不但是文學和思想
的交流,甚至在台灣掀起一場新、舊文學論爭的張我軍、黃呈
聰、黃朝琴等人都是到過祖國接受教育的人。當然威爾遜所提倡
的民族自決理論,第一次世界大戰後民主思想的勃興,這些新知
識也是由受過五四運動洗禮的青年帶回來的禮物,這的確有助於
促進臺灣新文學運動的開展,也給民族抵抗運動帶來了理論基礎
(光復前的台灣鄉土文學)[2]

陳映真

　　一、這個五四運動,給予當時日本殖民支配下的臺灣知識份
子以極大的衝擊。白話文運動、新舊語言和文學的論爭,在臺灣
潑辣地展開,並且在創作實踐上產生了賴和等人傑出的抗日民族
文學作品,在臺灣的現代中國文學,遂宣告了它的誕生。(中國

---

1 刊於《文星》,第九十七期,一九六五年十一月。
2 收於《作家的條件》(台北,遠景,一九八一年六月)。

與第三世界文學之比較）[3]

葉石濤

　二、在這論爭裏，我們可以看到文學的新舊論爭其實是觀念之爭，舊文學方面所代表的是傳統的封建思想，而新文學方面所代表的是反傳統的革新思想；這和國內的五四運動如出一轍。儘管代表舊文學一派的舊文人不見得沒有民族思想，但是日據時代的文學始終是和臺灣的現實環境息息相關的，它屬於中國抗日民族革命運動不可割裂的一環。（台灣鄉土文學史導論）[4]

陳映真

　二、台灣的新文學，受影響於和中國五四啟蒙運動有密切關聯的白話文學運動，並且在整個發展的過程，和中國反帝、反封建的文學運動，有著綿密的關聯；也是以中國為民族歸屬之取向的政治、文化、社會運動的一環。（鄉土文學的盲點）[5]

　一部中國的近代史，是一部帝國主義侵略中國、和中國人民抵抗帝國主義的歷史。臺灣的歷史，更是中國遭受帝國主義侵略和反抗這個侵略的歷史中最為典型的一部份。前行一代的臺灣文學家，曾毫不猶豫地、英勇地反映了殖民地人民反抗帝國主義的悲壯的主題，在「不知殘酷、橫蠻為可恥的（日本）鐵鞋」之下，用利筆做刀劍，和日本壓迫者做面對面的戰鬥。也因為這樣，先行一代的臺灣文學，便與中國文學合流，成為近代中國文學中一個光榮而英雄的傳統。（評亞細亞的孤兒）[6]

---

3 《文季》，第一卷，第五期（台北，一九八四年一月）。
4 收於尉天驄主編，《鄉土文學討論集》（台北，遠景，一九八〇年十月，第三版）。
5 同上。
6 收於吳濁流，《亞細亞的孤兒》（台北，遠景，一九七七年九月）。

葉石濤

　　三、臺灣既然在血緣上、地緣上、歷史上、社會結構上為中國不可割裂的一部分，那麼儘管臺灣淪為日本的殖民地，這絕非臺灣人民的共同意願，所以臺灣文學為中國文學的一支流殆無疑問了。因此，臺灣文學始終是民族文學，且是反帝、反封建的寫實文學，在這一點上，我們可以在反映臺灣時代、社會的蛻變，人民生活的許多作品中找到確鑿不移的證據。

　　總之，從民國九年到民國二十年，在這十年間的臺灣文學「搖籃期」裏，儘管沒有多少成熟的文學作品出現，但卻奠定了臺灣文學的理論基礎，啟示後代臺灣作家應走的方向。如果讓我們指出新舊文學論爭和鄉土文學論爭的意義和基本特徵的話，可以得到如下的結論。第一，臺灣永遠是中國不可割裂的一環，所以臺灣文學是中國文學的一支流。第二，臺灣社會的演進和中國本土社會的蛻變息息相關，臺灣文學亦步亦趨地跟著中國文學而開展。第三，臺灣文學的語文是跟中國本土一樣採用白話文（國語文）體，但在特殊情況下——則在政治關係上脫離中國本土淪為異族殖民地，文化交流陷於斷絕時，必須多容納方言以便深入民眾。第四，鄉土文學的提倡並不意味著脫離中國的民族文化傳統，相反的，它是臺灣在異族統治期間強調民族精神的文學，在這種特殊情況下，所謂臺灣的鄉土性只不過是中國的風俗習慣和思想感情而已。

　　現時提倡的臺灣鄉土文學，同民國二十年提倡時一樣，始終肯定它就是中國文學——簡言之，就是在臺灣的中國文學。（日據時期台灣文學的回顧與前瞻）[7]

---

7 同註2。

陳映真

三、最近我在國民黨中央文工會辦的「文訊」上，讀到葉石濤先生的一篇文章，他說臺灣文學是在臺灣的中國文學，我很同意這個說法，這明顯的說明了臺灣文學是中國文學的一個支脈。我個人對「臺灣文學」並沒有特別的看法，只是認為：從日據時代到今天在臺灣產生的詩、戲劇、小說、散文等，皆為臺灣文學。並且，她是中國近代文學的一個支流，一個部份。（消費社會和當前台灣文學的諸問題）9

葉石濤

四、究竟台灣是整個中國的一環，我們的主權在大陸，惟有統一的、強大的新中國出現，台灣文學六十多年的成就才能獲得歷史性的歸宿與意義。頑固地信奉狹窄的地域觀念，對於台灣作家而言，只是被違背歷史事實的逆流捲走罷了，它會帶來毀滅與損害。這又等於否定了日據時代新文學運動與先輩作家所指向的共同意識，抹煞了他們的存在價值。

在台灣的中國文學，以其歷史性的淵源而言，毫無疑義的，是整個中國文學的一環，也可以說是一支流；這是台灣島上中國人創造、發展起來的文學。由於台灣特殊的歷史性遭遇，在連綿八十多年的漫長時間中，台灣文學被迫發展了它富有鄉土色彩的獨創性強烈的文學；即令如此，台灣文學始終是中國人的文學，它並沒有因時代社會的蛻變，或暫時性分離而放棄了民族性，也沒有否定了根本性中國民族的傳統文化。（論台灣文學應走的方向）8

台灣文學是居住在台灣島上的中國人建立的文學。雖然同屬

---

8 收於《文學回憶錄》（台北，遠景，一九八三年四月）。

於中國人創造的文學，但是台灣海峽兩邊的中國人的社會制度、
生活方式、思考型態都有顯著的不同。這不同之處在小說的風
格、形式、技巧上可以明顯地看出來。這是歷史所造成的自然趨
勢，這樣的歷史性事實是不能予以歪曲的。雖然台灣海峽兩邊的
文學都呈現不同的面貌，但是我們不可否認的，這些文學都是由
中國人創造的民族文學。而且，我們的作家一向都以寫實主義為
寫作傳統，這在台灣海峽兩邊都沒有什麼不同。所以台灣的小說
應注重地方色彩濃厚，自主性強烈的表現並不意味著台灣作家要
建立脫離民族性格的文學。須知整個中國文化是由色彩不同的各
種地方性文化統合而成的。台灣文學如果繼續發展富於獨自性的
文學，那麼當有一天，海峽兩邊的中國人共同建立現代化的、統
一的民主國家時，台灣文學的經驗與成就有助於壯大未來的中國
文學。（台灣小說的遠景）[10]

　　基本上大陸文學和臺灣文學都是中國文學，都表現出民族的
性格，而臺灣文學也一直自認為是中國文學的支流，就是在日據
時代也一樣，那時雖用日語創作，但誰也不承認是日本文學。臺
灣文學和大陸文學這兩者的走向和目的也類似，都是為了建立一
個民主的、統一的、和諧的社會，在文學上的表現技巧也一樣，
都是採用批判性的寫實主義，大陸上是用社會主義的寫實主義
（但那是官方的口號，不是中國大陸作家所要的），唯一的不同
便是反映對象的不同，我們反映的是臺灣的民生結構和社會結
構，他們反映的是大陸的人民的生活方式和社會結構，這是目前
所看到的表面上的不同。而目前臺灣文學對中國文學是一大貢
獻，因為我們在比較自由的環境下，能發展自主性濃厚的文學，
將來兩邊統一後，臺灣文學所吸收的外國技巧及強烈地方色彩的

---

9 《文季》，第一卷第三期（台北，一九八三年八月）。
10 同註8。

文學一定會對大陸文學有幫助貢獻，所以我們應該堅信，臺灣文學走的路在未來的中國文學史一定可以成為主要部分，而不是邊疆文學。（台灣文學找尋座標）[11]

陳映真

四、今天情況已有大的不同，但相對於過去「鄉土文學」有強烈的反日帝國主義的政治意義，今天的作家，也在抵抗西化影響在臺灣社會、經濟和文化上的支配，具有反對西方和東方經濟帝國主義和文化帝國主義的意義。毫無疑問，由於三十年來臺灣在中國近代史中有其特點，而臺灣的中國新文學也有其特殊的精神面貌。但是，同樣不可忽視的，是臺灣新文學在表現整個中國追求國家獨立民族自由的精神歷程中，不可否認地是整個中國近代新文學的一部分。（文學來自社會反映社會）[12]

這不是很清楚了嗎？葉石濤與陳映真都使用「台灣的中國文學」這一名詞，都認為台灣是中國不可割裂的一部分而台灣文學從日據時期起就是反帝、反封建的中國文學。從兩人的明確主張中，我們實在看不出有宋冬陽所說的兩種台灣文學的理論。然而，宋冬陽卻無中生有，胡說什麼「有一點值得注意的是，『台灣文學』這個名詞的確立，是在論戰之中完成的；同樣的，另外一個『在台灣的中國文學』之名詞，也在辯論的文章中廣泛使用。這兩個名詞所涵蓋的觀念，牽涉到一個文學工作者的立場。在台灣本地產生的文學作品，究竟應該稱為『台灣文學』，還是應該稱為『在台灣的中國文學』？這個問題就變成日後本土論者與第三世界論者的爭論焦點。」這就充分暴露了宋冬陽對台灣文

11 收於《小說筆記》（台北，前衛，一九八三年九月）。
12 同註4。

學的無知與曲解。

　　其實，若硬要找出葉、陳二人在大同之外的小異，那就是葉石濤還把台灣文學稱為三民主義的文學。葉石濤說：「在我看來，台灣的文學基本的潮流就是反帝、反封建的文學。從日據時代的新文學運動一直到現在，這一基本的目標並沒有改變。在日據時代台灣文學努力的目標就是解放台灣人民回歸自由祖國懷抱。他們有三項基本的主張：第一，就是民族主義的文學。主張解放台灣，回歸祖國，做一個真正的中國人。第二是民權主義的文學。在作品裏鼓吹人權，主張人生而平等，要和日本人一樣享受相等的人權，要求公平的待遇。第三，就是民生主義的文學。就是當時的作家有人生改革的熱情，改進窮苦人民的生活的抱負。那麼，這三點合起來同三民主義的目標是完全相符的。所以，台灣文學的總目標是反帝、反封建；唯有反帝、反封建才能達到這三項理想。光復以後，我們台灣作家應該是按照這個主潮流走下去的，所有台灣作家，包括外省籍的在內，都應該有我以上講的特質在裏面。這個特質也應該包括濃厚的鄉土色彩。不過這裏所謂鄉土色彩，應該是整個中國的地域情感的濃縮。就以我們剛才講的反帝、反封建的特質為例。台灣固然受過日本殖民地政策的迫害，有殖民地人民痛苦的特殊經驗，其實整個同時代的中國雖然沒有殖民地之名，然而所受列強的瓜分侵略並不亞於台灣人民。所以我認為台灣作家的特質就是中國作家的特質，並沒有什麼區別。如果一定要說，那就是台灣作家中或許容納了一些雜質──受到日本文化或原住民族文化的滲和而已，但根柢上，則同是三民主義的文學。三十八年以後，照說台灣文學沒有理由不走三民主義文學的方向。當然我們看到容或有段時期或有些作家，受到個別意識形態的影響，有走岔路的，但我認為終究只是一時的，最後他依然會走回到總的、共同的目標，反帝、反封

建，建設新中國的路上來，我相信這一點沒有作家會反對的。

其實鄉土文學根本上就是三民主義的文學，現在已不適合拘泥於鄉土文學的「鄉土」兩字了。在三民主義的旗幟下，作家們不分年齡、性別、地域，同一方向邁進，走向新的三民主義的康莊大道，社會安和樂利之後，自然就出現了日據時代作家追求的理想幸福社會了。無疑這是現階段關懷現實的作家可能同一的大目標。所以所有的作家們今後都應該在這個目標下建立新的三民主義的文學。（從鄉土文學到三民主義文學）[13]

在台灣的中國文學一定是三民主義的文學，它是反映在台灣的中國人過去與現在真實生活的寫實文學。它具有強烈的民族性，企求民主理想的實現，描寫全民物心生活兩層面為其主要任務。我們為未來台灣文學燦爛的遠景而共同奮鬥吧！（論台灣文學應走的方向）[14]」

事實已經很明白了，現階段的台灣文學根本沒有所謂兩種文學理論所造成的真正宗派，「台灣文學本土論」也罷，「第三世界文學論」也罷，並沒有基本的不同，這從被稱為兩種理論的奠基者的葉石濤與陳映真都主張台灣文學是反帝、反封建的中國文學，可以得到明證。可是，宋冬陽卻企圖煽風點火，別有用心地指稱：「在台灣本土作家的陣營內部，『台灣文學』或『台灣本土文學』一詞，已經變成了一個政治語言；相對的，鄉土文學論戰期間所提出的『在台灣的中國文學』一詞，也無可避免變成了另一個政治語言。前者是以『台灣意識』為基礎的；後者則是以『中國意識』為基礎，這樣的發展是很微妙的。」在這裏，宋冬陽硬生生的把「本土論」與「第三世界文學論」歪曲成台灣文學

---

13 《文學回憶錄》，頁二五五－六，及頁二八八－九。
14 同上，頁一二〇。

與中國文學之爭及「台灣意識」與「中國意識」之爭,以製造兩者的對立。宋冬陽這種企圖製造分裂,唯恐天下不亂的卑鄙用心,首先表現在他對一九七七年鄉土文學論戰的曲解上。

關於一九七七年鄉土文學論戰的成因與意義,當時參戰的主將陳映真曾很簡要地概括如下:「七○年代以後,因著國際政治和國內社會結構的變化,開始了檢討和批判的時代。『保釣』運動激發了民族主義和愛國主義的熱潮,掀起了社會服務和社會調查運動;社會良心、社會意識首次呈現於戰後一代的青年之中。在這個變化下,文學在創作上以現實主義為本質的所謂「鄉土文學」的文學思潮,展開對西方附庸的現代主義的批判,提出文學的民族歸屬和民族風格,文學的社會功能;在文學史上,前行代台灣省民族抵抗文學的再認識和再評價,使日治時代民族抵抗文學中反帝、反封建的意義得到新一代青年的認識。從文學長期向西方一面倒到文學的民族認同;從逃避主義、現代主義、『國際主義』和主觀主義,到文學的民族歸屬,到文學的社會功能,到文學的現實主義;從評介西方文學到對台灣先行代民族抵抗文學的再認識和再評價,是一條漫長的發展演變過程,有一定的歷史、社會、經濟的基礎」[15] 同為論戰主將而被宋冬陽肯定為「在整個鄉土文學論戰過程中,對台灣文學與現實社會經濟之間交互關係的過程,討論得最為周延的」王拓,也指出:「這個(保釣)運動對長期生活在日本與美國表面似經濟合作,而實際則是在進行經濟侵略的國內同胞而言,是一個很具有刺激性與教育意義的事件,使我們看清了美國與日本互相勾結侵略中國的醜惡面孔,使我們長久在美日兩國的經濟侵奪下昏睡的民族意識遽然地覺醒了,於是,幾十年來難得過問國是的國內大學生們紛紛在校

---

15 〈文學來自社會反映社會〉,收於《鄉土文學討論集》。

園舉行國是座談、舉行示威遊行，也公開地援引了當年『五四運動』的愛國口號：『中國的土地可以征服，而不可以斷送！中國的人民可以殺戮，而不可以征服！』同時也喊出對日抗戰時『一寸山河一寸血，十萬青年十萬軍』的口號，以表示他們誓死捍衛國土的決心！以抗議侵略者！以激發全國民眾的民族自覺！

　　我和我的許多朋友們都是在這個運動中被教育過來的人，而今天社會上普遍高漲的民族意識，也正是當年的這個保釣運動所激發起來的。……台灣由於國際重大事件的沖激，與國內經濟極不平衡的發展，而產生了強烈的反抗帝國主義，與反抗殖民經濟的民族意識和社會意識，要愛國家、愛民族、要關心社會大眾的生活問題。

　　而這正是刺激時下所謂的『鄉土文學』蓬勃發展的時化背景」[16] 陳映真、王拓的敘述都很明白的說明了「鄉土文學」的提倡，是激於中國民族主義，是把台灣視為中國的一部分而去熱烈關愛、擁抱的，而且因為身在台灣，關愛、擁抱台灣就成了愛整個中國、整個民族最具體落實的表現，[17] 這就是「鄉土文學」（應說是「現實主義文學」）的真正精神。這種精神，陳映真在駁斥御用文人污衊提倡鄉土文學者「有偏狹的地域性」時，作了極有力的陳述：「台灣的生活，對於目前生活在台灣的一切中國人，

16 〈是『現實主義』文學，不是『鄉土文學』〉，收於《鄉土文學討論集》。
17 關於這點，宋冬陽認為『到目前為止，對鄉土文學論戰能夠做全面性的回顧」的陳正醍也指出：「值得注意的是這種含有最後統一的意識的民族主義主張，並非忽視『台灣』這項要素，相反地是以與台灣的土地人民休戚與共的意識為媒介。王曉波也參加署名的在退出聯合國時們所發表的聲明有謂：『我們……自覺我們是生在這塊土地上成人長大。對台灣的土地，我們有血肉相連的親情與愛情』並決議說：『我們要與一千四百萬同胞同生死共存亡』，同時並主張：『在這當兒，我們必須全力來休衛台灣、統一中國』。見路人譯：〈台灣的鄉土文學論戰〉（上），《暖流》第二卷，第二期（台北，一九八二年八月）。

在目前這個歷史時期中，是最具有現實意義的中國的生活。但是，有些人，不論在台灣生活了多久，但在他們靈魂的最深處，從來就沒有把台灣真正地視同自己國家的一塊寶貴的土地；也沒有把廣泛的、在台灣為生活而辛勤工作著的民衆，看成自己骨肉相連的兄弟同胞。一個對於每日生活於斯的自己國家的土地不抱有一絲情感；對於衣之食之、日日相接的民衆不懷有一點點同胞的愛情的人，怎麼能從心靈的深處真正地關切整個苦難的中國，又怎麼能真正地愛七、八億偉大的中國同胞？而正就是這些骨子裏對台灣和生活在台灣的中國同胞没有一絲一毫感情的人——不論其籍在大陸或本省——每每於全民族都在為自己的自由、獨立和尊嚴做著最艱苦危難的奮鬥的時候，爭相脫產逃亡。而當他們指責『你們有偏狹的地域性』時，他們自己早已不把台灣當做中國自己的土地，也早不把這土地上的民衆當做中國自己骨肉相連的同胞。

　　然而，一個中國人要當中國人，是他神聖不可侵奪的權利，是不假手別人的認可和批准的。同樣，在台灣的新一代中國作家，要以自己民族的語言和形式，在台灣這塊中國的土地上，描寫他們每日所見所感的現實生活中的中國同胞、中國的風土，並且批判外國的經濟和文化之支配性的影響，喚起中國的、民族主義的、自立自強的精神，是斷然不假手別人的批准和認可的。」[18] 王拓也説：「這種文學作品在今天之能夠引起一般讀者那樣廣泛的共鳴與愛好，例如黃春明的『莎喲娜拉‧再見』描寫日本商人腰纏萬貫到台灣來蹧蹋台灣的妓女；以及楊青矗所寫的一系列的工人小說，都得到普遍的重視和極高的評價——這正印證了我們在這篇文章裏所分析的：台灣社會自一九七〇年來，由於客觀環境的刺激和教育下普遍覺醒的民族意識，和普遍提高的社會意

---

18 〈建立民族文學的風格〉，收於《鄉土文學討論集》。

識所要求、所期待的，正是這種文學。

　　這種『現實主義』的文學是根植於我們所生所長的土地上，描寫人們在現實生活中的種種奮鬥和掙扎、反映我們這個社會中的人的生活辛酸和願望，並且帶著進步的歷史的眼光來看待所有的人和事，為我們整個民族更幸福更美滿的未來而奉獻最大的心力的。」[19] 唯有明白這點，才能瞭解何以陳映真、黃春明、王拓等具有「中國意識」的作家都能夠深刻、生動地呈現台灣社會的各種面相。然而，正是這個作為一九七七年鄉土文學論戰的基本精神的民族主義，卻被宋冬陽刻意掩蓋掉了。很奇怪，當鄉土文學論戰方酣，帽子滿天飛，余光中等人祭出的「血滴子」正在汲汲找頭準備讓人頭落地之際，嚇得噤若寒蟬，不敢吐一口氣的「台灣意識」論者（如宋冬陽之流）現在卻跑出來竊奪果實，攘「鄉土文學」為己有了。就在時隔不遠，當事人猶存，文獻俱在的時候，宋冬陽已迫不及待地公然幹起竊賊的勾當了。這種大膽的行徑，真可稱曠古之奇。

　　宋冬陽之所以猴急地在眾目睽睽之下，大搞偷天換日的把戲，原因在他深知若不扭曲鄉土文學論戰的意義，就不能把原屬一體的「中國意識」與「台灣經驗」扯裂開來，也就無從製造「台灣文學」與「在台灣的中國文學」以及「台灣經驗」與「中國意識」的對立。正是基於這樣的用心，宋冬陽才會說：「事實上，陳映真的作品，特別是他近三年來所寫的『華盛頓大樓』的系列小說，絕對是台灣經驗的台灣本土文學。雖然，他在文學理論中以『中國意識』來闡釋自己的作品；但是，如果一層一層給予冷靜剖析的話，讀者在文字與情節中很難找到中國的影子。相反的，他在小說裏提出的問題、表現的價值，都是屬於台灣的。

---

19 《鄉土文學討論集》，頁一二〇。

　　陳映真的文學經驗,無疑是來自台灣社會發展的經驗。因此,他在過去小説中所提出的『省籍問題』,以及現在揭示的跨國公司問題,只有生活在台灣土地上的人民才能像皮膚疼痛一般去瞭解;而這種疼痛的感覺,對於住在中國社會的人民來説,則完完全全是陌生的。

　　如果陳映真指控這樣的解釋是分離主義者的解釋;那麼,我們可以冷静回答:他的作品正是這種解釋的最好的雄辯。」這些話很明白地把「中國意識」與「台灣經驗」打成了兩橛。在宋冬陽這種邏輯裏,描寫「台灣經驗」的台灣本土文學就只是台灣文學而不是中國文學,要寫台灣本土文學就應具「台灣意識」,拋掉「中國意識」,否則就是名實不符,這真是離奇之至的謬論。事實上,王拓在〈廿世紀台灣文學發展的動向〉中的第一段話就可以輕易地把這種謬論駁斥掉了:「台灣在地理上雖然處於中國大陸的邊緣,中間還和大陸隔著一個海峽,在歷史上雖然曾經有過被荷蘭人侵入殖民,和日本軍閥割據佔領的慘痛經驗,但是,它之與中國同文同種,並屬於中國的一部份,卻是不容爭辯的事實,這也是被今天全世界的中國人所共同承認的。這個事實絕不因為這種地理上和歷史上的特殊因素和遭遇而可以被懷疑或否認。那麼,作為反映台灣各個不同時代的歷史與社會的文學,也自屬於豐富的中國文學史的一部份,也就沒有什麼可以爭辯的了。」[19]

　　王拓的話指明了:台灣既為中國的一部分,則「台灣經驗」也就是屬於中國範疇的區域經驗,而「作為反映台灣各個不同時代的歷史與社會的文學,也自屬於豐富的中國文學史的一部分,也就沒有什麼可爭辯的了。」可是,宋冬陽卻偏要胡扯夾纏,妄言「陳映真的文學經驗,無疑是來自台灣社會發展的經驗。」由此,「讀者在文末與情節中很難找到中國的影子。」這和「宋冬陽的頭不屬於宋冬陽,從宋冬陽的頭看不到宋冬陽的影子」是同

樣荒誕的話。中國的幅員遼闊，區域發展不一，各地區有其獨特性，因而各地文學呈現的風貌也不盡相同，例如：張愛玲的小說主要是描寫當時中國最資本主義化的十里洋場——上海的人事，端木蕻良的〈科爾沁旗草原〉描寫的則是華北流民到「關外」——東北移民拓墾初闢草萊的發展史，他們小說的主題、背景、人物、經驗都有極大的差異，但同屬中國文學則一。原因無他，兩者都是用中文反映屬於中國的一個地區的人民生活之故。

這些普通常識何以在宋冬陽筆下全成了夾纏不清的東西？說穿了，很簡單，宋冬陽談文學是虛，談政治是實，用他自己的話說就是「『台灣文學』或『台灣本土文學』一詞，已經變成了一個政治語言。」而他所說的「台灣文學」或「台灣本土文學」又是「以『台灣意識』為基礎的」。他之所以刻意製造「台灣文學」與「中國文學」的對立，目的就在販賣他所特定的「台灣意識」。

任何一種政治主張，只要是經過嚴肅、深刻的思考，建立在嚴謹的論證上，我們都應尊重。但是，如果只是以情緒為基礎，漫無節制的膨脹主觀意識，甚至披著理論的外衣，使用欺詐、曲解、誣衊的卑劣手段，妄圖愚弄台灣人民，我們就有必要加以戳穿、揭露、指控，使其原形畢露，無所遁逃，而宋冬陽在「現階段台灣文學本土化的問題」中所推銷、販賣的「台灣意識」正是這樣的貨色。

宋冬陽推銷「台灣意識」的主要手段就是抄襲一套只有不思不想、懵懵懂懂的懶人才會相信的神話，把台灣史歪曲成中國棄民被殖民的拓墾史，做為「台灣意識」形成的歷史根據。說他抄襲，因為他一點兒也不加分析、批判，一點也不肯自己讀讀基本的台灣史料，而只是照搬，搬來砸陳映真。很不幸，他奉若寶典，屢屢膜拜誦習的卻是一本用剪刀加漿糊剪貼雜湊起來，理論粗陋矛盾，史料錯漏不堪，充滿了唯心的主觀意識，因而被日本

學術界嗤之以鼻，視如野狐禪的穢書。結果，本想用以砸人，卻砸到了自己的腳。

宋冬陽抄襲的那套不通之論，主要是說，台灣先民是中國棄民，冒死渡海，幾經艱辛到台灣，歷經荷蘭、鄭成功家族王朝、滿清、日本等外來統治者的殖民壓迫，台灣先民在與這些外來殖民統治者的抗爭中，放棄了「中國意識」，發展出不以中國為中心的「台灣意識」。這種論調就是宋冬陽不加批判、思考而冒然信奉的教條。宋冬陽的台灣史認識就靠這教條建立起來。我們不妨把宋冬陽背誦的一些教條，糾舉出來，檢討看看，究竟是謊言還是嚴謹可信的歷史。

宋冬陽說：「在陳映真的歷史認識裏，日據時代以前的台灣社會，與近代民族運動之前的中國社會是毫無二致的。所以他才會說，『台灣立場』在最初只有地理學上的意義，在這點上，正好反映出陳映真對日據時代以前台灣史瞭解的粗疏與荒蕪。從史實來看，台灣的農村制度與中國的農村制度是非常歧異的，例如荷蘭時代的『王田制』，鄭氏王朝時期的『官田制』，滿清時代的『大租小租制』，以及日據時代以近代法權觀念所進行的土地掠奪，都是不折不扣的殖民剝削性格，而這種殖民性格在中國農村是根本不可能發現的。」這裏所論及的是複雜的台灣社會，經濟史，是要許多篇嚴謹的論文才可能論定的問題。宋冬陽高談「從史實來看」，可是我們連一條史料也沒看到，甚至連一篇可供參考的學術論文都沒有，只看到宋冬陽在背誦獨斷的教條後，就攻擊陳映真「對日據時代以前台灣史瞭解的粗疏與荒蕪」。荷蘭、日本把台灣據為殖民地，大搞掠奪經濟與殖民地經濟，這是已成定論，毋庸置疑的事實。至於「鄭氏王朝時期的『官田制』，滿清時代的『大租小租制』」，是不是「不折不扣的殖民剝削性格，而這種殖民性格在中國農林是根本不可能發現的。」

呢？先從明鄭時期説起，台灣之成為以漢人為主體的社會，誰都知道是拜鄭成功驅逐荷蘭人之賜，才確立下基礎。鄭成功取得台灣後，漢人不過五萬人左右，經鄭氏二十三年的統治，至鄭氏降清時，已激增至十二萬人[20]，這群宋冬陽所謂的「外來統治者」就成了一部分台灣人的老祖宗了。漢人一大增，原住民也就大倒霉。明鄭在台二十三年，為要足食足兵，乃令數萬兵員，全力拓墾田園，厲行寓兵於農的「屯田」制。於是本著大漢沙文主義，以大軍壓境，掠奪「番社」的土地，血腥鎮壓「番變」，爭地以戰，殺人盈野，搞得「番不能抗，漸竄入山」。荷據時期台灣有八千餘甲田園，後因鄭氏文武官員與豪族招佃拓墾及軍隊大量屯田，至明鄭末期已躍增至近二萬甲了。這些拓墾完成的田園大部分屬於明鄭文武官員和民間有勢力者投資招佃的「私田」以及鄭氏軍隊屯墾的「營盤田」。換句話説，明鄭實行的土地制度根本不是宋冬陽所謂的「官田制」。而不論是鄭氏家族所有的「官田」或「私田」、「營盤田」在清朝領台之後，也都改為民業了[21]。如果要指鄭成功是外來殖民統治者，那只有所謂「番人」的原住民才有資格説，漢人絕無此資格。漢人從明鄭到清朝在台灣的拓墾中，其實就是一部外來民族在官民合作下，以盜、騙、搶、殺等不光榮手段，強佔原住民土地的征服史[22]。但這些恐怕

20 戴國輝，〈台灣略史〉，收於《日本人とアジア》（東京，新人物往來社，一九七三年十月十五日，初版）頁一六三。另參：陳紹馨原修，莊金德增修，《台灣省通誌人民志人口篇》（台中，台灣省文獻委員會，一九七二年六月三十日）頁四八及頁五二。

21 參考：東嘉生著，周憲文譯〈台灣經濟史概説〉，收於台灣研究叢刊第二十三種《台灣經濟史二集》（台北，台灣銀行，一九五五年）頁十一一三，及頁十五。

22 參考：黃富三，〈清代台灣漢人之耕地取得問題〉，收於黃富三、曹永和主編《台灣史論叢第一輯》（台北，眾文圖書公司，一九八〇年四月，初版）；及周憲文，《台灣經濟史》第二章（台北，開明書店，一九八〇年五月，初版）。

都超乎宋冬陽的理解之外吧。

關於清代台灣的「大租小租制」，據戴炎輝的研究是：「台灣清代之大小租業，係沿習閩省，尤其漳州之習慣。在明末清初，漳州之田，已有大租主、小稅（租）主及佃人三主，見於『天下郡國利病書』。小租主係地主，大租主即以賤價收買租權而代小租主辦糧差，佃人乃付與小租主『田頭佃銀』而取得耕作權者。大租業係因小租主分賣租權而來，佃業則可謂為因給墾而取得永佃權者。台灣之大小租之名稱，係襲用漳州之習慣，但從其成立原因而言，乃相當於上述小租主及佃戶，即因給墾而發生（該書謂『久佃成業』）」康熙五十六年『諸羅縣志』（卷六，賦役志）之關於業主及佃丁之記載（參閱下文），似由編纂陳夢林（漳浦人）仿筆於『天下郡國利病書』而作者。此外，福建之汀州、福州及浙江之福寧三府，有田面、田底兩主，此習慣對台灣亦有所影響。在台灣，初期（至乾隆年間）以田面、田底表示墾戶、佃戶之業（此點，與福州、福寧相同，而與汀州相反）。」[23] 日本學者東嘉生也說大租、小租「這些乃與中國內地法律所禁的包糧包納之弊，完全相同。」[24] 這樣一來，宋冬陽所謂的「台灣的農村制度與中國的農村制度是非常歧異的，……這種殖民性格在中國農村是根本不可能發現的。」全成了宋冬陽從主觀意識衍生出來的「空想」、「假想」、「幻想」，也證明宋冬陽根本沒有「從史實來看」，而他攻擊陳映真的話，卻無一不是自己的最佳描述。

宋冬陽又說：「陳映真的歷史論點運用在中國社會雖然可以成立；但是要套用在台灣社會之上，顯然是格格不入的。因為，

23 戴炎輝，〈台灣大小租業及墾田之關係〉，載於《台灣文獻》第一四卷二期（台北，台灣省文獻會一九六三年七月）。
24 東嘉生著，周憲文譯〈清代台灣之地租關係〉，同㉑頁六五。

台灣社會是一個典型的移民社會。在三百餘年之前，漢人移民踏上台灣土地之後，便立即跨進近代史的世界舞台了。他們被迫要與來自歐洲的荷蘭人與西班牙人對抗，台灣先民在抵抗鬥爭中受挫，使得台灣成為帝國主義者在世界各地殖民掠奪過程之中的不可或缺的一環。對台灣先民而言，『中國意識』是不能做武器使用的；當他們渡海而來時，他們早已知道無力的封建的中國是不可能挽救他們的，否則他們不必冒死而離鄉背井。在與外來統治者的抗爭中，台灣先民所發展出來的意識，勿寧是一種『本地人意識』。

三百餘年來的台灣移民社會，具備一套長期的改造過程，那就是把來自古老中國的漢人，改造成適應於台灣風土的拓殖者。台灣先民便是在這種動態的改造中，漸漸放棄他們的歷史包袱。在他們的觀念裏，並非是『以中國為中心』的，他們的中心其實是他們立足的土地。所謂『以中國為中心』的想法，只不過是知識份子自我纏繞的一個情結，這種問題在勞動者的內心是不會構成任何困擾的。」這兩段夢囈似的敘述，根本不是歷史，而是哄騙智力未開的小孩的神話。要戳穿這種神話，可用史料舉不勝舉，這裏就請「台灣文藝」的創辦人吳濁流現身說法，開示開示宋冬陽：「台灣人之中，有在明朝滅亡時，抗清亡命來此的志士的子孫；有不堪清朝的統治，逃亡而來的人；有在大陸，志不得酬，為求新的天地，移往過來的人。這些台灣人，用自己的力量開拓了台灣。因此，台灣人並沒有把清朝當做祖國看待。因而，不服清朝的統治，掀起多次的革命，被清朝認為是難於統治的蠻夷。但是，台灣人的腦子裏有自己的國家。那就是明朝──漢族之國，這就是台灣人的祖國。清朝同意割台灣與日本，台灣人是不接受的。台灣人認為，用自己的力量開拓的台灣，清朝竟擅自割讓給日本，全無道理，憤慨之餘，民眾都奮起抗日。台灣人具有這樣熾烈的鄉土愛，同時對祖國的愛也是一樣的。思慕祖國，

懷念著祖國的愛國心情，任何人都有。但是，台灣人的祖國愛，
所愛的決不是清朝。清朝是滿洲人的國，不是漢人的國。甲午戰
爭是滿洲人和日本作戰遭到失敗，並不是漢人的戰敗。台灣即使
一時被日本所佔有，總有一天會收復回來。漢民族一定會復興起
來建設自己的國家。老人們即使在夢也堅信總有一天漢軍會來解
救台灣的。台灣人的心底，存在著『漢』這個美麗而偉大的祖
國。所以台灣人掀起無數次的叛亂抵抗日本，雖然都歸於慘敗，
但是這種武力的鬥爭還是一直持續到第一次世界大戰。

　　第一次世界大戰後，台灣人覺悟到，用武力無法與日本對
抗，才改變形式，利用文化運動，提高民族意識。這時，清朝已
亡，民國興起，台灣人對祖國的思慕又深了一層。這祖國愛，因
為是抽象的、觀念型的感情，用言語是不能說明的。現在就把我
的生平做為具體的例子來說明它吧。我在明治三十三年，也就是
日本佔有台灣後第五年出生，完全接受日本教育長大的。沒機會
接觸過祖國的文化，似乎不會有祖國的觀念，但是，事實並不能
如此簡單地憑理論來解釋。

　　眼不能見的祖國愛，固然只是觀念，但卻非常的微妙，經常
像引力一樣吸引著我的心。正如離開了父母的孤兒思慕並不認識
的父母，那父母到底是怎樣的父母，是不去計較的；只是以懷戀
的心情愛慕著，而自以為只要在父母的膝下便能過溫暖生活。以
一種近似本能的感情，愛戀著祖國，思慕著祖國。這種感情，是
只有知之者知之，恐怕除非受過外族統治的殖民地人民，是無法
了解的。這種心情，在曾是清朝統治下的人，是當然的，像我一
樣在日本統治台灣之後才出生的人，也會有這種心情，實在不可
思議。境遇非常可憐的人我不曾知道，像我這樣，中等的，並沒
有遭什麼苦況，儘管如此，對日本人的作為，卻都是反抗的。這
就是所謂的民族意識吧！這民族意識是自身外來的，還是本來就
存在於體內的呢？抑或是由於殖民地的緣故，自然發生的呢？我

不知道。」[25] 對吳濁流的「中國意識」宋冬陽可能會拿出他的教條反駁説：「所謂『以中國為中心』的想法，只不過是知識份子自我纏繞的一個情結，這種問題在勞動者的內心是不會構成任何困擾的。」那就再舉楊逵為例吧！楊逵是日據時期農民運動的要角，他自述説：「我回國後，立即加入這個如火如荼的運動熱潮中，參加了文化協會所舉辦的全島巡迴民眾講演，爾後加入農民組合，成為農民組合的中央委員，負責政治、組織、教育等工作，並且加入『特別行動隊』，也就是那裏有官民土地糾紛，便前往那裏支援農民，幫助農民爭取權益⋯⋯，因此使我跑遍了全島各窮鄉僻壤，使我目睹各地農民的慘境與為土地奮鬥不懈的根土精神，這對我往後的寫作生涯有著相當深遠的影響。」[26] 宋冬陽自己也承認「日據時期台灣農村破產的景象，可以從賴和、楊逵的小説中獲得一個具體的面貌。」然而，要讓宋冬陽深感遺憾的是，楊逵卻具有濃厚的「中國意識」在日本侵略中國大陸的末期，楊逵寫了一部劇本「怒吼吧！中國」，以英、美代表所有侵略中國的帝國主義國家，在劇中安排了一段群眾的怒吼：

　　「把他們攆走，把洋鬼子趕出中國！

　　各位弟兄可別忘了，他們是中華民族的敵人！是東亞的敵人！等著吧！那一天就要來臨了！復仇的日子就要來臨了！把英美趕出中國的日子就要來臨了！」

　　在〈台灣新文學的精神所在〉一文中，楊逵又説：「台灣的新文學，它可以説是中國文化在台灣的延續和發揚。根據台灣歷史，大概從鄭成功復台開始，中原文化就一批批流入台灣，而早期來台的徐孚遠、沈光文都是明代復社中人，復社以挽救民族之危亡為職志，所以台灣的文學也在這方面顯現著光輝的精神，清

25 吳濁流，《無花果》（台北，林白，一九七○年十月十日，初版）頁三，及頁七一八。

26 見《文季》，第一卷一期（台北，一九八三年四月）。

全祖望在為新竹的沈光文寫傳時就一再對此有所申述；而台灣新文學可說是這一傳統之發揚。

　　台灣新文學運動是在日據時代發展開來的；大致說來前後歷時約有二十五年（自民國九年至民國三十四年台灣光復），自始至終即以抗日、反殖民統治的武力壓迫和經濟壓榨為前提；以關懷絕大多數被欺凌被掠奪的大眾生活為骨肉；以爭取民族自決、返歸祖國、建立平等合理的生活為最終目標。因此，台灣新文學的奮鬥史在整個中國近代文學史上，便有著永難抹滅的光輝。」[26] 甚至連被宋冬陽推尊為「台灣文學本土論」的奠基者的葉石濤也有這樣的話：「台灣光復時，我滿二十歲，從小學到高中，我受的是日本軍國主義教育。在學校裏不用說，我講的是日本話，甚至在公共場所或集會裏，我整天說的是日本話，讀的、寫的，儘是日本語文。當然，在這樣的環境下，我應該變成十足的日本人才對，其實倒也不見得，打從心底深處，我仍然知道我是漢民族的一份子，從來不覺得自己是日本人。儘管我們的生活大部分，被控制在日本人的鐵腕裏，日本人一向騎壓在我們頭上，但是我們不用人提醒也曉得我底祖先來自一衣帶水的大陸。這也許同我家裏傳統文化色彩豐富而優裕的環境有關。但是重要的莫過於無形中得到的，來自社會各階層的廣大人民的經驗和感化。」[27] 葉石濤又說：「我們不難想像當延平郡王鄭成功驅逐荷蘭人的時候，那些在異族的奴隸枷鎖中痛苦呻吟的苦難先民，如何地額手稱慶，如何欣喜雀躍的情形。然而所有這些歷史性時刻，都比不上一九四五年十月二十五日台灣重歸祖國懷抱的一天。這一天台灣省人民永久擺脫了被殖民的屈辱，重新回到離開已達五十一年之久的祖國溫暖的懷抱，得以享受自由與民主的生活方式。當然掙脫被殖民的桎梏，並非一朝一夕之間得來的收穫。如果沒有

---

27 見〈我與紅樓夢〉，收於《作家的條件》（台北，遠景，一九八一年六月）。

國父孫中山先生堅定的收復台灣的意志，如果沒有先總統蔣公領導下大陸軍民八年的浴血抗戰，歷史的巨輪不知滾向那兒去了。然而我們也絕不可忘掉我們台灣的先賢們前仆後繼地為台灣的光復奉獻一切的偉大貢獻。日據時代的台灣知識份子，始終堅強地和廣大的台灣民眾站在一起，為台灣省人民的共同意願——回歸祖國，同祖國人民共同生活的願望，不屈不撓地奮鬥抵抗到底，充分承擔了廣大民眾的共同命運。」[28]宋冬陽最好言「從史實來看」、「客觀歷史的發展」，也最好拿「史實」來砸陳映真，然而，看吧！「客觀的歷史」卻是這樣毫不留情地左右開弓，痛擊他猛發夢囈，說謊、欺詐的嘴，戳穿他捏造出來的無恥讕言！英國諺語有云：「事實是很強硬的東西！」宋冬陽泡製出來的荒誕神話終不免被客觀的事實碰個粉碎。

　　宋冬陽對台灣史的無知與曲解，還不僅止於此，針對陳映真所說的：「再就城市來說，由於台灣籍資本家也同受日本殖民者在經濟上、政治上的壓迫，有反日的思想和行動。而這些城市中小資本家階級所參與領導的抗日運動，在一般上，無不以中國人意識為民族解放的基礎。」宋冬陽批評道：「陳映真的這種理解，顯然與歷史事實又相距甚大。客觀的歷史告訴我們，一九一九年，林呈祿、蔡培火、王敏川、蔡式穀、鄭松筠、吳三連在日本東京籌組『啟發會』時，就曾經提出過『台灣是台灣人的台灣』這種主張。日後的政治團體，如一九二七年的『台灣民黨』，便揭示『期實現台灣人全體之政治的經濟的社會的解放』之主張；同年的『台灣民眾黨』也高舉『本黨以確立民本政治建設合理的經濟組織及改革社會制度之缺陷』之旗幟。這些右翼組織，全然是以追求台灣人的自治為終極目標。至於左翼團體如台

---

28 〈光復的回憶〉，同上。

灣共產黨者，則更進一步主張『台灣獨立』。只要稍微熟悉台灣
歷史的人，都必然與陳映真的理解有很大的出入。」宋冬陽的意
思是：從這些城市知識份子組成的政治團體的主張，都可證明他
們具「台灣意識」，不具陳映真所說的「中國人意識」。其實，
宋冬陽的這類證據舉得還不夠，還有待補充，他最少遺漏了另一
個主張「台灣獨立」的團體，那就是張深切等人的「廣東台灣革
命青年團」。可是，這些證據就可以證明宋冬陽的正確的嗎？事
實恰恰相反，用宋冬陽自己批評陳映真的話來說就是「客觀歷史
的發展，絕對不會按照個人的主觀願望去進行」。宋冬陽根本不
知道，日據時期台灣人是以漢民族的立場反對日本異族的統治而
提出「台灣是台灣人的台灣」的要求，對中國則仍以祖國視之，
絕無對抗反對的情緒，這跟宋冬陽所販賣的「台灣意識」是風馬
牛不相及的兩碼事。陳映真在〈鄉土文學的盲點〉中，也已指
出：「只有從局部的觀點看對抗日本侵略者的問題時，有反抗日
本的、反抗和日本支配力量相結托的台灣內部封建勢力的『台灣
意識』；但從中國的全局去看，這『台灣意識』的基礎，正是堅
毅磅礴的『中國意識』了。」引證史料，卻不分析史料的時代背
景，內在意義，冒冒然望文生義，濫加主觀的解釋，這是搞歷史
的大忌，也是歷史研究的清規戒律中所切切告誡的；然而，宋冬
陽卻連這點最起碼的史學訓練都沒有，也無怪乎那麼容易就被催
眠，只有抄書、背書的本事了。

　　鑒於宋冬陽對台灣史太過無知，不得不多費篇幅，大量徵引
史料，幫助他了解基本的時代背景。現先錄一段蔡培火的〈日據
時期的台灣民族運動〉，以明「啟發會」的性質：「當時大陸祖
國辛亥革命成功，中華民國國基確立，第一次世界大戰結束，美
國總統威爾遜宣告民族自決主義，繼而韓國發生獨立騷動，而日
本國內民本主義之說盛行，有此種種政治社會之改革氣運勃興，

我台灣人也起而發動民權運動，先是民國八年（日本大正八年）秋，在日本東京的中國基督教青年會主事馬伯援，吳有容等與數名在東京台灣人時常過往，正所謂血濃於水彼此自覺特別親愛，乃取同聲相應之義，組織了聲應會，會員不多而流動性亦大，組織未久不知不覺消聲息影。不數月後，即民國八年末，林獻堂蔡惠如兩先生亦在東京，蔡式穀、林呈祿等為準備應日本國家試驗經常駐在東京，東京台灣學生自早即有青年會之組織，是一種同鄉交誼性質之團體，在此青年會中比較年長而具政治意識者，與林蔡兩位鄉長過往頻繁，互相交換，對台灣之政治社會改革方策之意見，遂有啟發會之組織。」「啟發會」的領導人是林獻堂、蔡惠如。一九三六年林獻堂到中國大陸考察，發表談話時自稱：「歸回祖國」，致遭日本流氓賣間善兵衛毆辱的「祖國事件」，是為人熟知的事。至於被葉榮鐘稱譽為「台灣民族運動的舖路人」的蔡惠如對中國的態度又如何？張深切有這樣的描述：「蔡惠如……他是一位熱腸人，是富有積極性的實行家，始終站在最前線，領導學生們擁護林獻堂，他的思想不僅能夠和學生們相適應，而且還能更進一步，指導他們向一個目標勇往邁進。他是一位旗幟鮮明的民族主義者，勸導學生們學北京話，使用中國年號，稱中國為祖國，鼓舞抗日思想，給予台灣青年很大的影響。他的活動，掀起了團體組織的機運，由『啟發會』進展為『新民會』，由此而組織了『台灣青年會』，這一連串的運動，無不是以他為中心的」[29]由稱中國為祖國的林獻堂、蔡惠如所領導的「啟發會」，向日本人提出「台灣是台灣人的台灣」的要求，其代表的意義是「中國（漢族）意識」呢？還是宋冬陽的「台灣意識」？這留給所肯用大腦思考的人去判斷。再說「台灣民黨」和「台灣民眾黨」好了，宋冬陽可能不知道這兩黨是二而一的。「台灣民黨」因民族

---

29 張深切，《里程碑》（台中，聖工，一九六一年初版）頁一一○。

主義色彩過濃，成立不出一星期就被台灣的日本當局禁止，乃由
籌組「民黨」的主幹再組「民眾黨」。民眾黨成立後，除為台灣
人向日本當局爭取政治、經濟等權利外，還積極要求日本當局撤
廢台人渡華旅券，俾便台灣得與中國大陸相通無礙；一九二八年
八月更致電日本總理、外務大臣及日本各政黨，反對日本田中內
閣一再干涉國民革命，跛壞中國統一；一九二九年六月也派代表
參加在南京舉行的孫中山奉安大典。這些行為豈不都是陳映真所
說的「堅毅磅礡的『中國意識』」！這種堅毅磅礡的「中國意
識」，以「民眾黨」的領袖蔣渭水表現得最為淋漓盡致。

　　自醫校以來，蔣氏即是一個洋溢著民族情操的運動者；重燃
「政治熱」以後，這種民族情操立即表現在「文協」章程，風格
特殊的「臨床講義」一文更將此種情操表露無遺；因「治警事
件」入獄後，蔣氏在獄中思念不已的「太陽君」，實即「青天白
日旗」；民眾黨成立後，蔣氏一度擬以「上青下紅中央白日」製
定黨旗；文化書局起初推出的書，都是「中國名書」；中國人到
台灣時，蔣氏必與之聯絡；蔣氏也與在臺的中華館保持連繫；台
灣的雙十節與孫中山先生紀念活動，蔣氏均熱心參加；蔣氏為
「產婆」的台灣工友總聯盟，其組織即以南京總工會為藍本；在
蔣氏影響下的民眾黨主張之中，包括恢復漢文教育，撤廢渡華旅
券，反對日本再度對華出兵以及派代表參加孫中山先生的奉安大
典等，均含有「對祖國眷念」的民族情操；在生活上，據蔣氏目
前唯一健在的兒子蔣松輝談，他的父親在家裏常以中國話和家人
談話，也延請中國人到家裏教中國話；在各種場合，包括開會與
照相，蔣氏的多為中國式長袍，如此公私兩俱民族主義化的蔣
氏，自然成為最懼民族主義的日據當局的眼中釘[30]由這樣深具「中

---

30 黃煌雄，〈台灣的先知先覺蔣渭水先生〉，收於陳永興、李筱峰編，《台灣
　　近代人物集》（台北，台灣文藝，一九八三年），頁四六。

國意識」的蔣渭水領導的「民眾黨」，不意竟在數年後被宋冬陽強行綁票，劫持進「台灣意識」俱樂部，充當「台灣意識」合唱團的無聲佈景，真是諷刺之至！

關於主張「台灣獨立」的「台共」與「廣東台灣革命青年團」，「台共」不必多言當時第三國際關於殖民地被壓迫民族的政策綱領，只要看其主要幹部俱為中共黨員就知道他們不會具有宋冬陽所販賣的那種「台灣意識」。「廣東台灣革命青年團」當時何以高喊「台灣是台灣人的台灣」、「台灣獨立」，張深切有如下的解說：「特別要注意的是關於『台灣是台灣人的台灣』，這一句明白表示台灣並不能做台灣人以外的台灣，換句話說，台灣應當要獨立，不許外人占有，推而言之，中國也不能領有台灣了。

事實上本意絕對不是這樣。因為當時的革命同志，目睹祖國的革命尚未成功，夢也做不到中國會戰勝日本而收復台灣，所以一般的革命同志提出這句口號的目的，第一是要順應民族自決的時潮，希求全世界的同情，第二是表示台灣人絕對不服從日本的統治，無論如何絕對要爭取到台灣復歸於台灣人的台灣而後已。現在民族自決的目的已經達到了自然無需再用這句口號。」[31]

張深切的解釋，又再一次粉碎了宋冬陽的讕言。那麼是誰的理解「顯然與歷史事實相距甚大」？陳映真呢？還是宋冬陽？下述句子只要把「陳映真」換成「宋冬陽」，就不再是誣衊而是事實了：「只要稍微熟悉台灣歷史的人，都必然與陳映真的理解有很大的出入。」

宋冬陽的無知不僅止於台灣史，連他最喜好賣弄的經濟決定

---

31 張深切，《廣東台灣獨立革命運動史略》（台中，中央書局，一九四七年初版）頁十六。

論也沒有搞懂。「庸俗」、「幼稚」已不足以形容，那簡直是連
Ａ、Ｂ、Ｃ都沒有學會所導致的錯亂不通。宋冬陽對陳映真的攻擊
主要集中於陳映真所寫〈鄉土文學的盲點〉。可是，由於理論知
識的貧乏，宋冬陽根本沒有讀懂這篇文章，假想了一些並非陳映
真所有的論點，然後濫加抨擊。唐・吉訶德把風車假想為巨人而
大肆攻擊，以滿足自己的英雄慾望。宋冬陽的錯亂程度，則足使
唐・吉訶德相形見絀了。

　　陳映真的〈鄉土文學的盲點〉主要是在駁斥下述的論調：
「有過這樣的立論：台灣淪為日本殖民地之後，日本在台灣進行
了台灣社會經濟之資本主義改造。台灣從陷日前的半封建社會，
進入日治時代的資本社會。在台灣的資本主義社會形成過程中，
近代新都市興起，而集結這些新的近代都市中的，是一批和過去
的、封建的台灣毫無聯繫的市民階級。他們在感情上、思想上和
農村的、封建的台灣的傳統沒有關係，從而也就與農村的、封建
的台灣之源頭──中國，脫離了關係。一種近代的、城市的、市
民階級文化，相應於日本帝國對台灣之資本主義改造過程；相應
於在這個過程中新興起的市民階級而產生。於是一種新的意識
──那就是所謂『台灣人意識』──產生了。立論者將它推演到
所謂『台灣的文化民族主義』，倡說台灣人雖然在民族學上是漢
民族，但由於上述的原因，發展了分離於中國的，台灣自己的
『文化的民族主義』。這是用心良苦的，分離主義的議論。」針
對這樣的立論，陳映真指出：「日治時代台灣的資本主義化有一
個上限，那就是在日本帝國主義經濟圈中，台灣必需以屬於『工
業日本、農業台灣』的限制之下。因之，在日治時代，台灣的工
業一般地不發達，而且又一般和農業生產部門分不開。」這種殖
民地性格的資本主義化，因是以殖民母國的需要為中心，故而必
然是畸形跛行的。日據時期的臺灣仍處舊殖民主義時代，日本對
台灣的經濟掠奪係以原料、農產品為主（如蔗糖、茶、樟腦、稻

米）等，因而「台灣的工業一般地不發達，而且又一般和農業生產部門分不開。」「再就當時台灣籍的資本家來說，據矢內原的研究，大都是從過去的封建土地資本轉化而來。和土地資本無關的資本家，只有漢奸份子和股票投機份子。更重要的是，台灣籍的資本家只有分得利潤之權，而無直接經營和管理之權。」在這種跛行的資本主義化之下，自然「是農村——而不是城市——經濟在整個經濟中起著重大作用。」既然城市的工商經濟不是日據時期台灣經濟的主體，也就沒有前述立論所謂的；「一種近代的、城市的、市民階級文化，相應於日本帝國對台灣之資本主義改造過程；相應於在這個過程中新近興起的市民階級而產生。」當然，也就沒有「一種新的意識——那就是所謂『台灣人意識』——產生了。」

　　可是，宋冬陽是怎麼理解的呢？他說：「他（陳映真）認為一般人所說的『台灣意識』和『台灣人意識』，是在日據時代台灣經過近代資本主義的改造，發展成不同於同時代中國大陸的社會階段之後才產生的。他說，台灣意識只存在於資本主義過程中新近興起的市民階級之中；而市民階級中的資本家，大多和土地資本無關，只有漢奸份子和股票投機份子。」宋冬陽的誤解能力真令人驚嘆！他所假想為陳映真的論點的，其實正是前述陳映真所要批判的「用心良苦的，分離主義的議論。」宋冬陽由此誤解而衍生出了下列荒謬不通的推論：「陳映真在檢討台灣歷史時，認為台灣農村正好是『中國意識』最頑強的根據地，這種說法其實並沒有任何史實的依據。在他的假想裏，日據時代所產生的『台灣意識』只存在於都市新興的小市民階級之中，而這小市民階級的經濟基礎則完全傍依於『工業日本、農業台灣』的限制之下；他的意思是說，『台灣意識』的經濟基礎是很薄弱的。相形之下，農村經濟才是當時台灣社會推動力量的主導，從而他假想中的『中國意識』也因農村經濟力量起了重大作用而特別堅強旺

盛」「這些理論」用宋冬陽的話來說,「不僅是假想,而且是空想的,因為台灣歷史上從來沒有發生過這樣的事。」不過,說來可笑,如果讀者對照前面陳映真的話,會發現這些理論根本不是陳映真的,而恰恰是宋冬陽自己的,是宋冬陽「假想」、「空想」出來的,宋冬陽這一巴掌正好打在自己臉上。更可笑的是,他「假想」出來的理論之拙劣,正好暴露了他對經濟決定論的無知與濫用。陳映真所說的:「在日治時代的台灣,是農村——而不是城市——經濟在整個經濟中起著重大作用。而農村,卻正好是『中國意識』最頑強的根據地。」是指日據時期的台灣基本上並未工業化,而其資本主義化也在初步的,不完整的階段,相應於此,台灣人民(特別在農村)的文化、思想、習俗、道德規範基本上還是承襲中國的傳統,因而保留了濃厚的「中國(漢族)意識」。換句話說,因為生產力、生產關係沒有基本的變化,因而思想、意識也不可能有基本的改變。可是,宋冬陽卻胡扯什麼:「陳映真的這些理論不僅是假想,而且是空想的,因為台灣歷史上從來沒有發生過這樣的事。在日本殖民體制的統治之下,台灣的每一寸土地——包括都市和農村——都不能逃避剝削掠奪。如果台灣農村經濟在日據時期起了重大的作用,那絕對不是以台灣農民為主體的,而是以日本資本家的魔爪為推動力量的。」再者宋冬陽這種觀點根本是非經濟決定論的,然而,他卻披上了經濟決定論的外衣,沐猴而冠起來。

行文至此,不能不喟嘆:不讀書,沒有知識,卻又自以為是,所謂「愚而好自用」,就是宋冬陽最傳神的寫照。宋冬陽抨擊陳映真「粗暴」、「對日據時代以前台灣史瞭解粗疏與荒蕪」、「假想」、「空想」…………,然而,事實證明了這些詈詞恰好構成宋冬陽的自畫像,每句話都深刻的描出宋冬陽的特質。奉勸以後要販賣「台灣意識」的人士,一定得認真地用心製造貨品,貨品必須實實在在,別把台灣人民當愚昧無知,沒有判

斷力的傻瓜；像宋冬陽這樣用最理論式的語詞，裝最粗糙荒誕的內涵，終歸是金玉其外，敗絮其中的劣貨，最好少出品；要知：外表包裝得再華麗，包裝紙一拆，破破爛爛的東西就盡現台灣人民眼底；信用一失，再來叫賣，便必然要被台灣人民看也不看地甩入垃圾堆，回到最該回的地方去。這恐怕對那些雄心勃勃有志於「易正朔，改服色」者的鴻圖偉業大為不利吧！

　　「偏見畢竟不能代替歷史」，「客觀歷史的發展絕對不會按照個人的主觀願望去進行」，宋冬陽在文中所提的這兩句話，符合科學的態度，完全正確，完全應該奉若圭臬，遵行不渝。宋冬陽的錯誤根源就在於他徹底違背了這兩條鐵律。不經過嚴格實證的研究，卻妄想以由個人主觀情緒衍生出來的「台灣意識」代替台灣史，抄襲了一套荒誕的神話，不但用以自欺；還妄圖欺人。「台灣意識」在宋冬陽的心裏，幻化成基督教中無所不能的上帝，上帝說要有光，就有了光，似乎天地玄黃，宇宙洪荒，整個世界都可以按「台灣意識」的要求而改造了。然而，「客觀歷史的發展，絕對不會按照個人的主觀願望去進行」，這句話，不但對過去的歷史而言是正確的，對未來的瞻望也同樣適用。宋冬陽之所以刻意扯裂台灣文學與中國文學，盲目地抄襲神話，扭曲台灣史，大肆推銷、販賣「台灣意識」，就因他誤以為已經尋到了真理，誤以為藉著販賣「台灣意識」，就能使台灣人覺醒，從而解決台灣、台灣人長期以來所不斷遭受的挫折。但是他不了解：人的主觀意志只有在運用理智深刻認識客觀環境，掌握客觀規律之後，人的主觀意志才有用武之地，才能發揮最大的作用，也才能接近預期的目的。若不此之圖，但憑受挫的不滿情緒，無限膨脹主觀意志，想靠捏造謊言、歪曲歷史等卑劣手段，販賣這樣那樣的「意識」，那麼，對不起，不願意虛心研究客觀世界的人，客觀世界也絕不會善待他，終不免要在真理的巨石之前碰得頭破

血流,這是人類歷史所反覆證明了的定例。

台灣有被日本殖民、「二二八」等歷史傷痕,有現實政治的高壓統治,而整個中國在國共兩黨分治下也問題重重,處於這樣的悶局下,對台灣的未來不免生出歧異的意見,這都是勢所必至,理有固然的。但是,台灣問題不論在過去或現在都是全世界、全中國問題中的一環,無論願不願意,承不承認,這都是一個客觀實存的事實。面對這個由歷史與現實錯綜交織而成的複雜局勢,想以個人的情緒簡單地歸罪、譴責這樣那樣的因素,甚至任意歪曲台灣歷史,濫用社會科學理論,企圖藉此為自己的主觀願望尋找看似合理的根據,由此製造「意識」,以致禍延台灣史、台灣文學,這都是逃避實質問題,趨易避難的態度,是思想上的怠惰,人格上的怯懦,為智者所不取,勇者所不屑為。

我們要正告宋冬陽之流的「台灣意識」論者,要談台灣政治就切實分析現存具體的政治、經濟環境,把台灣放在全世界的政治、經濟體系中,深入研究台灣該如何實行你們標榜的「反帝、反封建」,為台灣尋找可能的發展方向,不要對台灣史、台灣文學亂動手腳,任何不軌的意圖,都不可能得逞的。台灣三百餘年來的歷史與「台灣意識」的框框絕對是扞格不合,再怎麼擠、怎麼壓,都裝不進去,都是枉然。而台灣文學與「台灣意識」更是不相干的。黃春明、王禎和、王拓、陳映真等優秀的作家都不具宋冬陽所謂的「台灣意識」,但同樣熱愛台灣這塊土地,同樣深刻地反映了這塊土地上的人民生活,然則,「台灣意識」何所用哉?若有,那就只是製造分裂,妨礙團結,甚至妨礙創作的不祥之物。

為了維護台灣史、台灣文學
我們要高呼:
把文學還給文學!

把歷史還給歷史！

原載於《夏潮論壇》一九八四年三月號

國家圖書館出版品預行編目資料

反對言偽而辯：陳芳明台灣文學論、後現代論
、後殖民論的批判／許南村編. －－初版.－－
台北市：人間，2002[民91]
面；　公分.　－－(台灣新文學史論叢刊；3)

ISBN 957-8660-76-6（平裝）

1. 陳芳明 - 作品評論　2. 台灣文學 - 歷史
- 論文，講詞等

820.908　　　　　　　　　　　　91014047

台灣新文學史論叢刊 3

反對言偽而辯
——陳芳明台灣文學論、後現代論、後殖民論的批判

編　　　者／許南村
作　　　者／陳映眞　呂正惠　杜繼平　曾健民
發 行 人／陳映眞
出 版 者／人間出版社
社　　　長／陳映和
地　　　址／台北市潮州街九一之九號五樓
電　　　話／02-23222357
郵撥帳號／11746473　人間出版社
排　　　版／龍虎電腦排版股份有限公司
印　　　刷／漢大印刷有限公司
總 經 銷／聯經出版事業股份有限公司
地　　　址／汐止鎮大同路一段三六七號三樓
訂書專線／02-26418661
登 記 證／局版台業字第三六八五號
初版一刷／二〇〇二年八月
定　　　價／三八〇元